Jilliane Hoffman

MORPHEUS

Roman

Aus dem Amerikanischen von
Sophie Zeitz

Bild
am Sonntag
MEGA-THRILLER

MIX
Papier aus verantwortungsvollen Quellen
FSC® C006701

Lizenzausgabe der Axel Springer SE, Berlin
1. Auflage März 2014

Die Originalausgabe erschien 2005 unter dem Titel Last Witness bei
G.P. Putnam's Sons, Penguin Group Inc., USA

Erschienen im Rowohlt Verlag
in der Übersetzung von Sophie Zeitz

Konzeption und Gestaltung: Klaus Fuereder, Berlin
Projektkoordination: Stephan Pallmann, Alexandra Wesner

Satz: Satzkasten, Stuttgart
Druck und Verarbeitung: CPI – Ebner & Spiegel, Ulm

ISBN: 9783942656856

1

Die schwere Flügeltür des Gerichtssaals 4-8 öffnete sich schwungvoll und stieß gegen den Stuhl des Vollzugsbeamten, der gerade mit dem untersten Knopf seiner grünen Dienstjacke spielte. Ein Detective in Zivil kam herein. Man hörte die Absätze seiner Schuhe dumpf auf dem abgewetzten braunen Teppich aufschlagen, als er langsam durch den Mittelgang ging, an der gebannten Menge vorbei, um schließlich in den Zeugenstand vor Richter Leopold Chaskels Mahagonithron zu treten.

C. J. Townsend, stellvertretende Staatsanwältin der Stadt Miami, spürte, wie ihr Mund trocken wurde. Sie biss sich auf die Lippen, um sie zu befeuchten, und versuchte, ihre Nervosität vor den Kameras, den Gerichtszeichnern und Reportern, die jede ihrer Regungen verfolgten, zu verbergen. Ihr Herz pochte, und am liebsten wäre sie davongerannt. Doch sie musste das hier durchstehen. Sie zwang sich, geradeaus zu sehen. Den gut aussehenden Mann im italienischen Designeranzug, der mit demonstrativ gequälter Miene auf der anderen Seite der Galerie am Tisch saß, würdigte sie keines Blickes.

Doch sie wusste, dass er sie beobachtete, dass er auf ihre Reaktion wartete. Nur für sie versteckte er ein Grinsen hinter seiner falschen Qual.

»Ist die Staatsanwaltschaft bereit fortzufahren?«, fragte Richter Chaskel. Es gefiel ihm nicht, dass dieser Fall wieder auf seinem Tisch gelandet war. Er hatte einen Bilderbuch-Prozess hingelegt. Er hätte nie wieder aufgerollt werden dürfen. Jedenfalls nicht aus diesem Grund.

»Ja, das bin ich«, antwortete Rose Harris, C. J.s Freundin – und ihre Kollegin in der Abteilung für Kapitalverbrechen der Staatsanwaltschaft Miami. Nach einem kurzen Moment erhob sie sich und wandte sich an den Detective: »Bitte nennen Sie uns für das Protokoll Ihren Namen.«

»Special Agent Dominick Falconetti, Florida Department of Law Enforcement.«

»Seit wann sind Sie dort tätig?«

»Seit fünfzehn Jahren beim FDLE. Davor vier Jahre beim Bronx Police Department in New York.«

»Agent Falconetti, richten wir unseren Blick zurück ins Jahr 2000. Damals waren Sie der leitende Ermittler im Fall *Der Staat Florida gegen William Rupert Bantling*, ist das richtig?«

»Ja, Ma'am. Das FDLE hatte eine Task-Force einberufen – die Task-Force Cupido, wie sie genannt wurde. Sie bestand aus Beamten von verschiedenen Dezernaten. Die Task-Force war 1999 gegründet worden, um in einer Serie von Entführungen und brutalen Morden in Miami Beach zu ermitteln. Der Täter hatte den Spitznamen Cupido bekommen, weil er den Opfern buchstäblich die Herzen raubte, und der Name ist hängen geblieben. Ich war von Anfang an mit dem Fall betraut, und so habe ich die Ermittlungen später dann auch geleitet.«

Rose Harris zeigte auf den Mann am Tisch. »Und die Ermittlungen führten zu einer Verhaftung, am 19. September 2000, und zwar zu der von William Rupert Bantling?«

»Ja.« Dominick sah in Bantlings Richtung, der auf der Unterlippe kaute und wirkte, als wäre er den Tränen nah. »Mr. Bantling wurde auf dem MacArthur Causeway von einem Beamten der Miami Beach Police festgenommen. Im Kofferraum seines Wagens lag die Leiche von Anna Prado.«

»Und daraufhin wurde Mr. Bantling wegen Mordes vor Gericht gebracht?«

»Ja.«

»Wer vertrat die Anklage in diesem Fall, Agent Falconetti?« Ihre Stimme wurde ein wenig schärfer.

Dominick zögerte einen Moment und sah zu C. J. hinüber. »Staatsanwältin C. J. Townsend«, sagte er mit belegter Stimme. »Sie hat die Task-Force über ein Jahr lang unterstützt.«

»Im Laufe des Verfahrens haben Sie ein intimes Verhältnis mit Ms. Townsend angefangen, ist das richtig?«

»Ja«, sagte er und sah verlegen zu Boden. »Zwischen uns hat sich eine Beziehung entwickelt.«

»Und Mr. Bantling wurde vor Gericht verurteilt, richtig?«

»Ja. Er wurde für schuldig befunden und zum Tode verurteilt.«

Jetzt stellte sich Rose Harris hinter Bantling an den Tisch. Sie legte ihm die Hand auf die Schulter, und er senkte demütig den Kopf.

»Doch dann haben Sie entdeckt, dass Mr. Bantling dieses Verbrechen gar nicht begangen hat, nicht wahr, Agent Falconetti?«

»Das weiß ich nicht mit Sicherheit.« Dominick rutschte nervös auf seinem Stuhl herum. Obwohl sie merkte, dass er ihren Blick suchte, starrte C. J. weiterhin geradeaus. Unter dem Tisch hatten ihre Knie angefangen zu zittern.

»Sie sind auf Beweismittel gestoßen, Agent Falconetti, die Ihnen Grund gaben, an Mr. Bantlings Schuld zu zweifeln, nicht wahr? Die dafür sprechen, dass er möglicherweise das Opfer eines Komplotts war?«

»Ja, an so etwas habe ich gedacht«, sagte Dominick schließlich resigniert. Jetzt suchte er ihren Blick nicht mehr, sondern blickte zu Boden.

»Zeigen Sie dem Gericht bitte, auf was für Beweismittel Sie gestoßen sind. Was brachte Sie dazu, an Mr. Bantlings Schuld zu zweifeln und zu glauben, dass er das Opfer eines Komplotts war, so wie er es von Anfang an behauptet hatte?« Wie ein gut ausgebildeter Jagdhund ließ Rose Harris nicht mehr locker. »Zeigen Sie dem Gericht die Beweismittel, die Sie gefunden haben, die Beweismittel, die damals während des Verfahrens zurückgehalten wurden und die Sie im Nachhinein davon überzeugt haben, dass ein Unschuldiger fälschlich verurteilt und in die Todeszelle geschickt wurde!«

Dominick nickte erschöpft. Er war sichtlich am Ende. Er griff unter den Tisch und zog eine schwarze Tüte hervor, die mit dem roten Klebeband der Spurensicherung versiegelt war. Dann zog er sich Latexhandschuhe an und schlitzte mit einem gezackten Messer das Klebeband auf. Den Inhalt zog er mit einer großen Stahlpinzette hervor. Es war eine weiße Clownsmaske aus Gummi, die nun an einer verfilzten roten Haarsträhne an der Pinzette baumelte. Das verzerrte blutrote Grinsen des Clownsgesichts pendelte vor der Jury hin und her und posierte grotesk hüpfend für die Kameras. Die Menge schnappte nach Luft.

Das war zu viel. C. J. sprang auf und schrie: »Er ist nicht unschuldig! Er ist *schuldig! Schuldig!*«

»Ruhe! Ms. Townsend! Als Justizbeamtin sollten Sie doch wissen, wie Sie sich hier zu benehmen haben. Die Jury möge den Zwischenruf ignorieren!«, zischte Richter Chaskel.

C. J. setzte sich wieder und vergrub das Gesicht in den Händen. Sie spürte den Blick des Mannes, spürte, wie er sich an ihrem Untergang weidete – wie er sich vorstellte, er hätte Dominicks Sägemesser in den Fingern, um ihr ein paar neue Muster auf den Körper zu zeichnen. Vielleicht könnte er sich auch die Maske für ein Stündchen ausleihen.

»Das befand sich in Ms. Townsends Schrank. Ganz oben in einem Karton zusammen mit alten Polizeiberichten aus Miami Beach«, schloss Dominick.

Rose Harris wartete, bis das entsetzte Gemurmel im Saal erstarb. »Agent Falconetti, ist Ms. Townsend heute im Gerichtssaal anwesend?«

»Ja.«

»Bitte identifizieren Sie sie für das Protokoll.«

Dominick sah auf. Die Clownsmaske baumelte immer noch an der Pinzette in seiner linken Hand. Mit der rechten deutete er hinüber zur Galerie, wo C. J. saß. Das Klicken und Surren der Kameras erfüllte die Luft, als die Objektive seinem Finger folgten. »Das ist sie. Dort am Tisch.«

Rose nickte bedächtig. »Nehmen Sie zu Protokoll, dass Agent Falconetti die Angeklagte richtig identifiziert hat.«

C. J. SCHRECKTE IM BETT HOCH, ihr Gesicht war nass vor Schweiß und Tränen. Die Stille des stockdunklen Raums kreischte in ihrem Kopf, und sie presste die Hände auf die Brust, um ihr rasendes Herz zu beruhigen. Der Wecker auf der Kommode zeigte 4.07 Uhr. Sie streckte den Arm aus und tastete nach Dominick, sein warmer Rücken hob und senkte sich regelmäßig im Schlaf.

Alles in Ordnung. Alles ist gut. Kein Grund zur Panik. Es war nur ein Albtraum, redete sie sich selbst gut zu. Sie sah sich um, versuchte, im Schlafzimmer etwas zu erkennen – als plötzlich der Pager auf ihrem Nachttisch zu piepen begann.

Und eigentlich ging der Albtraum erst in diesem Moment richtig los.

2

»Fick dich doch ins Knie!«, schrie die dicke Prostituierte. Sie hatte noch den Gummischlauch vom letzten Schuss um den Oberarm gewickelt, und die beiden Enden schlackerten durch die Luft, als sie gestikulierte.

»Reizend. Sei froh, dass deine Mutter dich nicht hören kann.« Officer Chavez hatte keine Lust auf solche Mätzchen. Er tat der dummen Kuh schon einen Gefallen, indem er sie nicht gleich verhaftete, und nun pöbelte sie ihn auch noch an? Gott, manchmal hasste er seinen Job wirklich. »Jetzt beweg dich schon, los, zieh Leine.«

»Du hast kein Recht dazu. Ich verdien hier mein Geld. Wie wär's mit einem Blowjob, Officer? Zwanzig Mücken. Vielleicht macht dich das ja ein bisschen lockerer«, gackerte sie.

»Ich zähle bis zehn. Wenn du dann noch da bist, gehe ich davon aus, dass du die Nacht im County Jail verbringen willst.« Das Gefängnis von Dade County war der letzte Ort, dem Victor Chavez in dieser lauen Nacht noch einen Besuch abstatten wollte. Zwei Stunden Papierkram für eine Nutte, die ein überlasteter, übellauniger Richter am nächsten Morgen ohnehin wieder laufen ließ.

»Knast – nein danke, du Scheißlatino«, murmelte sie mit halb geschlossenen Lidern. Sie stolperte auf die Straße, wo sie von einem vorbeirasenden Mustang nur knapp verfehlt wurde. Auf das Reifenquietschen folgten lautes Hupen und eine Kanonade von Kraftausdrücken.

»Leck mich am Arsch!«, schrie die Nutte noch einmal über die Schulter und wankte endlich davon.

Als Chavez der torkelnden Gestalt hinterhersah, begann das kleine Funkgerät an seiner Schulter zu knistern. »Alpha 816. Achtunddreißig, fünfunddreißig, mit Messer in Seitengasse, Nordost, 79. Straße und Biarritz Drive, hinter der Atlantic Cable Company.

Männlicher Weißer, Mitte fünfzig, grauer Bart. Beschwerde wegen Ruhestörung.«

Achtunddreißig stand für eine verdächtige Person. Fünfunddreißig stand für betrunken. Beide zusammen ergaben den politisch korrekten Polizeicode für einen Obdachlosen. Es stand für Abschaum, und das hieß, dass sie Victor Chavez hinschickten.

Victor dachte darüber nach, was aus seinem Alltag geworden war. Langweilige Drecksarbeit. Er scheuchte Nutten von der Straße, Junkies zurück in ihre Löcher, Penner auf die nächste Parkbank. Und wenn er damit fertig war, durfte er einen Ehemann von seiner Frau wegzerren, die der gerade zu Brei geschlagen hatte. Als Nächstes rief man ihn dann zu einem Unfall, wenn ein besoffener Idiot den Weg von Miami Beach nach Hause nicht mehr gefunden hatte. Es war noch nicht mal ein Uhr morgens, und er hatte erst zwei Stunden hinter sich.

Victor hasste Nachtschichten. Er hasste es, von den Bossen des Miami Beach Police Department kontrolliert zu werden wie ein dummer Junge, und das praktisch jede Minute seiner Zehn-Stunden-Schicht. Er hasste die miesen Streifen und die Penner, die ihm den Rücksitz voll pissten, und er fragte sich, wann er seine Strafe wohl endlich abgebüßt und die Rechnung mit seinem Sergeant beglichen hätte.

Seit dem Cupido-Fall musste er Nachtschicht schieben, bekam keine Überstunden mehr und hatte jeden Feiertag Dienst. Wie lange sollte das noch so gehen? Er hielt es jedenfalls nicht mehr lange aus. Nächste Woche würde er zu Sergeant Ribero gehen und normale Arbeitszeiten verlangen, normale Polizeiarbeit. Nicht diesen Pipikram, Obdachlose und Spinner aufsammeln. So hatte er sich das nicht vorgestellt, als er vor fast vier Jahren Cop wurde. Zur Not würde er eben zum Hialeah P. D. wechseln, wo sein Bruder war. Vielleicht könnte er dort nach ein paar Jahren endlich zum Detective aufsteigen. Scheiß auf Meer, Strand und Sonne. Viel von der Sonne sah er hier ohnehin nicht.

Er drückte auf den Knopf des Funkgeräts und antwortete. »Alpha 816. QSL von der 20. und Collins.« QSL war der Code für: »Ich übernehme«, doch in Victors Fall bedeutete es: »Okay, okay, ich übernehme die verdammte Drecksarbeit.«

Nicht mehr lange. Genau genommen hatte er den Cupido-Fall gar nicht versaut. Immerhin war er derjenige gewesen, der den Hurensohn *angehalten* hatte, als er mit dem toten Mädchen im Kofferraum über den MacArthur Causeway gebrettert war. Und das war nur eine der elf Frauen gewesen, die der aufgeschlitzt hatte. Aber leider war in den Augen seines Sergeant und der verklemmten Staatsanwältin eine aufgeschlitzte Leiche im Kofferraum einen Scheißdreck wert. Die Fahrzeugkontrolle, *seine Fahrzeugkontrolle,* war »faul« gewesen, und dafür musste er nun seit drei Jahren büßen. Aber nicht mehr lange.

Zufrieden mit seinem Entschluss, stieg Victor Chavez in den Streifenwagen. Zufrieden mit der Vorstellung, dass sein Job ihm vielleicht schon in einem Monat wieder Spaß machen würde. Auch wenn er dafür auf die Barrikaden steigen musste. Dann schaltete er das Blaulicht ein und machte sich auf den Weg in Richtung 79. Straße und Biarritz Drive, um irgendeinen armen Schlucker aus der Gasse zu verjagen, die wahrscheinlich sein Zuhause war.

3

ES WAR NICHTS ZU SEHEN VON HIER, doch der Mann im Dunkeln meinte die Feiernden drüben am Ocean Drive hören zu können, wenn er die Ohren spitzte. Nur wenige Kilometer die Straße hinunter. Das aufgeputschte Stimmenwirrwarr von Hunderten von Leuten, das durch die schwüle Luft getragen wurde, das Geklapper von Dutzenden von Restaurantterrassen, das Stampfen der Bässe aus den Bars und Clubs und natürlich das gereizte Hupen und Motorheulen der Porsches, Mercedes und Bentleys, die den Ocean und den Washington Drive verstopften, auf der Suche nach dem Unmöglichen an einem Freitagabend – einem Parkplatz.

Dass du es nicht sehen kannst, heißt noch lange nicht, dass es nicht da ist.

Miami Beach, wo alles möglich ist, wo sich die Reichen und Berühmten – und die Möchtegernberühmten – tummeln. Sehen und gesehen werden. Die schönen Mädchen mit den unechten Brüsten, den engen, tief, tief ausgeschnittenen Shirts und der dunklen, warmen Bräune, die natürlich nahtlos ist. Die schönen Jungs mit den wie gemeißelten Körpern in Lycra, Leder, Schlangenhaut. Jeder feiert hier mit jedem, bei Cosmopolitans, Chocolate Martinis, Mojitos und anderen schicken exotischen Drinks. In der schwülen Luft pulsiert eine sexuelle Energie, die fast mit Händen zu greifen ist.

Er schloss die Augen und lauschte.

Und nur ein paar Kilometer von all der Dekadenz entfernt stand er hier in einer stinkenden Gosse. Die Straße war mit Schrott und Abfall übersät, alte Bierdosen und Flaschen, benutzte Kondome und leere Fastfood-Tüten überall. Die meisten Straßenlaternen waren längst kaputt, und die Stadt machte sich nicht die Mühe, sie zu ersetzen, denn das hier war keine Gegend, in der die Touristen ihr Geld ausgaben. Das hier war eine Sackgasse, die letzte Zuflucht von Säufern und Junkies. Allerdings war sie derzeit menschenleer. Die Polizei war schon da gewesen, hatte die Obdachlosen und andere unerwünschte Individuen bereits verscheucht.

Dass du es nicht sehen kannst, heißt noch lange nicht, dass es nicht da ist.

Er hörte den Wagen, bevor er ihn sah. Das Knirschen der Reifen auf dem Asphalt, als er langsam durch Scherben und Abfall rollte. Das Schnurren des Motors und das Ächzen der Wagentür. Das Funkgerät krächzte, dann schlug die Tür zu. Schritte klangen schwer auf der Straße. Sie hallten in der Gasse wider, wurden von den Wänden der geschlossenen Läden überlaut zurückgeworfen. Dann verklangen die Schritte, der Mann hatte kehrtgemacht und lief in die andere Richtung, ohne die Sackgasse, und was darin lauerte, zu erkunden.

Sein Herz raste vor Aufregung, und er sog den Geruch der Nacht tief ein. Seine Lungen füllten sich mit feuchter Luft, pumpten Sauerstoff in sein Blut. Es rauschte in seinem Kopf. Er wartete geduldig, bis die Schritte verklungen waren, dann trat er aus dem Dunkel. Er war vorsichtig, als er sich dem Wagen näherte, wich lautlos zerbrochenen Flaschen, rostigen Dosen aus. Seine in Latex steckenden Finger fanden das Messer in seiner Tasche. Zärtlich befühlte er die Klinge und lächelte. Das Blaulicht tanzte still auf den Häuserwänden, sein Rhythmus hatte etwas Hypnotisches.

Mögen die Spiele beginnen.

4

»ALPHA 816.« Victor sprach in das Funkgerät an seiner Schulter und sah sich um. »Ich stehe an der Ecke 79. und Biarritz, es ging um eine Achtunddreißig, aber hier ist niemand zu sehen.«

»Alpha 816. Der genaue Ort war Atlantic Cable Company. Nordost, 79. Straße und Biarritz Drive. Männlicher Weißer mit Messer; es wurde um eine Einheit gebeten.« Die Stimme der Zentrale erfüllte die Gasse, doch sie verstummte, als Victor Chavez auf Antworten drückte, und ihm fiel plötzlich auf, dass er ganz allein hier draußen war.

»Alpha 816«, sagte er. »Hier ist kein Mensch. Ich habe auch auf dem Parkplatz nachgesehen und bei den beiden Läden hier, aber die Luft ist rein. Alles sicher.«

»Alpha 816, verstanden«, antwortete die Zentrale.

»Alpha 816. Dann bin ich jetzt erst mal auf zwölf.« Es war halb zwei Uhr morgens, und »zwölf« hieß Essenspause. Ein schöner, fettiger Burger würde den Rest dieser beschissenen Nacht erträglicher machen. Morgen war sein freier Tag – er würde im Fitness-Studio ein paar Extrarunden drehen.

»Alpha 816. Zwölf bis 2 Uhr 30«, knarzte das Funkgerät zurück.

Dann war es still. Auf dem Weg zurück zum Streifenwagen überlegte er, ob er zurück nach South Beach fahren und in den Diner Ecke 11. Straße und Washington Drive gehen sollte. Vielleicht hätte er von da aus einen guten Blick auf die Bräute, die vorbeiliefen. Wie sie aus den Limos stiegen und sich vor dem Mynt anstellten, in getigerten Catsuits oder in Lederminis.

Er öffnete die Wagentür und stieg ein. Er hatte den Motor laufen lassen, während er durch die zugemüllte Gasse watete, damit es im Wagen kühl blieb. Selbst im November waren es nachts noch über fünfundzwanzig Grad, und das bei einer Luftfeuchtigkeit von neunzig Prozent. Das brachte sogar einen netten kubanischen Jungen wie ihn ins Schwitzen.

Im September hatte Chief Jordan für alle Streifenwagen des MBPD nagelneue Laptops angeschafft – um zu zeigen, wie fortschrittlich sein Department war. Dabei benutzten sie bei der Florida

Highway Patrol und dem Miami P. D. die gleiche Ausrüstung schon seit zwei Jahren. Mit dem Computer sollte alles schneller gehen: Kennzeichen- und Führerscheinkontrollen, Fahndungsbilder und Suchmeldungen, Berichte, der Zugriff auf Datenbanken anderer Staaten und das Anfordern von Haftbefehlen. Die Laptops konnten scannen, E-Mails verschicken, hatten Internetzugang und Zugriff auf alle möglichen Datenbanken, wie zum Beispiel CJNet, das Netzwerk der Strafrechtspflege. In Victors Augen eine Technik, die viel zu viele Informationen bereitstellte und den Vorgesetzten nur zu leicht einen Anlass bot, jemanden wie ihn anzuscheißen – wenn er mal wieder was bei der Recherche übersehen hatte.

Er tippte den Bildschirm an, um – wie fast immer – einen nutzlosen Bericht zu schreiben über das, was er in der Gasse *nicht* gefunden hatte. Der Bildschirmschoner mit dem Wappen des MBPD verschwand. Als Victor die Worte las, die ihm plötzlich in fetter Blockschrift entgegensprangen, blendend weiß im Dämmerlicht des Streifenwagens, war er verwirrt. Einen Augenblick später wurde ihm die Bedeutung sonnenklar. Doch da war es bereits zu spät.

5

HALLO VICTOR. DREH DICH DOCH MAL UM.

Victors kurz geschorener Hinterkopf und sein breiter olivgrüner Nacken gaben im weißen Bildschirmschein ein fleischiges Ziel ab. Die Plexiglasscheibe, die den Fahrersitz von der Rückbank trennte, glitt lautlos zu Boden, dann schob sich ein Latex-behandschuhter Arm nach vorn. Verwundert starrte Victor den Bildschirm an, während sich die Rädchen in seinem Hirn langsam drehten. Wie eine Boa constrictor kroch der Arm um Victors Kopf. Dann riss er ihn hart und heftig am Kinn zurück, genau in dem Moment, als Victor sein Gesicht vom Bildschirm abwenden wollte, um nachzusehen, was da hinter ihm lauerte.

Victors Kopf schlug zurück und wurde fest an den Sitz gedrückt. Dann legte der Mann den Arm um Victors Hals und zog seinen Kopf nach hinten. Mit dem Messer schlitzte er den Kragen seiner Uniform auf, ohne ihn zu verletzen. Stattdessen heftete er das Hemd mit dem Messer an den Sitz, sodass Victors Kopf bewegungsunfähig auf der Nackenlehne hing, der Blick nach oben zum Überrollbügel, die Kehle entblößt. Victor strampelte und suchte instinktiv nach seiner Waffe, die rechts unter seinem Arm im Holster steckte, doch damit hatte der Mann auf dem Rücksitz gerechnet. Mit einer Hand drückte er Victor die Kehle zu, mit der anderen griff er nach der SIG-Sauer P-226. Vergeblich versuchte Victor seinen Hals zu befreien. Er strampelte mit den Beinen, lautes Hupen zerriss die Stille, als er gegen das Lenkrad trat. Der Laptop fiel aus seiner Halterung auf den Boden des Streifenwagens. Victor wand sich ungestüm, versuchte sich loszureißen, doch der Winkel war ungünstig und das Messer steckte fest im Polster.

Dann spürte er die Mündung der SIG-Sauer an der Schläfe. Langsam ließ die Latexhand seine Kehle los.

»Schsch.«

Der Druck des kalten Metalls an Victors Kopf beendete den Kampf sofort. Der Mann lauschte Victors entsetztem Keuchen und konnte die Gedanken fast hören, die Victor durch den Kopf gingen.

»Du schaffst es nicht. Ich blas dir die Birne weg, bevor du das Knie oben hast.« Er wusste, welche Überraschung Victor im Gurt an seiner linken Wade versteckte. Victors Augen zuckten panisch hin und her, doch er konnte das Gesicht hinter sich nicht erkennen.

Plötzlich krächzte das Funkgerät neben seinem Kopf. »Alpha 922, Alpha 459. 1530 Collins. Einundvierzig am Boden. Möglicherweise drei zweiunddreißig. Männlicher Schwarzer, nicht ansprechbar, am Straßenrand. Feuerwehr ist unterwegs.« Knisternd spuckte das Gerät die Antworten anderer Einheiten aus. Einheiten, die in diesem Augenblick quer durch Miami Beach rasten, um einem Notfall zu Hilfe zu kommen. Victors Pech war nur, dass es nicht *sein* Notfall war.

»Was … was wollen Sie?«, stammelte Victor mit erstickter Stimme. Der Mann hörte ihm an, dass der große, böse Victor den Tränen nah war.

»Nicht weinen, Victor. Zuerst haben wir noch ein Hühnchen zu rupfen.« Hinter dem Fahrersitz zog er ein zweites Messer aus der

Jacke. Das hier war etwas Besonderes. Er hielt es nach vorn, damit Victor es besser sehen konnte.

Victors Augen weiteten sich in panischem Entsetzen. Er spürte die warme Nässe seiner Pisse in der Hose. Wieder trat er wild um sich, doch es war zwecklos.

»Und jetzt, Victor«, sagte der Mann und lächelte, »schön weit aufmachen.«

6

Das Signal ihres Pager liess sie zusammenzucken, und C. J. tastete hastig im Dunkeln auf dem Nachttisch herum, um ihn abzuschalten.

»Bist du das?«, murmelte Dominick verschlafen. Er rutschte näher an sie heran, die Augen noch geschlossen.

»Tut mir leid, dass du aufgewacht bist. Ich hab's schon«, sagte C. J. leise, als sie den Pager endlich in den Fingern hatte.

»Hast du diese Woche Bereitschaft?«, murmelte er und streckte unter der Decke die Hand nach ihr aus.

Doch sie wich ihm aus und schwang die Beine aus dem Bett. Sie strich sich eine verschwitzte Strähne hinters Ohr. C. J. wollte nicht, dass er merkte, dass sie wieder schlecht geträumt hatte. »Ja, es war meiner. Ich habe das große Los gezogen.«

Bereitschaftsdienst war Teil ihres Jobs und bedeutete, dass sie nach Feierabend zur Verfügung zu stehen hatte, wenn Polizeibeamte Fragen zu richterlichen Verfügungen, hinreichendem Tatverdacht, Hausdurchsuchungen und Verhaftungen hatten. Oberstaatsanwalt Jerry Tigler vertrat die Politik, dass seine Staatsanwälte vierundzwanzig Stunden am Tag da sein mussten, um der Polizei zu helfen, vor allem seit das Büro der Staatsanwaltschaft von Miami um fünf Uhr nachmittags seine Pforten und Telefonleitungen schloss – im Gegensatz zu den Bezirksstaatsanwälten und den Beratungsstellen jeder anderen Großstadt, die rund um die Uhr Dienst hatten. Also hatte Tigler das County logistisch in zwei Regionen aufgeteilt – Nord und

Süd – und jeden der zweihundertvierzig Mitarbeiter der Staatsanwaltschaft mehrmals im Jahr zu einwöchigen Bereitschaftsdiensten verdonnert.

Die A-, B- und C-Ankläger – diejenigen, die mit Straftaten der so genannten ersten, zweiten und dritten Kategorie zu tun hatten – befassten sich mit eher generellen Fragen: *Brauche ich einen Durchsuchungsbefehl, um das Haus eines Mannes zu durchsuchen, wenn seine Frau mich hereinlässt? Muss ich die Eltern informieren, wenn ich einen straffälligen Jugendlichen zu einem Raubüberfall verhöre, von dem ich weiß, dass er ihn im Jahr zuvor begangen hat? Darf ich einen Wagen durchsuchen, wenn ich glaube, dass der Fahrer eine .357 Magnum unter dem Sitz hat?* Manche Fragen waren schnell beantwortet, andere waren komplizierter. Knifflig war es immer, wenn ein Polizist eine Reihe von Fakten und Ereignissen herunterleierte und dann den verschlafenen Ankläger fragte, ob er hinreichenden Tatverdacht für eine Festnahme habe. Knifflig, weil hinreichender Tatverdacht – die schwer messbare Menge von Hinweisen, die nötig ist, um die Festnahme einer Person zu rechtfertigen – der Entscheidung des Polizisten vor Ort obliegt, nicht der eines Staatsanwalts. Wie wahrscheinlich war es, dass ein Verbrechen vorlag und dass es sich hier um den Täter handelte? Und manchmal bogen die Polizisten vor Ort die Fakten zurecht, damit sie zu dem Verbrechen passten. Oder ließen manches einfach unter den Tisch fallen.

Eigentlich begann die rechtliche Funktion der Staatsanwaltschaft erst *nach* der Verhaftung, nämlich dann, wenn der Fall vor Gericht zur Verhandlung kam. Damit die verschiedenen Stellen ohne die ständige Gefahr, verklagt zu werden, arbeiten konnten, garantierte der Staat Florida der Polizei eingeschränkte Immunität bezüglich der Ermessensspielräume der Polizeiarbeit und der Staatsanwaltschaft eingeschränkte Immunität bezüglich der Ermessensspielräume der Anklage. Doch beides war nicht austauschbar, und Tiglers Politik zwang die Staatsanwälte auf den schmalen, trügerischen Grat zwischen freundlicher Beratung um drei Uhr morgens und handfester Beteiligung an der Polizeiarbeit.

Die einzelnen Verbrechenskategorien wurden von spezialisierten Staatsanwälten geahndet, und daher gab es auch spezielle Bereitschaftsdienste. Bei Sexualverbrechen wandte man sich an die Leute der Bekämpfung von Sexualverbrechen; häusliche Gewalt wurde von den Anklägern der Abteilung Häusliche Gewalt bearbeitet; und Mord wurden abwechselnd den Leitern der verschiedenen Abteilungen und den Staatsanwälten der Major Crimes Unit zugeteilt, der Abteilung für Kapitalverbrechen. Und dann gab es noch die Medienspektakel, die O. J. Simpsons mit ihren weißen Ford Broncos – Fälle, bei denen selbst ein Frischling von der Polizeiakademie kapierte, dass es ans Eingemachte ging. Sie wurden ausschließlich von Major Crimes betreut. Die zehn Elitestaatsanwälte der Major Crimes hatten ein vergleichsweise niedrigeres Pensum an Fällen zu bearbeiten, doch diese Morde waren Aufsehen erregend, sie waren haarsträubend, die Fakten grausam und brutal, die Sachlage komplex und vielschichtig. Den meisten, wenn nicht all ihren Angeklagten drohte als Höchststrafe der Tod – durch die Giftspritze oder den elektrischen Stuhl. C. J. war seit zwölf Jahren im Amt, die letzten sieben hatte sie bei Major Crimes verbracht.

Selten wurde ein Betrugsfall um drei Uhr morgens aufgedeckt, doch es wurden genug Morde in der Stadt verübt, dass die Pager der Mordbereitschaft regelmäßig nach Mitternacht losdudelten. Ein weiterer Grundsatz von Jerry Tigler war, dass Mordfälle vor Ort beurteilt werden mussten. Was bedeutete, dass der Gerufene nicht nur aus dem Bett geklingelt wurde, sondern auch aus dem Haus musste. Als Anklägerin der Major Crimes hatte C. J. alle acht Wochen Pager-Dienst. Als stellvertretende Leiterin war sie obendrein *immer* über den Pager erreichbar, wenn es um Schusswaffengebrauch oder sonstige Gewalt gegen einen Polizeibeamten ging. Ein zusätzliches Bonbon. Gedanken an den Wechsel zu einer Uni-Karriere drängten sich ihr immer wieder auf, wenn um drei Uhr morgens der Alarm losging.

»Vorsicht. Bleib unter der Decke und mach die Augen zu«, warnte sie, bevor sie das Licht anknipste. Stöhnend zog sich Dominick das Kissen über den Kopf.

Während sie die Nummer wählte, fragte er: »Zu was bist du eingeteilt? Mord?«

»Diese Woche beides«, sagte sie, als sie das Freizeichen hörte. »Schlaf wieder ein. Ich muss wahrscheinlich raus, egal, was es ist.«

Am anderen Ende meldete sich eine Männerstimme. »Nicholsby.«

Sie kannte den Namen. Er gehört zum Morddezernat von Miami Beach. »Detective Nicholsby, hier ist C. J. Townsend von der Staatsanwaltschaft. Ich habe gerade Ihre Nachricht bekommen –«

»Ach, ja, Ms. Townsend. Ich habe mit der Zentrale gesprochen. Man hat mir gesagt, dass Sie heute Nacht zuständig sind. Sie machen Major Crimes, richtig?« Der Detective klang unangenehm angespannt – normalerweise sollte der Fund einer Leiche um vier Uhr früh für einen Mann in seiner Funktion doch keine allzu große Überraschung sein. C. J. wusste aus Erfahrung, dass die Leute vom Morddezernat sich so schnell nicht aus der Ruhe bringen ließen. Meistens machten sie sich sogar einen Spaß daraus, den zimperlichen Juristen der Staatsanwaltschaft die schaurigen Details lang und breit auszumalen, und das vor dem Frühstück.

»Ja, Detective«, bestätigte sie. »Ich mache Mord, aber auch Waffengebrauch gegen Polizeibeamte. Worum geht es, Mord oder Polizei?«

»Also, es ist ein Mord.« Er zögerte. »Aber das ist nicht alles.«

»Mehrere Personen?«

»Nein. Nur einer – aber ... also, es ist ziemlich schlimm.« Im Hintergrund hörte sie das Heulen mehrerer Polizeisirenen. Es klang nach einem richtigen Auflauf. Sie hörte, wie Nicholsby lange an seiner Zigarette zog, bevor er fortfuhr. »Ich habe einen toten Cop hier, Ms. Townsend. Und er ist übel zugerichtet.«

7

»VERDAMMT«, SAGTE SIE LEISE und massierte sich die Schläfen. Sie konnte die Kopfschmerzen kommen fühlen. Dann streichelte sie sanft über Dominicks Rücken. »Ich muss los, Schatz.«

Dominick Falconetti hörte ihr an, dass etwas Schlimmes passiert war. Er spähte unter dem Kissen hervor. »Was ist los?«

Sie sah ihn an. Mit kastanienbraunen Augen blinzelte er ins helle Schlafzimmerlicht, sein graubraun meliertes Haar war ganz verwuschelt. Sie schüttelte den Kopf. »Ein Polizist«, sagte sie leise.

»Ein Schusswechsel? Wo? Welches Department?«

»Nein, kein Schusswechsel.« Sie holte Luft. Sie wusste, dass es ihn nicht kalt lassen würde. Es war immer hart für einen Polizeibeamten, wenn ein Kollege im Dienst getötet wurde. Es würde ihn belasten, selbst wenn er den Mann gar nicht gekannt hatte. »Mord, Dom. Ein Polizist im Dienst. Tut mir leid. Mehr weiß ich nicht, nicht einmal seinen Namen.«

Dominick setzte sich auf. »Scheiße. Ein Cop? Was zum Teufel – wie? Wo?«

»Ich habe mit Nicholsby in Miami Beach gesprochen.« Sie stand auf und verschwand im begehbaren Kleiderschrank. »Er hat nichts gesagt, außer dass ich kommen soll.« Als sie wieder herauskam, hatte sie eine braune Hose über dem Arm und knöpfte sich eine cremefarbene Seidenbluse zu.

Dominick rieb sich den Schlaf aus den Augen und fuhr sich durchs Haar. »Ich komme mit. Ich ziehe mich nur schnell an«, sagte er, während sie in die Hose schlüpfte und sich auf die Bank am Fußende des Betts setzte, um sich die Schuhe anzuziehen.

»Was willst du dort machen? Das Morddezernat vom Beach Department ist da. Die kriegen das schon hin.«

»Bei einem toten Cop wird das FDLE sowieso auf den Plan gerufen. Außerdem ist es vier Uhr früh, und du musst garantiert in eine miese Gegend.« Er schwieg einen Moment. »Ich will nicht, dass du um die Uhrzeit allein gehst.«

Sie sah auf und lächelte ihn an. »Danke, aber ich brauche keinen Geleitschutz, mein edler Ritter. Ich schaffe das schon. Außerdem wird die miese Gegend wahrscheinlich gerade von hundert bewaffneten Polizisten durchkämmt. Es hat sich angehört wie auf dem Rummelplatz. Schlaf du noch ein bisschen. Vielleicht rufen sie dich ja doch nicht an, dann kommst du endlich mal auf deine acht Stunden Schlaf.« Sie ging ins Bad, um sich die Zähne zu putzen.

Er wusste, es war sinnlos, mit ihr zu diskutieren. C. J. war eine unabhängige Frau und dickköpfig dazu. Sie hatte in ihrem Leben genug erlebt, um sich mit gutem Grund davor zu fürchten, um vier Uhr morgens allein das Haus zu verlassen, doch er wusste, sie musste tun, was von ihr gefordert war, und sie würde die Ängste einfach beiseite schieben, die sich ihr womöglich in den Weg stellten. Seit drei Jahren waren sie ein Paar, und heute war sie noch viel mutiger als am Anfang, als er sie kennen gelernt hatte. Während der Jahre bei der Polizei hatte er viele getroffen, die Opfer gewesen und später daran kaputtgegangen waren. Die vor Angst wie gelähmt waren, kaum noch einen Schritt vor die Haustür machen konnten. Die jede Fehlzündung eines Autos für einen Schuss hielten, vor dem sie in Deckung gingen. Bei C. J. war das anders. Es schien, als stellten ihre Ängste für sie eine Herausforderung dar, jeden Tag aufs Neue. Und so trat sie in ihrem Beruf den schlimmsten Verbrechern entgegen und halste sich immer neue Fälle auf, immer neue Tragödien. Wie eine Fallschirmspringerin, die nach einem Unfall, statt den Sport an den Nagel zu hängen, aus immer schwindelerregenderen Höhen springt.

»Ein toter Cop. Herrgott. Da unten ist sicher die Hölle los. Und Nicholsby hat nicht gesagt, was passiert ist?«

»Nein. Er hat nicht viel gesagt. Aber er klang ziemlich fertig. Ich mach mich lieber auf den Weg.« Sie beugte sich zu ihm. Ihre Lippen waren kühl und schmeckten nach Pfefferminz. Es war ein zärtlicher, inniger Kuss. Er legte ihr die Hand in den Nacken, ließ ihr dunkelblondes Haar durch seine Finger gleiten und zog sie an sich. Mit der anderen streichelte er ihr über die Wange. Er vermisste sie, immer noch, jedes Mal, wenn sie fort war. Und er machte sich immer noch Sorgen, jedes Mal, wenn sie ging.

»Tut mir leid«, flüsterte sie. »Ich ruf dich an, sobald ich mehr weiß.« Dann richtete sie sich auf. »Heute ist Samstag. Wenn ich zurückkomme, bringe ich Bagels mit.«

»Sei vorsichtig, bitte. Ruf mich an, wenn du da bist, und bleib auf der I95.« Die Interstate 95 war die Schnellstraße, auf der man von Fort Lauderdale nach Miami kam, eine Strecke von knapp fünfzig Kilometern. Es wurde von schrecklichen Dingen gemunkelt, die passieren konnten, wenn man hier zur falschen Zeit die falsche Ausfahrt nahm.

»Ja, Daddy«, sagte sie liebevoll und ging zur Tür. »Schlaf wieder ein. Und erzähl mir beim Frühstück, wie es sich anfühlt, ausgeschlafen zu sein. Ach, und vergiss nicht, Lucy rauszulassen.« Lucy war die taube Basset-Hündin, die sich in diesem Moment neben Dominick zu einer Kugel einrollte, dort, wo C. J. noch vor wenigen

Minuten gelegen hatte. Sie tätschelte Lucys Kopf. »Schnell zugeschlagen, was, Lucy? Das Bett war noch nicht mal kalt.«

»Wo genau musst du eigentlich hin?«

»Irgendeine Sackgasse, die von der 79. Straße abgeht.« Sie warf ihm einen Kuss zu. »Ich liebe dich«, flüsterte sie. »Bis später.«

Die Schlafzimmertür schloss sich leise, und dann war sie fort.

8

DOMINICK SCHLUG DIE DECKE ZUR SEITE und schob die schnarchende Lucy weiter zur Mitte. Jetzt sprang auch C. J.s dicker alter Kater Tibby aufs Bett und legte sich dazu. Dominick zog sich ein Hemd über, dann streckte er sich und setzte Kaffee auf. Er würde nicht mehr schlafen können. Es war nur eine Frage der Zeit, bis sein Telefon klingelte.

Ein Cop war tot. *Einer von ihnen.*

Die Nachricht machte ihn wütend. Wütend, aber gleichzeitig auch traurig. Selbst ohne zu wissen, wer der Cop war oder wie er gestorben war – wahrscheinlich kannte er ihn nicht einmal, es gab so viele Polizisten in Miami. Und doch … *Einer von ihnen hatte den Kampf verloren.* Kopfschüttelnd stand er unter der grellen Küchenlampe und wartete darauf, dass der Kaffee durch die Maschine lief.

Unter Polizisten herrschte eine außergewöhnliche Kameradschaft. Schon in der ersten Woche auf der Polizeiakademie wurde jedem Frischling von seinen Sergeants und Lieutenants das Motto eingeimpft: »Wir gegen den Rest der Welt.« Die Ausbilder waren extrem erfahren, und die Erfahrung hatte sie extrem pessimistisch gemacht. Das Gebot der Akademie in den intensiven neun Monaten lautete: »Rechne immer mit dem Schlimmsten.« Und das tat er von da an auch. Er schoss jeden Tag auf Bösewichte aus Pappe, lernte Verstärkung anzufordern, wenn er in einer miesen Gegend auch nur niesen musste. Er übte Razzien in Abbruchhäusern, in denen sich immer auch ein paar unschuldige Geiseln befanden, und ließ keinen Pappkameraden ungeschoren entkommen. Nachdem er dreißig Runden Munition verschossen hatte und im Selbstverteidigungstraining grün und blau geprügelt worden war, beendete er den Tag bei ein paar Bier mit den Jungs. Das Leben drehte sich nur um den Job: Er schlief im selben Raum, aß denselben Fraß, atmete dieselbe Luft wie seine Kameraden. Er redete wie ein Cop, vierundzwanzig Stunden am Tag, sieben Tage die Woche, und sein geschärfter Polizistenblick sah überall üble Machenschaften, die immer drauf und dran waren zu eskalieren. Keiner kannte einen besser als sein Partner. Und wenn einen jemand mit seinem Leben schützte, mit dem man nicht einmal verwandt war, schmiedete das ein eisernes Band, das die Männer in der blauen Uniform in bedingungsloser Treue zusammenhielt. Wenn es einen von ihnen erwischte, fühlten sich alle Cops getroffen, ganz tief drinnen.

Als Polizist, der einst auf dem übelsten Revier in der südlichen Bronx angefangen hatte, hatte Dominick in seiner Laufbahn schon jede Menge Kameraden betrauern müssen. Und zu viele davon hatte er leider mit eigenen Augen sterben sehen.

In zwölf Monaten war er zum Detective aufgestiegen, nach weiteren sechs ins Morddezernat, doch egal, wie vielen Vorgesetzten er in den Hintern kroch, sie versetzten ihn einfach nicht in eine andere Gegend. Er war gut in seinem Job, gut darin, Antworten zu finden. Zu gut wahrscheinlich. Doch als nach ein paar Jahren alle Bösen anfingen, gleich auszusehen, selbst wenn sie gar nicht böse waren, da wusste er, dass es Zeit war zu gehen. Und eines kalten, regnerischen, besonders miesen Morgens in New York hatte er die Landkarte der Vereinigten Staaten auf dem Tisch ausgebreitet und mit geschlossenen Augen draufgetippt, in der Hoffnung, sein Finger fiele auf einen Ort, wo die Verbrecher kurzärmlige Hemden trugen. Er hatte Miami getroffen – die geschäftige Großstadt mit dem tropischen Flair. Mehrere große Police Departments machten ihm ein Angebot – das Miami-Dade P. D., das City of Miami P. D., das Miami Beach P. D., das Broward Sheriff's Office –, doch der Job als Special Agent beim Florida Department of Law Enforcement schien mehr als nur einen Tapetenwechsel zu bieten. Hier würde er seine Karriere noch einmal neu beginnen. Wenigstens verkaufte es ihm der Leiter des FDLE so, als er Dominick vor sechzehn Jahren als Special Agent verpflichtete.

Das FDLE war eine Behörde, die zwischen die örtlichen Police Departments und die Bundespolizei, das FBI, geschaltet war. Hier arbeiteten erfahrene Spezialisten an großen landesweiten Ermittlungen – an komplizierten Fällen, die die Grenzen der Polizeibezirke und örtlichen Zuständigkeiten überschritten. Mit staatlichen Geldern wurden in jeder der fünf Regionen des FDLE moderne Kriminallabore eingerichtet, die sich mit denen des FBI in Quantico messen konnten. Das FDLE war nicht die Notaufnahme, sondern eine hoch technisierte Ermittlungsbehörde, und Hausdurchsuchungen zu mitternächtlicher Stunde schienen für Dominick endgültig der Vergangenheit anzugehören. Natürlich war das nur die Theorie. Als der Direktor des FDLE in Miami einen Blick auf Dominicks Lebenslauf geworfen hatte, teilte er ihn prompt für die Violent Crime Squad ein, das Dezernat für Gewaltverbrechen. Und selbst wenn Dominick nicht jede Nacht zur Geisterstunde unterwegs war, konnte er nur davon träumen, wie die Kollegen vom Betrugsdezernat abends um fünf nach Hause zu gehen.

Die Kaffeemaschine röchelte ein letztes Mal und verströmte ihren heimeligen Duft. Lucy kam aus dem Schlafzimmer geschlichen und schnüffelte nach etwas Essbarem. Dominick schenkte sich eine Tasse ein und warf Lucy einen Bonzo-Knochen hin. Sie stieß ein glückliches Winseln aus und zog sich mit dem Leckerbissen in die Küchenecke zurück.

Es war ein gefährlicher Beruf. Jeder Cop wusste das, jeder akzeptierte es. Wenn die Schicht begann, legten sie die Schutzweste an und wurden so unablässig daran erinnert, dass Gefahren auf sie lauerten. Aber kein Cop glaubte, dass sein eigenes Dienstabzeichen die nächste Nummer sein könnte, die mit Code 10-7 über Funk verlesen wurde, ein letztes Lebewohl von der feierlichen Stimme eines Chiefs, während im Hintergrund der Trauermarsch eingespielt wurde. Wenn die Kugel kam, überlegte Dominick, kam sie für jeden Cop völlig unerwartet.

Lucy folgte Dominick auf den Balkon und rollte sich zu seinen Füßen zusammen, als er ans Geländer gelehnt seinen Kaffee trank. Elf Stockwerke unter ihm strömte das schwarze Wasser des Intercoastal Waterway vorbei und klatschte sanft an die Kaimauer. Langsam wurde es kühler, er spürte die kaum merkliche Veränderung der Luft. Es war fast Winter. Die Zeit der vollen Strände, der verstopften Straßen und der zweistündigen Wartezeiten in allen Restaurants. Er konnte das Quietschen Tausender von Reifen fast hören, wenn sich die Nordlichter aus ihren vereisten Garagen quälten und sich wie Zugvögel auf den Weg nach Süden machten, in den Sonnenstaat.

Auf der anderen Seite des Kanals, hinter den Ferienwohnungen und billigen Hotels und den Hochhäusern, die Pompano Beach und Fort Lauderdale überzogen, würden bald pink- und orangefarbene Streifen erscheinen und den dunklen Himmel zerreißen. Florida stand ein weiterer spektakulärer Sonnenaufgang bevor.

Dominick nippte an seinem Kaffee und wartete darauf, dass das Telefon klingelte.

9

Während der Rushhour konnten die fünfzig Kilometer nach Miami Beach eine Ewigkeit dauern, doch um vier Uhr nachts brauchte C. J. kaum fünfzehn Minuten. Sie verließ die I95 an der 79. Straße und fuhr durch das düstere Randgebiet von Liberty City, wo Fenster und Türen der schmucklosen Häuser und kleinen Geschäfte mit schweren Eisengittern verrammelt waren. Selbst um diese Zeit hatten vereinzelte Pfandleihen die Fenster noch hell erleuchtet, und sie sah ein paar gesichtslose Gestalten, die ihrer Arbeit nachgingen. Wenige Kilometer weiter mündete die 79. Straße in den John F. Kennedy Causeway, der hinüber ins ruhige North Bay Village führte, bevor sich die Straße über die schwarze Wasserfläche der Biscayne Bay spannte und sie direkt ins Zentrum von Miami Beach brachte.

Als sie den Causeway passierte, sah sie die blinkenden Blaulichter schon, die sich in einem Radius von mindestens zwei Häuserblocks um eine geschlossene Chevron-Tankstelle scharten. *Muss ziemlich schlimm sein.* Während ihrer zwölf Jahre im Amt waren in Miami etwa zwanzig Polizeibeamte im Dienst ums Leben gekommen. Und jedes Mal rief der Tod eines Kollegen die gleiche heftige Reaktion hervor: *Keiner ruht, bis einer dafür gezahlt hat.* Das galt für Streifenpolizisten und Detectives ebenso wie für die Staatsanwaltschaft und jeden anderen Mitarbeiter in den Justizbehörden. Dienstanordnungen wurden zu persönlichen Rachefeldzügen.

C. J. parkte auf dem Tankstellengelände hinter einem leeren Streifenwagen mit eingeschaltetem Blaulicht und machte sich auf den Weg zu einer Gruppe uniformierter Polizisten. Beamte vom Miami Beach P. D. und vom Metro Dade P. D. waren vor Ort, außerdem erkannte C. J. ein paar Männer der Florida Highway Patrol. Neben der Tankstelle befand sich ein großes leeres Grundstück, umgeben von einem zwei Meter hohen Maschendrahtzaun. Dahinter sperrte das gelbe Flatterband der Polizei die schmale Gasse auf der Rückseite eines geschlossenen Elektrohandels.

Dutzende von Funkgeräten plärrten und rauschten. C. J. ging auf die Polizisten des MBPD zu, die am Zaun standen. Die erste Riege.

Sie zog ihre Marke hervor. »Weiß jemand, wo ich Nicholsby vom Morddezernat Miami Beach finde? Ich bin von der Staatsanwaltschaft.«

Der Kreis öffnete sich schweigend und ließ sie durch. Nun sah C. J. den Streifenwagen des MBPD, der in der Gasse stand. Lautlos kreisten die blauen und roten Lichter auf seinem Dach und malten bunte Streifen auf den Lattenzaun an der Rückseite des Elektrogeschäfts und der Atlantic Cable Company nebenan. Auf der anderen Seite, hinter einem Stacheldrahtzaun, ragten drei riesige Satellitenschüsseln und ein Funkturm in die Luft, die zur Atlantic Cable Company gehörten.

Ein junger Cop nickte grimmig in die Richtung. »Nicholsby ist dort beim Wagen und redet mit der Spurensicherung.«

»Danke.« Auf der anderen Seite der Absperrung, am Eingang der Sackgasse, standen zwei Ermittler von der Spurensicherung in Windjacken, CRIME SCENE stand in neongelber Blockschrift auf ihrem Rücken. Bei ihnen war ein Detective in Polohemd und Khakihose, der an einer Zigarette zog. Anfang fünfzig vielleicht, mit seinen dunklen Augenringen und den hängenden Schultern sah er aus, als bräuchte er dringend einen Drink.

C. J. streckte ihm die Hand entgegen. »Detective Nicholsby? C. J. Townsend, Staatsanwaltschaft.«

»Ms. Townsend. Sie waren schnell.«

»Was ist passiert?« C. J. warf einen Blick auf den Streifenwagen.

»Um vier Uhr ging ein Anruf ein. Jemand hat einen Cop gemeldet, der in seinem Wagen zu schlafen schien. Die Zentrale hat einen Wagen hergeschickt, Schrader, einen Frischling. Er will den Kerl wecken, macht die Wagentür auf, und …« Nicholsby brach ab. »Die Spurensicherung hat Fotos von außen gemacht, aber wir warten noch auf den Gerichtsmediziner. Er wohnt irgendwo oben in Coral Springs.«

Der Streifenwagen stand am Eingang der Gasse. Die Fahrertür war einen Spalt geöffnet, aus dem der Zipfel eines weißen Lakens heraushing. Die Fenster sahen seltsam getönt aus. Selbst die Windschutzscheibe.

»Was ist denn mit den Scheiben los?«, fragte sie. »Ist das Farbe?«

»Sie wurden angemalt.«

»Angemalt?«

»Mit Blut. Das kranke Arschloch hat den Wagen von innen mit dem Blut des Opfers ausgemalt. Deshalb ist er zunächst niemand aufgefallen. Man konnte nicht reinsehen. Vielleicht dachten die Leute, der Cop machte bei Blaulicht ein Nickerchen und hat die Scheiben abgedeckt, damit ihn keiner dabei erwischt. Hören Sie«, sagte Nicholsby dann und zog sie am Arm vom Wagen weg. Sein Blick war finster, durchdringend. »Es ist ziemlich schlimm, Ms. Townsend.«

»Ich habe schon viele schlimme Sachen gesehen, Detective«, sagte sie und versuchte unwillkürlich, seiner Berührung auszuweichen.

»Nein«, erwiderte er, ohne sie loszulassen. »Ich meine, das hier ist *richtig* schlimm. Das Schlimmste, was ich je gesehen habe, und ich hab viel gesehen. Ein paar von meinen Jungs haben es noch nicht verkraftet.« Er deutete mit einer Kopfbewegung hinter sich. Ein junger Polizist in der Uniform des MBPD hatte sich offensichtlich gerade in den Büschen am Zaun übergeben. »Um den muss sich wahrscheinlich unser Psychologe kümmern.«

Sie zog ihren Arm weg und sah ihm in die Augen. »Danke für die Warnung, Detective. Ich verkrafte das schon.«

»Okay.« Er zuckte die Achseln und ließ ihren Arm endlich los. »Wie Sie wünschen. Der Gerichtsmediziner muss jede Minute da sein.«

»Wer ist der Polizist? Wurde er schon identifiziert?«

»Nein. Bei der Vergabe der Streifenwagen hatte es einen Zahlendreher gegeben. In Wagen 8354 sollte eigentlich Gilroy sitzen, Vincent Gilroy. Aber das hier ist nicht Gilroy.«

»Was ist mit seiner Marke?«

»Weg. Genau wie das Namensschild an seiner Uniform. Der Drecksack hat es einfach abgeschnitten.«

»Und keiner hier kennt ihn?«

»Beim Miami Beach P. D. arbeiten fast vierhundert Cops. Kennen Sie sie alle? Außerdem würde ihn seine eigene Mutter nicht erkennen, so wie er zugerichtet ist. Dass es Gilroy nicht ist, wissen wir nur, weil Gilroy blonde Haare hat.«

Sie ging auf den Wagen zu. Unmöglich, etwas durch die Scheiben zu erkennen. Nur der weiße Zipfel, der unter der Tür heraussah, deutete auf die schaurige Fracht, die sie im Innern finden würde. Sie zog sich die Latexhandschuhe über, die Nicholsby ihr gegeben hatte, und streckte die Hand nach dem Türgriff aus, der mit schwarzem Staub überzogen war.

»Fingerabdrücke sind schon genommen worden?«, fragte sie nach hinten.

»Ja, aber bis jetzt nur außen. Im Innern also bitte nichts anfassen.«

Langsam zog C. J. die Wagentür auf. Ein weiteres Stück des blutgetränkten Lakens rutschte heraus und bauschte sich zu ihren Füßen.

Sie zögerte eine Sekunde, dann streckte sie die Hand aus und zog das Laken zurück, das die Gestalt auf dem Fahrersitz verbarg. Stöhnend atmete sie aus, hielt sich die Hand vor den Mund und drehte sich auf dem Absatz um, fort von dem Grauen, das sich ihr bot, von der Leiche, die mit den eigenen Handschellen ans Lenkrad gekettet war.

»Mein Gott!«, keuchte sie, die Hand noch immer vor den Mund gepresst.

»Ich habe Sie gewarnt«, sagte Nicholsby.

»Nein, nein«, flüsterte sie mit belegter Stimme, mehr zu sich selbst als zu ihm.

In diesem Moment rief eine Stimme von den anderen Streifenwagen herüber. Ein Polizist kam mit einem Zettel in der Hand auf sie zugerannt. »Detective. Wir wissen jetzt, wer er ist. Wir haben endlich den Mann aus der Dienstgarage erreicht, der die Streifenwagen heute Abend ausgegeben hat. War auf Kneipentour. Kleine Verwirrung bei der Ausgabe. Gilroy sollte 8354 bekommen, hatte aber 8534.«

»Und wer hatte 8354?«

Bevor der Uniformierte antworten konnte, sprach C. J. Sie klang erschöpft, ungläubig, erschüttert. »Chavez«, sagte sie leise. »Ich kenne den Mann. Es ist Victor Chavez.«

10

VERZWEIFELT VERSUCHTE SIE, Sinn in die Gedanken zu bringen, die ihr durch den Kopf rasten. Sie war nicht darauf vorbereitet gewesen, einen toten Polizisten derartig zugerichtet vorzufinden. Und sie war erst recht nicht darauf vorbereitet, einen toten Polizisten vorzufinden, mit dem sie einmal eng zusammengearbeitet hatte. Einen, der mehr war als irgendein gewöhnlicher Streifenpolizist …

Victor Chavez saß auf dem dunkelrot gefärbten Fahrersitz, sein Kopf war auf das Lenkrad gesackt.

Der Motor lief nicht, und die Leiche brütete in der Hitze vor sich hin. Die Leichenstarre hatte eingesetzt, die Hände in den Handschellen hielten das Lenkrad fest umklammert. Was von seinem Gesicht übrig war, hatte jemand zur Seite gedreht, wahrscheinlich Schrader, der Polizist, der ihn gefunden hatte. Vor Angst weit aufgerissene Augen starrten in Richtung Fenster ins Nichts. Es waren die Augen, die C. J. sofort erkannt hatte. »Die Augen eines Lügners«, hatte sie einmal gedacht, matte braune Augen, die so viel mehr verrieten, als er hatte sagen wollen.

Jetzt starrte er sie an, das Grauen der letzten Sekunden seines kurzen Lebens war für immer in diesem Blick fixiert. Es war leicht nachzuvollziehen, warum ihn die anderen nicht erkannt hatten. Seine untere Gesichtshälfte war völlig zerfetzt. Aus dem Funkgerät an seiner Schulter knisterte die Stimme der Zentrale, die in diesem Moment – wie zum Hohn – zusätzliche Einheiten an den Fundort von Victors Leiche schickte.

C. J. hatte den Streifenwagen stehen lassen und den mit Flatterband abgegrenzten Bereich verlassen. Sie setzte sich auf die Haube von Nicholsbys Ford und nippte an der Wasserflasche, die ihr jemand gereicht hatte, in der Hoffnung, die Übelkeit würde davon vergehen. Plötzlich spürte sie eine Hand auf der Schulter. Es war Marlon Dorsett, der ebenfalls zum Morddezernat Miami Beach gehörte. C. J. hatte bei mehreren Fällen mit Marlon zusammengearbeitet und wusste, dass er einer der Besten war. Er lächelte sie mit blendend weißen Zähnen an.

»C. J.? Der Lieutenant sagte mir, dass Sie Bereitschaft haben. Ich habe mich schon gefragt, wann Sie kommen.«

»Ich?« C. J. lächelte matt. »Ich bin schon eine Ewigkeit hier. Ich war sogar vor der Musik da.« Sie nickte in Richtung des Streifenwagens. Der Gerichtsmediziner war endlich eingetroffen und maß in diesem Moment mit einem leuchtend orangefarbenen Maßband die tiefen Schnitte aus, die in Victor Chavez' Kehle klafften, während die Männer der Spurensicherung ungeduldig auf ihren Auftritt warteten. Sobald der Gerichtsmediziner fertig war, würden sie sich wie die Geier auf den Wagen stürzen und ihn bis auf das Fahrgestell auseinander pflücken. »Wie geht's Ihnen, Marlon?«

»Mir? Nicht schlecht. Klasse Frau, anstrengende Kinder, beschissener Job. Amerikanischer Durchschnitt eben.« Er schüttelte finster den Kopf. »Was für eine perverse Geschichte. Unfassbar, oder? Wie sich der da ausgetobt hat!« Sein Blick fiel auf ihre Wasserflasche. »Sie sehen nicht gut aus, C. J. Verkraften Sie das hier?«

»Ja, ja. Es ist nur … ich kannte Chavez. Von einem Fall. Das hat mich wohl einfach kalt erwischt.«

Marlon nickte und sah sich um. »Für jeden von uns ist es ein Schock. Wie geht's Dom? Ist er auch hier?«

Doch bevor C. J. antworten konnte, hatte Nicholsby das hitzige Streitgespräch beendet, das er über sein Nextel geführt hatte, eine Art Funkgerät, das gleichzeitig Mobiltelefon und Walkie-Talkie war. Jetzt kam er zu ihnen und ließ seinen Ärger an Detective Dorsett aus.

»Was für ein verdammter Mist! Die Zentrale hat Chavez um 1 Uhr 30 wegen einer Achtunddreißig hier rausgeschickt. Er hat die Gasse gecheckt und anschließend zwölf gemeldet. Das war das Letzte, was wir von ihm gehört haben. Und keiner ist auf die verdammte Idee gekommen, uns diese Information durchzugeben, während wir hier eine halbe Stunde lang versuchen, den Kerl zu identifizieren.« Er sah zu der sperrangelweit offenen Wagentür hinüber. »Die Leichenstarre hat eingesetzt, also wissen wir, dass er schon ein paar Stunden tot ist. Wir können unsere Straßensperren also getrost wieder abbauen –«

»Es sei denn, der Mistkerl ist in der Gegend geblieben, um zu sehen, wie wir reagieren«, unterbrach ihn Marlon.

Nicholsby blickte auf das Meer blauer Uniformen. »Unwahrscheinlich. Um diese Uhrzeit haben wir nicht viele Zuschauer.«

»Zeugen?«, fragte C. J.

»Keine«, knurrte Nicholsby.

»Was ist mit der Achtunddreißig, die gemeldet wurde?«, fragte sie.

»Ein Obdachloser. Keine Beschreibung. Soll mit einem Messer rumgefuchtelt haben. Das ist alles. Ich lasse den Anruf gerade sicherstellen.« Nicholsby zündete sich eine Zigarette an und seufzte frustriert.

»Wer war der Anrufer?«, fragte C. J.

»Keine Ahnung. Hat keinen Namen genannt.«

»Das machen die nie. Wollen in nichts verwickelt werden«, sagte Marlon. Er zögerte einen Moment, dann sagte er leise: »Oder es war eine Falle.«

»Was?«, fragte C. J.

Nicholsby nickte. »Auch die Möglichkeit ziehen wir in Betracht. Anscheinend hat der Typ, dieser Chavez, einen Haufen Feinde gehabt. Jemand hat sich an der Sicherheitsscheibe zur Rückbank zu schaffen gemacht, es sieht so aus, als wäre er von hinten angegriffen worden. Wir müssen in alle Richtungen ermitteln. Aber erst mal hoffe ich, das Schwein hat im Wagen seine Visitenkarte hinterlassen. Ein Fingerabdruck, ein Haar, Sperma, mir egal. Irgendwas. Würde mir das Leben sehr erleichtern. Ich hab meine Leute in Miami Beach ausgeschickt, um Fragen zu stellen.«

»Das County ist drin«, sagte Marlon. »Und die City.« Das County war das Miami-Dade Police Department, die City das City of Miami P. D. »Chief Jordan hat mit Dees gesprochen, dem Leiter der City. Er sagt, er schickt sein ganzes gottverdammtes Morddezernat vorbei, wenn wir es brauchen.«

»Überall laufen die Telefone heiß«, sagte Nicholsby. »Vor fünf Minuten habe ich einen Anruf aus Tallahassee bekommen, sie fragen, ob wir ihre Hilfe brauchen. Der Gouverneur weiß auch schon Bescheid. Alle wurden aus dem Bett geholt, an allen Bäumen wird gerüttelt, bevor die Sonne aufgeht. Ich habe Costidas gesagt, er soll jede verdammte Kanaille auftreiben, die je in Miami Beach verhaftet worden ist. Jeden Junkie, jede Nutte, jeden Kokser, jedes Bandenmitglied. Alles, was Beine hat. Damit fangen wir an.«

»Irgendjemand wird den Mund aufmachen. Ist nur eine Frage der Zeit«, sagte Marlon mit einem Seufzer. »Wir kriegen den Kerl.«

»Oder die Kerle.« Knurrend trat Nicholsby seine Zigarette aus.

Die drei saßen schweigend da und beobachteten die Beamten der Gerichtsmedizin, die Victors starren Körper vom Fahrersitz des Streifenwagens zerrten. Mit der Leichenstarre waren die Muskeln in der Position festgefroren, in der er sich zum Zeitpunkt des Todes befunden hatte. Es würde weitere zwölf bis vierundzwanzig Stunden dauern, bis die Totenstarre voll eingetreten war und die Muskeln sich wieder zu lockern begannen. Erst dann wäre die Leiche wieder beweglich. Victors steifer, gekrümmter Körper unter dem weißen Laken bot einen makabren Anblick, als ihn die Mitarbeiter des Gerichtsmediziners jetzt zu einer bereitstehenden Bahre trugen.

C. J. beobachtete, wie die Leiche in den Wagen geladen wurde. Das smaragdgrüne Schild, das der Gerichtsmediziner an Victors großem Zeh befestigt hatte, lugte unter dem weißen Laken hervor und baumelte sachte im Wind. Als ein Mitarbeiter der Gerichtsmedizin den Reißverschluss des schwarzen Leichensacks zuzog, verschwand zuletzt auch der Zeh.

»Ich habe gesehen, was mit seinem Gesicht passiert ist«, sagte sie langsam. Sie sträubte sich davor, ihr unheimliches Gefühl bestätigt zu bekommen, doch sie stellte die Frage trotzdem. »Was halten Sie davon?«

»Hm«, begann Marlon, »der Schnitt durch die Kehle, der ihm

fast den Kopf abgesäbelt hat? Der sollte ihn kaltmachen. Die abgeschnittene Zunge? Wir glauben, es ist eine Botschaft.«

»Das war, um ihm das Maul zu stopfen«, meinte Nicholsby und klaubte die letzte Zigarette aus seinem Newport-Päckchen heraus.

Dann wurde die Tür des Vans der Gerichtsmedizin von Miami-Dade County zugeschlagen, und die Menge der blinkenden Streifenwagen teilte sich lautlos, um den Leichenwagen vorbeizulassen.

11

DER SÜSSLICHE GERUCH DES TODES dringt bis ins feinste Gewebe, und kein Waschpulver, keine Seife, kein chemisches Reinigungsmittel kann das Kleidungsstück je wieder davon befreien. Genauso wenig lässt sich der Geruch, einmal wahrgenommen, je wieder aus der Erinnerung löschen. Vielleicht war es eine psychosomatische Reaktion – ein Phantomgeruch, der sich für immer an einen bestimmten Anblick heftete. Doch egal, was es war, C. J. hatte aus Erfahrung gelernt, und so ließ sie die Plastiktüte mit der braunen Hose und der cremefarbenen Seidenbluse in den Müllschlucker auf dem Gang im elften Stock fallen und schlurfte zurück in ihre Wohnung.

Mit Wasser, Seife und einer gehörigen Portion »Armschmalz« – wie es ihr Vater ausdrückte – ließ sich der Geruch zumindest von der Haut abschrubben. Dabei hatte ihr Vater ein gänzlich anderes Betätigungsfeld im Sinn gehabt, als er ihr die goldenen Worte mit auf den Weg gab – jedes Mal nämlich, wenn er sie beim Frühjahrsputz für die Fenster eingeteilt hatte, was sie mindestens drei Mai-Samstage gekostet hatte. Ihr fiel ein, dass sie vergessen hatte, ihre Mutter zurückzurufen. Sie nahm sich vor, ihren Eltern ein paar Zeilen zu schreiben. Sie würde ihrem Vater erzählen, dass sie an seine Putzorgien hatte denken müssen. Nur den Auslöser würde sie verschweigen.

Von Dominick lag ein Zettel auf den Küchentisch, und sie starrte die Nachricht einen Moment lang begriffsstutzig an. Sein Vorgesetzter vom FDLE hatte angerufen, und genau wie Dominick vorausgesehen hatte, war diesmal jeder Einzelne gefragt. Ein Polizistenmörder. Wahrscheinlich waren sie und Dominick auf der I95 aneinander vorbeigefahren. Er auf dem Weg an die Front, während sie endlich nach Hause durfte, mit den versprochenen Bagels auf dem Beifahrersitz. Sie hatte so gehofft, er wäre noch da.

Auf der Küchentheke lag die Zeitung. Das Ereignis, das bald in aller Munde wäre, war noch nicht in den Schlagzeilen. Es hatte den Redaktionsschluss knapp verpasst. C. J. setzte sich an den Küchentisch und schenkte sich eine Tasse Kaffee ein. Tatorte waren nie leicht zu verdauen, doch dieser hatte sie besonders mitgenommen. Nicht nur, weil es um einen Polizisten ging, den sie flüchtig kannte, wie sie zu Marlon gesagt hatte.

So allein mit ihren Gedanken, schien ihr die Wohnung unangenehm ruhig. Sie griff nach dem Telefon, um ihre Eltern anzurufen, doch dann legte sie wieder auf. In Kalifornien war es nicht mal sieben. Sie würde noch mindestens eine Stunde warten müssen.

Victor Chavez. Der arrogante Frischling, der den übelsten Serienmörder in der jüngeren Geschichte der Vereinigten Staaten verhaftet hatte. Einen Mörder, dessen Vorgehen so barbarisch war, dass er sich den makabren Spitznamen Cupido eingehandelt hatte. Vom Frühling 1999 an hatte er achtzehn Monate lang jungen Frauen aufgelauert, die in den hippen Clubs in South Beach ein und aus gingen. Seine Opfer waren nicht nur jung, sie waren auch außergewöhnlich schön. Sie waren blond. Und ihnen allen hatte der blutrünstige Irre mit methodischer Präzision die Herzen aus dem Brustkorb geschnitten.

Eine routinemäßige Fahrzeugkontrolle, durchgeführt von Victor Chavez, hatte dem Morden schließlich ein Ende gesetzt und dem Killer endlich einen Namen und ein Gesicht gegeben: William Rupert Bantling. Er war ein erfolgreicher Geschäftsmann und sah mit seinen eisblauen Augen und den edlen, scharf geschnittenen Gesichtszügen wahrlich nicht wie ein Monster aus. Doch die Leiche, die er in seinem Kofferraum transportierte, gab sein Geheimnis preis. Das zweiundzwanzigjährige Model Anna Prado war jung, blond, außergewöhnlich schön, und es hatte ein großes Loch im Brustkorb, als Officer Chavez vom MBPD und seine Freunde den Kofferraum des Jaguar öffneten.

Der scheinbar wasserdichte Fall landete auf C. J.s Tisch, die zu jener Zeit stellvertretende Leiterin der Abteilung für Kapitalverbrechen war und seit über einem Jahr die Task-Force Cupido von Seiten der Staatsanwaltschaft unterstützte. Die anschließende Hausdurchsuchung und die sorgfältigen Ermittlungen der Task-Force förderten immer mehr belastendes Beweismaterial zutage – todsichere Indizien dafür, dass das System funktionierte, dass der Schuldige hinter Gittern saß und nicht davonkäme. Doch wenn C. J. Townsend eins im Leben gelernt hatte, dann die Tatsache, dass die Dinge nicht immer so liefen, wie sie sollten.

Jetzt schloss sie die Augen und versuchte, das Bild von William Rupert Bantling zu verdrängen, in jenem heißen, überfüllten Gerichtssaal vor etlichen Kameras und der Elite ihrer Kollegenschaft. Damals, als ihr aufging, dass er mehr war als nur ein Angeklagter. In jenem Gerichtssaal, als sie hörte, wie Bantling wütende Worte an Richter Katz richtete, als sie zusah, wie der Saal in Chaos versank.

Sie war wie gelähmt gewesen, als in ihrem Kopf alle Alarmsirenen losgingen und sie plötzlich ins Jahr 1988 zurückversetzt worden war: in jene stürmische Juninacht, in der sie von einem gesichtslosen Monster in ihrem eigenen Schlafzimmer brutal vergewaltigt und gefoltert und auf den blutgetränkten Laken hilflos zurückgelassen worden war. Fast wäre sie verblutet. Das Monster hatte sein Gesicht hinter einer Clownsmaske versteckt. Doch seine Stimme hatte er nicht verbergen können – als er ihr die Worte ins Ohr geflüstert hatte, die Worte, die ebenso tiefe Wunden hinterlassen hatten wie sein Messer.

Chloe Larson hieß sie damals, als sie diese Stimme zum ersten Mal gehört hatte. Sie war jung und hübsch und lebenslustig gewesen, vierundzwanzig Jahre alt und stand kurz vor dem Jura-Examen. Bald würde sie ihre Karriere in einer Kanzlei für Schmerzensgeldklagen beginnen, sich mit einem erfolgreichen, attraktiven Mann verloben, ein wunderbar normales Leben führen. Doch ihre Zukunftspläne hatten jäh geendet, und Chloe musste hilflos zusehen, wie sich die Welt um sie herum weiterdrehte, als wäre das Schlimme, das Schreckliche, das Sinnlose nicht passiert. Für sie war die Zeit stehen geblieben, sie steckte fest in diesem schwärzesten Moment ihres Lebens – sie hörte das Prasseln des Regens gegen die Scheibe und spürte die eiskalte

Angst, als ein Verrückter mit blutrotem Clownsgrinsen ihr den Bauch und die Brust aufschlitzte. Man hatte das Monster nie gefasst, und nachdem sie in New York nicht mehr auf die Straße gehen konnte, ohne in Panik auszubrechen, war sie schließlich nach Miami gezogen und hatte versucht, Chloe Larson abzuschütteln. Doch auch wenn sie den Namen Townsend annahm und die Landschaft hier unten grüner war, hatte sie bald eingesehen, dass sie die Erinnerungen nicht zurücklassen konnte.

Und dann hatte in jenem Gerichtssaal vor drei Jahren die Vergangenheit die Gegenwart eingeholt. Die Gerechtigkeit hatte sich einmal im Kreis gedreht und war plötzlich wieder in Reichweite. Gerechtigkeit nicht für sich, sondern für elf schöne, junge Frauen, die in ihren dunklen Gräbern zu C. J. flehten. Der Fall gehörte ihr.

Nach all den Jahren als Staatsanwältin hätte sie wissen müssen, dass wasserdichte Fälle nie wasserdicht waren. Sogar die Fälle mit den tausend Augenzeugen, den zwölfseitigen Geständnissen und ganzen Eimern voller DNA konnten zur Zitterpartie werden, und schon bei der Urteilsverkündung war klar, dass man es mit jahrelangen Berufungen zu tun bekommen würde. Auch C. J.s wasserdichter Fall war, wie sie bald feststellte, alles andere als wasserdicht. Und es schien, als würde die Gerechtigkeit wieder einmal den Kürzeren ziehen.

In jedem Strafprozess – ob Drogenbesitz, Diebstahl, Raubüberfall – hatten Verfahrensfehler rechtliche Konsequenzen. Wenn Beweismaterial zurückgehalten wurde, Berichte unterschlagen, den Geschworenen Zeugen vorenthalten wurden. Manchmal führte der vierte Zusatzartikel der Verfassung zum Schutz der Rechte des Angeklagten dazu, dass Schuldige freigelassen werden mussten. Doch im normalen Strafprozess hatte ein solcher Fall keine lebensbedrohlichen Folgen. In diesem speziellen Fall jedoch hätte ein Fehler einen tödlichen Ausgang haben können: Ein Wahnsinniger wäre für immer auf freiem Fuß. Und das war die Konsequenz, die C. J. Townsend – stellvertretende Leiterin der Abteilung für Kapitalverbrechen, knallharte Staatsanwältin und Verbrechensopfer in einer Person – nicht zulassen konnte.

Als C. J. am Küchentisch saß, stürzten die Erinnerungen über sie herein. Wie ein Dominostein den anderen riss ein Bild das nächste mit sich, bis das ganze grausame Panorama vor ihr lag.

Der junge Victor Chavez hatte nicht nur eine Menge Feinde gehabt, sondern auch ein paar Geheimnisse. Und Nicholsbys letzte Worte an diesem Morgen gingen C. J. nicht aus dem Sinn. Wie eine Off-Stimme kommentierte sie den schrecklichen Film in ihrem Kopf.

Das war, um ihm das Maul zu stopfen.

12

»Es gibt Probleme«, sagte Dominicks Stimme durch das Handy.

Es war Montagmorgen, und C. J. verließ gerade das Gerichtsgebäude. Die letzten beiden Stunden hatte sie damit verbracht, einen schlecht gelaunten Richter Goldstein davon abzubringen, einem des Mordes Angeklagten Freigang zu gewähren. Ihm wurde vorgeworfen, mit einer Kalaschnikow drei Kollegen umgemäht zu haben, und jetzt wollte er seine sterbende Mutter im Altersheim besuchen. Den gleichen Antrag stellte er zum dritten Mal in sechs Monaten, und jedes Mal, wenn er abgelehnt wurde, erholte sich seine Mutter plötzlich wieder. C. J. trat aus dem Richard E. Gerstein Criminal Justice Building und steuerte ihr Wägelchen mit den Akten die Rollstuhlrampe hinunter.

»Keine schöne Nachricht an einem Montagmorgen«, sagte sie, während sie in einer Hand ihre gewaltige Aktentasche balancierte und mit der anderen den Wagen hinter sich herzog, das Telefon zwischen Ohr und Schulter eingeklemmt. »Wo bist du? Haben sie dich endlich nach Hause geschickt?«

»Nein, noch nicht. Ich bin immer noch unten in Miami Beach. Black, Fulton und ich hatten gerade ein Meeting. Bis jetzt soll das FDLE im Mordfall Chavez nur aushelfen … Besser gesagt, *ich* soll aushelfen. Aber wenn nicht bald ein paar Spuren auftauchen, stellen sie eine Task-Force zusammen. Ich fahre so in einer Stunde nach Hause, dann hau ich mich erst mal aufs Ohr.«

»Und was für ein Problem gibt es?«, fragte sie, während sie die 13. Straße überquerte. Das Graham Building, in dem die Staatsanwaltschaft von Miami-Dade saß, lag auf der anderen Seite, gegenüber vom Gericht.

»Wir haben gerade Chavez' Drogenscreening reinbekommen. In Blut und Urin wurde Kokain nachgewiesen. Außerdem hatte er Arteriosklerose, also eine vorzeitige Verhärtung der Adern. Für einen Siebzigjährigen nichts Ungewöhnliches, aber bei einem Burschen Anfang zwanzig deutet das eindeutig auf längerfristigen Kokain- oder Heroinmissbrauch hin.«

»Mist«, seufzte C. J. »Er hat also Drogen genommen. Hat das was mit seinem Tod zu tun?« Nach dem, was sie Samstag früh im Streifenwagen gesehen hatte, bezweifelte sie es.

»Nein. Zu seinem Pech hatte er keinen Herzinfarkt, bevor ihm die Kehle durchgeschnitten wurde. Im Gegenteil. Neilson hat noch was rausgefunden. Chavez' Lungen waren voller Blut – anscheinend ist der Knabe an seinem eigenen Blut erstickt.«

Joe Neilson war der Gerichtsmediziner, mit dem C. J. häufig zusammenarbeitete. Man mochte ihn ein wenig seltsam nennen, um nicht zu sagen exzentrisch, aber er erledigte seine Arbeit immer mit äußerster Umsicht. Manchmal fand er höchst interessante Hinweise. »Wenn ich das richtig verstehe, ist das nicht normal, wenn jemand die Kehle durchgeschnitten bekommt?«

»Als Neilson das Blut in den Lungen entdeckt hat, hat er die Schnitte an der Kehle nochmal untersucht. Erst hatte er angenommen, Halsschlagader, Luftröhre und Drosselvene wären mit einem Schnitt durchtrennt worden. Doch dann wäre der Kerl verblutet, nicht erstickt, man hätte kein Blut in den Lungen gefunden. Als sich Neilson die Wunde näher ansah, entdeckte er, dass es zwei Schnitte waren. Der erste hat nur die Drosselvene und die Luftröhre durchtrennt. Die Drosselvene pumpt das Blut vom Hirn zurück zum Herzen und ist anscheinend langsamer als die Halsschlagader. Wenn sie durchtrennt wird, rinnt das Blut einfach heraus. Im Gegensatz zur Halsschlagader, wo es mächtig spritzt. Bei Chavez ist das Blut aus der Drosselvene in die Luftröhre gelaufen. Er ist erstickt, nicht verblutet. Sozusagen in seinem eigenen Blut ertrunken. Zu seinem Pech ist Ersticken der langsamere und unangenehmere Tod.«

»Könnte es nicht sein, dass der Mörder beim ersten Mal das Grinsen nicht richtig hingekriegt hat und nochmal ansetzen musste?«

Grinsen war im Polizeijargon das Wort für einen Schnitt durch die Kehle: von einem Ohr zum anderen.

»Vielleicht, aber Neilson ist da anderer Meinung. Die Tiefe, Breite und Präzision des ersten Schnitts bringen ihn zu der Vermutung, dass die Halsschlagader beim ersten Mal absichtlich verschont blieb.«

C. J. hatte den Vorraum der Staatsanwaltschaft im ersten Stock erreicht und wollte eben ihre Plastikkarte durch den Schlitz vor der Sicherheitsschleuse der Major Crimes Unit ziehen, als sie innehielt. »Was ist mit der Zunge? War das prae oder post mortem?«

»Neilson meint, die Zunge sei zuerst herausgeschnitten worden. Chavez hat wahrscheinlich noch gekämpft und versucht, den Kopf wegzudrehen – das belegen Schnittwunden und Prellungen um den Mund und Risswunden an den Wangen. Danach wurden Drosselvene und Luftröhre durchgeschnitten, und zum Schluss kam das Grinsen.«

»Mein Gott.« Sie schwieg einen Moment. Dann fragte sie: »Hat die Spurensicherung im Wagen was gefunden?«

»Im Streifenwagen sind jede Menge Fingerabdrücke, mit freundlichen Grüßen von allen Leuten, die je auf dieser Rückbank aufs Revier gefahren worden sind. Das Gleiche gilt für Haare und Textilfasern. Der Wagen ist drei Jahre alt und hat vor allem Verbrecher befördert. Wir haben also eine Million Kerle, die wir verhören müssen, aber keiner davon ist konkret tatverdächtig. Wegen des Drogenscreenings muss ich mir Chavez' Personalakte ansehen und wahrscheinlich seine ganze Abteilung auseinander nehmen.«

»Du? Ich dachte, offiziell führt das MBPD die Ermittlung durch.«

»Schon, aber aus irgendeinem Grund haben sie das Gefühl, dass es einen Interessenkonflikt geben könnte und dass das FDLE neutraler ist. Black ist ein Kumpel von Jordan vom Beach, und deshalb bin ich jetzt der Klempner, der alles richten soll.« Black war Regional Director des FDLE, Dominicks Boss. Jordan war der Chief des Miami Beach Police Department. »Chavez wohnte mit seinem Bruder zusammen, einem Police Officer in Hialeah. Kann sein, dass er mich nicht freiwillig in die Wohnung lässt, deshalb brauche ich einen Durchsuchungsbefehl.«

»In Ordnung. Ich hatte ohnehin Dienst, also wenn du mit schönen Worten nicht weiterkommst, sag mir Bescheid.« Während sie sprach, hörte sie hinter sich ein ungeduldiges Schnalzen. Sie musste sich nicht umdrehen, um zu wissen, dass Marisol, ihre Sekretärin, hinter ihr stand, in pinkfarbenem Lycra, die lila Fingernägel grimmig in die Hüften gestemmt. Sie trat einen Schritt zur Seite, um sie vorbeizulassen. Es war tatsächlich Marisol, nur war es noch schlimmer, als C. J. vermutet hatte. Heute trug sie einen geblümten neongelben Minirock.

»Guten Morgen, Marisol.«

Marisol ignorierte C. J.s Gruß, warf die Haare zurück und rauschte mit einer Tüte Chips und einer Diät-Cola vorbei.

C. J. konzentrierte sich wieder auf das Gespräch. »Habt ihr eine Spur?«

»Ja. Zu viele. Und bis jetzt führt keine irgendwohin. Anscheinend hatten mehrere Leute Chavez auf dem Kieker, vor allem die Frauen, mit denen er sich getroffen hat. Oder besser, die er gevögelt und betrogen hat. Das sind schon etliche. Dann gibt es noch einen Haufen Kumpel, von denen er sich Geld geliehen hat, ohne es ihnen zurückzugeben, und Schulfreunde, die mit den Latin Kings verbrüdert sind. Wer immer der Täter war, er hatte ein Hühnchen mit ihm zu rupfen, und davon gibt es echt eine Menge.«

C. J. spürte, wie sich ihre Anspannung ein wenig lockerte. Anscheinend hatte Victor Chavez noch mehr Geheimnisse. Und er trieb sich in ziemlich schlechter Gesellschaft herum. Vielleicht war es also gar nicht *ihr* Geheimnis, das ihn ins Grab gebracht hatte.

Dominicks Stimme nahm einen anderen Ton an. »Und wie geht's dir?«, fragte er zärtlich. »Ich merke doch, wie es dich mitnimmt.«

Die Macht, die Dominick über sie hatte, war enorm. Seine bloße Gegenwart reichte, damit sie sich beschützt und sicher fühlte. Selbst am Telefon nahm seine Stimme ihr die Angst. Dominick war der Grund dafür, dass sie ihr seelisches Gleichgewicht wieder gefunden hatte – er war das Licht, das selbst in dem Irrsinn leuchtete, der sie einmal fast überwältigt hatte. Und so hatte sie ihm in der hohen Mauer, die sie als Bollwerk gegen den Rest der Welt errichtet hatte, eine Tür geöffnet – einen kleinen Spaltbreit – und ihn hereingelassen, bevor sie sie schnell wieder zugemacht hatte. Ihre Beziehung hatte als Freundschaft begonnen und war langsam zu Liebe gereift. C. J.s Gefühle gingen tief, tiefer, als sie je für möglich gehalten hatte. Manchmal, wenn sie es zuließ, raubte er ihr schlicht den Atem.

Sie hatten nie offiziell beschlossen zusammenzuziehen, doch irgendwann in den letzten drei Jahren hatte er einfach aufgehört, in seine Wohnung zurückzukehren, und sie hatte ihm die Hälfte des begehbaren Kleiderschranks überlassen. Ihr Blick fiel auf den funkelnden Diamanten an ihrer linken Hand, und sie musste lächeln. Wie ein Kind seinen Teddy streichelt, strich sie jetzt über den kostbaren Stein. Die Berührung versicherte ihr, dass all dies Wirklichkeit war, erinnerte sie an den Moment, als er ihr den Ring auf den Finger gesteckt und sie gebeten hatte, ihr Leben für immer mit ihm zu teilen. Der Moment, als sie endlich in der Lage gewesen war, ja zu sagen.

»Es geht schon wieder«, sagte sie. »Chavez war ja keine Leuchte, aber wer hätte so was geahnt …« Ihre Stimme verlor sich, als der kurze Moment des Glücks von den schrecklichen Bildern verdrängt wurde. Als leitender Ermittler der Task-Force Cupido hatte auch Dominick von Victor Chavez' Dummheiten gehört. Zumindest von den meisten. C. J. verdrängte den Gedanken schnell. Stattdessen sagte sie: »Ich vermisse dich. Meinst du, du bist heute Abend zu Hause?«

»Ich muss sehen, was Black mit mir vorhat. Ich vermisse dich auch. Triffst du dich heute Nachmittag mit dem Party-Service?«

Über die Aufregung der letzten zwei Tage hatte sie den Party-Service des Turnberry Isles Resort vollkommen vergessen. Vergessen oder, wie Freud sagen würde, erfolgreich verdrängt. Ihre Hochzeit war erst in gut sechs Monaten, doch der Manager hatte vor kurzem aufgeregt ins Telefon geflötet: »Allerhöchste Eisenbahn!« C. J. wünschte, die ganze Geschichte wäre bereits über die Bühne gegangen. Und es wären nur sie beide, die gemeinsam durchs Leben gingen, und nicht hundertfünfzig Leute, die auf eine rauschende Hochzeit warteten. C. J. hasste es, im Mittelpunkt zu stehen, sie hasste den ganzen Wirbel, der um Braut und Bräutigam veranstaltet wurde. Vor allem das Rampenlicht, in dem die Braut stand. Ihr wäre es lieber gewesen, ganz schlicht und in aller Stille zu heiraten – schlicht wie der lupenreine Diamant an ihrem Verlobungsring. Doch diese Hoffnung hatte sich mit der freundlichen Unterstützung wohlmeinender Freunde und Verwandter schnell in Luft aufgelöst. Stattdessen stand eine ihrer Meinung nach übertrieben große Feier an. Es gab kein Zurück, jetzt konnten sie nicht mehr klammheimlich in ein Flugzeug nach Las Vegas steigen und braun gebrannt und frisch verheiratet zurückkommen, selbst wenn es C. J. so am liebsten gewesen wäre.

»Das habe ich vollkommen vergessen. Ich ruf ihn an und verschiebe den Termin, dann können wir zusammen hingehen. Und du darfst die Farbschattierung der Servietten mitbestimmen«, witzelte sie.

Er lachte leise. »Ich bin doch ein Glückspilz. Geteilte Freude ist doppelte Freude, also heb mir diesen Tanz auf. Ich ruf dich später an. Ich liebe dich.«

»Ich liebe dich auch«, sagte sie und legte auf. Sie sah sich auf der Etage um. Überall fädelten sich Ankläger mit Aktenwägelchen und Aktentaschen in das Labyrinth der Flure ein, die von den Aufzügen in alle Richtungen führten. Begleitet wurden sie von Polizisten und Verteidigern, Opfern, Tätern und Zeugen. Das war ihr ganz normaler Alltag – angespannt und abgehetzt –, und immer gab es eine Million Dinge, die noch zu erledigen waren. C. J. atmete aus. Ein Gewicht schien von ihren Schultern abzufallen, als sie die Plastikkarte durch den Schlitz schob.

Sie war sehr erleichtert zu erfahren, dass Victor Chavez eine Menge Geheimnisse vor einer Menge Leute hatte. Vielleicht weil auch sie selbst ein paar Geheimnisse hatte.

13

Ein Blick in Victor Chavez' Personalakte genügte, und Dominicks Liste der zu befragenden Personen verdoppelte sich. Es schien, als ob Victor mit niemandem gut ausgekommen wäre und umgekehrt. Weder beim MBPD noch außerhalb. Sein Sergeant beschrieb ihn als »stur und respektlos«, und das waren noch seine nettesten Eigenschaften. Es gab diverse Beschwerden wegen grundloser Gewaltanwendung, die jedoch alle fallen gelassen worden waren, weil die meisten Beschwerdeführer entweder obdachlos und nicht erreichbar und damit als Zeuge nutzlos oder Touristen gewesen waren, die längst die Stadt verlassen hatten, bis die Akte auf dem Tisch der Abteilung für innere Angelegenheiten nach sechs Wochen endlich aufgeschlagen wurde.

Dafür dass Chavez erst vier Jahre bei der Truppe war, war seine Akte erstaunlich dick. In den Wochen, die auf seinen Tod folgten, ging Dominick die Akte zigmal durch. Offensichtlich war Victor in seiner Karriere keinen Schritt weitergekommen, weil er immer den falschen Leuten ans Bein pinkelte. Wenn er noch am Leben wäre, würde er Nachtschichten schieben, bis die nächste Eiszeit kam. Oder ein neuer Polizeipräsident, der ihm all seine Vergehen vergab.

Aus den unzähligen Gesprächen, die Dominick führte, ergab sich, dass Chavez trotz allem seinen Job behalten hatte, weil er einmal zufällig auf dem MacArthur Causeway einen Serienmörder verhaftet hatte. Was Dominick jedoch noch mehr entsetzte, war, dass Chavez nach Aussage seines Bruders Ernesto in Kürze einen Job in Hialeah angeboten bekommen sollte. Abgesehen von der Unsitte der Vetternwirtschaft, war die Polizei heutzutage wirklich so verzweifelt auf der Suche nach Personal, oder steckte mehr dahinter? Vielleicht die Angst vor einer dicken Klage, wenn die Stadt einen Beamten feuerte?

Als Dominick Ernesto Chavez am Tag vor Victors Beerdigung einen Besuch abstattete, hatte Ernesto sowohl die Wohnung als auch seine Story ordentlich auf Vordermann gebracht. *Natürlich könne sich Dominick umsehen. Auch wenn es echt Scheiße sei, dass ein toter Cop – noch dazu ein verdammter Held – wie ein Verbrecher behandelt werde. Das FDLE und die Arschlöcher, die Victor in Miami Beach das Leben zur Hölle machten, hätten eben keinen Respekt vor einem toten Helden!* Anscheinend hatte der Baum zwei faule Äpfel getragen. So ging es eine Stunde lang, während Dominick und Marlon Dorsett mit drei Polizisten des MDPD die enge Dreizimmerwohnung unterhalb des Palmetto Expressway durchsuchten. Drogen fanden sie keine.

Tagelang beharrte Ernesto darauf, keine Ahnung von Victors schlechter Angewohnheit zu haben. Doch er sang sofort ein anderes Lied, als er selbst in den Becher pinkeln musste – eine Überraschung seines Lieutenants, die auf Dominicks Rechnung ging. Um sich den Gang zum Arbeitsamt zu sparen, schrieb sich Ernesto für das Entzugsprogramm seines Departments ein und gab endlich zu, dass die beiden Brüder gerne in Miami Beach gefeiert hätten und dass Victor bei seinem Lieferanten in den Miesen war. Der Dealer nannte sich Lil' Baby J alias LBJ. Getauft war er auf den Namen Jerome Sylvester Lightner und hatte mit Victor die Schulbank gedrückt.

Statt so clever zu sein und sich das Geld von einer der zwanzig Frauen zu leihen, die er bumste, war Victor in bewährter Blödheit zu seinem Freund Ricardo Brueto gegangen, einem Anführer bei den Latin Kings. Ricky gab ihm die fünftausend, die er brauchte, um LBJ und seine Freunde loszuwerden. Fürs Erste zumindest. Allerdings verstand man bei den Gangs keinen Spaß, wenn es um Schulden ging, und die Zinsen vervielfachten sich von Stunde zu Stunde.

Kurz nachdem Victor unter der Erde war – es gab einundzwanzig Ehrensalven mit allem Drum und Dran –, hatten sie ein einigermaßen klares Bild gewonnen. Dominick rechnete damit, dass alles herauskam, sobald sie LBJ fanden – der sich allerdings seit Victors Tod verborgen hielt. Wahrscheinlich war Victors Kredit abgelaufen, und er hatte, um seinen Arsch zu retten, ein paar Geheimnisse über seinen Kumpel bei den Latin Kings ausgeplaudert, was nicht unbemerkt geblieben war. Es gab unendlich viele Möglichkeiten, und keine davon war angenehm. Wer sich zu Hunden legte, stand mit Flöhen auf. Wenn er überhaupt wieder aufstand.

Ricardo hatte schnell begriffen, dass es in seinem Interesse lag, nicht mit den Ermittlern zu sprechen, und in Anbetracht der Länge seines Strafregisters konnte Dominick diese Einsicht sogar nachvollziehen. Da nichts gegen ihn vorlag, konnte man zu diesem Zeitpunkt nur abwarten und Däumchen drehen. Abwarten, bis LBJ wieder auftauchte. Abwarten, was er sagen würde, wenn ihm wegen Mord an einem Polizisten die Todesstrafe drohte.

Victors Tod sah immer mehr aus wie eine Hinrichtung in der Gang-Szene, nicht wie die wahllose Tat eines Verrückten oder die Rache eines betrogenen Liebhabers, und das nahm der Ermittlung ein wenig den Druck, der so schwer auf den Detectives gelastet hatte. Auch wenn es immer noch höchste Priorität war, den Schuldigen zu finden, rangierte ein Mord im Drogen- und Gang-Milieu auf der Wichtigkeitsliste ein paar Plätze weiter unten. Anders als andere Jungs in Uniform, die im Gefecht gefallen waren, hatte sich Victor die Fahrkarte zum heiligen Petrus selbst gekauft.

Die Drogen-Connection sickerte zur Presse durch, und bald verging selbst den Medien mit ihrem schonungslosen Durst nach Blut und Skandalen die Lust. Die tägliche Berichterstattung über den *Cop-Killer!* rutschte von der Titelseite in den Lokalteil und wurde nach einer Woche eingestellt. Auch das Cop-Killer-Logo, bestehend aus dem rotierenden Wappen des Miami Beach Police Department und einem Messer, verschwand schließlich aus den Kopfzeile der Channel-Seven-Nachrichten.

Armer Victor. Wie wenig Zeit hatte er auf Erden gehabt, und wie wenig hatte er daraus gemacht. Nicht einmal eine zweite Chance war ihm vergönnt gewesen. Auf der Beerdigung hatte es von Uniformen gewimmelt, doch Dominick wusste, ihre Anwesenheit hatte mehr mit Pflichterfüllung als mit echter Zuneigung oder gar Respekt zu tun. Die meisten der fünfhundert Polizisten kannten Victor gar nicht, und die, die ihn kannten, waren taktvoll genug, ihre Meinung über ihn und seinen Tod für sich zu behalten. Der Dudelsackspieler spielte vor voll besetzten Reihen auf, doch Dominick, der mit dem Führungsstab des FDLE an den Feierlichkeiten teilnahm, hatte das Gefühl, die Kirche wäre leer. Die Tränen von Victors Mutter waren die einzigen, die an diesem Tag vergossen wurden.

Dominick brachte den jüngsten Ermittlungsbericht, den er fertig geschrieben hatte, ins Sekretariat und legte ihn in den Korb für »Laufende Ermittlungen». Dann machte er sich auf den Weg durch das menschenleere Gebäude zum Ausgang. Er fuhr sich durchs Haar und versuchte die Müdigkeit abzuschütteln, die seine Gedanken wie Spinnweben verschleierte, und hoffte, dass er auf dem Heimweg nicht am Steuer einschlief.

Bald hätten die Nachtschichten und Sieben-Tage-Wochen ein Ende. Nun, da Baby Jerome von der gesamten Polizei gesucht wurde, war es nur eine Frage der Zeit, bis der Mord an Victor offiziell aufgeklärt und der Gerechtigkeit Genüge getan war.

14

Aus seinem Versteck hinter einem kleinen Palmenhain beobachtete er den Polizisten in seinem Streifenwagen. Officer Bruce Angelillo von der Polizei von Miami-Dade sah müde und gelangweilt aus. Immer wieder waren heftige Schauer während der Nacht auf den Wagen heruntergeprasselt, das Wasser floss in dünnen Rinnsalen die Scheiben hinunter. Am Himmel über den nicht allzu fernen Everglades zuckten violette Blitze.

Der Mann im Gebüsch atmete den Geruch des Regens auf dem Asphalt ein, der Miamis neuestes Mega-Einkaufszentrum umgab. Im Westen, wo die Blitze niedergingen, erhoben sich die unendlichen Schleifen des Florida Turnpike. Dahinter ragten Kiefern in den Himmel, und die Wildnis begann. Noch. Bis sie auch dort das Sumpfgras mähten, die Alligatoren verjagten und zu bauen anfingen. Und bauen würden sie: neue Apartments, neue Studios, neue Wohnviertel – »Grundbesitz«, wie es in den massiven Marketing-Kampagnen hieß. Auf winzigen Grundstücken würde sich Haus an Haus reihen, eingefriedet durch hohe Mauern mit einem Pförtnerhaus. Floridas Antwort auf die wachsende Kriminalität.

Die Planer des Einkaufszentrums hatten schmale Beete mit üppigen tropischen Pflanzen angelegt, um die schwarze Asphaltwüste zu verschönern, die viertausend Parkplätze fassen würde. Zweihundert Meter weiter wurden die Publikumsmagneten der Mall – Bloomingdale's, Burdines, Dillard's – von bunten Neonröhren erleuchtet. Doch hier, an der äußersten Ecke des Parkplatzgeländes, war es dunkel, nur der Mond schien durch die Wolkendecke und warf lange Schatten zwischen den Palmen. Von seinem Versteck unter einer dicken Dattelpalme zwischen zwei riesigen Stauden Elefantenohr beobachtete der Mann, wie Officer Angelillo im dämmrigen Schein der Innenbeleuchtung in den Laptop tippte und sich dann und wann gähnend die Hand vor den Mund hielt.

Bald war es so weit. Man konnte praktisch die Uhr danach stellen.

Der Wind hatte aufgefrischt, ein totes Palmblatt kroch braun und welk über den verlassenen Parkplatz. Das schabende Geräusch mischte sich unter das Rauschen und Rascheln der Palmwedel, die im Wind tanzten. Bald würde der Regen mit geballter Kraft wiederkehren.

Es war drei Wochen her, dass der Mann das letzte Mal mit dem Tod in Berührung gekommen war, seinen Puls warm und klebrig unter den Fingern gefühlt hatte. Gespürt hatte, wie der Lebenssaft eines anderen ihn salbte. Er dachte an Victors fleischige Kehle unter seinen Händen, die Farbe Rot, als das Blut aus ihm auslief, die billigen blauen Sitzbezüge tränkte. Und Victors braune Augen, die ihn, groß und rund, ratlos anflehten, seine letzten Worte ein röchelndes Lallen. Und hier saß Officer Bruce. Noch einer, der seine Marke mit einem korrupten Lächeln trug. Noch einer, der Schande über die blaue Uniform brachte. Seine Existenz würde vielleicht vermisst, doch nicht betrauert werden. Nicht, wenn die Wahrheit über Officer Bruce ans Licht kam.

Pünktlich wie ein Uhrwerk öffnete Officer Angelillo die Wagentür, trat hinaus in die Nacht und streckte sich. Er nahm eine Zigarette aus dem Päckchen Marlboro Lights und zündete sie sich an. Im Streifenwagen zu rauchen kam nicht in Frage, nicht mit einem Sergeant, der Krebs gehabt hatte und seitdem Nichtraucher war: *Wenn dich der Job nicht umbringt, dann tun's die Sargnägel mit Sicherheit*, betete ihm der Sergeant regelmäßig beim Appell vor.

Der Mann verließ das dichte Gebüsch und trat zu dem Polizisten in die Rauchschwaden. Komisch, die Überraschung auf Officer Bruce' dicklichem Gesicht, als sein träges Hirn die Schritte endlich als potenzielle Gefahr registrierte. Komisch, denn als Polizist sollte Bruce auf Überraschungen vorbereitet sein. Doch anscheinend brauchte er ein bisschen Nachhilfe, genau wie sein Kollege Chavez.

»Haben Sie Feuer, Officer?«, fragte der Mann. Die Frage erübrigte sich, denn Officer Bruce hatte die Zigarette fallen lassen. Verzweifelt blickte er sich auf dem verlassenen Parkplatz um. Der Laut, der aus seiner Kehle kam, klang eher wie ein Quieken als wie ein Schrei. Erfolglos zerrte er an seinem Holster, in dem die Glock 40 steckte.

Doch es war zu spät. Die gezackte Klinge hatte ihn bereits erwischt, und jetzt schleppte der Mann den schlaffen Körper des Officer mit übermenschlicher Kraft zurück zum Streifenwagen. Bruce

Angelillos letzter Gedanke war, dass sein Sergeant Recht behalten hatte: Das Rauchen hatte ihn umgebracht.

Die Zigarette kullerte über den Asphalt, fort von dem Wagen, und verspritzte glühende Funken, wie Tränen, bevor sie in eine Pfütze rollte und ihr Glimmen erlosch.

15

Um fünf begann das Nextel auf dem Nachttisch zu knistern.

»Dom, geh ran. Ich bin's, Fulton.« Jimmy Fulton war der leitende Special Agent der Violent Crime Squad. Dominicks Truppe. Seine raue Stimme mit dem singenden Südstaaten-Akzent erfüllte das Schlafzimmer. Im Hintergrund plärrten Polizeisirenen.

Dominick war sofort hellwach. C. J. setzte sich langsam neben ihm auf. Draußen goss es in Strömen, der Regen prasselte laut gegen die Scheiben.

Er griff nach dem Nextel. »Fulton. Hier ist Dom.« Inzwischen war er aus dem Bett, zog sich mit einer Hand die Hose hoch, während er in der anderen das Telefon hielt. Er brauchte nur Fultons Stimme zu hören, um zu wissen, dass er sich gleich auf den Weg machen musste. »Was ist los?«

»Wir haben hier noch einen, Dom.« In seiner zitternden Stimme lag unbändiger Zorn. Und, unverkennbar, Angst. Fulton war seit achtundzwanzig Jahren beim FDLE, davon neunzehn als Leiter verschiedener Squads – Drogen, Korruption und organisiertes Verbrechen, seit zwei Jahren Gewaltverbrechen. Fulton war ein Veteran, er hatte alles schon gesehen. Und in den fünfzehn Jahren, die Dominick ihn kannte, hatte er noch nie diesen Ton, diese Angst in seiner Stimme gehört. »Noch ein verdammter Cop ist tot«, sagte er. »Genau hier, Dom, direkt vor unserer gottverdammten Nase!«

Dominick ließ das Hemd, in das er gerade schlüpfen wollte, sinken. Sein Magen machte sich unangenehm bemerkbar. »Was?«

»Sieht aus, als wäre der gleiche Dreckskerl am Werk, der auch den Jungen vom Beach abgestochen hat. Der hier ist von der Miami-Dade.

Ziemlich übel zugerichtet, Dom. Echt schlimm. So was hab ich noch nicht gesehen. Nicht bei einem gottverdammten Cop!« Er räusperte sich, und Dominick hörte ihn murmeln: »Mein Gott …«

Noch einer. Noch ein Mann war tot. Holt den Trompeter und die Dudelsackspieler.

»O nein«, sagte Dominick und setzte sich aufs Bett. »Wer ist es, Jimmy?«

»Dom, sein verdammtes Gesicht ist nur noch Hackfleisch. Vorläufig gehen wir davon aus, dass es ein gewisser Bruce Angelillo ist. Kennst du ihn?«

Dominick schüttelte den Kopf und dachte nach. Er suchte nach einem Gesicht. Dann stand er auf und ging durchs Zimmer. »Nein, der Name sagt mir nichts, glaube ich.« Er öffnete die Jalousien einen Spalt und sah aus dem Fenster. Tief unten brodelte der Kanal, in den die Regentropfen wie Geschosse einschlugen. Die Lichter von Pompano Beach auf der anderen Seite waren nur verschwommen zu sehen. Selbst wenn es nicht lang bis Sonnenaufgang war, zweifelte Dominick, dass er sie zu sehen bekäme. Seit drei Tagen hing ein riesiges Wolkenfeld über Südflorida und ertränkte Miami in seinen Fluten. Auf den rutschigen Highways hatte es bereits zahllose Unfälle gegeben. »Ich bin unterwegs. Wohin soll ich kommen, Jimmy?«

»Fahr einfach ins Büro«, sagte Fulton. »Aber nimm am Turnpike die Ausfahrt 12. Straße.«

»Bist du nicht am Tatort?« Im Hintergrund heulten Sirenen. Immer lauter, immer mehr.

»Doch, das bin ich. Ich stehe auf dem Parkplatz der Dolphin Mall, Dom. Genau gegenüber vom MROC und der Highway Patrol. Er hat es direkt vor unserer gottverdammten Haustür getan.« Er seufzte frustriert, dann fügte er leise hinzu: »Herrje, ein, zwei Kiefern weniger, und ich könnte sehen, ob du mal wieder vergessen hast, das Licht im Büro auszumachen, Dom.«

Dominick drehte sich der Magen um. MROC war die Abkürzung für das Miami Regional Operations Center. Das Hauptquartier. Vor ein paar Jahren hatte die Regierung ein Stück Land im Westen von Miami gekauft; dort war im letzten Jahr ein riesiger, hochmoderner Komplex für alle staatlichen Polizeibehörden entstanden. Er beherbergte die neuen Hauptquartiere des FDLE, der Florida Highway Patrol und des Büros für landesweite Strafverfolgung. Dazu war eine Kommunikationszentrale für alle Funkfrequenzen des Landes errichtet worden, von Palm Beach bis zu den Keys, mit Zwanzig-Meter-Funktürmen und einem eigenem Satellitensystem. Es war eine richtiggehende Festung für Polizisten, Ermittler und Strafverfolger, die hier rund um die Uhr arbeiteten.

Dominick schüttelte den Kopf und versuchte gegen das Schwindelgefühl anzukämpfen. Das MROC war von einem Kiefernwäldchen umgeben, dahinter begann der Parkplatz der Dolphin Mall. Und dieser Parkplatz war nun ausgerechnet der Tatort, an dem einer von ihnen ermordet worden war.

C. J. saß im Bett – sie war blass und rieb sich mit gesenktem Kopf die Schläfen. Eine Erklärung war überflüssig; dank des Nextel hatte sie alle Einzelheiten aus Fultons Mund hören können. Wie Dominick versuchte sie wieder einmal das Unbegreifliche zu begreifen.

»Alles klar. Ich bin gleich da.« Er legte auf, und bleierne Stille erfüllte den Raum. Nur das Prasseln des Regens war zu hören.

Heute war C. J. an der Reihe. »Soll ich mitkommen?«, fragte sie zögernd.

»Nein. Diesmal soll sich jemand anderes drum kümmern. Du hast letzten Monat schon genug gesehen.«

»Kann sein, dass sie mich trotzdem rufen, weil ich bei Chavez vor Ort war.«

»Warten wir's ab. Bleib erst mal hier. Ich ruf dich an, sobald ich mehr weiß.«

»Okay«, sagte sie leise.

Auf dem Weg aus dem Schlafzimmer blieb er stehen und kehrte er noch einmal um. Er setzte sich auf die Bettkante, zog sie hastig an sich, spürte ihren warmen Atem auf seiner Wange. Er küsste sie in die weiche, vertraute Grube ihres Nackens, der zart nach ihrer Gardeniencreme roch, und vergrub den Kopf in ihrem Haar.

Dann stand er ohne ein weiteres Wort auf und zwängte sich zur Tür hinaus, vorsichtig, ohne die schlafende Lucy zu wecken, die mitten im Weg lag.

16

Dominick reichte ein Blick auf die blutüberströmte, verstümmelte Leiche von Officer Bruce Angelillo auf dem Fahrersitz, um zu wissen, dass es sich um denselben Killer handelte. Oder um einen Trittbrettfahrer, der sowohl ein gutes Auge fürs Detail als auch einen Maulwurf beim MBPD hatte – die meisten der grausigen Einzelheiten von Chavez' gewaltsamem Tod waren unter Verschluss gehalten worden, um genau so etwas zu verhindern. Die Fenster waren von innen mit geronnenem Blut verschmiert; im Hals des Toten klaffte der tiefe Schnitt wie ein makabres Grinsen, das Markenzeichen eines erbarmungslosen Killers. Mit den Händen klammerte er sich noch an das Steuerrad, an das er mit Handschellen gefesselt war, sein Namensschild war von der Uniform abgerissen, gestohlen, zusammen mit der Marke und dem Dienstausweis. All die Fakten erzählten die gleiche Geschichte. Mit einer Ausnahme. Angelillo hatte seine Zunge behalten. Der Mörder hatte nur ihre Lage manipuliert. Sie steckte in dem Schnitt in seinem Hals.

Die Medien fielen über den Tatort her wie hungrige Wölfe, was die Highway Patrol und das MDPD dazu zwang, die Ausfahrten auf dem Florida Turnpike und dem Dolphin Expressway zu sperren, ausgerechnet am Montagmorgen mitten im Berufsverkehr. Hubschrauber von Fernsehsendern schwebten am Himmel, schossen aus allen erdenklichen Perspektiven Fotos von dem Gewimmel der Polizisten in Regencapes am Boden, die Vans der Nachrichtenmagazine blockierten die Zufahrtsstraßen und richteten ihre fünfzehn Meter hohen Satellitenantennen auf, Sprecher verrenkten sich die Köpfe, um für die Zuschauer in New York und L. A. einen besseren Blick auf die Liveshow zu ergattern. Die Folge war, dass die Pendler, wenn sie Glück hatten, zwei Stunden in die Innenstadt brauchten. Die weniger Glücklichen wurden in einen der zahlreichen Auffahrunfälle verwickelt, die von hirnlosen Gaffern produziert wurden; der Dauerregen trug sein Übriges zum allgemeinen Chaos bei.

Der Regen hatte auch jede Hoffnung zunichte gemacht, auf dem Parkplatz und in der Umgebung noch Spuren zu finden. Verschwunden waren Reifenspuren, Fußabdrücke, Blutspuren. Haare, Textilfasern oder Hautschuppen mit DNA, die normalerweise immer irgendwo zurückblieben – an einem Ast, einer Zigarette oder einem alten Kaugummi –, all das hatten die heftigen Gewitter unwiederbringlich weggespült.

Der Gerichtsmediziner war da gewesen und hatte Angelillos Leiche um 8.30 Uhr in Begleitung mehrerer Vans schließlich ins Leichenschauhaus gebracht. Auf dem Parkplatz drängten sich den ganzen Tag Polizisten und Streifenwagen. Das gelbe Flatterband wirkte wie eine Partydekoration am Morgen danach – zu Boden gedrückt vom Regen und zertrampelt von den Ermittlern.

Ein Polizist der Highway Patrol hatte den Streifenwagen am Morgen um 4.45 Uhr entdeckt. Er war mehrmals dort vorbeigefahren, und dabei war ihm der Streifenwagen des MDPD aufgefallen, der seit Stunden mit laufendem Motor auf dem Parkplatz stand. Mit dem Vorsatz, dem Kollegen den Marsch zu blasen, der da ein Nickerchen hielt, während er selbst auf dem Turnpike Patrouille fuhr, hatte er im strömenden Regen die Fahrertür aufgerissen. Dominick schätzte, der Mann würde trotz seiner zwanzig Dienstjahre noch heute Abend seinen Rentenantrag stellen.

Um zehn Uhr war eine Pressekonferenz angesetzt. Beim MDPD, MBPD, FDLE, bei der Highway Patrol und praktisch jedem anderen Polizeirevier in Miami – das vierundzwanzigköpfige Surfside P. D. mit eingeschlossen –, überall versuchte man die Ängste der Bürger mit vorläufigen Ermittlungsberichten und den Sicherheitsmaßnahmen, die ergriffen würden, zu beruhigen. Dabei wurden Fakten falsch weitergegeben oder, schlimmer noch, vertrauliche Fakten drangen detailliert an die Öffentlichkeit. Das Ergebnis war katastrophal. Die Leitungen aller Departments liefen heiß mit den Anrufen besorgter Bürger, kaum dass sich die Gerüchte verbreiteten. *Sind Terroristen am Werk? Ist es ein Krieg zwischen Gangs? Geht ein Serienmörder um?* Und die Anzeigen verdächtiger Personen nahmen kein Ende – jeder fühlte sich verpflichtet, den seltsamen Nachbarn mit dem bellenden Hund zu melden oder den Kollegen, der sich mit glänzenden Augen beim Lunch ereifert hatte, alle Polizisten seien Arschlöcher, nur weil er einen Strafzettel bekommen hatte.

Mittags gingen dann die internen Kämpfe los. Ein Department

beschuldigte das andere, nicht dichtgehalten zu haben und gegen das ungeschriebene Gesetz der blauen Uniform zu verstoßen: *Einer für alle, alle für einen*. Das Chaos hielt Einzug. Zwei Dienststellen waren für zwei offensichtlich zusammenhängende Morde verantwortlich, und keine wollte seine Informationen mit der anderen teilen. Und wie Dominick es vorhergesehen hatte, zog das Gerangel die unerwünschte Aufmerksamkeit eines noch größeren Raubtiers auf sich, das nur darauf wartete, sich die saftigsten Brocken zu schnappen, während der Rest sich gegenseitig den Schädel einschlug.

Der Anruf kam kurz nach eins. Im schicken neuen Konferenzsaal reichte man Regional Director Black das Telefon mit der Information, am Apparat sei der leitende Special Agent des FBI in Miami, Mark Gracker. Während Gracker noch in der Warteschleife war, wurde Black von Fultons krächzender Stimme über das Nextel informiert, dass gerade ein paar Wagenladungen FBI-Agenten am Tatort aufkreuzten, die nachsehen wollten, ob es etwas für sie zu tun gab.

Im strömenden Regen stand eine blutjunge Journalistin vor dem Einkaufszentrum. Aufgeregt und mit betroffener Miene hielt sie vor der Kamera das Mikro fest umklammert. Sie versuchte, sich die Nervosität nicht anmerken zu lassen, aber während sie in farbigen Details das jüngste Werk eines Killers beschrieb, der offensichtlich einen Groll gegen Polizeibeamte hegte, geriet ihr irgendwie die Höhere-Töchter-Bildung in den Bericht. »Sind diese kaltblütigen Hinrichtungen wirklich die kalkulierte Vergeltung rachsüchtiger Gang-Mitglieder, wie man bei dem Mord in Miami Beach angenommen hatte? Oder ist es noch schlimmer – gibt es eine Verbindung zwischen den Drogenkartellen und Polizeikorruption? Oder haben wir es mit einem perversen Psychopathen zu tun, der mitten in der Nacht die Polizei von Miami, unsere Freunde und Helfer, zu einer furchtbaren letzten Ruhe bettet? Wer es auch ist, Tatsache ist, daß die Ordnungshüter von Südflorida einmal mehr Trauer tragen müssen. Wieder steht der erschütternde Abschied von einem Polizisten an, der in der Nacht, während sich die Bevölkerung in Morpheus' Armen in Sicherheit wiegte, durch seine Hand den Tod fand … Äh, Morpheus – der Gott des Schlafes – kann manchmal auch der Gott des Todes sein.« Sie war knallrot angelaufen und verstummte. Offenbar wurde ihr gerade bewusst, dass dieser Ausflug in die antike Götterwelt irgendwie unpassend war. Nach ein paar qualvollen Schweigesekunden verabschiedete sie sich mit unglücklicher Miene: »Das war Katie Cocuy für CNN.«

Erneut richteten sich die Scheinwerfer auf Miami, erneut war die Stadt in den Schlagzeilen der Medienticker gelandet. Und jeder würde so lange Überstunden machen, bis der Mörder gefasst war, der nun durch das Ungeschick der kleinen Reporterin einen griffigen Namen hatte.

Sie nannten ihn Morpheus.

17

C. J. SASS AN IHREM SCHREIBTISCH und sah hinunter zu den Riesenpfützen auf der 13. Straße. Der strömende Regen machte keinen Unterschied zwischen den Rechtsanwälten in ihren maßgeschneiderten Anzügen und den konservativer gekleideten Staatsdienern – den Anklägern und Pflichtverteidigern.

Vis-à-vis dem Gerichtsgebäude erhob sich das Dade County Jail, ein albtraumhafter Gefängniskasten aus grauem Beton und Stahl. Unter einem kleinen Vorsprung drängten sich Menschen und warteten – auf einen Angehörigen, einen Kollegen oder ihren Zuhälter, der auf Kaution freikam oder entlassen wurde. Vollzugsbeamte in grüner Uniform verscheuchten die Unbefugten regelmäßig von der Gefängnistür, doch sie kamen immer wieder.

C. J. bereitete sich auf den Weg durch den Regen vor. Für neun Uhr war die Geschworenenwahl vor dem Ehrenwerten Richter Sy Penney angesetzt, und es war bereits 8.42 Uhr. Auf dem Handwagen in der Ecke stapelten sich vier Kisten mit Akten, die sie irgendwie in trockenem Zustand über die Straße bekommen musste.

Auf dem Stahlschrank in ihrem Büro stand ein tragbares Fernsehgerät und spuckte seit achtundvierzig Stunden unablässig Berichte zu den Polizistenmorden aus. Matt und Katie, Diane und

Charlie, Regis und Kelly kauten in ihren Talkshows darauf herum, bevor sie den nächsten Gast auf ihrem Sofa begrüßten oder den neuesten Film vorstellten. Und natürlich wurden zu jeder Erwähnung der Geschichte Bilder vom Tatort ausgestrahlt. Das Meer der blinkenden Streifenwagen, die schockierten Gesichter der Polizisten vor Ort und natürlich die schwarzen Leichensäcke und der überflüssige Schwenk hinüber zum Backsteingebäude der Gerichtsmedizin. All das erinnerte die aufgeregte Presse an das letzte Mal, als die Übertragungs-Vans vor den Stufen des Gerichts von Miami kampiert hatten, und so wurde, immer wenn den Redakteuren das Material zu den Polizistenmorden ausging, das Archivmaterial der Cupido-Morde und des Bantling-Prozesses hervorgeholt.

Als Dominick angerufen hatte, hatte C. J. nicht Trauer oder Wut gefühlt – im ersten Moment hatte sie einen Anflug von Erleichterung gespürt. Dominick hatte ihr mitgeteilt, dass es sich bei dem Opfer tatsächlich um Bruce Angelillo handelte. Angelillo, ein eher einfältiger Bursche, war seit sechs Jahren in Miami-Dade auf dem Revier Kendall gewesen, und das weit weg von irgendeiner Cupido-Connection. Weder hatte C. J. je mit ihm gearbeitet, noch kannte sie ihn. Dominick hatte noch ein paar vage Details genannt, doch C. J. atmete vor allem auf, weil ihre aufkeimende Paranoia nun wieder verflog.

In Angelillos Privatleben war es anscheinend recht turbulent zugegangen. Dominick berichtete, der Polizist habe im zarten Alter von achtundzwanzig bereits zwei Exfrauen, außerdem zwei kleine Kinder, eins davon außerehelich. Und dann war da noch seine Personalakte. Wie bei Chavez gab es mehr Beschwerden als Empfehlungen, und es wurden bereits Parallelen bezüglich des Arbeitsethos der beiden Beamten gezogen. Bis das Drogenscreening zurückkam, dauerte es noch einen Tag, dann erst wüsste man, wie weit die Parallelen gingen.

Allerdings sah es so aus, als ob die Morde bei C. J. auf dem Tisch landen würden. Zwar war nicht sie, sondern ein Kollege der Major Crimes Unit an den grausigen Tatort hinter der Dolphin Mall beordert worden – kein Geringerer als der ehemalige Leiter der Abteilung für Bandenkriminalität –, aber es war C. J., die am Montagabend zu Hause vom Staatsanwalt persönlich einen Anruf erhielt.

Sehr zum Verdruss der Medien hatten die Departments so gegen Montagabend ihre Querelen vor laufender Kamera schließlich eingestellt. Auch wenn sie ihre Ermittlungsergebnisse nicht gern untereinander austauschten, waren sie sich darin einig, dass dem FBI zuzuarbeiten das größere der beiden Übel war. C. J. wusste, dass das nicht an der mangelnden Effizienz der Bundesbehörde lag. Das FBI verfügte über große Ressourcen und modernste Technik, und in einem so wichtigen, schlagzeilenträchtigen Fall würde man gewiss nicht zögern, die örtlichen Behörden mit allen Mitteln zu unterstützen. Doch das FBI hatte den nicht unverdienten Ruf, sich gern mit fremden Federn zu schmücken und gleichzeitig alles Unangenehme auf andere Behörden abzuwälzen, und so verzichteten die regionalen Dienststellen gern auf deren Geld und Arbeitskräfte, und die Polizeichefs beschlossen, mit vereinten Kräften vorzugehen. Um elf Uhr abends fand die gemeinsame Presseerklärung von FDLE, Miami Beach P. D. und Miami-Dade P. D. statt. Auf dem Podium des Konferenzsaals wurden sie von Polizeichefs aus dem ganzen Land unterstützt. Sie präsentierten eine geschlossene Front, und jeder nickte feierlich, als das FDLE auf Anordnung des Gouverneurs die Zusammenstellung einer abteilungsübergreifenden Task-Force ankündigte, die ihr Basislager im MROC aufschlagen würde. Auf dem rechten Rand des Podiums saß Jerry Tigler, der Oberstaatsanwalt, C. J.s Boss. Als er das Wort erhielt, sagte er den versammelten Polizeidienststellen und der Öffentlichkeit die volle Unterstützung durch die Staatsanwaltschaft zu.

Zehn Minuten später klingelte C. J.s Telefon.

Sie war eine der Besten ihres Fachs. Sie hatte Task-Force-Erfahrung, war im Cupido-Fall von Anfang an dabei gewesen, ein Jahr bevor es überhaupt einen Verdächtigen gab. Außerdem genoss sie den Respekt der gesamten Polizeibehörde, vor allem auch den der Morddezernate. Sie hatte mit Serientätern und Ritualmorden zu tun gehabt, falls sich diese Erfahrungen als nötig erweisen sollten. Es war C. J., die Tigler mit der Task-Force betrauen wollte. Er wusste, durch welche Hölle sie persönlich während des Cupido-Falls gegangen war. Nur deshalb klangen seine Worte jetzt wie eine Bitte, nicht wie ein Befehl. C. J. antwortete, sie habe am nächsten Morgen einen Prozessbeginn und werde ihm im Anschluss ihre Entscheidung mitteilen.

Jetzt war der Morgen da, und sie hatte sich entschieden. Hastig deckte sie den Aktenwagen mit einer Plastikfolie ab, die nach den letzten Malerarbeiten liegen geblieben war. Dann griff sie nach ihrem Schirm und öffnete die Tür.

Sie fühlte sich solidarisch mit den Polizeibeamten. Nicht nur wegen Dominick, sondern wegen der Arbeit, die sie jeden Tag verrichtete. Was sie oft nur auf schaurigen Tatortfotos sah, mussten die Polizisten aus erster Hand erleben. Der Erste vor Ort, der bei einer wilden Prügelei dazwischengeht, der eine Frau vor einem Schläger rettet, ein missbrauchtes Kind in Sicherheit bringt. Der Erste, der das Blutbad sieht, wenn ein Normalbürger Amok läuft, wenn ein depressiver Vater zum Henker wird oder ein Kollege Rache übt. Sie hatte enormen Respekt für Polizisten und für die Tapferkeit, die sie bewiesen, indem sie sich Tag für Tag bereit erklärten, sich notfalls schützend vor einen vollkommen Fremden zu stellen, wenn auf den geschossen wurde.

Ankläger und Polizisten verfolgten das gleiche Ziel – Gerechtigkeit. In den meisten Fällen hatte C. J. es inzwischen mit den besten Ermittlern in Miami zu tun, Fehler kamen selten vor. Im Lauf der Zeit waren die Kriminalbeamten, mit denen sie zusammenarbeitete, Vertraute, ja beinahe Freunde geworden. C. J. wusste von ihren Problemen zu Hause, kannte die Namen ihrer Kinder, war im Bilde, welche Feiern anstanden und welche Familientragödien abliefen. Und sie verstand, wie schwer die Verantwortung wog, die sie Tag für Tag schweigend auf ihren Schultern trugen. Im Angesicht des Todes suchten diese Männer und Frauen immer unter Zeitdruck nach Antworten, denn der nächste Mord wartete bereits. Es war ein unaufhörlicher Kreislauf, und oft vergaß man dabei, dass es auf der Welt auch noch gute Menschen gab. »Wir haben alle eine Brille auf«, hatte eine Polizistin einmal zu ihr gesagt, »mit schwarzen Gläsern.«

Wegen der tiefen Loyalität, die sie für die Frauen und Männer mit der Marke empfand, würde C. J. selbstverständlich mit allen Mitteln helfen, die ihr zur Verfügung standen. Wie hätte sie nein sagen können? Diesen Angelillo kannte sie vielleicht nicht, aber Victor Chavez … Selbst wenn er nicht der hellste Polizist und nicht der beste Zeuge gewesen war, immerhin hatte sie ihn persönlich gekannt. Sie hatte mit ihm gesprochen, hier in ihrem Büro, mit ihm gearbeitet, ihn auf dem Zeugenstand befragt. Anders als bei den Opfern in anderen Mordfällen hatte sie diesmal ein Gesicht, einen Geruch, eine persönliche Begegnung, an die sie immer denken würde. Und sie würde tun, was sie konnte, um der Task-Force zu helfen, den Mörder zu fassen und anzuklagen. Das schuldete sie ihm.

Und doch hatte sie ein ungutes Gefühl. Sie wusste, wie verdreht die Logik eines Serienmörders, eines Sadisten war – eines Menschen, dem es Lust bereitet, seinen Opfern Schmerzen zuzufügen. Und so betete sie still, während sie sich auf den Weg zu den Fahrstühlen machte, dass die Morde das Werk rachsüchtiger Bandenmitglieder waren, wie Dominick meinte und die Journalistin auf CNN gestern Abend so arglos spekuliert hatte. Und hoffte, dass es nicht das Werk eines Menschen war, dessen Denken jenseits aller Vernunft war.

18

»Wie kommt es eigentlich, dass immer im Herbst die Psychopathen aus ihren Löchern gekrochen kommen?«, fragte eine vertraute polternde Stimme hinter Dominick. »Die Dolphins verlieren, und alle rasten aus.«

Der Raum, in dem bis vor drei Stunden die acht Ermittler des MROC-Betrugsdezernats gesessen hatten, war jetzt das Hauptquartier der zwanzigköpfigen Task-Force. Als Dominick sich umdrehte, stand vor ihm sein alter Freund Detective Manny Alvarez. Er musste den Kopf in den Nacken legen, um ihm in die Augen zu sehen. Mit seinen massigen eins sechsundneunzig überragte Manny der Bär ihn fast um einen Kopf. »Hey, Manny.« Dominick grinste. »Bist du freiwillig hier oder hat dich jemand verdonnert?«

»Scheiße, natürlich nicht freiwillig.« Manny zupfte an seinem dichten schwarzen Schnurrbart, den neuerdings ein paar silberne Strähnen zierten. Obwohl es noch keine zehn Uhr morgens war, hatte Manny auf den Wangen schon Bartstoppeln. Tatsächlich war die einzige Stelle, wo bei ihm bis Einbruch der Nacht kein Härchen spross, sein braun gebrannter Schädel, den er glatt und glänzend über dem Stiernacken trug. »Mein Lieutenant hat sich neulich anscheinend mächtig aufgeregt, als ich gefragt habe, ob seine Tochter noch solo ist. In dem Outfit konnte ich ja nicht ahnen, dass sie erst fünfzehn ist.« Er lachte. »Jetzt will er mir eins reinwürgen und verpasst mir eine Neunzig-Stunden-Woche, dabei könnte mir nichts Besseres passieren als Überstunden.«

»So kenn ich dich«, sagte Dominick.

»Nicht dass ich was dagegen habe, einem verdammten Cop-Killer die *cojones* auszuquetschen. Wenn dann in zehn Jahren die Glühbirne flackert, weiß man wenigstens, was man geleistet hat. Aber noch so eine verdammte Task-Force ist nicht gerade meine Vorstellung von Spaß am Arbeitsplatz. Nimm's nicht persönlich, Dommy Boy.«

»Keine Sorge.«

Manny sah sich um. Es herrschte bereits allgemeine Betriebsamkeit. Detectives von verschiedenen Abteilungen und Agenten des FDLE kamen und gingen – alle in Zivil –; man hätte unmöglich sagen können, wer zu welcher Truppe gehörte, sofern man ihn nicht persönlich kannte. Manny selbst gehörte zum City of Miami P. D. »Zwei Fragen«, sagte er. »Wer sitzt sonst noch mit uns im Fegefeuer, und bist du der Kopf der Bande?«

»Vielleicht kennst du Marlon Dorsett und Ted Nicholsby vom Beach; Steve Yanni von Miami-Dade kommt auch dazu, und natürlich Fulton und ich. Mehr weiß ich selbst noch nicht. Und was die Leitung angeht, sind alle gleichgestellt. Es gibt keinen Kopf. Ich bin so eine Art Vermittler. Ich sorge dafür, dass jeder mit offenen Karten spielt und keiner dem anderen das Wasser abgräbt.«

»Also bist du der Boss«, Manny lachte und ließ seine haarige Pranke auf Dominicks Schulter fallen. »Ich schätze, das heißt, ihr habt's geschafft, die Feds fürs Erste rauszuhalten. Hab gehört, sie wollten sich gestern über den Tatort hermachen. Mann, die können nicht mal übers Wetter reden, ohne die Lorbeeren für die Sonne zu kassieren.«

»Man soll den Tag nicht vor dem Abend loben«, gab Dominick vorsichtig zurück. »Der leitende Special Agent in Miami hat heute Morgen der ganzen Stadt seine Unterstützung zugesichert.«

»Gracker ist ein dummer Hund«, schnaubte Manny. »Da sind wir uns wenigstens alle einig.«

»Wem sagst du das. Alle hier haben das Kriegsbeil begraben, um die vom Federal Bureau auf die Plätze zu verweisen, aber so schnell geben die nicht auf. Wie Kakerlaken versuchen die sich unter der Tür durchzuquetschen. Ich wette meinen Arsch darauf, dass Gracker und seine Freunde in diesem Augenblick mit den Eierköpfen der Bundesstaatsanwaltschaft Kaffeekränzchen halten und einen Weg suchen, die Zuständigkeit für die Morde irgendwie von Landes- auf Bundesebene zu hieven. Und ich schätze, dass er dabei tief in die Trickkiste greifen wird.« Dominick hatte seine Erfahrungen mit Mark Gracker, und die reichten weit zurück. Wenn das FBI den Ruf hatte, die Lokalbehörden zu untergraben und die Lorbeeren für gelöste Fälle einzuheimsen, an denen es nie gearbeitet hatte, ging das vor allem auf Mark Grackers Konto. Zur Belohnung hatten sie ihn zum leitenden Special Agent in Miami gemacht. Seitdem lud Dominick Gracker nirgendwohin ein, ohne vorher in Weihwasser zu baden und Knoblauchgirlanden über die Tür zu hängen.

»Dann lass uns die Zeit genießen, die uns noch bleibt. Sieh mal einer an.« Manny nickte anerkennend. »Viel besser als unsere letzte Bruchbude.«

Das FDLE stellte der Task-Force eine ganze Abteilung des neuen Trakts zur Verfügung. Die Schreibtische des Betrugsdezernats hatte man hinausgeräumt und vorübergehend beim Abschirmdienst untergebracht. Jetzt stand in der Mitte ein großer nagelneuer Konferenztisch aus Mahagoni, und in den Ecken hatte man drei separate Computerarbeitsplätze eingerichtet, außerdem gab es zwei Kopierer und zwei Faxgeräte. Es roch nach neuem Teppich.

»Da siehst du Steuergelder bei der Arbeit. Also, ich kann nicht meckern. Ich habe einen neuen Schreibtisch bekommen, diesmal mit Aussicht«, sagte Dominick.

Manny zeigte auf das Fenster, vor dem Dominick stand. Angelillos Streifenwagen war längst vom Parkplatz gegenüber abgeholt worden, doch das zerrupfte gelbe Flatterband war noch hinter den mächtigen Kiefern zu erkennen. Eine schwindende Zahl Uniformierter suchte immer noch nach Spuren, obwohl man die Hoffnung längst aufgegeben hatte. »Hoffentlich ist sie angenehmer als die hier.«

Dominick schüttelte düster den Kopf. »Gleiche Richtung, den Flur hinunter.«

Jetzt wandte sich Manny der Wand auf der anderen Seite zu. »Da haben wir ja auch die verdammte Tapete. Wirkt irgendwie vertraut, auf eine ganz miese Art.«

Ein massives Korkbrett nahm fast die gesamte Rückwand ein, die Fotos der beiden Mordopfer waren bereits darangeheftet. In der Mitte hing ein farbiges Fahndungsposter mit dem grobkörnigen Verhaftungsfoto von Miamis meistgesuchtem Mann: Jerome Sylvester Lightner alias Lil' Baby J alias LBJ. Jeromes hart gesottenes Babyface zeigte einen Ausdruck von Überraschung, obwohl es mindestens das zehnte Mal gewesen sein musste, dass er vor dem Polizeifotografen stand. Die kurzen, ungepflegten Dreadlocks sprossen ihm aus dem Kopf wie Farnwedel, und die Kamera hatte auch das Aufblitzen der vielen Goldzähne erwischt, die sich hinter seiner grimmigen Miene verbargen. Ließ ihn das runde Bubigesicht jünger erscheinen als seine tatsächlichen einundzwanzig Jahre, dann machte ihn der distanzierte, kalte, fast tote Ausdruck in seinen braunen Augen älter. Zusätzlich zu einem ellenlangen Jugendstrafregister hatte er inzwischen auch eine eindrucksvolle Erwachsenenakte angesammelt, gespickt mit Drogenverhaftungen, Bagatelldelikten und einer Anklage wegen schwerer Körperverletzung, die jedoch fallen gelassen wurde, als der Kerl, dessen Gesicht er mit einem Schlagring bearbeitet hatte, plötzlich das Gedächtnis verloren zu haben schien. Zweimal war er wegen unerlaubtem Waffenbesitz erwischt worden. Nichts war schwieriger, als dem gesetzestreuen Steuerzahler zu erklären, wie das Rechtssystem in Florida funktionierte, wenn ein Kerl mit einem derart ellenlangen Strafregister immer noch auf den Straßen in Miami frei herumspazierte und Ecstasy-Bestellungen annahm, anstatt irgendwo in den Sümpfen einzusitzen und für den Staat Nummernschilder zu stanzen.

»Vor meiner Abschiebung hat mich mein Lieutenant noch auf den neuesten Stand gebracht. Das hier ist er also, der *hijo de puta*?«

»Eine Visage, die nur eine Mutter lieben kann. Wir haben alle auf ihn angesetzt … und auf seine Freunde auch.«

Das Rampenlicht auf der Korkwand teilte sich Jerome mit seinen engsten Kumpeln, den gefährlichsten Gangstern der so genannten

BB-Gang. BB stand für Bad Boys. Und keiner von ihnen sah sehr vertrauenerweckend aus. Auch sie wurden im Zusammenhang mit den Morpheus-Morden gesucht. Sie galten alle als bewaffnet und extrem gefährlich, und alle waren sie nach Chavez' Tod abgetaucht. Weiter links hingen Fotos von Ricardo Brueto und den Latin Kings. Obwohl Ricardo offiziell kein Verdächtiger war – zumindest nicht, solange sie Jerome nicht gefunden hätten –, wurde er rund um die Uhr überwacht. Er war nicht auf den Kopf gefallen, und so legte er sein bestes Benehmen an den Tag, solange ihm die Kriminalbeamten der ganzen Stadt an den Fersen klebten.

»Wir müssen uns wohl beeilen, Kumpel. Ich kann mir vorstellen, dass es noch ein paar andere gibt, die ihn gern in die Finger kriegen würden, bevor wir ihn haben«, sagte der Bär nachdenklich, während er Bruetos Foto studierte. Schweigend betrachtete er dann die restlichen Fotos, vor allem die Bilder von Victor Chavez mit aufgeschnittener Kehle, im Hintergrund die blutverschmierten Scheiben des Streifenwagens. »Es sei denn ...« Er wollte den Satz nicht beenden.

Dominick erriet, worauf sein Freund hinauswollte. »Die Abteilung für interne Angelegenheiten hat heute angerufen und gemeldet, dass auch Angelillo auf ihrer Liste stand. Es liegt anscheinend eine Beschwerde vor, dass er nebenberuflich für ein paar Dealer die Muskeln spielen ließ. Er dachte wohl, er könnte zwei Fliegen mit einer Klappe schlagen.« Viele Polizisten arbeiteten außerhalb der Dienstzeit für private Sicherheitsdienste oder heuerten als Wachmänner in den vielen Clubs und Bars an, die in Miami Beach die Straßen säumten.

»Und damit melden sich die von der IA erst heute? Fast drei Tage nachdem der Kerl in seinem eigenen Wagen aufgeschlitzt wurde?«

»Wie gesagt, bis gestern Abend um elf wollte keiner hier mit dem andern spielen.«

Manny seufzte. »Also haben wir zwei Cops mit Dreck am Stecken. Beide hatten was mit Drogen am Hut. Na toll. Macht unserem Berufsstand natürlich alle Ehre. Da haben meine Exfrauen noch mehr, worüber sie vor dem Richter meckern können, wenn mein Scheck zu spät kommt.« Er wandte sich wieder den Tatortfotos zu. »Also gut, es geht um Drogen. Die Dealer sind offensichtlich sauer und wollen eine Botschaft schicken.« Dann sah er seinen Freund an. »Und warum siehst du nicht überzeugt aus?«

»Keiner hat sich bis jetzt dazu bekannt«, sagte Dominick langsam.

»Wir haben ja auch noch keinen gefunden.«

»Richtig …«

Dominick beendete den Gedanken nicht. Beide starrten schweigend auf die Korkwand und hofften, dass nicht noch mehr Fotos dazukamen.

19

RICARDO BRUETO SAH AUS DEM FENSTER seiner Wohnung in Little Havanna und beobachtete die beiden Trottel in ihrem schwarzen Pontiac Grand Prix. Einen Block weiter saßen noch zwei, in einem grünen Ford Expedition. *Wenn die sich für schlau halten, weil sie heute die Autos gewechselt haben,* dachte Rico, *dann tun sie mir aber verdammt leid.* Er roch Undercover-Cops zehn Meilen gegen den Wind, selbst wenn sie ihren Arsch in einem verdammten Porsche versteckten.

Seit vier Wochen war es jeden verdammten Tag dasselbe. Er konnte nicht mal pinkeln gehen, ohne dass ein Cop neben ihm an der Schüssel stand. Sie klebten an ihm, hofften ihn mit einer Knarre zu erwischen, damit sie ihn wegen Verstoß gegen die Bewährungsauflagen verknacken könnten. Sie waren einfach überall, nicht mal seine Familie ließen sie in Ruhe. Ganz zu schweigen von den Jungs. Es war so heiß auf der Straße geworden, dass alle Deals einfroren, keiner wollte sich rühren, solange die verdammten Cops sich nicht verpissten. Und das bedeutete, dass keine Kohle reinkam. Und ohne Kohle hatte Rico wirklich größere Sorgen als irgendeinen fettärschigen *cochino* im blauen Anzug, der auf der Straße sitzt und Doughnuts in sich reinstopft. Keine Kohle bedeutete Ärger, und die Stimmen oben begannen schon zu knurren. Denen war es scheißegal, ob er welche hatte oder nicht. Die Botschaft war klar: Besorg dir welche. Doch in Miami war die Straße tiefgefroren, nichts ging rein oder raus, bis die Kacke mit dem Cop-Killer erledigt war. Bis jemand den hungrigen Cops ein Stück Fleisch hinwarf, damit sie endlich abzogen.

Dieses Arschloch Chavez. Der verdammte Blödmann. Lässt sich an der Nase rumführen wie ein Straßenjunkie und kauft Stoff, den er nicht bezahlen kann. Und wenn es nicht seine Nase war, die ihn in die miesesten Gegenden der Stadt führte, dann sein Schwanz, den er in jede billige Muschi im Umkreis steckte. Kauft Stoff wie Rockefeller, und dann muss er zur Bank und einen Kredit aufnehmen. Und das nicht nur einmal oder zweimal – Rico hatte aufgehört zu zählen. Victor, der zu ihm gerannt kam und die Hand aufhielt, mit wässrigem Hundeblick, und ihm ein schlechtes Gewissen machte von wegen *hermanos.* Natürlich konnte er die Raten nicht zahlen, nicht mit seinem beschissenen Gehalt. Doch es gab für jedes Problem eine Lösung. Und Rico hatte sich so ein nettes Arrangement ausgedacht gehabt, bis …

In der High School waren sie *hermanos* gewesen, dann hatten sich ihre Wege getrennt. Victor war voll auf dem Power-Trip, wollte in der schicken blauen Uniform einen auf Macker machen. Er hatte geglaubt, in Montur ein harter Typ zu sein. Rico wusste es besser. Nicht die verdammte Uniform macht den Mann. Die Muskeln unter Ricos Hemd waren dicker als die von Victor Chavez, nur dass er's nicht nötig hatte, damit anzugeben. Bei ihm wusste nämlich jeder Bescheid. Rico hatte eine Magnum in der Hose, die ein verdammtes Loch durch Victors Kevlar-Weste gepustet hätte. Hätte ihm die goldene Marke einfach wegblasen können. *Na, wer ist jetzt der harte Typ?* Zuerst war es irgendwie lustig gewesen, als der Cop in der zu engen Uniform nachts an seine Tür gekrochen kam und sich vor Angst vor den großen bösen Brothers in Liberty City in die Hosen schiss. Fleht die Kings um Hilfe an. *Bruderschaft, Scheiße.* Rico hatte Geschäfte zu erledigen, Kunden zu bedienen. Wer was will, muss was bezahlen. Auf die eine oder andere Art.

Rico sah zu, wie ein weiteres Bullenauto neben dem Grand Prix anhielt, ein nagelneuer gemieteter Nissan Altima. Aus dem Altima wurde eine braune Papiertüte in den Grand Prix gereicht, dann brauste er davon. Im Grand Prix ging das Licht an, der Fahrer öffnete die Tüte, während der Beifahrer in sein Motorola quatschte. Der Fahrer holte sich ein Sandwich aus der Tüte und biss hinein. Plötzlich sah er hoch zu Ricos Fenster, hielt das Sandwich hoch und grinste schadenfroh, bevor er und sein Partner sich auf die Schenkel klopften.

Rico zog den Vorhang zu und schlug mit der Faust gegen die Wand. Putz bröckelte, in der Wand war eine Delle. Seine Hand brannte wie Feuer, die Knöchel bluteten. Doch Rico achtete nicht darauf. Nebenan heulte das Baby. Angelina schrie: *»Rico? Qué pasó? Todo está bien?«*

»Schon gut. Geh wieder ins Bett.«

Scheißcops. Die hatten es doch verdient. Denen weinte keiner eine Träne hinterher.

Er leckte sich das Blut von den Knöcheln und suchte ein Handtuch, das er sich um die Hand wickeln konnte. Dann klingelte sein Handy, und ein unangenehmes Gefühl stieg in ihm auf. Die Nummer auf dem Display verhieß größere Probleme als ein paar Sandwich fressende Cops vor seiner Haustür.

Sehr viel größere.

20

Die Abteilung für interne Angelegenheiten, kurz IA, ist ein eigenständiges Organ innerhalb jeder Polizeibehörde. Sie agiert als unabhängige Dienststelle mit der Aufgabe, innerhalb der eigenen Reihen zu ermitteln. Unkraut zu jäten. Und jeder Detective, der eine Stelle bei der IA bekam, wusste, dass diese Abteilung die letzte seiner Laufbahn wäre, denn damit war er ein Ausgestoßener in der brüderlichen Gemeinschaft der Polizei. Selbst die Bosse, die immer betonten, wie lebenswichtig die IA im Kampf gegen die Korruption sei, hielten die Abteilung bestenfalls für ein notwendiges Übel. Dass die IA ihre Ermittlungen in strenger Geheimhaltung durchführte, schürte das Misstrauen noch. Oft kamen Verhaftungen vollkommen überraschend, selbst für die Vorgesetzten. Und manchmal auch für die Mitarbeiter der IA.

So wunderte es Dominick nicht, dass die Abteilung für interne Angelegenheiten des MDPD fast zwei Tage gebraucht hatte, um ihre Information über Bruce Angelillo weiterzugeben. Er wunderte sich nicht – aber er war frustriert. Wieder einmal blickte die ganze Welt auf Miami, auf *seine* Ermittlung, und mit der IA zusammenzuarbeiten war etwa so, wie einem Tiger die Zähne zu putzen. Ohne Vorwarnung konnte jederzeit das Maul zuschnappen, und dann half kein gutes Zureden mehr.

Beim MDPD führte eine erste Beschwerde zu einer Voruntersuchung durch das IA Reactive Squad, auch bekannt als die Schnelle Eingreiftruppe. Zwei Beschwerden beziehungsweise die Erhärtung der ersten beförderten die Akte eine Tür weiter zur Criminal Conspiracy Section. Die CCS legte ein so genanntes IA-Profil von jedem Beamten an, gegen den je ermittelt oder eine Beschwerde eingereicht worden war. Diese Profile zusammengenommen stellten die »schwarze Liste« dar, die Liste aller Polizisten, die sich je einen Fehltritt geleistet hatten. Cops, denen Bestechlichkeit, sexuelle Belästigung von Häftlingen, Amtsmissbrauch und Ähnliches vorgeworfen wurde. Die schwarze Liste war einer der Gründe, warum die IA so gefürchtet war, denn wenn man einmal darauf gelandet war, war es unmöglich, wieder gestrichen zu werden. Sobald ein Name bei der IA notiert worden war, blieb er für immer mit Edding im Archiv eingeschrieben. Was dort natürlich bestritten wurde.

Und genau diese Liste brauchte Dominick.

Bei den Morpheus-Morden gab es offensichtlich eine Drogen-Connection. Die IA hatte zwar – wenn auch widerwillig – ihre Informationen über den toten Cop herausgerückt, doch die verdeckten Ermittlungen gegen lebende Polizisten wollte man dort nicht gefährden. Erst die Androhung einer Vorladung und eines anonymen Anrufs beim *Herald,* der die schlechte Zusammenarbeit in den Abteilungen zum Inhalt haben würde, verhalf Dominick zum Ziel. Ein Bote, wahrscheinlich ein Undercover-Agent der IA, hatte den versiegelten braunen Umschlag vorbeigebracht. Jetzt, abends um halb zehn, brach Dominick das Siegel auf. Das grelle Neonlicht über dem Mahagonitisch tat ihm in den Augen weh. Die meisten Kollegen hatten das Gebäude längst verlassen.

Aus dem Umschlag zog er einen dicken Packen Papier, dessen Deckblatt folgende Warnung trug:

MITTEILUNG

DAS MIAMI-DADE POLICE DEPARTMENT STUFT DIE FOLGENDEN DOKUMENTE ALS VERTRAULICH EIN. ALS ARCHIVMATERIAL DES STAATS FLORIDA DIENEN DIESE INFORMATIONEN LAUFENDEN ERMITTLUNGEN DES NACHRICHTENDIENSTS UND DER VERBRECHENSBEKÄMPFUNG UND SIND NICHT ÖFFENTLICH ZUGÄNGLICH,

F.S. § 119.07(6)(b)1.
UNBEFUGTER ZUGRIFF STRENG VERBOTEN.

Im Anschluss fand sich das IA-Profil jedes Polizisten, der beim MDPD auf der schwarzen Liste stand.

Dominick wusste, dass die IA sich nicht gern in die Karten sehen ließ und er hier nur eine frisierte Auswahl von Namen bekommen hatte. Trotzdem war er schockiert, als er die Seiten durchblätterte.

Schockiert, wie viele Namen auf der Liste standen.

21

C. J. war auf dem Sofa eingeschlafen. Am Boden stapelten sich die Aufzeichnungen für das Kreuzverhör am folgenden Morgen, Tibby hatte es sich darauf bequem gemacht. Auf dem Couchtisch stand ein halb volles Glas Wein. Im Fernsehen hatte eine Werbesendung Conan O'Brians Late-Night-Show abgelöst. C. J. fuhr hoch und sah sich verwirrt um.

Die ganze Woche hatte sie vor Richter Penney und seinem kauzigen Gerichtsdiener in einer Verhandlung gestanden. Und vor zwölf Geschworenen, die immer ungeduldiger wurden, weil sich der Fall länger hinzog als die drei Tage, die Richter Penney optimistisch angesetzt hatte. Dominick und sie hatten sich nur noch beim Zähneputzen gesehen und kommunizierten über hastige Telefongespräche und Liebesbriefchen, die am Kühlschrank klebten. C. J. hatte versucht, wach zu bleiben, um auf ihn zu warten …

Sie brauchte eine Weile, um den Schlaf abzuschütteln und das Geräusch zu identifizieren, das sie hörte. Sie drückte den Lautlos-Knopf der Fernbedienung. Nichts. *Hatte sie nur geträumt?* Doch dann hörte sie es wieder.

Das Telefon in der Küche klingelte.

Sie sah auf die Uhr an der Wand. 4.12 Uhr. Als sie aufstand, hörte sie ein anderes Geräusch, diesmal aus dem Schlafzimmer. Der Signalton ihres Pager. Die Zentrale versuchte es wahrscheinlich über das Festnetz, nachdem sie sich nicht gemeldet hatte. Wann hatte der Pager angefangen zu piepen?

Sie stolperte in die Küche, strich sich das Haar aus dem Gesicht und rieb sich die Augen. Dann hob sie den Hörer ab. »Hallo?«

Aus irgendeinem Grund erkannte sie die Stimme nicht gleich. Er war kaum zu verstehen, doch er klang sanft, wenn auch erschöpft. Das allzu vertraute Geheul von Sirenen und das Plärren von Funkgeräten war im Hintergrund zu hören. Er sprach stockend, als scheute er sich vor der Mitteilung, die er zu machen hatte.

»C. J. Hier ist Dominick. Ich fürchte, es gibt schlechte Neuigkeiten …«

MIT HALSBRECHERISCHEM TEMPO BRETTERTE sie die I95 hinunter und fuhr über die Ausfahrt 395 auf den MacArthur Causeway, der die Innenstadt von Miami mit dem Strand verband. Rechts über der Biscayne Bay erhob sich die kühl glitzernde Skyline, die den Causeway und den Hafen von Miami überragte, wo die großen Kreuzfahrtlinien mit ihren schwimmenden Hotelburgen waren.

C. J. brauchte keine Wegbeschreibung. Sie musste nur dem Heulen der Sirenen folgen. Hinter der Ausfahrt Watson Island tauchte ein Meer von blauen und roten Lichtern auf. Watson Island war ein kleines Inselchen im Besitz des County direkt gegenüber den Dampfern und Schloten des Hafengeländes. Mit Downtown Miami und der Hochbahn im Rücken war das Grundstück ein millionenschweres Spekulationsobjekt, doch das County verkaufte nicht. Und so blieb Watson Island bis auf den Papageien-Park und das Kindermuseum, die vor kurzem hierher gezogen waren, fürs Erste öde und unerschlossen. Es gab nur ein paar kleine Fischhändler, die Parzellen angemietet hatten. Die kleinen Schuppen standen direkt am Wasser, umgeben von einem unbefestigten Parkplatz und einem drei Meter hohen Maschendrahtzaun. Außerdem gab es eine Bootstankstelle mit einer einzelnen Zapfsäule; eine Tafel warb in Neonfarben damit, dass auch Köder erhältlich seien.

C. J. kannte Watson. Watson Park schlängelte sich unterhalb des MacArthur Causeway entlang und bot leichten Zugang zum Wasser an einem abgeschiedenen Ort. Ideal für Schmuggler und jeden, der eine Leiche loszuwerden hatte. Immer wieder waren im Lauf der Jahre hier Wasserleichen aufgetaucht, von der Ebbe ans Tageslicht gezerrt und an die Kaimauer geschwemmt.

In C. J.s Magen machte sich der Wein bemerkbar, den sie früher am Abend getrunken hatte, und sie musste schlucken. Nagelneue Vans von jedem Kanal waren schon auf Sendung, wie Finger stachen ihre Satellitenantennen in die kühle Nachtluft. Mit gezücktem Ausweis rollte C. J. durch die Polizeisperre, hinter ihr surrten und klickten die Kameras. *Townsend! Staatsanwaltschaft! Major Crimes! Die Anklägerin der Cupido-Morde!* Sie parkte ihren schwarzen Jeep Cherokee neben dem Schwarm blinkender Streifenwagen, die, so schien es zumindest, von jedem Revier im Süden Floridas angerückt waren. Weiter vorn sah sie mehrere leere Wagen des City-Reviers. *Einer von ihnen.* Sie schlug die Wagentür zu und schlängelte sich zwischen den unzähligen Polizeiautos hindurch.

Am Tatort waren mindestens hundert Polizisten versammelt. Überall krächzten die Funkgeräte, eine Million Stimmen schnatterten durcheinander. Der Auflauf war noch schlimmer als bei Chavez. Sie hatte noch nie so viele Cops auf einem Haufen gesehen. In der Menge suchte sie nach Dominick, doch dann entdeckte sie den unheilvollen Kreis blauer Uniformen, der sich auf dem Parkplatz der Tankstelle formiert hatte. Wie hypnotisiert ging sie auf die Schar zu, unerklärlich angezogen und abgestoßen zugleich von dem, was sie hinter den Männern in Blau finden würde. Wieder zückte sie ihren Ausweis.

»Special Agent Falconetti?«, fragte sie. Der Polizist schüttelte den Kopf. »FDLE? Die Task-Force?« Als der junge Mann nach links zeigte, sah sie, was sich hinter ihm verbarg. Der einsame Streifenwagen der City of Miami, der mit schweigendem Blaulicht auf dem Parkplatz hinter der Tankstelle stand. Der Polizist murmelte etwas, doch sie nickte nur.

»Danke«, sagte sie. Dann ging sie auf den Wagen zu, den Ausweis der Staatsanwaltschaft noch in der Hand. Die Spurensicherung hatte bereits mit der Arbeit begonnen, die Techniker durchkämmten den Kofferraum. Im Hintergrund ragte die Skyline von Miami in den Himmel. Weitere Beamte fotografierten aus jedem erdenklichen Winkel das Gelände, damit die Ereignisse eines Tages im Gerichtssaal in allen Einzelheiten nachgestellt werden konnten. Um sie herum explodierten die Blitze der Fotoapparate, und im Augenwinkel bemerkte C. J. den Wagen der Gerichtsmedizin. Die Stahlbahre war schon herausgefahren und wartete auf ihre Fracht.

Die Tür des Streifenwagens stand offen, ein weißes Laken hing heraus und flatterte unruhig in der Brise, die vom Wasser her wehte. Selbst aus zehn Meter Entfernung sah sie die angetrockneten dunklen Streifen an den Scheiben. Wie in einem Albtraum ging sie auf den Wagen zu, den Ausweis gezückt für den Fall, dass sie jemand zurückhalten wollte.

Die Silhouette der Leiche unter dem blütenweißen Laken war genau wie bei den anderen. Der Kopf auf dem Lenkrad, die angewinkelten Ellbogen, die Hände verkrampft. Ein Detective, den sie kannte, an dessen Namen sie sich jedoch in diesem Moment beim besten Willen nicht erinnerte, stand neben der Tür, vermutlich wartete er auf das Zeichen des Gerichtsmediziners, die Leiche freizugeben.

»Heben Sie das Laken hoch«, befahl sie mit belegter Stimme. Dann riss sie sich zusammen. »Bitte.«

Wortlos hob der Detective das Laken an. Der Wind blähte den Stoff, und C. J. musste an die weißen Segel der Boote denken, die jeden Tag auf dem Intercoastal Waterway vorbeiglitten. Normalerweise ein beruhigendes Bild, eine heitere Vorstellung.

Doch nicht heute Nacht. Nie mehr …

Dominicks Stimme füllte das Vakuum, das sich über sie gestülpt hatte, und plötzlich strömten die Geräusche der Umgebung wieder auf sie ein. »C. J.! Warte!« Sie hörte seine Schritte, als er auf sie zugerannt kam. Vielleicht wollte er sie aufhalten. Doch es war zu spät.

Das Laken war fort und enthüllte das Grauen in seiner ganzen schrecklichen Eindeutigkeit.

22

Was sie vor sich sah, war doch nicht möglich …

Der Mörder hatte seine barbarische Signatur hinterlassen. Die Leiche saß auf dem Fahrersitz, die Knöchel der Hände am Steuerrad weiß angelaufen, Handschellen um die Handgelenke, in der Kehle klaffte das böse Grinsen. Wie bei Angelillo war die Zunge manipuliert worden und hing unten aus der offenen Speiseröhre heraus. Doch es gab eine Abweichung, die C. J. schaudern ließ.

»Ich wollte erst mit dir sprechen«, begann Dominick, als er bei ihr ankam, und legte ihr die Hand auf die Schulter. »Bevor –«

»Ist er von der City?«, unterbrach ihn C. J. und zuckte unmerklich unter der Berührung zurück. Sie konnte die Augen nicht von dem grauenhaften Anblick wenden.

»Was?« Dominick war verwirrt. »Ja, er ist ein City-Cop. Die Uniform, der Streifenwagen –«

»Ist er identifiziert?«, fragte sie lauter. »Wer ist es? Wie heißt er?« Sie starrte auf die Stelle über der Brusttasche, wo der Name von der Uniform abgerissen war. Zu sehen war nur ein ausgefranstes Loch. *Diese Augen … sie kannte diese leeren, toten Augen. Doch es konnte nicht sein, es durfte nicht sein …*

»Ja, er ist identifiziert worden«, sagte Dominick langsam. »Lindeman. Sonny Lindeman. Er war erst ein Jahr bei der City. Hat von einer anderen Abteilung gewechselt.«

Ihr wurde flau wie in der Achterbahn. »Ich bin gleich zurück«, sagte sie unvermittelt.

»Wo willst du hin?«

»Nur ganz kurz.« Und schon war sie weg.

Bevor er reagieren konnte, kam Manny Alvarez auf Dominick zu, begleitet von FDLE Special Agent Chris Masterson.

»Schau mal, wen ich gefunden habe«, sagte Manny. »Er war tatsächlich bei der Arbeit. Am Ende hat er in seinem kleinen Kopf schon den Bericht fertig.«

Chris Masterson hatte über ein Jahr lang für die Task-Force Cupido gearbeitet, als er noch bei der Violent Crime Squad war. Jetzt war er bei der Drogenfahndung. Er war einer der jüngsten Special Agents des FDLE, und wegen seines jungenhaften Äußeren wurde er gern undercover eingesetzt.

»Hallo, Chris«, begrüßte ihn Dominick, immer noch verwirrt von C. J.s merkwürdigem Verhalten. »Hat Fulton dich dazugerufen?«

»Genau. Er holt jeden, der verfügbar ist. Und die anderen auch.«

»Willkommen im Team«, sagte Dominick.

»Danke. Sie haben mich eingeflogen, aber ich weiß noch nicht, ob ich über Nacht bleibe. Hängt davon ab, was Black sagt. Im Moment sind alles Überstunden.«

»Ich will euch ja nicht den Willkommensdrink verderben«, unterbrach Manny, »aber, Dommy Boy, es sieht aus, als hättest du noch mehr Gäste.« Er wies hinter sich. Dort stand Mark Gracker mit zwei FBI-Beamten in ihren unverwechselbaren dunklen Anzügen, mit seinem kurzen dicken Wanst wirkte er zwischen den beiden Zwei-Meter-Kerlen wie eingeklemmt. Selbst aus der Entfernung sah Dominick, dass Gracker Befehle bellte.

»Bitte rette uns, Dom«, sagte der Bär leise, aber nicht leise genug.

Wie aufs Stichwort blickte Gracker in Dominicks Richtung. Er schnitt eine Grimasse und zeigte mit dem Finger auf die kleine Gruppe. Daraufhin drehten sich die beiden Komiker zu ihnen herum, gefolgt von der Presse und ihren Teleobjektiven.

»Irgendwie hab ich das Gefühl, diesmal verschwindet er nicht so schnell«, seufzte Dominick.

»Hast du nicht gesagt, die Morde fallen nicht unter ihre Zuständigkeit?«, sagte der Bär.

»Ich habe auch gesagt, dass sie tief in die Trickkiste greifen würden«, gab Dominick zurück. Er sah Chris Masterson an. »Kennst du die Fotos der anderen beiden Toten?«

»Nein. Ich war nur bei dem einen auf der Beerdigung. Habe einen Kumpel beim MDPD.«

»Jetzt bist du ja da. Nur keine Hemmungen.« Dominick trat einen Schritt zur Seite und ließ Chris zum Streifenwagen durch. Aus dem Augenwinkel sah er C. J. Sie stand in der Nähe des Leichenwagens, ohne mit jemandem zu sprechen. Sie sah mitgenommen aus. »Entschuldigt mich mal eine Minute, Jungs. Ich bin gleich wieder da.«

Den wenig amüsierten Gracker ignorierte er.

»Meine Güte!«, rief Chris plötzlich hinter ihm. »Er hat eine Krawatte!«

Dominick blieb stehen. »Was? Was hast du gesagt?«

»Das hier, die kolumbianische Krawatte –«

»Was für eine verdammte Krawatte, Kleiner?«, fragte Manny.

»Die Kehle aufgeschnitten und die Zunge unten rausgezogen. Sieht aus – wie eine –«

»Eine Krawatte«, ergänzte Manny. »Jetzt sehe ich es auch. Wo hast du das denn her?«

»Vor dem FDLA war ich sechs Jahre bei der Drug Enforcement Administration. Internationaler Drogenhandel. Ich musste öfter undercover nach Bogotá. Das Cali-Kartell. Dort habe ich eine Menge zu sehen bekommen. Aber das hier«, er zeigte auf Lindemans Leiche, »das war mehr so eine Legende. Selbst in Kolumbien, wo die vom Cali-Kartell sich den Mist angeblich ausgedacht haben, sieht man normalerweise keine Krawatten. Ich habe überhaupt erst zwei gesehen. In den späten Achtzigern haben wir am Stadtrand von Bogotá mal zwei Informanten gefunden, im Adamskostüm und mit Krawatte.«

»Warum hier eine Krawatte?«, überlegte Dominick mit Blick auf Lindeman. »Was hat das zu bedeuten?«

»Die Krawatte bedeutet, dass einer den Mund zu weit aufgerissen hat, und oben passt das jemandem nicht.«

»Und was ist mit den abgeschnittenen Ohren?«

»Hat wohl auch zu viel gehört. Irgendwas, was nicht für seine Ohren bestimmt war.«

»Also spricht das für die Drogen-Connection?«

»Ich habe jedenfalls noch nie gehört, dass so was außerhalb der Kartelle vorgekommen wäre. Ich schätze, ihr könnt davon ausgehen, dass die Kolumbianer ihre Finger im Spiel haben. Und dass sie ziemlich wütend sind.«

»Entschuldigung«, sagte ein Mitarbeiter des Gerichtsmediziners und schob die Rollbahre heran. Die drei traten einen Schritt zur Seite und beobachteten schweigend, wie das Team vom Leichenschauhaus begann, Lindeman in einen schwarzen Sack zu hieven und aus dem Wagen zu zerren.

»Tja, Chris«, sagte Dominick, »ich schätze, du bleibst länger als nur über Nacht.«

Chris schüttelte den Kopf. »Ich und meine große Klappe.«

»Und wir sollten das fürs Erste unter uns behalten. Mal sehen, ob unsere Freunde von der Bundespolizei selbst draufkommen, bevor sie uns die Kreide von der Tafel klauen.«

Gracker wartete immer noch ungeduldig, dass Dominick zu ihm kam. Um ihn zu ärgern, machte Dominick zwei Schritte auf ihn zu, dann blieb er stehen, grinste und drehte sich auf dem Absatz um. *Scheiß drauf. Gracker kann warten.* Er fand C. J. immer noch beim Van der Gerichtsmedizin. »Ist alles in Ordnung mit dir?«, fragte er. Sie schien Welten entfernt. Auch wenn er ihr am liebsten tröstend den Arm um die Schultern gelegt hätte, nach ihrer Reaktion vorhin versuchte er es erst gar nicht. Es war seltsam. Sie waren schon so lange zusammen – und immer wieder gab es Momente, da hatte er das Gefühl, er kannte sie überhaupt nicht.

»Es geht schon. Und du?«, antwortete sie, ihre Stimme klang unbestimmt und distanziert.

»Schlimme Sache. Drei Tote. Aber vielleicht haben wir was. Chris Masterson ist gerade aufgetaucht. Gefolgt von der Bundespolizei.«

C. J. nickte.

»Chris war früher bei der DEA«, fuhr er fort. »Der Junge hat sich die Leiche angesehen und ist sich ganz sicher, dass es was mit Drogen zu tun hat, falls es da je Zweifel gegeben hat.«

»Warum?«

»Ich muss Chris die anderen Fotos zeigen, aber anscheinend tragen sie alle die kolumbianische Krawatte.«

»Die kolumbianische Krawatte? Was hat das zu bedeuten?«

»Es ist eine Botschaft. Offensichtlich mit der hässlichen Unterschrift der kolumbianischen Kartelle. Chris sagt, er hat nie gehört, dass so etwas bei uns vorgekommen wäre, er hat es auch in Bogotá nur zweimal gesehen.«

»Und was ist die Botschaft?«

Dominick sah dem Leichenwagen hinterher, als er schließlich durch die Polizeisperre davonfuhr. Ein Sturm von Blitzlichtern brach los. »Jemand hat geredet, und jemand anders will, dass das aufhört. Die abgeschnittenen Ohren heißen, er hat was gehört, was er nicht hören sollte.«

C. J. wurde blass. Glücklicherweise beobachtete Dominick immer noch, wie sich die Geier von der Presse auf ihre Beute stürzten.

»Ich wette, auch der hier hatte Dreck am Stecken«, fuhr Dominick fort, »hat sich mit den falschen Leuten abgegeben, genau wie Chavez und Angelillo. Langsam glaube ich, dass es nicht das Werk von den Brothers aus der Gegend ist. Vielleicht ist LBJ der Henker, doch es gibt jemanden im Hintergrund, der die Fäden zieht.«

Bei den letzten Worten krampfte sich C. J.s Magen zusammen. Sie hatte vor sechs Monaten mit dem Rauchen aufgehört, doch sie wusste, sie würde sich ein Päckchen Marlboro kaufen, sobald sie diesen Ort verlassen hatte.

»Kanntest du ihn? Lindeman?«, fragte Dominick plötzlich.

»Nein«, log sie. »Warum?«

Er zuckte die Achseln. »Nur so.«

23

»FALCONETTI. NETT, DASS SIE MAL VORBEIKOMMEN.« Gracker hatte es aufgegeben zu warten und kam zu Dominick herüber, der bei Manny und den Kollegen von der Spurensicherung stand.

»Hallo, Mark. Ich hab Sie gar nicht gesehen«, antwortete Dominick lächelnd. Vielleicht war es kindisch, aber er wusste, wie Gracker es hasste, beim Vornamen genannt zu werden, seit er leitender FBI-Agent war. Genau aus dem Grund tat es Dominick. Jedes Mal, wenn sich die Gelegenheit bot.

Gracker wurde rot. »Nun, *Dom*, da wären wir also. Sieht aus, als würden wir am selben Fall arbeiten. Das reinste Déjà-vu.«

»Wirklich? Welcher Fall sollte das sein?« Dominick sah sich um.

»Ich glaube nicht, dass hier an meinem Tatort irgendwas in die Zuständigkeit der Bundesbehörde fällt.«

Jetzt war Gracker mit Lächeln an der Reihe. »Nein? Ich schätze, dann sind Sie der Letzte, der es erfährt. Ich bin hier wegen Behinderung bundespolizeilicher Ermittlungen. Meine Männer werden Sie gleich bitten, alle Tatortspuren einzupacken, die Sie eben für uns aufgesammelt haben.«

»Wovon zum Teufel reden Sie da? Was für eine Behinderung?«

»Ihre Opfer hier haben es bunt getrieben. Das FBI hatte Ermittlungen gegen die Männer eingeleitet. Vermutlich Verletzung von Titel 18.« Titel 18 bezog sich auf den Abschnitt des United States Code, in dem es um Drogendelikte ging.

»Helfen Sie mir auf die Sprünge, Mark. Die Kerle sind tot.«

»Vor dem Gesetz spielt das keine Rolle.«

»Hier geht es um Mord. Nicht um Drogengeschäfte«, warf Manny ein.

»Ich weiß nicht, warum wir uns nicht einfach alle vertragen können.« Gracker schüttelte den Kopf. »Sehen Sie, jemand hat die Personen umgebracht, gegen die wir ermitteln, Dom. Potenzielle Zeugen. Und das bedeutet, dass der oder die Täter sich auf Bundesebene eines Verbrechens schuldig gemacht haben. Die Beeinflussung von Zeugen, Opfern oder Informanten fällt unter Sektion 1512, Kapitel 73, des United States Code. Und das hier«, schloss er und sah sich um, »*das hier* ist jetzt der Tatort eines Bundesdelikts.«

Dominick hatte erwartet, dass Gracker in die Trickkiste greifen würde, aber nicht, dass er so tief wühlen würde. Dominick kochte innerlich. Doch er schwieg, bevor er die nächsten Worte formulierte, denn er wusste, er würde sie nicht zurücknehmen können. »Wissen Sie, Mark, ich wette, dass Sie diese mehr als miese Nummer vor Ihrer überaus beschäftigten Rechtsabteilung geprobt haben, bevor Sie den Nerv hatten, hier herauszukommen und zu versuchen, mich zu verarschen. Sie haben weiß Gott schon oft versucht, den Fuß in die Tür zu kriegen, und keiner hat Sie reingelassen. Also gehe ich davon aus, dass Sie diesmal eine rechtmäßige Ermittlung eingeleitet haben wegen so abscheulicher Verbrechen wie Behinderung der Justiz und Beeinflussung von Zeugen. Ich dagegen habe hier drei Morde, von denen kein einziger beim FBI oder der Bundesstaatsanwaltschaft landet, egal, welche an den Haaren herbeigezogene Geschichte Sie mir hier noch auftischen. Wenn wir hier fertig sind, dann beschaffen Sie sich gefälligst Ihre eigenen Spuren. Denn, bei allem Respekt, *Mark*, wenn das alles ist, was Sie in der Hand haben, dann werden Sie einen Gerichtsbeschluss brauchen, bevor ich Ihnen auch nur ein verdammtes Nasenhaar von diesem Tatort überlasse.«

Damit drehte er sich um, marschierte davon und überließ Manny das Nachbeben. Dann schnappte er sich das Nextel und piepte Regional Director Black an, um ihn vor dem unangenehmen Sturm zu warnen, der sich da zusammenbraute. Und der in zirka zwei Minuten via Telefon über Black hereinbrechen würde.

Seltsam, diese Machtspielchen. Man wusste nie, wie hoch man im Kurs stand, selbst in der eigenen Partei nicht, bis die Karten auf dem Tisch lagen. Und auch wenn Dominick wusste, dass sein Boss Gracker und die Bundesbehörde ebenso wenig ausstehen konnte wie er selbst, wusste er auch, dass Black sich nicht in der Position befand, das in irgendeiner Form öffentlich zuzugeben. Vor der Öffentlichkeit zogen alle Arme der Justiz begeistert an einem Strang – um der Sicherheit der Bürger willen. Und so war sich Dominick nicht sicher, was Black sagen würde, wenn Gracker anrief, um sich mit seiner fisteligen Stimme lautstark zu beschweren, dass das FDLE eine Ermittlung auf Bundesebene behinderte.

Dominick hoffte nur, dass er gute Karten hatte.

24

C. J. RISS DIE PLASTIKFOLIE VON DEM PÄCKCHEN Marlboro und atmete den frischen Duft von Tabak, den die Schachtel verströmte, tief ein. Schon beim ersten Zug hießen ihr Körper und ihr Geist den alten Freund willkommen, ihre Nerven entspannten sich, als sie einen Rauchring durch das Lenkrad blies.

Sie saß im Wagen auf dem leeren Parkplatz vor dem Seven-Eleven. Die Sonne kroch gerade über den Horizont, und zarte Violett- und Orangetöne gaben der Skyline eine wärmere Färbung. Sie atmete aus und lehnte sich mit geschlossenen Augen im Sitz zurück. Versuchte nachzudenken. Versuchte zu verhindern, dass die Panik jeden vernünftigen Gedanken in ihrem Kopf auslöschte. Vor ihrem geistigen Auge sah sie den jungen Victor Chavez – in dem Kunstledersessel vor ihrem Schreibtisch in der Staatsanwaltschaft, seine frisch gebügelte blaue Uniform und die polierten schwarzen Schuhe, seinen gewölbten Bizeps und das Wadenholster an seinem Bein.

September 2000 – Chavez' Vernehmung. In der Anhörung nach der Festnahme befragt die Staatsanwaltschaft den Zeugen unter Eid, um festzustellen, welche Punkte zur Anklage kommen – im Fall eines Mordes vor der Grand Jury. Nur die Anklagepunkte, die der Staatsanwaltschaft als zweifellos erwiesen gelten, kommen zur Verhandlung.

C. J. war die Kontrolleinheit in einem System von Sicherheitsventilen, sie war das besonnene Gegengewicht gegen eine zuweilen übereifrige und heißblütige Polizei. Eine der letzten Inspektoren einer langen Reihe, während das System einen Angeklagten nach dem anderen ausspuckte, Gerechtigkeit produzierte wie am Fließband. Und damals, mit Blick auf den Stahl und den Beton des Gefängnisses auf der anderen Straßenseite, wo William Rupert Bantling unter Mordverdacht ohne Kaution einsaß, hatte sie sich die Geschichte des aufmüpfigen Frischlings angehört, wie er die Leiche des jungen Models in Bantlings Wagen gefunden haben wollte. Doch seine Geschichte stimmte hinten und vorne nicht. C. J. war nicht dumm, und Victor war ein schlechter Lügner. Und so hatte sie innerhalb weniger Minuten seine arrogante Pose demontiert. Stattdessen gerann sein Grinsen zu der ängstlichen Grimasse, die sein wahres Gesicht zeigte.

Seine Fahrzeugkontrolle war rechtswidrig gewesen, gestützt auf einen anonymen Anrufer, der ihnen einen Tipp gegeben hatte – etwas, das vor dem Gesetz als hinreichender Grund keinen Bestand hatte. Victor hatte den Fehler zu spät bemerkt – nachdem er den Kofferraum gewaltsam aufgebrochen und unter den grellen Lichtern des MacArthur Causeway seinen hässlichen Inhalt erblickt hatte. Die Fahrzeugdurchsuchung war ein Durchbruch im Fall Cupido, doch sie blieb rechtswidrig, denn sie basierte auf einer rechtswidrigen Kontrolle. So war eben das Gesetz. Mit der Hilfe seines Sergeant versuchte Victor dann, die Sache zurechtzubiegen, und gab an, den Wagen wegen eines defekten Rücklichts angehalten zu haben – mit einem gezielten Fußtritt hatte er den nötigen Beweis nachgeliefert. C. J. konnte geradezu hören, wie das Schloss von Bantlings Zelle aufsprang, während sie durch ihr Büro tigerte und verzweifelt überlegte, was zu tun war.

Damals hatte sie eine Entscheidung getroffen. Sie hatte geholfen, eine schlechte Lüge in glaubhafte Wirklichkeit zu verwandeln – um der Gerechtigkeit willen. Geopfert hatte sie dafür ihr Berufsethos. Sie hatte eine neue Geschichte erfunden. Eine, die vor dem Gericht bestehen würde und die Kontrolle des Jaguar mit der anschließenden Durchsuchung des Kofferraums rechtfertigte. Damit wären auch die Durchsuchungsbefehle für Bantlings Haus und seine Garage rechtmäßig, wären all die erdrückenden Beweise zulässig. Das Kartenhaus war sehr sorgfältig errichtet worden.

C. J. inhalierte den Rauch ihrer Zigarette und kaute an ihrem Daumennagel, während sie beobachtete, wie ein braun gebrannter Obdachloser zum Frühstück einen Doughnut mit einem halben Liter Jack Daniel's hinunterspülte.

Das Problem bei solch einem Komplott lag natürlich auf der Hand. Je mehr Personen ein Geheimnis teilen, desto schwieriger ist es, es geheim zu halten. Und jetzt klang ihr wieder in den Ohren, wie sie damals, in ihrem Büro, von dem gefallenen Beamten Antworten verlangt hatte.

»Also, Sie und Ribero?«

Und Victors zitternde Stimme: *»Lindeman wusste auch von dem anonymen Anruf.«*

Immer wieder hörte sie, wie Chavez den Namen flüsterte. Drei Menschen hatten von dem Komplott gewusst, von der Wahrheit über jene Nacht auf dem MacArthur Causeway, als sie C. J. so freundlich in ihren Verschwörerzirkel aufnahmen. Zwei davon waren nach allen Regeln der Kunst hingerichtet worden. Und ihrem Tod hatte man eine grausame Botschaft beigefügt: *Einer hat das Maul zu weit aufgerissen, und oben passt das jemandem nicht.*

Berechtigte Paranoia oder schlichter Zufall?

C. J. fuhr aus der Parklücke und machte sich auf den Weg nach Hause. In weniger als drei Stunden würde sie wieder im Gericht vor einem schlecht gelaunten Richter und einer ungeduldigen Jury stehen, und sie wollte noch duschen und sich umziehen. Und das Kreuzverhör vorbereiten.

In ihrem Kopf war alles ein einziges Durcheinander. Was, wenn die Morpheus-Morde nicht das Werk von Bandenmitgliedern war oder von Drogenkartellen oder womöglich von einer durchgeknallten Bürgerwehr, die gegen Korruption kämpfte? Was, wenn jemand systematisch diejenigen auslöschen wollte, die das Geheimnis kannten, das C. J. jetzt nur noch mit einer Person teilte? Aber wer konnte die Eingeweihten zum Schweigen bringen wollen, und warum?

Sie dachte an Chavez' Sergeant Lou Ribero, dem einzigen überlebenden Mitglied des Trios, und fragte sich: *Was, wenn es so wäre?* Doch dann dachte sie wieder an das *Warum,* und darauf fiel ihr beim besten Willen keine Antwort ein. Außerdem war da noch Officer Angelillo, der Polizist aus Miami-Dade, der draußen bei der Dolphin Mall ermordet worden war. Soweit sie wusste, gab es keine Verbindung zu ihm. Sie hatte den Mann nie zuvor gesehen, und er hatte nichts mit alledem zu tun. Was hatte es mit ihm auf sich? Vielleicht, dachte sie mit einem erschöpften Seufzer, während sie den Jeep auf ihren Parkplatz fuhr, vielleicht litt sie wirklich nur unter Verfolgungswahn. Sie schloss die Augen. Wenn sie nur nicht so allein mit der ganzen Sache wäre …

Ein Problem wiegt immer schwerer, wenn man es allein mit sich herumträgt, hatte ihr Vater früher gesagt. *Trag die Probleme nicht zu lange mit dir allein herum.*

Sie warf noch einen Blick auf die Uhr und pfiff durch die Zähne, dann klaubte sie die Tasche, das Notizbuch und die Marlboros vom Beifahrersitz zusammen und hastete nach oben in die Wohnung. Sie hatte keine Zeit, sich den Kopf über eine Frage zu zerbrechen, auf die es keine Antwort gab. Sie musste zum Gericht.

25

»WIR MÜSSEN UNS UNTERHALTEN«, sagte Dominick. Es war sieben Uhr abends, und C. J. war die Letzte im Büro. Verstörende Bilder lenkten sie immer wieder ab, während sie versuchte, sich auf die Westlaw-Homepage zu konzentrieren.

Er war plötzlich in ihrer Tür aufgetaucht, und sie zuckte zusammen, als er sie ansprach. Es ärgerte sie, dass sie ihn nicht hatte kommen hören. Dass sie überrascht worden war. Doch sie sagte nichts.

»Hallo«, antwortete sie. »Was führt dich denn hierher?«

»Du. Und was hält dich hier fest? Warum gehst du nicht ans Telefon?« Er schien besorgt, vielleicht auch ein bisschen verärgert. Er kam herein, doch er setzte sich nicht.

»Ich hatte eine Verhandlung, das weißt du doch. Ich musste das Urteil abwarten.« Die Antwort war nur teilweise richtig. »Ich habe dich zurückgerufen und dir eine Nachricht hinterlassen.«

»Ja, die habe ich bekommen. Herzlichen Glückwunsch zu dem Schuldspruch.« Dann wurde seine Stimme etwas sanfter. »Aber es sieht dir nicht ähnlich. Es sieht uns nicht ähnlich. Ich habe in letzter Zeit kaum was von dir zu sehen bekommen, und seit drei Tagen haben wir kein Wort miteinander gesprochen. Was ist los mit uns?«

»Du bist im Stress, ich bin im Stress, Dominick. Ich schätze, uns ist die Zeit davongerannt.« Wenn er abends nach Hause kam, schlief sie schon. Und sie ging morgens aus dem Haus, bevor er aufwachte.

»Nein, nein«, er schüttelte den Kopf. »Das ist nicht die Antwort. Es geht schon seit einer Weile so. *Ich* habe versucht, dich zu erreichen. *Ich* wollte mit dir sprechen. *Ich* bin hier.« Er schwieg, eine viel sagende Stille trat ein.

»Es tut mir leid«, sagte sie endlich. Sie konnte ihm nicht von den Gedanken erzählen, die sie auffraßen, seit sie in der Nacht zum Montag Sonny Lindemans Leiche gesehen hatte. *Auch in einer wahren Liebe hat man Geheimnisse voreinander*, versuchte sie sich zu beruhigen. Die Verantwortung war schon schwer genug für einen. Sie durfte damit nicht auch noch Dominick und seine Karriere belasten, nur um sich die eigene Last zu erleichtern. Und dann gab es noch die unangenehme Möglichkeit, dass er die Sache anders sah. Dass seine

Skrupel größer waren als ihre und dass er sich gezwungen sah, die Behörden in Kenntnis zu setzen über das, was nie ans Licht kommen durfte.

»Warum? Was ist mit dir los?« Er stützte sich auf den Tisch, suchte in ihren Augen nach einer Antwort. »Ist es der Prozess? Ist es Morpheus? Ich muss es wissen, C. J. Du bist mit deinen Gedanken sonstwo, und ich komme einfach nicht zu dir durch.«

»Dominick, seit Morpheus aufgetaucht ist, arbeitest du sechzehn Stunden am Tag. Wann und wo willst du zu mir durchkommen?« Sie hielt inne, dann fuhr sie fort. »Es tut mir leid«, sagte sie noch einmal. »Dieser Prozess nimmt mich seit einem Monat in Beschlag. Du hattest zu tun, ich hatte zu tun. Ab jetzt bemühen wir uns einfach beide mehr, gut?«

Sie sah ihm in die Augen, doch sein fragender Blick suchte immer noch nach einer Antwort. Manchmal konnte sie sich vorstellen, wie es sich anfühlte, von ihm verhört zu werden. Er übersah nichts.

Statt sich zu setzen, kam er um den Tisch. Er drehte ihren Stuhl zu sich, nahm ihre Hände, dann zog er sie an sich. Ohne ein weiteres Wort küsste er sie auf den Mund, sein Ziegenbart kitzelte vertraut, tröstlich. Und doch, seine Nähe – die körperliche, die emotionale – machte ihr in diesem Moment Angst.

»Mir tut es auch leid«, sagte er schließlich und drückte sie. »Es war hart. Diese Morde. Nicht nur wegen der Arbeit.« Er wurde leiser, als spräche er zu sich selbst. »Ich habe das Gefühl, ich schulde ihnen etwas. Mehr als der Rest der Task-Force. *Ich* muss den Verantwortlichen finden, und bis jetzt bin ich nicht weit gekommen. Sie waren im Dienst, Herrgott nochmal. Sie hatten ihre verdammte Uniform an …«

»Du wirst ihn finden«, sagte sie leise.

C. J. wusste, dass Polizist zu sein für Dominick nicht einfach nur ein Job war. Er sprach zwar nicht oft darüber, aber sie wusste, dass fast jeder Mann in seiner Familie bei der Polizei gewesen war. Seine Onkel und Cousins waren beim New York Police Department, sein Schwager war Detective beim Nassau County P. D. auf Long Island. Sein Großvater war in der Bronx Polizist gewesen, und sein Vater war zwanzig Jahre auf Streife gegangen. Sie hätte merken müssen, wie persönlich Dominick diese Morde nahm, doch sie hatte nur an sich gedacht. Jetzt hatte sie ein furchtbar schlechtes Gewissen.

»Ich hätte offen zu dir sein sollen«, sagte er. »Dieser Fall nimmt mich mit. Und wenn ich dann die Hand nach dir ausstrecke, bist du nicht da.«

Sie hörte, wie seine Stimme stockte. Dominick war so oft für sie da gewesen, hatte ihr geholfen, mit dem seelischen Ballast fertig zu werden, den sie mit sich herumschleppte. Jetzt brauchte er sie, und sie ließ ihn im Stich. Sie hatte seine wachsende Verzweiflung nicht gespürt, weil sie ihm ausgewichen war, ihn von sich gestoßen hatte. Weil sie, im Gegensatz zu ihm, niemals ganz offen sein konnte.

»Weißt du«, sagte sie leise, »du hast Recht. Richter Penney hat mich ganz schön beansprucht. Und dann, am Montag …« Sie sah zu Boden. »Es tut mir leid, Baby. Ich hätte früher nach Hause kommen sollen. Ich hätte –«

Doch er schnitt ihr das Wort ab. Er beugte sich vor und küsste sie. Diesmal war es ein langer, sinnlicher Kuss. Sie spürte seine Finger auf ihrer Seidenbluse. Er legte ihr die Hand in den Nacken und zog sie näher an sich. Ein Schauer lief ihr über den Rücken. Sein Atem war warm auf ihrer Wange, und dann trafen sich ihre Zungen. Er schmeckte nach Bier, süß, nicht unangenehm. Sie schlang die Arme um ihn, streichelte seinen festen Rücken und drückte sich an ihn. Obwohl er zweiundvierzig war, war sein Körper noch perfekt durchtrainiert.

»Können wir jetzt gehen?«, fragte er einfach.

26

Als sie die Wohnungstür von innen abschloss, stand er wortlos hinter ihr und drückte sie an sich. Er umarmte sie fest und vergrub das Gesicht in ihrem Haar. Minutenlang standen sie reglos im dunklen Flur, sein Bauch an ihren Rücken geschmiegt, sie hielt sich an seinen Armen fest, mit denen er sie umfing. Sie schloss die Augen und spürte seinen warmen Atem am Ohr, sein Bärtchen im Nacken. Mit den Fingerspitzen strich sie über seine Unterarme, spürte die Muskeln, die sich bis hinauf zu den Schultern zogen.

Einen Moment lang stellte sie sich vor, es gäbe nur sie beide auf der Welt. Keine griesgrämigen Richter, keine gaffenden Massen, keine Prozesse im Rampenlicht. Sie stellte sich vor, ihre Arbeit hätte nicht mit dem Tod und seinen Ursachen zu tun, Beerdigungen zählten nicht zu den üblichen Betriebsfeiern. Es gäbe nur Dominick und sie, und sie lebten ein völlig anderes, unkompliziertes Leben ohne die Vergangenheit, ohne die Geheimnisse, die eine wachsende, wortlose Kluft zwischen ihnen schuf.

Er ließ sie nicht los, und auch sie hielt ihn fest. Dann legte er die Hand auf ihren Bauch, drückte sie an sich, so fest, dass sie ihn spürte, hart gegen ihren Schenkel. Sein Atem ging schneller, er wurde zielstrebiger, küsste ihr Ohr, leckte ihren Nacken. Seine andere Hand wanderte über ihre Brust und nestelte an ihren Blusenknöpfen. Dann schob er den BH zur Seite und nahm ihre Brust in seine warme Hand.

Zwischen ihnen stimmte einfach die Chemie. Wenn sie mit ihm zusammen war, wenn sie eins wurden, hatte C. J. das Gefühl, sie öffnete ihm unwillkürlich ihr Innerstes, ein Fenster zu ihrer Seele, in das er nicht nur hineinsehen, sondern auch hineingreifen, ihr wahres Selbst berühren konnte. Die nackte Haut ihrer Körper, wenn sie sich aneinander rieben, war nichts als die schöne, doch bedeutungslose Grenze zwischen ihren Seelen. Sie atmeten wie ein Wesen, und einen sprachlosen Augenblick lang wusste er alles über sie, sogar Dinge, die sie selbst nicht wusste. Vielleicht war es dieses Gefühl vollkommener Einheit, das sie manchmal so schrecklich ängstigte. Wenn sie einander so nah waren, wurde sie durchschaubar, mit all ihren Schwächen.

Sie hob die Arme und griff in seine kurzen Haare, zog seinen Kopf zu sich herunter, tief in ihren Nacken. Sie drängte sich an ihn, wollte mehr von ihm spüren, ihn berühren, ihn schmecken, jetzt, hier auf dem Flur. Seine Finger massierten ihre Brüste, seine Lippen berührten ihren Nacken, sie hielt den Atem an, als seine Hand langsam nach unten glitt, über ihren Bauch, bis er den Knopf ihrer Hose fand.

Auch wenn sie Hunderte von Malen miteinander geschlafen hatten, spürte sie noch immer die Schmetterlinge im Bauch, wenn er sie berührte. Ein Gefühl, dass sie bei keinem anderen Mann erlebt hatte. Sie stöhnte, als er ihr hastig die Hose über die Hüften zog, seine Hand in ihren Slip glitt.

»Gott, ich liebe dich«, flüsterte sie. Sie hatte die Arme um seinen Nacken geschlungen, ihre Fingernägel gruben sich in seinen Rücken.

»Ich will mit dir schlafen«, hauchte er ihr ins Ohr, »jetzt und hier.«

»Ja«, sagte sie, ohne die Augen zu öffnen.

Während er sich das Hemd auszog, tastete sie nach seinen Hüften und schob seine Hose herunter, die auf einem Haufen neben ihrer landete.

Sanft drehte er sie zu sich um. Seine nackte Haut war warm, das Haar auf seiner Brust kitzelte sie, als er sie beschützend in den Armen hielt. Dann hob er ihr Kinn und sah sie an. Sie öffnete die Augen. Von der Terrasse fiel sanftes Licht herein, gestreift durch den Filter der Jalousien.

»Es tut mir leid«, sagte sie. Sie fürchtete, weinen zu müssen. Der Augenblick überwältigte sie. »Wegen heute Abend, wegen allem. Weil ich nicht da war, als du mich …«

Doch er unterbrach sie. »Schsch«, machte er. »Ich liebe dich. Daran darfst du nie zweifeln.«

Dann küsste er sie zärtlich und zog sie auf den Wohnzimmerteppich, und sie liebten sich im weichen Licht, das von der Terrasse hereinfiel.

27

SONNY LINDEMANS BEERDIGUNG fand an einem windigen Freitagnachmittag in der Little-Flower-Kirche in Coral Gables statt. Schon aus vier Blocks Entfernung sah C. J., dass es hoffnungslos war, einen Parkplatz in der Nähe der pompösen spanischen Kathedrale zu suchen. Die Straßen waren voll geparkt, und schwarz gekleidete Menschen liefen schweigend an ihrem Wagen vorbei, als sie auf der Red Road an der Ampel standen. Motorradpolizisten vom Coral Gables Police Department regelten den Verkehr. Dominick ignorierte die Polizisten und stellte den Wagen am Straßenrand ab, direkt neben einem unübersehbaren Parkverbotsschild. Als der Uniformierte auf den Wagen zukam, legte Dominick die Plakette des FDLE aufs

Armaturenbrett, dann stieg er aus, um C. J. die Tür aufzuhalten. Wortlos drehte sich der Polizist um und ging davon.

Hand in Hand gingen sie schweigend auf die Kirche zu. Die Schritte auf dem Asphalt waren das einzige Geräusch der feierlichen Prozession. Die Gespräche verstummten, als sie sich den Weg zur Pforte bahnten.

C. J. hatte heute eigentlich nicht kommen wollen, hatte es aber aus Respekt doch getan. Respekt vor Dominick, denn sie wusste, dass er sie brauchte. Respekt vor seinem Beruf. Denn gerade in den letzten zweiundsiebzig Stunden hatte sein Department wieder einen schweren Schlag einstecken müssen. Dominick hatte Recht gehabt: Wenige Stunden nach Sonny Lindemans Tod waren unschöne Informationen aus der Abteilung für interne Angelegenheiten gesprudelt wie aus einem geplatzten Rohr. Sonny war erst kürzlich auf der schwarzen Liste gelandet, nachdem ihn ein übergelaufener Spitzel verpfiffen hatte, der in seinem Drogenprozess einen Deal herausschlagen wollte. Elijah Jackson warf mit Namen nur so um sich, und dann lief er ohne einen Cent Kaution zur Tür des County Jail hinaus.

Zwei Tage später sah ein Angler auf dem Miami River Elijahs Leiche vorbeitreiben. Die Gerichtsmedizinerin hielt die durchtrennte Halsschlagader für die Todesursache, doch man hatte ihm auch den Bauch aufgeschlitzt – was die Fische anlockte und die Verwesung beschleunigte –, sodass sie zu keinem eindeutigen Befund kommen konnte.

Interessanter als ein kleiner korrupter Polizist waren die anderen Namen, die Elijah, selbst ehemals Mitglied der BB-Gang, ausgespuckt hatte, bevor er mit dem Bauch nach oben flussabwärts trieb. Valle war das Zauberwort, das ihm die Zellentür öffnete. Roberto Valle war der Kopf einer der reichsten Familien in Miami. Ihm gehörte das halbe County und die Hälfte der Nachtclubs in South Beach. Nachtclubs, in denen rein zufällig alle Morpheus-Opfer gejobbt hatten. Valle war ein geachtetes Familienoberhaupt und wurde wegen seiner wohltätigen Spenden und selbstlosen Geschenke an die Gemeinde mit Ehrungen überhäuft. Aber trotzdem – jeder, der seine Finger im Nachtclub-Geschäft hatte, erregte das Misstrauen der Polizei, und Valle war seit Jahren wegen Geldwäsche im Visier der Behörden. Elijah Jackson hatte endlich den entscheidenden Hinweis gegeben.

So weit das Auge reichte, säumten Streifenwagen und Zivilfahrzeuge aus jedem Polizeirevier des Landes die Sevilla Road. Melbourne, Lakeland, Orlando, sogar aus Tallahassee und Jacksonville waren Kollegen gekommen. Von nah und fern hatten sich die Träger der blauen Uniform zusammengefunden, selbst wenn sie den Kameraden gar nicht gekannt hatten. Und selbst wenn der Kamerad vom rechten Weg abgekommen war.

Eine Schar von Uniformierten und Detectives in dunklen Anzügen hatte sich vor dem riesigen Portal aus Glas und Gusseisen versammelt. Es wurde nervös geflüstert und geraucht. Alle zögerten den Moment hinaus, die Kirche zu betreten und dem letzten Abschied beizuwohnen. Dominick entdeckte Manny, Marlon Dorsett und Chris Masterson im Gespräch mit ein paar anderen. »Hey, Jungs«, begrüßte er sie und sah sich um. »Chris, hast du Fulton gesehen?«

»Ja«, antwortete Chris, »er ist schon drin, mit Black und Jordan vom Beach Department. Er hat gesagt, er hält dir einen Platz frei.«

»*Hola*, Boss«, sagte der Bär und grinste C. J. an. Er trug eine Tweedjacke mit braunem Kragen, die ihm an den Ärmeln fünf Zentimeter zu kurz war. Entweder hatte Manny ein paar Pfunde zugelegt oder, was wahrscheinlicher war, sie war geliehen. Seine schwarze Krawatte war mit kleinen Enten und dem Signet der Florida Marlins gemustert. »Neulich kamen wir nicht dazu, uns zu unterhalten. Was machen eure Hochzeitspläne?«

»Es wird, Manny. Dominick hat gerade die Salsa-Band engagiert.«

»Das gefällt mir.« Manny rieb sich über den Bauch, der ihm über den Gürtel hing. »Und erst recht das Essen ... Hey, Dommy Boy, schwingst du deinen kleinen italienischen Hintern mit mir aufs Parkett?«

»Nicht dass ich einen Bandscheibenvorfall bekomme, Bär«, gab Dominick zurück. »Außerdem brauche ich ihn noch für die Flitterwochen.« Er berührte heimlich C. J.s Hand.

»Da fällt mir ein, Boss«, sinnierte der Bär, »kommt deine Freundin auch zur Hochzeit?«

»Marisol? Manny, das haben wir doch schon durch. Außerdem, seit du ihr das letzte Mal das Herz gebrochen hast, redet sie kein

Wort mehr mit mir.« Andererseits war es gar nicht so schlecht, wenn Marisol die Klappe hielt. »Seit Monaten hat sie keine anständige Telefonnotiz mehr gemacht.«

»Sie vermisst mich, oder? Das verrückte Huhn.« Er zupfte sich am Schnurrbart, als wäre ihm auf einmal etwas eingefallen. »Vielleicht rufe ich sie mal wieder an.«

C. J. verzog das Gesicht. Marisols Arbeitsmoral, nachdem er sie noch einmal sitzen ließ, wollte sie sich gar nicht erst ausmalen.

»Hallo, C. J.«, sagte Chris Masterson. »Lange nicht gesehen. Wie geht es Ihnen?«

»Na ja.« C. J. lächelte und sah sich um. Sie hatten bei der Cupido-Ermittlung miteinander zu tun gehabt und sich gut verstanden. Chris war ein netter Junge, wenn auch ziemlich schüchtern. Beim Flirten konnte er mit Manny Alvarez nicht mithalten. »Ich habe mich schon besser gefühlt.«

»Geht uns allen so. Ich habe gehört, Sie sind bei der Morpheus-Task-Force. Ich bin jetzt auch dabei.«

C. J. schluckte. »Ich bin eingeteilt worden. Aber ich weiß nicht, ob ich es zeitlich schaffe. Ich habe so viele andere Fälle am Hals. Prozesse, Anträge …« Sie stockte. »Wahrscheinlich springt Andy Maus für mich ein. Er kennt sich mit Bandenkriminalität aus.« Sie hatte dem Oberstaatsanwalt den Vorschlag noch nicht gemacht, über den sie seit Tagen brütete – sie von der Task-Force abzuziehen und durch Andy Maus zu ersetzen, den vormaligen Leiter der Abteilung für Bandenkriminalität, der als Staatsanwalt an Angelillos Tatort war. Auch Andy wusste noch nichts von seinem Glück, aber in Anbetracht seines Rufs als rücksichtsloser Pressehund schätzte sie, dass er die Zügel gerne übernehmen würde.

»Wirklich? Haben Sie wenigstens noch einen Tipp für uns, bevor Sie uns verlassen?«, fragte Chris.

»Nein. Aber Dominick hat mir erzählt, dass Sie etwas über die Verstümmelung wissen, die kolumbianische Krawatte.«

»Übel, was? Eine fiese Botschaft.«

Wie aufs Stichwort fühlte C. J., dass es Zeit für eine Zigarette war. »Entschuldigen Sie mich einen Moment.« Sie bahnte sich einen Weg hinter die Kirche. Außer Sichtweite. Dominick wusste noch nicht, dass sie rückfällig geworden war.

Im Schatten eines hundertjährigen Eukalyptusbaums standen mehrere Polizisten in den dunkelbraunen Uniformen des MDPD im Gespräch mit den in Blau gekleideten Kollegen von Miami Beach und der City. C. J. erkannte keinen von ihnen. Sie zündete sich eine Marlboro an und versuchte, nicht an das zu denken, was Chris gerade gesagt hatte.

Hinter sich hörte sie einen der Polizisten flüstern: »Ist das nicht die Staatsanwältin, die den Cupido-Fall geleitet hat?«

Nach einem Moment eine andere Stimme: »Ja, ja. Ich glaube, das ist sie. Townsend. Sie ist auch an diesem Fall dran. Hab ich im Fernsehen gesehen.« Sie spürte die Blicke in ihrem Rücken.

Dann sprach einer mit schwerem New Yorker Akzent. »Hey, Carl, hast du den ersten Typen gekannt? Chavez? Der den Perversen damals festgenommen hat?«

»Kaum. War ein Arschloch. So ein Ende hat er zwar nicht verdient, aber ein Arschloch war er trotzdem.« Pause. »Ich kannte auch Sonny. Bevor er zur City rüber ist, war er Streifen-Cop bei der Beach Police. Ich hab mal mit ihm zusammengearbeitet.«

»Echt?«

»Ja. Ich glaube, er war auch bei Cupido dabei.«

C. J. stockte der Atem.

Noch eine Stimme. »Jeder war bei Cupido dabei.«

Jetzt schaltete sich wieder der New Yorker ein. »Auch wahr. Ich habe damals so viel Überstunden geschoben, dass ich mir ein Boot gekauft habe!« Gelächter.

Ein anderer. »Ich musste die Vernehmungsberichte durchgehen, die ganze Scheiße überprüfen.«

»Wahrscheinlich hast du mehr von dem Cupido-Mist abgekriegt als wir alle, Carl.«

»Tag und Nacht. Sag ich doch. Jeder Cop, jede Abteilung hing bei Cupido mit drin. Dass Sonny auch dabei war, überrascht mich kein bisschen.«

»Wie lange war er beim Beach?«

»Ein Jahr oder so. Ihm war der Bürokram zu viel. Und die Nachtschichten. Deshalb ist er nach Miami gewechselt. Und wann wird er umgelegt? Bei einer gottverdammten Nachtschicht.«

»Ich habe auch Nachtschichten.« Starker kubanischer Akzent.

»Sie haben mich gefragt, ob ich Begleitung will. So eine Scheiße, ich brauche keinen Babysitter. Begleitschutz ist was für Hosenscheißer. Dieser Morpheus soll nur kommen. Wird schon sehen, was Papa mit ihm macht. Ich puste ihm die verdammte Birne weg, schneller, als er grinsen kann.« Die anderen murmelten zustimmend.

C. J. trat ihre Zigarette aus und beeilte sich, zurück zu ihren Leuten vor der Kirche zu kommen.

Das laute Heulen einer Polizeisirene ertönte. Von der Sevilla Road kam eine Kolonne von mindestens dreißig Polizeimotorrädern in Zweierreihe auf die Kathedrale zu, die blauen und roten Lichter blinkten stumm. Dahinter rollte ein schwarzer Leichenwagen, gefolgt von drei Limousinen, bis vor die Treppe der Kirche. Feierliche Stille senkte sich auf die Menge. Manche betraten jetzt die Kirche, andere sahen zu, wie die Heckklappe des Leichenwagens aufging und der glänzende Kiefernsarg herausgehoben wurde. Über ihnen war das unverwechselbare Geräusch von Hubschraubern zu hören. Die Presse hatte gegenüber den Lebenden keinen Respekt und erst recht nicht gegenüber den Toten, und so schwebten über ihren Köpfen die Helikopter fünf verschiedener Nachrichtensender, die der Prozession den ganzen Weg vom Beerdigungsinstitut hierher gefolgt waren.

C. J. fand Dominick und Manny in der Menge. Die anderen waren anscheinend schon drinnen. Dominick betrachtete sie einen Augenblick, dann lächelte er – ein viel sagendes Lächeln – und nickte ihr zu, bevor er sich wieder dem Leichenwagen zuwandte. Sofort hatte sie ein schlechtes Gewissen. Trotz Pfefferminzbonbon und Parfüm hatte er sie durchschaut.

Die Türen der drei Limousinen öffneten sich. Aus der ersten stieg eine junge Frau Anfang dreißig, offensichtlich die Ehefrau; selbst die dunkle Sonnenbrille konnte ihre tiefe Verzweiflung nicht verbergen. Die Angehörigen, die aus den anderen Limousinen stiegen, halfen ihr die Stufen zur Kirche hinauf, doch sie sah sich immer wieder um, als suchte sie hinter der offenen Tür des Leichenwagens, wo ihr Mann lag, nach Antworten. Auf dem Weg in die Kirche kam sie so dicht an C. J. vorbei, dass C. J. die schwarzen Streifen auf ihren Wangen sah, wo ihr die Wimperntusche unter der Sonnenbrille herunterlief.

Ihr folgte eine weitere junge Frau mit einem kleinen Kind auf dem Arm, begleitet von mehreren Männern. Alle hatten den gleichen trostlosen, verstörten Ausdruck auf dem Gesicht. Neben dem Leichenwagen entdeckte C. J. ein kleines Mädchen, das von einer alten Frau festgehalten wurde.

»Verdammt. Frau und zwei Kinder. Was für eine Scheiße.« Manny schüttelte den Kopf.

C. J. hatte ein flaues Gefühl im Magen. Sie konnte den Blick nicht von dem kleinen Mädchen abwenden, das jetzt an ihr vorbeiging, die Hand seiner Großmutter fest an sich gedrückt.

Leise hörte sie das schüchterne Stimmchen. »Omi, ist Daddy in dem Auto?«

Die alte Frau zögerte. »Ja, Lisa«, sagte sie dann, »aber das ist nur sein Körper. Daddy ist jetzt im Himmel.«

Piepsend flüsterte das Mädchen zurück: »Ich mag den Himmel nicht.« Dann betraten die beiden die Kirche, und das schwere Portal aus Glas und Gusseisen schloss sich dumpf hinter ihnen.

Leider war das erst der Anfang. Nach der rührseligen Trauerrede und einer ermüdenden zweistündigen Messe eskortierte die Motorradkolonne die kilometerlange Prozession zum Friedhof, wo die Ehrengarde einundzwanzig Salutschüsse abfeuerte, während Sonny Lindemans Sarg mit einer Flagge bedeckt in die Grube gelassen wurde. Stoisch wechselten sich Polizeibeamte am Mikrophon ab, die nicht nur Sonnys gedachten, sondern auch aller anderen, die im Dienst gefallen waren.

C. J. stand neben Dominick und dem Truppenkommando des FDLE auf der Wiese in der glühenden Sonne, als sie plötzlich eine Hand auf der Schulter spürte. »Ms. Townsend?«

Hinter ihr stand Lou Ribero. C. J. erinnerte sich an den cleveren Sergeant der Polizei von Miami Beach, der, wie es Dominick einmal ausdrückte, »Pfeffer im Hintern« hatte. Doch heute wirkte er wie ein Häufchen Elend. Offensichtlich konnte auch er nicht glauben, dass Chavez und Lindeman rein zufällig durch die Hand desselben Mörders gestorben waren. Er war der Einzige, der noch von dem dunklen Komplott wusste, das vor drei Jahren im Neonlicht ihres Büros geschmiedet worden war. Das dachte sie zumindest. Ribero war bleich und angespannt. Jetzt starrte er sie durchdringend an.

Wenn sie einander in den letzten drei Jahren bei der Staatsanwaltschaft oder im Gericht über den Weg gelaufen waren, hatten sie beide jedes längere Gespräch vermieden. Keiner von ihnen wollte an die Lüge erinnert werden, die sie verband. Ein Frischling – *sein* Frischling – hatte eine simple Fahrzeugkontrolle verbockt, doch sie wussten beide, dass diese Tatsache einen Schuldigen nicht unschuldig machte.

Sie erwartete, dass er etwas sagen würde, dass er von ihr eine Antwort oder eine Erklärung verlangte für die Angst, die sie offensichtlich teilten. Doch er schwieg, ihr sorgenvoller Blick bestätigte ihm, dass auch sie keine Antwort hatte.

»Es tut mir leid«, sagte sie nach einer Weile. Mehr konnte sie nicht sagen.

Er wirkte enttäuscht, dass er keine tröstenden Worte, sondern nur seine eigenen Ängste bestätigt gefunden hatte. Abwesend nickte er. »Mir auch«, sagte er resigniert. Dann ging er nachdenklich davon.

In dem Zehnercode, der von vielen Polizeirevieren zum Verschlüsseln der Funknachrichten benutzt wurde, stand »10-7« für »außer Dienst». Wenn ein Beamter seine Dienstnummer und die 10-7 funkte, teilte er der Zentrale mit, dass er seine Schicht beendete und Feierabend machte. Auf dem Podium stand jetzt Bobby Dees, der Polizeichef des City of Miami Police Department, und betätigte mit gesenktem Kopf die Lautsprecheranlage, während im Hintergrund die blau uniformierten Polizeibeamten salutierten. Aus den Lautsprechern knisterte es, und dann war blechern die Stimme von Sonny Lindeman zu hören. Sie wurde zur selben Zeit auf allen Polizeifrequenzen des Landes gesendet.

»Miami, hier ist 1720.«

»1720?«, antwortete die Zentrale monoton.

»Ich gehe jetzt nach Hause, 10-7.«

»1720, wiederhole, 10-7, sieben Uhr.«

»Ich wünsch einen ruhigen Morgen, Miami.«

Dann klickte es, und Sonny Lindeman hatte seine letzte Schicht beendet.

28

»Beim Miami P. D. gibt es eine undichte Stelle. Heute Morgen haben Gracker und seine Jungs sich Roberto Valle vorgeknöpft«, verkündete Dominick, als Manny zur Tür hereinkam. Es war noch nicht mal zehn, und schon hatten die Mitglieder der Task-Force, die sich am Konferenztisch versammelt hatten, wütende Gesichter. Die angesetzte Lagebesprechung hatte sich zum Kriegsrat entwickelt.

»Hoffentlich bringst du uns auch was mit«, sagte Jimmy Fulton mit Blick auf Mannys Plastikbecher mit kubanischem Kaffee. Manny hatte die ersten zwei Tage bei der Task-Force dazu genutzt, sich die mürrische Sekretärin der Korruptionsabteilung gefügig zu machen. Jetzt brühte sie ihm jeden Morgen eine eigene Kanne mit Café Cubano auf.

»Das kann nicht dein Ernst sein«, stöhnte Manny, als er die Neuigkeit hörte. »Und was dich angeht«, er trank seinen Kaffee mit einem Zug aus, »jeder ist sich selbst der Nächste. Aber vergiß nicht, Martas Frisur zu loben, sonst kommst du nicht weit bei ihr.« Er schlenderte durch den Raum und setzte sich neben Fulton ans andere Ende des Konferenztischs. Dann öffnete er das Fenster neben dem »Rauchen verboten»-Schild und zündete sich eine Zigarette an. »Wann ist das passiert?«

»Die undichte Stelle oder der Plausch mit Valle?«, fragte Marlon Dorsett.

»Beides.«

»Miami hat schon geleckt wie ein Sieb, bevor Lindemans Leiche kalt war«, sagte Dominick. »Zwei Tage nach seinem Tod wusste die Presse, dass er auf der schwarzen Liste stand. Valles Name war eigentlich tabu. Nur ein paar Auserwählte wussten, dass sein Name gefallen war, und jeder ist persönlich ermahnt worden, dichtzuhalten. Valle ist ein heikles Thema.«

»Will wohl keiner von seiner Weihnachtsliste gestrichen werden«, spottete Manny. Auch wenn Roberto Valle seit Jahren verdächtigt wurde, in seinen vielen Nachtclubs und Hotels Geldwäsche zu betreiben, wurden alle Vorwürfe unter den Teppich gekehrt, sobald irgendeine Klinik für eine neue Krebsstation Sponsoren brauchte.

Doch seine Schecks gingen nicht nur an Krankenhäuser. Sogar die Logenbruderschaft der Polizei hatte mit Valles Spende einen Stipendienfonds eingerichtet. »Zumindest, solange er nicht offiziell verurteilt ist.«

»Da hat wohl jemand nicht richtig zugehört«, stöhnte Ted Nicholsby, der sich den Spitznamen Grimmy nicht ohne Grund verdient hatte.

»Auf der Beerdigung scheinen sich ein paar Zungen gelöst zu haben«, fuhr Dominick fort. »Elijah Jacksons Ankläger versucht seit Jahren, über das FBI eine Stelle in der Bundesstaatsanwaltschaft zu bekommen.« Bei der Bundesstaatsanwaltschaft verdiente man erheblich mehr Geld als in den Ländern – zum allgemeinen Zorn für geringere Wochenstunden und weniger Arbeit.

»Und Valle war der Schlüssel«, ergänzte Fulton.

»Das nehme ich an«, sagte Dominick. »Mal sehen, ob Jacksons Ankläger sich bald neue Visitenkarten drucken lässt.«

»Der *Enquirer* macht die Quelle mit Sicherheit ausfindig, bevor jemand vom Kommandostab einen Namen rauslässt. Tigler, der Feigling, findet nicht mal seine eigenen Eier. Ist ja auch schwer für einen Oberstaatsanwalt, der Eunuch ist«, brummte Manny. »Und welcher Schaden ist konkret entstanden?«

»Nach allem, was ich höre«, sagte Dominick, »hat Valle Gracker bloß ein fettes Schwein genannt und Staub fressen geschickt, solange er keinen Gerichtsbeschluss von einem der vielen Bundesrichter in Miami dabeihat, denen Valle zu ihrem Amt verholfen hat. Oder von einem der Landesrichter, für deren Wahlkampf Valle so großzügig gespendet hat. Und dann hat er Gracker und die beiden Bohnenstangen einfach aus seinem eleganten Penthouse in South Beach geworfen.«

»Autsch«, Manny lachte. »Das hätte ich gern gesehen. Ich wette, Grackers verdammte Glatze ist dunkelrot angelaufen.«

Alle sahen den Bär irritiert an.

»Hey, Jungs. Der Unterschied ist, ich verlier mein Haar nicht. Ich rasiere es«, erklärte Manny und rieb sich über den kahlen Schädel.

Dominick nickte skeptisch. »Trotzdem hat das Arschloch es geschafft, uns in nur fünf Minuten jede Chance auf ein informelles Schwätzchen mit Roberto Valle zu versauen.«

»Und was machen wir jetzt, Dom?«

»Elijah Jackson hat das Maniac gemanagt, Valles Club auf der Collins, wo Lindeman letztes Jahr häufiger gejobbt hat. Elijah hatte kein bisschen Club-Erfahrung, aber er kannte eben die richtigen Leute. Namentlich Fat Mack, eine große Nummer aus Jacksons alter Bande – der BB-Gang, deren Mitglieder nach und nach wegen insgesamt zweihundert Kilo Koks verknackt wurden, in nur drei Jahren. Jackson selbst hat drei Vorstrafen wegen Drogenbesitz, eine wegen Handel. Einmal hat er sitzen müssen, dreimal haben sie ihn laufen lassen. Bevor er vor seinen Schöpfer trat, hat er herumposaunt, das Maniac habe Einkünfte von über drei Millionen im Jahr. Vielleicht bin ich zynisch, aber ich habe das Gefühl, Jackson hat sein Geld weniger mit der Buchführung verdient als mit dem, was er an den Büchern vorbeigeschleust hat.«

»Oder damit, *wie* er die Bücher geführt hat«, sann Manny. »Gibt es da nicht ein Gesetz, dass man keine Straftäter beschäftigen darf, wenn man die Alkohollizenz behalten will? Sollte es jedenfalls geben.«

»Jackson war in letzter Instanz noch nicht verurteilt. So weit ist es nicht gekommen«, sagte Marlon.

»Er hat also für den Stoff gesorgt?«, fragte Manny.

»Drei Millionen sind eine Menge Geld. Geld, das vielleicht erst mal in die Wanne muss«, sagte Dominick. Geldwäsche ging mit Drogenhandel Hand in Hand. Und natürlich war mit Geldwäsche wiederum Geld zu machen.

»Genau dafür bezahlen sie dich so gut, Dommy. Du hast schmutzige Gedanken. Wenn du Recht hast, könnte Valle einer Menge von Kolumbianern in der Stadt mit einer Menge Seife den Rücken schrubben.«

»Seine sechs Nachtclubs und drei Hotels am Strand haben letztes Jahr über achtzig Millionen eingebracht.«

Manny pfiff durch die Zähne. »Und woher hast du diese Zahl?«

»Nicht nur Miami leckt; auch die Federal Cops spucken manchmal was aus. Ob du's glaubst oder nicht, ich habe einen Freund beim FBI, der mir einen Gefallen schuldet. Ein Blick auf Valles persönliche Steuererklärung 2001 hat mir vor Augen geführt, wie unterbezahlt ich wirklich bin. Aber keine Sorge, der Gerichtsbeschluss ist auf dem Weg durch den Papierdschungel, und bald habe ich die offizielle Kopie seiner Einkommenssteuererklärung.«

»Und was haben sie bei der City in den letzten zwölf Tagen mit all den hässlichen Informationen getan? Seit Elijah ihnen Valles Namen auf dem Silbertablett serviert hat?«, fragte Fulton.

»Sie haben Meetings abgehalten. Meetings und noch mehr Meetings, um die Meetings mit Maus, der City, der IA und den Chiefs zu besprechen und auszuklügeln, was getan werden soll.«

»In anderen Worten, gar nichts«, schloss Chris Masterson.

»Richtig«, sagte Dominick.

»Also wurden weder Lindeman noch Valle unter Beobachtung gestellt?«, fragte Matt Lobelsky, ein Detective des MDPD.

»Sie hatten es vor. Keiner hat an die Morpheus-Morde gedacht, weil niemand sein Pokerblatt aufdecken wollte, wo doch eine spektakuläre Verhaftung bevorstand. Auf die Idee, die Task-Force über einen weiteren korrupten Cop zu informieren, der als Türsteher jobbt, sind die bei der IA gar nicht gekommen. Behaupten sie.«

»Achtzig Millionen sind eine Menge Holz«, sagte Manny. »Wenn Valle ein paar Waschsalons betreibt, dann hat er sicher ein paar dankbare Kunden. Es sei denn, er verschiebt die Drogen selbst und lässt Fat Mack mit seinen Freunden ab und zu ein Päckchen am Hafen abholen und unter den Bedürftigen verteilen.«

»Möglich wäre es. Aber, um den Slogan meines Lieblings-Hot-Dog-Ladens zu zitieren«, sagte Dominick, »ich glaube, Valle gehorcht auch nur einer höheren Macht. Nachtclubs sind perfekte Waschsalons, und es gibt einige mächtige Leute in dieser Welt, die verdammt viel Wäsche haben.«

»Also gut. Angenommen, Chavez, Angelillo und Lindeman haben sich die Finger schmutzig gemacht und wussten über alles Bescheid, warum würde Valle sie umlegen lassen und das Risiko eingehen, Aufmerksamkeit zu erregen? Was hätte das für einen Sinn?«, fragte Marlon.

»Alle drei Cops arbeiteten in verschiedenen angesagten Clubs, die Valle gehörten. Das Maniac und das Place wurden von Elijah und seinen Exfreunden von der BB-Gang gemanagt. Das Channel dagegen wurde von Ricardo Brueto frequentiert. Wenigstens, bis sein Kumpel Victor Chavez nicht mehr zum Dienst erschienen ist«, sagte Dominick.

»Ich verstehe, worauf du hinauswillst. Das Mantra des erfolgreichen Kapitalismus – die Konkurrenz ausschalten?«, warf Manny ein.

»Achtzig Millionen sind eine Menge Geld. Vielleicht wollten Jackson und Brueto nicht teilen«, ergänzte Chris.

»Also bringt LBJ Chavez um, nicht nur, weil er ein Arschloch ist und ihm Geld schuldet, sondern auch, damit die BB-Gang das Channel übernehmen kann und die Kings rauswirft?«, fragte Manny.

»Das Channel hat letztes Jahr fast fünf Millionen eingebracht. Um so viel Geld zu waschen, geht mindestens eine siebenstellige Zahl drauf, und der Anteil der Gang wäre mindestens sechsstellig. Dafür kann man schon mal jemanden umlegen. Und das ist nur das Channel. Brueto hat noch drei andere Clubs in der Tasche, mit ein paar verdammt eindrucksvollen Namen auf Valles Gehaltsliste«, überlegte Dominick.

»Wir gehen also doch von einem Krieg zwischen Gangs aus?«, fragte Manny.

»Finanziert von einem großen Fisch«, sagte Chris.

»Und ich glaube, dieser große Fisch sitzt selbst im Bauch eines großen Wals«, sagte Dominick.

»Und der heißt?«

»Chris und Jimmy kennen sich mit Drogen aus. Und sie meinen, dass nur wenige Namen in Frage kommen.«

»Lass mich raten. Cali und Medellín. Die Kartelle finanzieren einen Krieg. Oh, Scheiße.« Marlon pfiff leise durch die Zähne. Er arbeitete seit zehn Jahren im Morddezernat von Miami Beach, und auch wenn viele der Fälle mit Drogen zu tun hatten – weil entweder der Täter oder das Opfer Drogen kauften oder verkauften oder nahmen oder früher genommen hatten –, tauchten die Kartelle selten in seinen Gleichungen auf. Überhaupt nicht, um genau zu sein. Die Art von Ermittlungen wurden von den Bundesbehörden geführt: vom FBI, der CIA, der DEA, dem Zoll, der Grenzpolizei. Und das war auch gut so, denn Drogenkriege konnten sehr hässlich werden und sehr persönlich.

»Seit Pablo Escobar tot ist, ist Medellín weg vom Fenster«, erklärte Chris. »Und mit dem Schicksal der Ochoa-Brüder steht auch Cali vor dem Aus. Wir haben beobachtet, dass die Kartelle ihre Methoden ändern. 1997 hat Kolumbien endlich den Auslieferungsvertrag mit den USA unterschrieben, und die Angst, in die Staaten gebracht zu werden, hat die Riesen dazu gezwungen, den Transport und die Geldwäsche in die Hände anderer zu legen, um ihr eigenes Risiko zu minimieren.«

»Sie haben die Kontrolle verloren, und vielleicht hat jemand beschlossen, dass die Zeit für eine feindliche Übernahme gekommen ist«, sagte Fulton.

»Das North-Valley-Kartell und Domingo Montoya streiten sich um Escobars Erbe. Und mit Hilfe der FARC, der kolumbianischen Revolutionäre, die sich um die Sicherheit der Felder und des Transports kümmern, lebt Cali weiter«, erklärte Chris.

»Das geht schon seit einer Weile so«, seufzte Marlon.

»Die kolumbianischen Krawatten sind kein Zufall«, sagte Chris. »Die Gang-Mitglieder lernen diesen Mist nicht auf der Straße.«

»Aber wer von ihnen ist es? Wer ist der Lieferant?«, fragte Manny.

»Das, meine Freunde«, sagte Dominick, »ist die Millionen-Dollar-Frage.« Er schob mehrere dicke Hefter mit der Aufschrift SOUTH FLORIDA IMPACT – VERTRAULICH über den Tisch.

IMPACT war eine Task-Force mit Mitgliedern aus verschiedenen Abteilungen, die seit zehn Jahren von einem geheimen Standort in Miami aus agierte und sich ausschließlich um Geldwäsche im großen Stil und Drogenschmuggel im Süden Floridas kümmerte. Auch das FDLE gehörte zu IMPACT, womit durch ein juristisches Abkommen die landesweite Zuständigkeit des FDLE innerhalb der laufenden Ermittlung auf alle Mitglieder der Task-Force übertragen wurde.

Dominick ließ den Blick über den Tisch schweifen. »Gentlemen, dann fangt mal mit der Lektüre an.«

29

»Im Moment kann ich es einfach nicht schaffen, Jerry«, sagte C. J. und sah zu, wie Jerry Tigler tiefer in seinem weinroten Ledersessel versank. »Ich bin völlig ausgebucht, und der Morpheus-Fall würde einfach zu viel Zeit beanspruchen.« Sie hatte die Rede hundertmal im Kopf geprobt und war sich sicher, dass sie alle Einwände, die der Oberstaatsanwalt mit Gewissheit vorbringen würde, würde parieren können.

»Aber das können wir doch regeln, C. J. Wir nehmen Ihnen ein paar Fälle ab. Warum überlassen Sie Frison nicht Bernie? Der hat anscheinend nichts zu tun. Den habe ich in letzter Zeit ständig um halb fünf nach Hause gehen sehen.«

»Jerry, Frison ist ein dreifacher Mörder, und sein Prozess steht in vier Wochen an. Ich kann ihn nicht einfach jemand anderem überlassen.« Vor allem nicht Bernard Yanni, einem Kollegen von der Major Crimes Unit, der nicht erst in letzter Zeit pünktlich um halb fünf alles stehen und liegen ließ. Tigler fiel so etwas in der Regel nicht auf, aber anscheinend hatte ihm jemand eine Uhr in die Hand gedrückt und gesagt, er solle um 16.30 Uhr aus dem Fenster schauen, wenn Bernies dunkelroter Honda Accord im Wettrennen mit den Sekretärinnen in den Sonnenuntergang brauste.

»C. J., hier ist Ihre Erfahrung gefragt. Ich werde Ihnen Andy Maus zur Seite stellen, aber ich will, dass Sie dabei sind. Teilen Sie sich die Zeit untereinander auf. Ich sehe zu, dass Guillermo Sie eine Weile mit neuen Fällen verschont.«

»Jerry, Sie haben noch nie ein Nein von mir gehört, aber diesmal muss ich ablehnen.« Ihre Stimme klang hart und gereizt in ihren Ohren. Auch daran hatte sie gedacht: dass ihr Ungehorsam Konsequenzen haben könnte. Das musste sie in Kauf nehmen. Sie konnte nicht mehr an diesem Fall arbeiten und darauf warten, bis das Telefon klingelte, um sie von der nächsten Metzelei zu unterrichten. Zwar hatte die Task-Force eine Verbindung zwischen Roberto Valle, den Drogenkartellen und den korrupten Polizisten hergestellt, doch die Paranoikerin in ihr wollte einfach nicht an einem Tatort mit der bangen Frage aufkreuzen müssen, ob sich hinter der verstümmelten Fratze ein Gesicht verbarg, das sie womöglich nur zu gut kannte. Das Gesicht von Lou Ribero zum Beispiel.

Von der unteren Etage, wo die Weihnachtsfeier stattfand, drang gedämpfte Musik herauf, ansonsten war es bedrückend still in dem Gebäude. Es war Tigler, der zuerst den Blick abwandte. Er sackte in seinem Sessel zusammen.

»Na gut«, seufzte er. »Ich weiß, dass Sie viel mitgemacht haben, C. J., und ich verstehe, dass Sie vielleicht ein Problem damit haben, noch einen Serienmörder vor Gericht zu bringen …«

Ein billiger Trick. Sie unterdrückte die Angriffslust, die trotzig in ihr aufwallte, und rutschte kerzengerade an die Stuhlkante.

Er fuhr fort. »Aber Sie sind die Beste. Sie sind *meine* beste Anklägerin, und ich schätze, ich muss Ihre Entscheidung, wie Sie Ihre Zeit einteilen, akzeptieren. Aber wenn Andy Hilfe braucht, werden Sie für ihn da sein. Er verrennt sich manchmal. Und ich will nicht, dass er die Jungs von der Task-Force in eine Sackgasse führt, nur weil irgendein Verdächtiger gerade in seine Schablone passt. Die Öffentlichkeit wird langsam unruhig, weil es noch keine Festnahmen gegeben hat, und ich darf den Leuten nicht einfach einen Knochen hinwerfen. Unsere Behörde kann sich dieses Jahr keinen Fehler leisten.«

Natürlich nicht. Tigler hatte seine Wiederwahl mit nur sechshundert Stimmen gewonnen. Und es gab jede Menge anderer Leute – sogar in den eigenen Reihen –, die sich fürs Jahr 2004 Chancen ausrechneten.

»Danke für Ihr Verständnis, Jerry. Emotional geht es mir gut«, sagte sie kühl. »Nur zeitlich sind mir die Hände gebunden. Wenn Andy Hilfe braucht, weiß er, dass er sich an mich wenden kann.« Die Wahrscheinlichkeit war gering – Andys Ego war viel zu aufgeblasen, als dass er den Weg in ihr Büro fand und sie um Hilfe bat.

»Also gut, C. J. Dann kann ich Ihnen wohl nur noch frohe Weihnachten wünschen. Sind Sie auch unten bei der Feier?«

»Ich schau mal rein. Bevor sie alle auf den Tischen tanzen.«

»Dann sehen wir uns noch.«

Sie verließ sein Büro und ging die Treppe hinunter in den ersten Stock. Die Erleichterung, den Fall los zu sein, war nicht so groß, wie sie gehofft hatte.

Die Feiernden belagerten inzwischen auch den Gang, und bis halb fünf hätten sie wahrscheinlich das ganze Gebäude eingenommen. Tabletts mit Cocktailwürstchen und Plätzchen würden dann von der Rechtsabteilung im vierten Stock bis ins Archiv im Erdgeschoss wandern und die Eingeweihten sich in den Büros versammeln, wo es in der Schublade einen Schuss Hochprozentiges für den Weihnachtspunsch gab.

C. J. entdeckte Marisol neben einem Aktenwagen, der zum Dessert-Buffet umfunktioniert worden war und die Tür ihres Büros blockierte. Sie trug von Kopf bis Fuß pinkfarbenes Stretch-Denim. Mit der Nikolausmütze auf dem Kopf und dem blinkenden Weihnachtsbaum-Anstecker zwischen den Brüsten war sie kaum zu übersehen.

»Frohe Weihnachten, Marisol«, sagte C. J., als sie an die Tür kam. Marisols Blick fiel auf den Aktenstapel, den C. J. auf den Armen balancierte, und sie machte ein entgeistertes Gesicht.

»Keine Sorge. Die sind nicht für Sie«, beruhigte sie C. J. »Im Gegenteil. Wir werden sie gerade los. Andy Maus übernimmt Morpheus, er wird die Task-Force unterstützen. Das hier fällt dann in Alyssas Ressort.«

»Puh«, machte Marisol, ihre Miene wurde wieder rund und weich.

»Na dann, schöne Feiertage. Ich habe Ihnen etwas hingelegt –«

»Ja. Ich habe es bekommen. Danke«, brachte Marisol widerwillig heraus. Sie schnalzte mit der Zunge, dann sagte sie schließlich mit einem gezwungenen Lächeln: »Ich habe auch etwas für Sie. Es steht auf Ihrem Schreibtisch.«

Hoffentlich keine Rohrbombe, dachte C. J. Der Haussegen hing schief, seit Marisol vor ein paar Wochen Ärger mit dem Abteilungsleiter bekommen hatte, weil sie auf dem Stundenzettel geschummelt hatte. Marisol hatte sofort C. J. im Verdacht gehabt, sie angeschwärzt zu haben, aber das stimmte nicht.

»Danke. Und viel Spaß bei der *Noche Buena*, wenn ich Sie nicht mehr sehe.« C. J. schob das Dessert-Buffet zur Seite. *Noche Buena* war Heiligabend, und für die meisten Kubaner bedeutete das Party und Tanzen bis um zwei Uhr morgens.

»Jaja, frohe Weihnachten«, sagte Marisol, dann nahmen ihre rosa Hüften den Rhythmus der Musik wieder auf. Sie tunkte einen langen, glitzernden Fingernagel in ihren Drink und rührte um, bevor sie trank. Als C. J. gerade in ihrem Büro verschwinden wollte, rief sie beiläufig hinter C. J. her: »Wissen Sie, ob Manny Alvarez heute Abend zur Party der Verteidiger geht?«

Nach der relativ gesitteten Weihnachtsfeier im Gebäude der Staatsanwaltschaft fand die weitaus wildere Party in der Behörde der

Pflichtverteidigung statt, eine Veranstaltung, die in der Vergangenheit immer wieder für Karriereknicks und Ehescheidungen verantwortlich gemacht worden war. Die meisten Gäste – Polizeibeamte, Verteidiger und mehr als nur ein paar Richter und Staatsanwälte – würden sich bis zum Morgengrauen kaum mehr an den eigenen Namen erinnern. Oder erinnern wollen. Für ein paar Stunden war der schlimmste Feind vor Gericht der beste Kumpel.

C. J. zuckte die Achseln, obwohl sie die Antwort kannte. Manny gehörte seit Jahren auf der Party der Verteidiger zum Inventar. Das Fest hatte einst zum Ende von Ehe *numero uno* geführt.

»Na ja, vielleicht treffe ich ihn dort«, sagte Marisol nachdenklich.

C. J. nickte und zog die Tür hinter sich zu. Sie würde Manny anrufen und vorwarnen. Nicht dass er sich abschrecken ließe. Problemfrauen zogen ihn anscheinend magisch an.

Sie schaltete das Licht an und verstaute die Morpheus-Akten in einem Pappkarton. Dann schloss sie den Deckel, klebte ihn mit Paketband zu und schrieb »Andy Maus« darauf. Den Karton stellte sie möglichst weit weg von ihrem Schreibtisch auf den Boden.

Ein für Dezember typischer Kälteeinbruch hatte die Temperatur von angenehmen dreiundzwanzig auf klamme elf Grad fallen lassen, nachts kühlte es sogar auf unter zehn Grad ab. Heute Abend würde man in den Nachrichten Bilder von Orangenhainen und Blumenbeeten zeigen, die für die frostigen Nächte eingepackt wurden. Die Aussicht auf Missernten und verlorene Jobs würde den Sprecher mindestens fünf Minuten lang in Aufregung stürzen.

C. J. griff nach dem schwarzen Wintermantel, den sie höchstens zweimal im Jahr brauchte, und lud zwei Aktenkartons mit der Aufschrift *Der Staat Florida gegen Joey Frison* auf einen Rollwagen. Ein brutaler dreifacher Mord, der mit dem geplanten Tod eines Menschen begonnen hatte – dem von Joeys Freundin Denise Kopp. Doch ihre Schwester und eine Freundin hatten nicht gewollt, dass Denise allein zum Gericht ging, um die einstweilige Verfügung gegen Joey zu erwirken. Jetzt war Joey des Mordes in drei Fällen angeklagt, nachdem er an einer Ampel allen drei Frauen mit einer abgesägten Schrotflinte in den Kopf geschossen hatte. C. J. würde sich über die Feiertage damit befassen, damit er seine gerechte Strafe bekam.

Sie war müde. Müde und ausgelaugt, und ihr Job machte ihr auf eine unbestimmte Art Angst. Sie konnte nicht zaubern, aber sie war gut in dem, was sie tat – einen Fall vor die Jury zu bringen und den Geschworenen das Bild vor Augen zu führen, das sie sehen mussten, Zeuge für Zeuge, Indiz für Indiz. C. J. war Anklägerin geworden, um denen eine Stimme zu leihen, die keine mehr hatten, in einem System, das von Anwälten regiert wurde, einem System, in dem die Rechte der Beschuldigten mehr wert waren als die Rechte der Opfer. Das war die Mission, die C. J. jeden Tag trieb, die sie am Wochenende und in den Ferien mit nach Hause nahm, die sie niemals wirklich ablegte. Die Fälle waren immer da, nagten an ihr, wenn sie an der Ampel stand, wenn sie duschte oder am Strand lag. Unablässig bastelte sie an Schlachtplänen, grübelte wie ein General darüber nach, wie der Feind am besten zu schlagen wäre, wie sie den Angeklagten hinter Gitter bekam. Und nach dem Gesetz konnte es stets zu einer Berufung kommen, solange die Strafe nicht abgebüßt war – jederzeit war mit einem Anruf vom Justizministerium zu rechnen mit der Mitteilung, dass ein Fall neu zur Verhandlung kam. Selbst Jahre später konnten Fälle neu aufgerollt werden. Und deshalb war kein Fall je endgültig erledigt. Er blieb für immer irgendwo in ihrem Hinterkopf, wie in einem Archiv – eingelagert mit all den anderen.

Doch C. J.s Archiv war ziemlich voll gestopft. Und das befriedigende Gefühl, der Gesellschaft etwas zurückgeben zu können, wurde geringer.

Sie betrachtete das Geschenk, das Marisol ihr auf dem Schreibtisch hinterlassen hatte. Ein schwarzer Kaffeebecher mit Bonbons, auf dem in weißen Blockbuchstaben Marisols Friedensbotschaft prangte: HINTER DIESEM BOSS SITZT EINE KLASSE SEKRETÄRIN. C. J. stellte ihn auf den Aktenschrank.

Dann ging sie zur Tür – Joey Frison und seine Schrotflinte im Gepäck, ihre Bettlektüre am Heiligabend. Ihr Verlobter war damit beschäftigt, ein anderes Monster zu jagen. Mit diesem hier musste sie allein fertig werden – dafür sorgen, dass er verschwand. Zumindest ins Archiv, auch wenn sie ihn nie vergessen würde.

30

DROGEN. ALLES LIEF AUF DROGEN UND GELD HINAUS, und deswegen waren drei Polizisten tot. Dominick rieb sich die Schläfen. Wie viel Geld war nötig, dass ein Cop wegschaute? Oder ein paar Leute einschüchterte? Hier und da ein paar Hunderter? Ein Anteil an den Einnahmen? Was war ihr Preis gewesen?, fragte sich Dominick. Angelillo, Chavez, Lindeman? Was war der gängige Preis für Bestechlichkeit?

Wahrscheinlich hatten sie sich nicht viel dabei gedacht. Es war schließlich nur Geld. *Ich tue keinem weh. Ist doch nichts dabei, in Uniform herumzustehen und so zu tun, als wäre ich auf ihrer Seite. Morgen, im Dienst, nehme ich dann wieder Verbrecher fest. Den Kerl, der seine Frau schlägt, den Abschaum, der vor dem Schulbus Crack raucht. Denn eigentlich bin ich keiner von denen.*

Dominick saß im Auto und versuchte, sich die hämmernden Kopfschmerzen mit einer Hand wegzumassieren, mit der anderen trommelte er auf das Lenkrad. Außer der Radiomusik krächzte der Polizeifunk aus den Lautsprechern und sendete Informationen und Notfälle in den Äther. Die meisten Meldungen galten der Highway Patrol, die dieselbe Frequenz benutzte; um halb zwei in der Frühe waren es vor allem betrunkene Autofahrer und Unfälle auf dem Highway, zu denen sie gerufen wurden. Auf einem anderen Kanal unterhielten sich zwei FDLE-Agenten, die ein Haus in Florida City observierten, mit Agenten des Zeugenschutzprogramms und anderen Beamten über Funk. Und dann waren da noch die Agenten der A&T Unit – Alkohol und Tabak –, die eine Razzia in einer Bar in Pembroke Pines planten, wo sich regelmäßig Minderjährige voll laufen ließen.

Wenn der Normalbürger abends den Motor abstellte, mit der Familie zu Abend aß und ins Bett ging, erwachte mit Einbruch der Dämmerung eine andere Welt zum Leben, eine Welt, deren Geschäfte in der Dunkelheit abliefen. Und die Polizisten, die ihnen in die Nacht folgten, beobachteten, lauschten und warteten. In Verstecken, die nach Burger King und kaltem Kaffee rochen, starrten sie durch Nachtsichtgeräte auf dunkle Eingangstüren, unterhielten sich dabei und machten Witze. Den Knopf im Ohr, lauschten sie, warteten auf den entscheidenden Telefonanruf, das entscheidende Gespräch, das ihnen einen Schuss Adrenalin durch die Adern jagen würde. Sie wagten kaum zu blinzeln, zu niesen, aufs Klo zu gehen, aus lauter Angst, ihn zu verpassen – den Moment, wenn der Verdächtige durchs Fenster türmte, der Deal vonstatten ging, die Worte fielen –, den Beweis, der den Schurken überführen würde. Die Nacht hatte viele Geheimnisse, doch sie plauderte auch viele aus.

Dominick saß in seinem Wagen auf der Washington Avenue und beobachtete die florierenden Nachtclubs, die South Beach säumten. Das Nachtleben ergoss sich auf die Straße – in Versace-Catsuits und Roberto-Cavalli-Minis –, teure Autos tauchten auf und glitten wieder davon, hohe Trinkgelder wechselten die Besitzer.

Dominick hatte ein paar Uniformierte entdeckt, die hier Streife schoben, außer Dienst, und er wusste, dass noch weitere in den Bars waren, sich unerlaubterweise unter das Publikum mischten, unter die VIPs und Prominenten. Auf dem Beifahrersitz lag eine Liste von allen, die hier jobbten, denn jeder Nebenjob musste genehmigt werden. Gleich nach der schwarzen Liste hatte er von jedem Revier die Nebenjob-Liste angefordert. Doch auch wenn sein Wagen nach kaltem Kaffee und Hamburger roch, war Dominick heute Nacht nicht dienstlich hier. Noch war die Überwachung nicht angeordnet, denn alle hofften darauf, dass sie Valle bald observieren durften – vorausgesetzt, sie bekamen den Segen des Richters und der Oberstaatsanwaltschaft, wenn die Rechtsabteilung des FDLE durch war. Und dann bekamen sie vielleicht ein paar Namen und ein paar Antworten.

Heute Nacht hatte Dominick es einfach nicht geschafft, die Sache beiseite zu schieben, die Suche einzustellen und mit dem normalen Leben weiterzumachen, nur weil die Uhr ihm sagte, dass er Feierabend hatte. Er hatte erst gemerkt, was er da tat, als er die Handbremse anzog und an seinem Kaffee nippte.

Die Antwort war irgendwo dort draußen. Man musste nur wissen, wo man zu suchen hatte. So war es immer gewesen, hier wäre es nicht anders. Doch diesmal war es noch schlimmer. Morpheus. Der Polizistenmörder. Er ließ Dominick nicht schlafen. Er ließ ihn nicht los. Etwas tief in seinem Inneren zwang ihn, auf eigene Faust Nachforschungen anzustellen, sogar mitten in der Nacht.

Dominick dachte an seinen Vater. *Was war dein Preis, Dad? Wie viel Geld hast du fürs Wegsehen genommen? Und war es das wert?* Er schloss die Augen und lehnte den Kopf zurück. In der Dunkelheit sah er seinen Vater vor sich, wie er spätnachts in der blauen Uniform nach Hause kam, die Pistole im Holster, die glänzenden Handschellen baumelten neben dem schwarzen Gummiknüppel an seinem Gürtel. Dominick war wach gewesen, lag im Bett, beobachtete die Schatten von einer Party gegenüber, die an seiner Decke tanzten, und wartete. Er wartete auf das Rasseln des Schlüssels, das Quietschen der Tür, das Aufschnappen des Riegels. Noch heute spürte er den kalten rissigen Linoleumboden unter seinen nackten Füßen, als er sich an jenem Abend leise in die Küche schlich, wo sein Vater saß, auf dem Tisch ein kaltes Miller und ein Päckchen Marlboro.

Die druckfrischen Scheine in der Hand seines Vaters klangen wie leises Flüstern, als er sie kaum hörbar zählte und zu einem schmalen Bündel zusammenlegte. Schon mit zwölf hatte Dominick gespürt, dass er Zeuge von etwas Verbotenem war, auch wenn er nicht wusste, warum; die Luft hatte irgendwie anders gerochen, sich anders angefühlt. Er lauschte, während sein Vater den kleinen Stapel immer wieder zählte, als könnte die Zahl ummöglich stimmen, dabei sein Miller trank und eine Zigarette nach der anderen rauchte. Dominick war nie wieder aufgeblieben, um auf seinen Dad zu warten.

Jetzt, im Schutz seines Wagens unter den Straßenlaternen von South Beach, zwang sich Dominick, die Augen zu öffnen. Er verbannte das Bild des Mannes, den er einst vergöttert, manchmal gehasst hatte. Er beobachtete die Menschen auf der Washington Avenue, wie sie vor dem Mansion anstanden, auf den Türsteher einredeten, mit ihm flirteten, ihn bestachen, um Einlass hinter die roten Seile der Absperrung zu finden.

Seltsamerweise war kein Geräusch zu hören, keine Musik, keine Stimmen aus dem Radio. Das Einzige, was in Dominicks Ohren klang, war die hohle, vertraute Stimme in seinem Kopf, die eine Antwort hören wollte. Die Antwort auf die Frage, nach der er immer suchen würde.

31

»*CAFECITO*«, RIEF RICO dem untersetzten Mann hinter der Theke zu. Um ihn herum herrschte ein lautes Geschnatter englischer und spanischer Stimmen, schwer hing der würzig-süße Qualm von Zigarren in der Luft, für Januar war es ungewöhnlich warm und feucht. Verlockende Gerüche nach Paella und Steak waberten über die Achte Straße. Im Innenhof und vor der Bäckerei nebenan trafen sich alte Männer in ihren besten Guayavera-Hemden und rauchten dicke Zigarren beim Kaffee, während sie sich unterhielten. Auch wenn es in jedem Café in Little Havanna ähnlich lebhaft zuging, hatte Rico das Versailles heute mit Bedacht ausgesucht.

Die Stimme kam von Ricos linker Seite. Er drehte sich nicht um. »Was ist, bist du nur noch in Begleitung unterwegs?« Gemeint war das Überwachungsteam, das Rico überallhin verfolgte.

»Die Hurensöhne lassen sich nicht abhängen. Ich komme zu nichts«, knurrte Rico, weiterhin ohne sich umzusehen, damit die *cochinos* draußen im Ford Taurus seine Mundbewegungen nicht abfilmten oder so was. Teufel, wahrscheinlich konnten sie von den Lippen lesen. Er durfte es nicht verbocken. Zu viel stand auf dem Spiel.

»Wir sind nicht hier, um über dich zu reden«, sagte der Mann ohne Akzent. »Wir haben Besuch bekommen.«

»Ich hab davon gehört.« Rico schluckte.

»Diese Ereignisse …« Der Mann hielt inne. Er wusste, dass Richtmikrophone überall aufgebaut werden konnten. Cops konnten ziemlich erfinderisch sein – mit oder ohne Gerichtsbeschluss –, und er musste seine Worte sorgfältig wählen. »Diese Ereignisse haben eine Menge Staub aufgewirbelt. Ein paar Leute machen sich Sorgen. Jemand hat geredet.«

»Das ist erledigt«, sagte Rico. Er wusste, dass Elijah Jackson nichts mehr sagen würde. Dafür hatte derjenige gesorgt, der Elijah an die Fische verfüttert hatte. Was Rico das Leben nur einfacher machte. Sollte sich die Gang doch gegenseitig umbringen, das sparte ihm Zeit und Ärger.

»Jeder will ein Held sein«, sagte der Mann. »Der Anreiz ist jedenfalls hoch genug.«

In den miesesten Gegenden im südlichen Florida hingen überall Plakate, auf denen 100000 Dollar Belohnung ausgesetzt waren für Informationen bezüglich der Morpheus-Morde. Eine solche Menge *dinero* motivierte die Leute manchmal dazu, die falschen Dinge weiterzusagen.

»Nicht auf meiner Seite«, sagte Rico nervös. Er trank seinen Kaffee in einem Zug aus. Dann kramte er eine Zigarette hervor und zündete sie hastig an. Er sah sich immer noch nicht um. »Geld lockert hier niemandem die Zunge. Dafür sorge ich.«

»Und genau da sind wir nicht so sicher. Es ist ein Anreiz.« Die Stimme hielt wieder inne. »Es kommt nichts rein, Rico. Der Brunnen trocknet aus, und das will keiner. Dieser Morpheus geht hier jeden an. Es muss ein Friedensangebot geben. Wir müssen der Sache ein Ende machen, ein für alle Mal.«

Rico schluckte. Er ahnte, was der Mann vorschlagen würde. »Warte, warte. Du meinst ...« Rico sah sich um. »Scheiße. Das könnte schwierig werden.«

»So schwierig auch wieder nicht. Du wirst für uns den toten Präsidenten finden, Rico, und dann schickst du ihm unseren Dank und unsere Grüße. Wenn du das tust, kriegst du das Doppelte von dem, was Bello zahlen würde.« Bello war eine Anspielung auf das Maskottchen der Polizei, einen Comic-Hund namens Detective McGruff. Rico würde eine Prämie von 200000 Dollar für LBJs Kopf bekommen.

»Schon gut, schon gut. Ich kümmere mich darum«, sagte Rico nach ein paar Sekunden. »Aber ich weiß nicht, wo er ist. Niemand weiß es. Der verdammte Feigling versteckt sich, und die Brothers verpfeifen ihn nicht.«

»Niemand ist unberührbar. Denk daran, Rico. Warte auf den Anruf. Du erledigst das und keiner sonst. Verstanden?«

»Und wenn er abhaut?«

»Mach dir darum keine Sorgen. Du wartest einfach auf den Anruf. Morgen oder in einem Jahr. Du machst, was dir gesagt wird.«

»Also gut«, sagte Rico.

»Und, Rico, wenn die Zeit reif ist, sieh bloß zu, dass du deine Freunde los bist.« Er meinte den Ford Taurus, der an der Ecke Wache hielt. Dann verschwand er in der Menge und ließ Rico an der Theke stehen.

32

DER MANN VERBARG SICH IM SCHATTEN des grauen Fahrstuhlschachts und versuchte, den Gestank nach Pisse, Erbrochenem und schalem Bier zu ignorieren. Drei Stockwerke unter ihm breiteten sich die funkelnden Lichter, Scheinwerfer und Neonreklamen von South Beach aus. Es war spät, und das frei stehende Parkhaus auf der 13. Straße war leer, seit Stunden schon; hauptsächlich parkten hier Leute, die tagsüber die Washington Avenue bevölkerten, einkaufen oder an den Strand gehen wollten. Er hatte dafür gesorgt, dass sich in den vielen dunklen Ecken und Winkeln des Gebäudes keine unwillkommenen Gäste versteckten, die hier ihren Rausch ausschliefen oder im Stehen einen Quickie schoben, bevor es heimging zu Frau und Kind. Nur ein einzelner Wagen stand mit laufendem Motor auf dem Dach im dritten Stock, während das Kondenswasser der Klimaanlage in eine ölige Pfütze tropfte. Die Windschutzscheibe des Wagens blickte nach Osten in Richtung Ocean Drive und Strand, die Fenster waren gegen die Nacht verschlossen; der Fahrer war so in Gedanken, dass er nicht merkte, was hinter dem dunklen Fahrstuhlschacht lauerte, nur ein paar Meter von ihm entfernt.

Es entbehrte nicht einer gewissen Ironie. Dasselbe Superego, das einem Cop die Tapferkeitsmedaille einbrachte, war schließlich der Nagel zu seinem Sarg. Es war sein Ego, das ihn zum SWAT-Team trieb und dazu, auf der Suche nach Geiseln blind durch verschlossene Türen zu stürmen. Es war sein Ego, das ihm einflüsterte, dass er unbesiegbar war, auf wundersame Weise gegen die Kugeln und Messer gefeit, ganz egal, auf wie vielen Beerdigungen er schon war. *Mich kriegen die Schweine nicht*, war das Credo, das einen Cop den Dienst durchstehen ließ, zwanzig Jahre lang. Wegen seines Egos wurde er Detective und Sergeant, und sein Ego führte ihn hierher – in ein verlassenes Parkhaus spät am Samstagabend, um in seinem Wagen den Papierkram zu erledigen, genau so, wie er es immer tat. Trotzig ignorierte er den dringenden Rat seiner Abteilung und die eigenen Ängste auch. *Weil ich mir von so einem Mistkerl doch nicht mein Leben umkrempeln lasse. Ich laufe vor dem Scheißkerl nicht davon. Soll er es doch wagen. Ich bin hier …*

Der Mann kam aus dem Treppenhausschatten und atmete den Geruch nach Meer und Sonnencreme ein, der selbst nachts noch in der Strandluft hing. Selbstsicher ging er auf den Streifenwagen zu, nahm die stumme Herausforderung an.

Jetzt bist du dran, Sergeant, dachte der Killer, als er die Klinge in seiner Jackentasche betastete. Dann klopfte er sacht ans Fenster und begrüßte den Mann im Innern mit einem Lächeln.

33

NUR NOCH ACHT JAHRE. Acht Jahre, und er war frei. Dann musste er die Nächte nicht mehr mit diesem Mist verbringen. Diesem Mist, den er liebte und den er hasste. Langsam spielte es keine Rolle mehr, und zum ersten Mal in seiner Laufbahn hatte Lou Ribero begonnen, die Minuten zu zählen. Die Minuten, bis er Pause hatte. Die Minuten, bis er zurück aufs Revier musste. Die Minuten, Tage, Wochen, bis der ganze Scheißjob vorbei war. Früher hatte er gedacht, er würde immer weiterarbeiten, vielleicht die Prüfung zum Lieutenant machen, dann die zum Captain. Alles war möglich. Seine Frau wollte nach Mount Dora ziehen und dort hauptberuflich die Antiquitätenläden leer kaufen, und er hatte gedacht, das wäre vielleicht ein guter Job für den Ruhestand. Nach zwanzig Jahren beim Miami Beach Police Department bei der Polizei von Mount Dora als Captain einer Sechs-Mann-Truppe anheuern, wo er sich praktisch nur um Falschparker und Scheckbetrüger kümmern musste. Er wäre immer noch Cop, auch wenn sein Scheck am Monatsende nicht so hoch und die Verbrechen nicht so aufregend waren. Er wäre immer noch dabei.

Doch jetzt ... jetzt war es anders. Alles war anders. Er biss in sein Roastbeef-Sandwich und trank einen Schluck Cola, während er den Cursor in das rechte Kästchen auf dem Laptop bewegte, um einen weiteren ausführlichen Bericht im dämmrigen Licht des Streifenwagens zu tippen. Sein Magengeschwür brannte ihm ein schwarzes Loch in die Eingeweide, und er rieb sich über den Bauch, um den Schmerz zu lindern. Bei dem Stress halfen nicht mal die Pillen mehr.

Seit Monaten war die Atmosphäre auf dem Revier wegen der Morpheus-Morde so angespannt, dass er manchmal kaum Luft bekam. Neuerdings musste alles genau dokumentiert, über jede Sekunde Rechenschaft abgelegt werden. Der Typ musste gefunden werden, und dazu musste man sein Motiv kennen; schließlich pickte er sich Cops heraus, die den Pfad der Tugend gelegentlich verlassen hatten. Also ging man auf die Opfer los, denn hier musste das Problem schließlich liegen. Nebenjobs waren schlecht, Polizisten waren bestechlich.

Es brachte Lou auf die Palme, wie die Presse die Fakten auf den Kopf stellte und die Öffentlichkeit sich scheinheilig entrüstete. Eigentlich war es den Leute doch scheißegal, was zu tun war, um die Täter zu schnappen. Hauptsache, das Ergebnis stimmte. Findet den Mörder, sorgt für ein Geständnis, macht die Straße sauber, werdet die Junkies los, aber sagt uns lieber nicht, wie – vielleicht ist es unmoralisch. Natürlich predigten sie auf dem Revier immer wieder die Regeln, doch jeder wusste, was nach dem Appell zu tun war. Als Sergeant hatte Lou das Predigen übernommen.

Seit zwölf Jahren arbeitete er in diesem Beruf, und bisher war es ihm immer egal gewesen, was die Presse oder was die barmherzige Bürgervertretung oder was die Heuchler, die für die Zeitungen schrieben, sagten. Er hatte nachts immer gut geschlafen. Natürlich fand er es nicht gut, wenn die Jungs die Hand aufhielten. Das war etwas anderes, und es war Mist. Und wenn sich herausstellte, dass Chavez und Lindeman tatsächlich korrupt gewesen waren und sich nebenbei die Taschen voll gestopft hatten – nicht dass sie den Tod verdienten, aber dann sollte die Wahrheit eben ans Licht kommen. Das einzige Problem war, Lou Ribero glaubte nicht, dass man sie deswegen umgebracht hatte.

Bei Sonnys Beerdigung hatte er mit dieser Staatsanwältin gesprochen, und sie dachte wie er, auch wenn sie nichts sagte. Es täte ihr leid, mehr hatte sie nicht rausgebracht. *Was* zum Teufel? *Was* tat ihr leid? Sie hatte also auch verstanden, und sie hatte Angst. Aber wovor? Angst um ihr Leben? Angst um ihn? Angst, entlarvt zu werden? Angst, dass das Geheimnis an die Öffentlichkeit kam und sie ihren Job verlor? Oder hatte sie Angst davor, dass dieser irre Cupido aus dem Gefängnis freikam, wenn die Verbindung zwischen Chavez und Lindeman bekannt würde?

Lou erinnerte sich an die Schlagzeilen von damals, als die kranke Bestie im Gericht gefesselt und geknebelt werden musste. Vor allen Leuten hatte er gedroht, die Anklägerin umzubringen. Hatte behauptet, er hätte sie früher mal vergewaltigt, und jetzt hätte sie, aus Rache, *ihm* eine Falle gestellt, *sie zusammen mit der Polizei*. All das war nichts als Schwachsinn. Der Kerl war schuldig, so viel war klar. Lou sah die Leiche des Mädchens Anna Prado im Kofferraum des Jaguar noch vor sich, die Augen weit aufgerissen, mit einem Loch, wo das Herz gewesen war. Den Anblick würde er nie vergessen. Leichen kletterten nun mal nicht von allein in einen Kofferraum. Jemand hatte sie hineingelegt. Auch wenn die Fahrzeugkontrolle nicht koscher war, das war doch bürokratisches Tralala; das tote Mädchen hatte wirklich im Kofferraum gelegen, und der Kerl war verdammt nochmal schuldig. Selbst wenn es am Anfang noch Zweifel gegeben hatte, die Task-Force fand später die Herzen all der toten Mädchen und konnte sie mit Bantling in Verbindung bringen. Es war kein Zufall. Und letzten Endes hatten sie das Richtige getan.

Drei Jahre lang hatte Lou Ribero die Sache verdrängt. Cupido war ein Fall von vielen, in dem durch schlaues Handeln ein böses Ende verhindert worden war. Doch jetzt … jetzt zwang ihn jemand zurückzublicken, und alles wurde wieder lebendig. Lou hatte zu zweifeln begonnen und fragte jeden verdammten Tag in diesem nie enden wollenden Job: *Warum das alles?*

Das leise Klopfen am Fenster des Beifahrersitzes riss ihn jäh aus den Gedanken. Sofort griff er nach der SIG-Sauer P-226 im Holster, doch als er das vertraute Gesicht erkannte, das ihn anlächelte, entspannte er sich und entriegelte die Tür.

34

Mit Blaulicht und Sirene raste Dominick die 395 und den MacArthur Causeway hinunter. Zu seiner Rechten verschwammen die Lichter der Innenstadt mit den Silhouetten der riesigen Kreuzfahrtschiffe im Hafen. Er hatte das unangenehm vertraute Gefühl eines Déjà-vu.

Die Washington Avenue war bereits voll von Streifenwagen. Aus den Clubs wurden die Stammkunden hinauseskortiert und eilig in Sicherheit gebracht vor dem Chaos, das auf der Straße um sich griff; überall hatten sich Menschenmengen gebildet, und die Leute sahen sich nach dem Grund des Spektakels um. Alle Blicke waren auf das dreistöckige Parkhaus gerichtet, das inzwischen vor lauter Blaulichtern blinkte und strahlte wie ein Weihnachtsbaum. Dominick zählte nicht weniger als fünf Helikopter, die über ihnen am Himmel schwebten. Suchscheinwerfer tanzten auf dem Asphalt wie bei der Eröffnung eines Fünf-Sterne-Casinos in Las Vegas. Der Polizeihubschrauber des MBPD hielt sie in Schach und scheuchte die Kameras von der Szene weg, die sich auf dem Dach der Garage abspielte.

Die Mitarbeiter der Spurensicherung waren gerade dabei, den Fahrstuhl auf Fingerabdrücke abzusuchen, daher spurtete Dominick die Treppe hinauf, wo er sich an weiteren Beamten vorbeidrängen musste, die jeden Winkel des Treppenabsatzes fotografierten und filmten. Mindestens zwanzig Streifenwagen standen kreuz und quer auf dem Dach. Ein Krankenwagen und die Feuerwehr warteten in der Nähe, auch sie mit Blaulicht, doch beide wurden nicht mehr gebraucht. Ein einzelner Streifenwagen befand sich abseits, die Scheiben von innen dunkel ausgemalt. Nur die Fahrertür stand offen, ein schweres weißes Laken hing heraus auf den Asphalt.

Überall plärrten Walkie-Talkies, klingelten Handys, Polizisten verständigten sich über den Radius, in dem die Straßensperren abgesteckt werden sollten, in der Hoffnung, dass sich der Killer vielleicht noch in Reichweite befand. Die angespannte Lage drohte in ein einziges Chaos umzukippen, als Sergeants und Lieutenants verschiedener Abteilungen ihre Befehle an ihre Untergebenen bellten. Auch Mark Gracker bellte Befehle, anscheinend war er ebenfalls erst kürzlich angekommen, und kommandierte die FBI-Agenten herum, die er im Schlepptau hatte.

Manny und Ted Nicholsby standen mit drei Männern vom MBPD zusammen, zwei davon sahen aus, als hätten sie geweint. Der dritte war auffallend bleich, und Dominick bemerkte das Erbrochene auf seinen Schuhspitzen. Manny warf Gracker einen Blick zu, der hätte töten können. Dominick sah ihm an, dass er Gracker am liebsten vom Dach geworfen hätte, hinunter zu den hungrigen Wölfen in Uniform, die nur auf so ein Arschloch gewartet hatten.

Dominick ging direkt auf den einsamen Streifenwagen zu, dem niemand freiwillig zu nahe kommen wollte. Die dunklen Scheiben glänzten, als wären sie noch nass. Mit Latexhandschuhen an den Händen hob er das Laken an und wich zurück. »Scheiße«, flüsterte er.

»Es ist schlimm, Dom«, sagte jemand hinter ihm. Es war Marlon. Er sah fix und fertig aus. »In einem Radius von zehn Blocks wird jeder Winkel durchkämmt, und die Highway Patrol hat die Schnellstraßen gesperrt –«

»Was zum Teufel ist das?«, stöhnte Dominick, ohne den Blick abzuwenden. »Was zum Teufel ist hier passiert?«

»Wie bei den anderen –«, begann Marlon, doch Dominick würgte ihn ab.

»Wo ist Chris? Wo ist Chris Masterson?«, rief er und suchte die Menge auf dem Parkdeck ab.

»Er ist hier irgendwo. Ich lass den Jungen suchen.« Marlon trat einen Schritt zurück und zückte das Nextel.

In diesem Augenblick entdeckte er C. J. Sie stand ganz allein an der Tür zum Fahrstuhlschacht. Trotz der blinkenden roten und blauen Lichter, die über ihr Gesicht tanzten, sah Dominick, dass sie kreidebleich war. Sie hatte die Arme über der Brust verschränkt und starrte mit leerem Blick durch ihn hindurch auf den Streifenwagen.

Was hatte sie hier zu suchen, verdammt nochmal?

Auf dem Weg zu ihr versuchte er, in der Masse von Uniformierten und Zivilpolizisten Andy Maus von der Staatsanwaltschaft zu orten, doch er war nirgends zu entdecken.

»Dom? Hey. Marlon sagt, du suchst nach mir.« Chris Masterson tauchte neben ihm auf.

»Was zum Henker ist hier los?«

Chris warf einen Blick auf den Streifenwagen. »Ein Sergeant aus Miami Beach. Louis Ribero, sechsunddreißig Jahre alt.«

»Was ist passiert?«

»Sieht nach demselben Täter aus«, begann Chris zögernd. »Wieder die Krawatte, so viel ist klar. Kehle aufgeschlitzt und dann der Zungenmuskel komplett –«

»Was hat er mit den Augen gemacht?«, unterbrach ihn Dominick schroff. »Was will uns der Irre damit sagen? Du bist der gottverdammte Experte! Was in Teufels Namen ist die Botschaft?«

»Er hat ihm die Augen ausgestochen. Der Menge an Blut nach zu urteilen, wahrscheinlich vor dem Tod. Ich bin nicht hundert Prozent sicher, aber in Anbetracht der Krawatte und einer möglichen Verbindung zu den Kartellen würde ich sagen, er hat was gesehen. Etwas, das er nicht hätte sehen sollen.«

»Und das er jetzt nicht mehr ausplaudern kann.« C. J. stand plötzlich bei ihnen, den Blick immer noch auf den Wagen geheftet. Ihre Stimme war distanziert und tonlos.

»Wie geht es dir?«, fragte Dominick. Er zog seine Windjacke aus und legte sie ihr um die Schultern. Sie sah ganz durchgefroren aus, obwohl die Nacht mild war. Chris trat sofort verschüchtert einen Schritt zurück, als störe er eine Privatunterhaltung. Etwas verlegen fing er ein Gespräch mit einem der Spurensicherungsleute an, der gerade begonnen hatte, den Wagen zu fotografieren.

»Was machst du hier?«, fragte Dominick, nachdem Chris sie allein gelassen hatte. Sie sah schlecht aus. Er wusste, dass sie nichts mit dem Morpheus-Fall zu tun haben wollte, sie wollte nicht einmal darüber reden, seit sie sich von der Task-Force hatte befreien lassen. »Es ist nicht mehr dein Fall. Wo zum Teufel steckt Maus?«, fragte er und sah sich um.

»Ich wurde angepiept«, sagte sie leise.

»Was? Von hier? Wer hat dich angepiept?«

»Ich weiß es nicht. Als ich die Nummer anrief, landete ich bei der Mordkommission des MBPD. Und als ich fragte, wer mich angefunkt hatte, wusste keiner was davon. Der Detective, den ich am Apparat hatte, sagte, alle wären unterwegs, es sei ein Notruf eingegangen, Morpheus habe wieder zugeschlagen.«

»Also muss es jemand von der Mordkommission gewesen sein. Hast du Bereitschaft?«

»Das ist es ja. Diese Woche habe ich keine Bereitschaft. Gail Brill ist dran. Und es war nicht der Pager, der gepiept hat. Ich habe ihn nicht mal dabei.«

Dominick sah sie verständnislos an.

»Anscheinend wollte jemand, dass ich Bescheid weiß«, sagte sie erschöpft und fuhr sich durchs Haar. Schließlich riss sie den Blick von dem Wagen los und sah ihm in die Augen. Da wusste er, dass sie nicht einfach nur Angst hatte. Sie war in Panik.

»Dominick«, flüsterte sie. »Ich wurde über mein privates Handy angepiept.«

35

»DAS IST INTERESSANT – diesmal hat er beim Schnitt durch die Kehle ein anderes Messer benutzt. Die Schneide ist gezackt und hat eine geschwungene Kerbe vor dem Griff. Ich habe das Gefühl, Detectives, diesmal suchen Sie mit hoher Wahrscheinlichkeit nach einem Jagdmesser«, sagte Dr. Neilson. Sein Atem ließ die transparente Schutzmaske, die er vor Mund und Nase trug, beschlagen. Seine Nase zuckte, und er sah aus, als müsste er niesen. Dann blinzelte er und sah wieder auf den nackten, reglosen Körper auf dem Untersuchungstisch, neben dem ein breites Edelstahlbecken angebracht war.

»Extrem scharf und effizient. Ansonsten sehen wir hier, was wir auch bei Officer Chavez sehen konnten«, fuhr er lächelnd fort, und seine Nase hörte auf zu zucken. Mit einem Lineal in der Hand beugte er sich tief hinunter, als wollte er in Lou Riberos aufgeschlitzte Kehle hineinkriechen. »Hier«, sagte er, ohne aufzublicken, und winkte sie mit blutigen Gummihandschuhen näher. »An dieser Stelle treffen sich die beiden Schnitte. Der erste hat nur die Jugularvene und die Luftröhre durchtrennt. Das Blut in der Lunge weist darauf hin, dass der arme Kerl erstickt ist. Wieder wurden die beiden Schnitte anscheinend ganz bewusst ausgeführt. Der zweite geht glatt von einem Ohr zum anderen, ohne ein Zögern.«

Dominick, Manny und C. J. standen im weiß gekachelten Labor der Gerichtsmedizin von Miami-Dade. Aus dem Radio gurrte Britney Spears. Es roch nach frischem Kaffee, Desinfektionsmittel und Tod. C. J. wusste, den Geruch des Todes würde man nie aus diesen Wänden herausbekommen; er saß in den Kühlschränken und in den Gewebeproben, die in versiegelten Plastiktüten im Archiv bei Röntgenbildern und Totenscheinen landeten.

Normalerweise musste niemand von der Staatsanwaltschaft der Obduktion beiwohnen, auch nicht, wer Bereitschaft hatte. Das war Aufgabe des leitenden Ermittlers. Doch Morpheus war kein normaler Fall. Leider dauerte es noch vier, fünf Stunden, bis Andy Maus von der Taufe seines Neffen in Tampa zurückkäme. Jerry Tigler hatte sich geweigert, Gail Brill zu schicken, Maus' Vertretung, und insgeheim war es ihm wahrscheinlich ganz recht, dass jemand C. J. direkt gerufen hatte. Er hatte keinen Einspruch geduldet, es sei denn, sie hätte gleich am Telefon gekündigt, und so war sie am Tatort geblieben und hatte juristische Fragen beantwortet, wenige Meter von dem Streifenwagen entfernt, dessen Blaulicht schweigend vor der Skyline blinkte.

Tigler hatte sie außerdem angewiesen, bei der Obduktion dabei zu sein. Und deshalb war sie hier, so nah am Ausgang wie möglich, die Arme fest um den Leib geschlungen. Teilnahmslos sah sie zu, wie sich die makabre Szene vor ihr abspielte. Sie saß in der Falle, gezwungen, der Obduktion eines Mannes beizuwohnen, dessen Tod – wie sie sich in ihrer Panik einredete – sie höchstwahrscheinlich zu verantworten hatte.

Liebes, hatte Dominick sie zu beruhigen versucht, *wahrscheinlich hat jemand im Beach-Dezernat gedacht, du wärst noch in der Task-Force. Deine Handynummer kann jeder von Nicholsbys oder Dorsetts Schreibtisch bekommen, C. J., oder von der Zentrale der Staatsanwaltschaft oder deiner Sekretärin, oder er hatte sie schon. Vielleicht ist es ihm jetzt peinlich, dass er morgens um drei die Falsche angepiept hat, und meldet sich deshalb nicht. Liebling, du darfst keine Gespenster sehen.*

Ohne weitere Erklärung musste ihr Verhalten auf jeden paranoid wirken. Und diese weitere Erklärung konnte sie nicht geben. Also beschloss sie, mit ihrem eigenen Wagen zur Gerichtsmedizin zu fahren, doch indem sie das Parkdeck verließ, ohne Dominick die Chance zu geben, den Beschützer zu spielen, leitete sie das nächste Drama ein. Seine bohrenden Fragen und sanften braunen Augen verlangten nach Antworten, die sie ihm nicht geben konnte.

Jetzt war er sauer, das wusste sie. Er wich ihr aus, als sie sich oben am Empfang sahen, und nun, während der Autopsie, vermied er jeden Blickkontakt mit ihr. Aber sie brauchte die Zeit für sich. Sie hatte Angst, in einem schwachen Moment könnte sie sich doch noch hinreißen lassen, ihr Gewissen zu erleichtern – und damit Dominick in das Komplott mit hineinziehen.

Dominick machte sich Notizen, während Neilson um Riberos Leiche herumtänzelte, hier Einschnitte machte, dort Maß nahm und Organe wog und die ganze Zeit aufgeregt vor sich hin murmelte. Ein bleicher Manny wich immer weiter vom Untersuchungstisch zurück und rieb sich noch eine Portion Tigerbalsam unter die Nase. Er zog eine müde Grimasse in C. J.s Richtung, dann rieb er sich über die Schläfen. Im Schwarzlicht leuchtete die Creme grell in den weißen Strähnen seines Schnurrbarts.

»Und die Augen?«, fragte Dominick.

»Definitiv prae mortem. Das beweist das Blut. Wenn die Augäpfel nach seinem Tod entfernt worden wären, dann hätten die Einschnitte minimal geblutet. Doch so hat es den Mann wahrscheinlich schlagartig in Schock versetzt.« Neilson hielt nachdenklich inne. »Wenn er Glück hatte.« Dann fuhr er aufgeregt fort. »Sehen Sie sich das an, Detectives!« Mit einer Hand befühlte er das Innere der leeren Augenhöhle, mit der anderen winkte er die Beamten näher heran. Wieder folgte keiner seiner Aufforderung. Joe Neilson legte einen Enthusiasmus für seine Arbeit an den Tag wie wenige seiner Kollegen, und man musste mehr als einmal mit ihm zu tun gehabt haben, um zu verstehen, wann ein Blick aus der Nähe wirklich wichtig war. Manny und Dominick hatten in den letzten zehn Jahren oft genug mit ihm zu tun gehabt. Sie wussten, dass sie diesmal bleiben konnten, wo sie waren. »Die Klinge, die er für die Augen verwendet hat, war glatt – sehen Sie sich nur an, wie er den Sehnerv durchtrennt hat! Was die Breite der Schneide angeht, würde ich sagen, schätzungsweise zweieinhalb bis drei Zentimeter. Die Länge lässt sich nicht näher bestimmen. Könnte ein Skalpell gewesen sein, aber das glaube ich nicht. Vielleicht ein Schweizer Offiziersmesser.«

»Entschuldigen Sie, Doc«, sagte der Mann in dem grünen OP-Anzug, der auf einer Trittleiter über Lou Riberos nackter Leiche stand. Er blickte durch eine Minolta Maxim 3000.

»Ach ja, okay.« Neilson trat ein Stück zurück, während er das Lineal als Maßstab in die leere Augenhöhle hielt. Ein weißer Blitz explodierte über Riberos Gesicht.

»Wir schicken die Fotos an das Kriminallabor des FDLE in Tallahassee. Rieck ist unser Messerexperte«, sagte Dominick.

»In Quantico gibt es auch ein paar Kapazitäten«, warf Neilson ein. »Das weiß ich, weil –«

»Das ist unser Fall. Wir schaffen das schon.« Dominicks Ton drückte aus, dass es keine weitere Diskussion geben würde.

»Na gut«, Neilson zuckte die Achseln. Er zog sich die Schutzmaske vom Gesicht und wartete ungeduldig, bis der Mann mit den Fotos fertig war. Unter dem Untersuchungstisch tappte er nervös mit dem Fuß. »Caesar?«, rief er dann seinem Assistenten zu, der im grünen Schutzanzug auf der anderen Seite des Raums saß und die Abendausgabe von *El Nuevo Herald* las. »Kannst du hier fertig machen?«

Der Mann nickte, legte die Zeitung beiseite und holte eine Metallschale, einen Waschlappen, Flüssigseife und eine dicke Spule schwarzen Faden aus einem weißen Hängeschrank. Mit einem Gummischlauch spülte Neilson gräuliche Proben Gehirngewebe ab und ließ sie dann in eine verschließbare Plastikschale gleiten. Dann zog er schnalzend die Gummihandschuhe aus und warf sie in einen Behälter für Sondermüll.

»Wie sieht es mit Drogen aus, Doc? Hatte er was Ähnliches intus wie Chavez und Angelillo?«, fragte Manny, ohne Neilson in die Augen zu sehen.

»Die vorläufigen Tests haben keine Drogen ergeben, aber es dauert ein paar Tage, bis wir es genau wissen. Sein Herz war stark, kein Zeichen von langfristigem Drogenmissbrauch. Der Mann hätte hundert werden können, aber da hatte wohl jemand andere Pläne.« Er griff zwischen Riberos grauen Füßen hindurch nach seiner Kaffeetasse. Dabei streifte er das Schildchen, das an Riberos Zehe hing, und eine Weile schaukelte es heftig hin und her. »Kaffee, Detectives? Ich mache Ihnen gern frischen.«

»Nein danke«, sagte Dominick und ging auf den Ausgang zu, ohne C. J. anzusehen.

»Wie viel von dem Zeug trinken Sie eigentlich am Tag?«, fragte

Manny und zog bewundernd die Brauen hoch, während er Dominick in Richtung Tür folgte.

»Nicht genug. Heute Morgen herrscht großer Andrang. Vier habe ich noch, Detective«, rief Neilson über die Schulter und machte sich an der Kaffeemaschine zu schaffen. »Hier wartet schon die Nächste auf meine Dienste: Darf ich Ihnen Dawn vorstellen –« Er nickte zu einer Bahre in der hinteren Ecke, auf der eine nackte Frau lag, ihre Lippen und die heraushängende Zunge waren blau und geschwollen. Schnalzend zog er ein neues Paar Handschuhe über und machte sich auf den Weg zu dem anderen Stahlbecken mit Gummischlauch. »Die Ladys liegen mir hier unten zu Füßen, Detective«, witzelte er lächelnd.

Dann öffneten sich die Türen des Labors, und Dominick ging schweigend an C. J. vorbei den Flur hinunter auf den Fahrstuhl zu.

36

Eine Verbindung liess sich nicht länger ignorieren. Vier Männer waren tot, und mit drei von ihnen hatte sie ein Geheimnis geteilt. Alle vier waren mit einer kolumbianischen Krawatte gefunden worden, doch nur ihre drei Mitwisser hatten weitere symbolische Misshandlungen erlitten.

Victor Chavez war die Zunge abgeschnitten worden.

Er hatte zu viel geredet.

Sonny Lindeman hatte man die Ohren abgetrennt.

Er hatte etwas gehört, das er nicht hatte hören sollen.

Lou Ribero waren die Augen ausgestochen worden.

Er hatte etwas gesehen, das er nicht hatte sehen sollen.

Und sie wusste, dass sie nicht die Einzige war, die die Zeichen deutete. Die Task-Force verfolgte zwar immer noch energisch die Drogenspur, aber Dominick hatte angeordnet, jeden Fall, jeden Vernehmungsbericht, jeden gottverdammten Strafzettel hervorzukramen, an denen die Polizisten je beteiligt waren, um herauszufinden, ob es noch mehr Verbindungen gab. Valle und Brueto wurden weiterhin observiert und abgehört – auch wenn sie nun, dank dem FBI, gewarnt waren. Bisher war nichts dabei herausgekommen. Riberos letzter Nebenjob lag über sechs Monate zurück, damals hatte er an einer Baustelle den Verkehr geregelt. Er hatte zwar ein paar außerdienstliche Kontrollgänge in Clubs in Miami Beach gemacht, aber das war während der Verleihung der South Awards gewesen und durch die Stadt organisiert worden, es gab keine direkte Verbindung zu Valle, der BB-Gang oder den Kings. Seine Mitarbeiter sagten aus, sie könnten sich Ribero nicht einmal in einem Drogeriemarkt vorstellen, geschweige denn in Kontakt mit Drogendealern.

Und nicht nur die Task-Force wühlte im Dreck. Das FBI war wieder da, nicht nur mit der richterlichen Anordnung, die Dominick verlangt hatte, inzwischen hatten sie die hochgradig genervte Bundesstaatsanwaltschaft des Southern District und das Justizministerium auf ihrer Seite. Doch obwohl jeder Mitarbeiter der Polizei aufgefordert war, mit dem FBI zu kooperieren, hielt sich keiner daran, was bedeutete, dass jedes Steinchen zweimal umgedreht wurde.

In der engeren Auswahl derer, die verhört werden mussten, standen alle, die mit einem der ermordeten Officer gearbeitet hatten, mit ihm verwandt waren oder irgendwann einmal von einem von ihnen verhaftet worden waren. Das beinhaltete Familie, Freunde, Kollegen, Beklagte, Verteidiger, Richter und Ankläger. Auf der erweiterten Liste stand die halbe Menschheit. Zweifellos hatte es C. J. in die engere Auswahl geschafft. Selbst falls Lindemans Name nicht in den Cupido-Akten stand, Ribero und Chavez hatten beide offiziell ausgesagt.

C. J. war am Montag zu Hause geblieben, hatte Telefon und Handy ausgestellt mit der Ausrede, sie müsse ungestört an einem Plädoyer arbeiten. In Wirklichkeit saß sie mit einer Flasche Wein und einem Päckchen Zigaretten auf dem Balkon, starrte hinunter auf das plätschernde Wasser und überlegte verzweifelt, was sie tun sollte. Was sie tun *konnte*. Nach drei Tagen hatte sie immer noch keine Antwort. Denn es war die zentrale Frage, die sie nicht beantworten konnte: *Warum tat er das?* Warum sollte jemand die drei zum Schweigen bringen wollen? Und was zur Hölle hatte Bruce Angelillo damit zu tun?

Jerry Tigler war stinksauer, weil C. J. sich weiterhin weigerte, Morpheus zu übernehmen, und Andy Maus, inzwischen aus Tampa zurück, war stinksauer, weil er am Samstagmorgen nicht am Tatort gewesen war und Tigler C. J. immer noch dabeihaben wollte. Dominick war ebenfalls sauer und – was das Schlimmste war – enttäuscht von ihr. Er war der Einzige, der sie durchschaute. Ihn konnte sie nicht täuschen, wenn sie log und behauptete, es sei alles in Ordnung. Das war der Grund, weshalb sie ihm aus dem Weg gehen, seine Anrufe ignorieren musste. Sie schlief, gelinde gesagt, schlecht, denn ihr Kopf machte Überstunden, um Antworten auf die Fragen zu finden, die seit Monaten an ihr nagten.

Vor drei Jahren hatte sie die Konsequenzen ihrer Entscheidung bewusst in Kauf genommen. Doch auf das hier war sie nicht vorbereitet gewesen.

Sie war nicht darauf vorbereitet, dass ihre Entscheidung drei Menschen das Leben kosten würde. Und noch immer wusste sie nicht, *warum*. Sie hatte im nassen Sand einen Graben ausgehoben, und jetzt fiel er über ihr zusammen. Begrub sie bei lebendigem Leib.

Doch sie konnte sich auch nicht einfach in ihrer Wohnung verschanzen und hoffen, dass die Antworten von allein kämen. Sie hatte einen Schrank voll anderer Fälle, die dringend ihre Aufmerksamkeit erforderten. Anträge, Prozesse, Recherchen, Anklageerhebungen, Voruntersuchungen, erste Anhörungen. Und die Liste wurde immer länger.

Das Päckchen wartete auf dem Schreibtisch auf sie, als sie am Dienstagmorgen um sieben zur Arbeit erschien, oben auf dem Stapel mit der restlichen Post. Es hatte keinen Absender, doch das bemerkte C. J. erst, nachdem sie das Paketband aufgeschnitten und den Deckel geöffnet hatte.

Styroporkügelchen verteilten sich auf dem Schreibtisch, als sie in die Schachtel griff. Sie erwartete einen Datenträger oder vielleicht ein Video, das man ihr mit der Hauspost oder vom Gericht herüberschickte. Als ihre Finger das kühle, glatte, harte Objekt berührten, war sie einen Moment irritiert. Doch als sie es dann in Händen hielt, erkannte sie es sofort.

In der Hand hielt sie eine kleine Skulptur, die sie zuletzt vor fünfzehn Jahren gesehen hatte. Es war die kleine Jadeskulptur der drei weisen Affen, die mit großen Augen und gebleckten Zähnen in einer Reihe saßen. Der erste hielt sich die Ohren zu, der zweite die Augen, der dritte den Mund.

Nichts hören, nichts sehen, nichts sagen.

Es war eine Botschaft, an sie persönlich adressiert, hier in das Büro geschickt, wo die Verschwörung ihren Lauf genommen hatte. Die Verschwörung, die, jetzt war sie davon überzeugt, drei Männer das Leben gekostet hatte. Und als die fein gearbeitete Figur aus ihrer Hand glitt und auf dem Tisch in tausend Teile brach, wusste sie noch etwas anderes.

Sie war sicher zu wissen, wer ihr die Figur geschickt hatte.

37

IM JAHR 1987 HATTEN IHRE ELTERN eine Ferienreise in den Fernen Osten gemacht. Ihr Vater wollte einmal auf der Chinesischen Mauer spazieren gegangen sein. Von dieser Reise hatten sie C. J. eine kleine Skulptur mit den drei weisen Affen mitgebracht, die sie in einem Souvenirladen in Peking erstanden hatten. Ihre Mutter hatte gesagt, die Affen würden C. J. Glück bringen.

Es war eine grüne Jadeskulptur gewesen.

Sie hatte auf dem Beistelltisch in ihrem Wohnzimmer in Bayside gestanden, damals, während des Jurastudiums. Damals, als sie vierundzwanzig Jahre alt war, bildhübsch, mit vielen Freundinnen und einem »tollen« Freund. Damals, als ihre größte Angst die vor dem Examen war. Damals, vor einer Ewigkeit, bevor William Bantling alles in ihrem Leben für immer geändert hatte.

Er hatte alles über sie gewusst, angefangen bei ihrer Lieblingsserie bis zu ihrem Lieblingsrestaurant. Er wusste, wo ihre Eltern wohnten, wann sie das letzte Mal angerufen hatten, wann sie zu Besuch kamen, er kannte sogar den Spitznamen Beany, den ihr Vater ihr als Kind gegeben hatte, weil sie so gerne Jelly Beans genascht hatte. Er wusste alles über Michael, ihren »tollen« Exfreund, von den Ferien in Mexiko bis hin zu der Stellung, in der sie es in der letzten Nacht getrieben hatten. Er war in ihrer Wohnung gewesen, nicht nur in jener Nacht, sondern, wie sich später herausstellte, viele Male zuvor – er hatte ihre Post gelesen, durch ihre Bücher und Fotoalben geblättert, ihre Kleider berührt, sich vielleicht sogar aus ihrem Kühlschrank bedient, aus ihrer Milchflasche getrunken. Er hatte sie verfolgt, belauert, und dann hatte er ihr ihre eigenen Geheimnisse ins Ohr geflüstert, sie mit kehligem Singsang wissen lassen, dass sie ihm vollkommen ausgeliefert war. Und von da an sollte es kein Entrinnen mehr geben, nicht einmal in ihren Träumen.

Alles hatte sie weggeworfen, alles, was sie an diese Nacht erinnern konnte, an diese Wohnung – von der Zahnbürste bis zu den Möbeln. Nichts von dem, was er möglicherweise angefasst, beschnüffelt, befingert oder worauf er auch nur den Blick geworfen hatte, wollte sie je wieder sehen – niemals. Sie hatte jahrelang gekämpft, die Vergangenheit zu vergessen und den Weg in eine Zukunft zu finden.

Bis heute.

Obwohl Bantling hinter Gittern und elektrischen Stacheldrahtzäunen saß, im Todestrakt auf sein letztes Telefongespräch wartete, hatte er es irgendwie geschafft, ihr eine Botschaft zu schicken. Er war es, der damals in ihrer Wohnung gewesen war. Er hatte die Jade-Affen gesehen. Niemand sonst hätte davon wissen können oder von der Bedeutung, die sie für C. J. hatten. Es sei denn …

Es sei denn, er hat jemandem davon erzählt.

Ihr Herz hämmerte, sie fuhr sich durchs Haar und verscheuchte die Grübeleien, die sie wieder einmal um den Verstand zu bringen drohten. Die Staatsanwältin in ihrem Kopf schrie Fragen, wollte sie wachrütteln, bevor sie wieder in die alte Hilflosigkeit abglitt. *Halt, halt … Wenn es Bantling ist, der das Päckchen geschickt hat, und er weiß von den Lügen der Polizisten, die ihn in die Todeszelle gebracht haben, warum würde er die einzigen Menschen töten, die ihn womöglich retten konnten? Die glaubhaft machen konnten, dass er nicht Cupido war? Warum die einzigen Zeugen eliminieren?*

Weil er krank und verrückt ist!, antwortete sie sich selbst, genauso laut wie die Staatsanwältin. *Weil es ihn aufgeilt, mich wissen zu lassen, dass er mich beobachtet, dass er weiß, was ich getan habe, dass ich nirgends vor ihm sicher bin. Ich bin die Nächste. Er tötet sie genau vor meiner Nase, damit ich den Verstand verliere …*

»Nein, nein, nein.« Sie schüttelte den Kopf. Ihre Gedanken rasten wie wild im Kreis.

Es sei denn, er hat jemandem davon erzählt …

Halt, halt, halt. Logisch vorgehen, C. J., wie bei anderen Fällen auch. Was, wenn das Gegenteil der Fall ist? Was, wenn jemand will, das Bantling niemals freikommt? Was, wenn jemand nicht will, dass herauskommt, dass Bantling gar nicht Cupido war?

Aber wer würde so etwas wollen? Wer, außer ihr, würde alles daransetzen, dass Bantling nie lebend aus der Todeszelle kam? Dass er für Verbrechen starb, die er nicht begangen hatte?

Die Antwort auf diese Frage jagte ihr noch mehr Angst ein als die Frage selbst.

38

»Es ist etwas passiert. Ich muss für eine Weile hier weg.«

»Das ist doch nicht dein Ernst, C. J. Was soll das, ist das ein Scherz?« Dominick stand im Wohnzimmer und starrte den Koffer an, der in der Mitte des Raums stand.

Sie lief im Zimmer auf und ab, als wollte sie bloß nicht stehen bleiben, deckte den Tisch ab und räumte auf. »Es ist kein Scherz, Dominick. Und es tut mir leid. Gott, es tut mir so leid. Ich will das nicht, hörst du, aber ich muss. Ich muss einfach.«

»Was zum Teufel ist passiert, C. J.?« Als sie an ihm vorbeigehen wollte, packte er sie am Arm. »Was zum Teufel geht hier vor?«

Sie riss sich nicht los, doch sie sah ihn auch nicht an. Sie konnte nur flüstern. »Die Dinge haben sich geändert.«

»Was meinst du? Zwischen uns? Ich weiß, wir hatten beide viel zu tun – ich habe in den letzten Wochen bis zum Hals in Arbeit gesteckt, aber –«, er stockte, ob aus Kummer oder aus Wut, ließ sich nicht sagen. »Worum zum Henker geht es hier?«

Sie konnte ihm immer noch nicht in die Augen sehen. Sie schüttelte den Kopf und unterdrückte ein Schniefen. »Ich habe Urlaub genommen. Ein paar Wochen, vielleicht einen Monat. Ich weiß es noch nicht. Ich muss weg, raus aus Miami, raus aus der Arbeit. Ich bin ausgebrannt.«

Er ließ ihre Antwort im Raum stehen. Sein Griff lockerte sich. Sie spürte seinen Blick, fühlte, wie er versuchte, seine Gedanken zu ordnen, die schmerzhaften Fragen zu formulieren, die sich daraus ergaben, genauso wie er es bei der Vernehmung eines Verdächtigen machte. Und dann stellte er die Frage.

»Warum hast du mich wegen Sonny Lindeman angelogen?«

»Was?«

»Du hast mich genau verstanden. Warum hast du mich angelogen, als du sagtest, du würdest Sonny Lindeman nicht kennen? In den Akten steht, er war einer deiner Cupido-Zeugen.«

»Dominick, ich erinnere mich nicht –«

»Blödsinn. Du hast ein Gedächtnis wie ein Elefant. Ich habe dir schon in der Nacht damals angesehen, dass du ihn kanntest. Und du kanntest Chavez, und den letzten, Ribero, kanntest du auch. Bei Lindemans Beerdigung hast du mit ihm geredet. Du bist vollkommen durch den Wind, seit Chavez mit abgeschnittener Zunge aufgetaucht ist, und ich bin bestimmt nicht der Einzige, der das bemerkt hat. Dein Boss ist vielleicht ein Idiot, aber selbst er weiß, dass dir das alles nicht ähnlich sieht. Das ist nicht die C. J. Townsend, die eiserne Staatsanwältin, die in ihrem Leben mehr gesehen hat als die gottverdammten hart gesottenen Mordkommissare, denen sie zugeteilt ist. Die Frau lässt keine Ermittlung im Stich, sie weigert sich nicht, an einen Tatort zu kommen oder über einen Fall zu sprechen. Also, was ist los, C. J.? Jetzt lässt du auch noch *uns* im Stich – und ich würde gerne wissen, was verdammt nochmal los ist?«

»Ich wünschte, ich könnte es dir sagen, Dominick. Wirklich. Aber im Moment kannst du nichts tun. Und ich auch nicht.«

»Versuch es.«

Sie schwieg, hörte nur seinen Atem und starrte auf das goldene Wappen des Staates Florida, das er am Gürtel trug. »Gestern habe ich ein Päckchen bekommen. Es kam mit der Post.«

»Was war drin? Wo ist es?«

»Es war eine Figur. Eine kleine Skulptur. Ich habe sie fallen lassen, sie ist zerbrochen, aber das macht keinen Unterschied. Das Päckchen war unbeschriftet, kein Absender. Ich bin mir sicher, dass keine

Spuren daran waren.« Sie schwieg einen Moment, überlegte sich die nächsten Worte gut. »Es war eine Botschaft, und sie war für mich bestimmt.«

»Was für eine Figur war es?«

»Die drei Affen. Du weißt doch: Nichts hören, nichts sehen –«

»– nichts sagen«, seine Stimme war ein Flüstern, er dachte nach. Sie konnte zusehen, wie er die Verbindung zog. »Morpheus. Lieber Himmel! Die Augen, die Ohren – vielleicht war das eine Botschaft für die Task-Force, C. J. Vielleicht war die Botschaft für uns!«, rief er aufgeregt. Das könnte der Durchbruch sein, den sie brauchten, ein Versuch des Mörders, Kontakt aufzunehmen. »Du warst am letzten Tatort, du hast zur Task-Force gehört, dein Name stand überall in der Zeitung. Vielleicht glaubt der Absender, dass du immer noch bei der Task-Force bist und schickt uns seine Botschaft über dich. War sonst noch etwas drin? Ein Zettel? Wo sind die Scherben?«

»Nein, sonst war nichts dabei, die Scherben sind fort. Dominick, hör zu, es war nicht das Versehen irgendeines Gang-Mitglieds mit Profilneurose, der die Zeitung nicht richtig liest und denkt, ich bin noch im Spiel. Hör mir zu. Ich hatte einmal die gleiche grüne Jadefigur, in meiner Wohnung in New York. Ich habe sie weggeschmissen, wie ich alles weggeschmissen habe nach der Vergewaltigung. Aber er, er war dort, und er hat sie gesehen …« Ihr versagte die Stimme. Tränen rannen ihr über die Wangen. »Ich bin nicht paranoid. Das bin ich nicht.«

»Du denkst, sie kommt von ihm? Du denkst, Bantling hat sie dir geschickt?« Sie hatte nie vor ihm zugegeben, dass es Bantling gewesen war, der sie vergewaltigt hatte. Vor niemandem hatte sie es zugegeben. Sie hatte es sogar geleugnet, als Richter Chaskel sie nach Bantlings Verurteilung rundheraus gefragt hatte. Dominick hatte sie nie zu einer Antwort gedrängt. Nie.

»C. J.«, fuhr Dominick fort, sanft, aber nachdrücklich. »Ich weiß, dass es Bantling war, der dich vergewaltigt hat.« Da. Jetzt war es draußen. »Ich *weiß*, dass er es war, Liebling. Aber selbst wenn er der Einzige ist, der in deiner Wohnung war, wenn er es war, der von dieser Figur wusste, *warum* sollte er sie dir jetzt zuschicken? Wir müssen nicht einmal so weit gehen. Wie *könnte* er sie dir überhaupt schicken? Er sitzt in der Todeszelle.« Doch schon während er fragte, wusste Dominick die Antwort selbst. Wo ein Wille war, war auch ein Weg. Und wer Geld hatte – und davon hatte Bantling einmal reichlich gehabt –, bei dem standen die Leute im Knast und draußen Schlange, die ihm einen Gefallen tun wollten.

»Es ist so kompliziert, Dominick. Ich wollte nie, dass es so kompliziert wird, aber jetzt ist es zu spät. Ich hatte gedacht ...«, sie unterbrach sich, bevor sie den Satz beendete. *Ich hatte gedacht, dass ich das Richtige tat, damals. Ich dachte, ich rette die Gesellschaft vor einem Mörder, doch irgendwann haben sich die Grenzen verwischt. Und jetzt bin ich vielleicht verantwortlich für den Tod von drei Polizisten. Vielleicht habe ich diesen Kindern ihren Daddy genommen.*

»Aber was könnte Bantling mit den Morpheus-Morden zu tun haben, C. J.?« Sie sah, wie er nachdachte, wie er im Kopf gespeicherte Informationen abrief, nach der Verbindung suchte, die seine geschulten Augen nicht hätten übersehen dürfen. »Läufst du deswegen davon? Die Polizisten haben an Bantlings Fall mitgearbeitet, alle. Wir haben festgestellt, dass selbst Angelillo im Cupido-Fall ermittelt hat. Jetzt schickt Bantling *dir* Botschaften. Warum? Was ist mit den Cops passiert?«

Er holte tief Luft, als er sich erinnerte, wie er damals auf dem MacArthur Causeway auf den Splitter eines Rücklichts getreten war, in jener Nacht, als Cupido angehalten wurde. Ein Rücklicht, von dem Chavez später behauptete, es sei bereits kaputt gewesen, bevor er die Verfolgung des Jaguar aufgenommen hatte. Es sähe diesem Idioten Chavez ähnlich, ein paar Beweismittel zu fälschen, die Fakten dem Fall anzupassen ... Aber C. J.? Sie sagte nichts, und ihre fehlende Antwort bestätigte ihm, dass er in die richtige Richtung dachte. Und dann stellte er die entscheidende Frage. »Hast du die Sache frisiert? Ist die Festnahme frisiert gewesen?«

Sie würde ihn da nicht mit reinziehen. Sie würde ihn nicht zum Mitwisser ihres Verbrechens machen. Sie schüttelte den Kopf. »Nein.«

»Dann sag mir, was los ist. Es ändert nichts zwischen uns.«

»Doch. Doch, das würde es.«

»Verdammt nochmal, C. J.! Ich liebe dich. Das weißt du.«

»Aber es würde die Art verändern, wie du mich liebst, Dominick. Es würde deine Liebe verändern. Und das ertrage ich nicht. Den Ausdruck in deinen Augen, das Bewusstsein, dass etwas anders ist, selbst wenn du das Gegenteil behauptest. Lieber beende ich es jetzt – mit dem Wissen, dass du mich liebst –, als zu bleiben und an deiner Liebe zweifeln zu müssen.«

»Du machst einen Rückzieher. Du machst einen gottverdammten Rückzieher, und das weißt du. Lass meine Gefühle doch bitte mein Problem sein!«

Sie schwieg und sah zu Boden.

»Also, ist es das jetzt gewesen? Die Hochzeit, abgeblasen? Ist alles –«

»– verschoben.« Sie fuhr sich durchs Haar, den Blick noch immer auf den Boden gerichtet. »Ich weiß es nicht, Dominick. Ich muss das Ganze begreifen, und ich kann dich da nicht einbeziehen. Du kannst mir jetzt nicht helfen.«

Er wich zurück. Er nickte nur. Er war ratlos. Wie hatte das alles nur so schnell gehen können, und warum hatte er es nicht kommen sehen? Vielleicht hatte er es einfach nicht sehen wollen. Dann drehte er sich um und ging zur Tür.

»Es tut mir leid«, sagte sie weinend.

Er schloss die Tür hinter sich, ohne sich noch einmal umzudrehen. Als er zum Fahrstuhl ging, war er wütend, ratlos, er fühlte sich hintergangen und betrogen. Ein Dutzend Emotionen, mit denen er nicht gerechnet hatte, als er vorhin vor dem Haus geparkt hatte. Er wäre am liebsten in die nächste Bar gelaufen und hätte seinen Kummer mit einer Flasche J&B ertränkt, doch der Polizist in ihm suchte nach Antworten. Antworten auf Fragen, die er längst hätte stellen sollen.

Die Antwort war immer irgendwo da draußen. Man musste nur wissen, wo man zu suchen hatte.

Er schloss den Wagen auf, stieg ein und sah noch einmal hinauf zum Schlafzimmerfenster zwölf Stockwerke über ihm, wo sie die Koffer packte. Die Antworten, die er seit Monaten hätte kennen müssen – wenn nicht seit Jahren –, jetzt kamen sie von ganz allein. Er ließ den Kopf aufs Lenkrad sinken.

»Mein Gott, C. J. Was hast du nur getan?«

39

William Rupert Bantling, Häftling Nummer 578884526, Staatsgefängnis Florida, lag auf der dünnen Plastikmatratze und starrte die Blasen an der Decke an. Vor einer Weile war irgendein Genie bei der Gefängnisverwaltung, der Regierungsgelder zu verplempern hatte, auf die glorreiche Idee gekommen, die Betondecken, -wände und -böden der Vollzugsanstalt mattgrau streichen zu lassen. Vielleicht wollte er damit die vierundvierzig Todeskandidaten auf andere Gedanken bringen, die zweiundzwanzig Stunden jedes gottverdammten Tages allein in ihren fünf Quadratmetern hockten und ihre Abschiedsrede probten. Vielleicht half es sie zu beruhigen, wenn der Anwalt ihnen in einem letzten Telefongespräch riet, für nach 18.01 Uhr keine Pläne mehr zu machen. Doch die Luftfeuchtigkeit, die das Leben hier unerträglich machte, hatte die Farbe Blasen schlagen lassen, das Genie war entweder befördert oder gefeuert worden, und jetzt regnete es in jeder gottverdammten Nacht Flocken grauer Farbe auf Bill Bantling herunter.

Er hasste diese Zeit des Tages noch mehr als alle anderen Tageszeiten. Die Zeit, die er damit verbrachte, an die Decke zu starren, bis der untersetzte Wachmann mit Kontrollzwang vorzeitig das Licht löschte – wenn die Insassen mitten beim Lesen, Zähneputzen oder Scheißen waren – und anschließend dümmlich kichernd »Licht aus!« brüllte, bevor er sich den nächsten Schokoriegel einverleibte. Jeder Vollidiot müsste inzwischen darauf vorbereitet sein, die Zahnbürste hingelegt, sein Geschäft eine Viertelstunde vorher erledigt haben, doch die Kerle hier waren eben keine normalen Vollidioten. Das hier war die Elite. Als Nächstes brach dann ein Geschrei los wie von wild gewordenen Affen, das sich zwanzig Minuten lang nicht beruhigte. Heute Abend würde ihn jedoch nichts aus der Ruhe bringen. Heute Abend verdarb nicht einmal der graue Regen von der Zimmerdecke das Lächeln, das Bill Bantlings schön geschwungene Lippen zierte.

Er schloss die Augen und sah sie vor sich, ihr ehemals strahlendes Gesicht, direkt über seinem. Das lange honigblonde Haar ringelte sich sanft über hohe Wangenknochen und braun gebrannte nackte Schultern. Rote volle Lippen, leicht geöffnet, selbst nach all den Jahren. Er hatte sie erobert, und sie hatte sich ihm hingegeben – in den schönen Augen war kein Zorn mehr, sondern Angst, salzige Tränen liefen über ihre wunderschönen Wangen in den seidigen Slip, mit dem er ihr den roten Mund gestopft hatte.

Und dann hatte er sie noch einmal in seinen Händen gehabt. Hatte sie gehetzt, in die Enge getrieben, in Panik versetzt. Im Gerichtssaal, vor neunhundertzweiundneunzig Tagen, und er hatte in ihren Augen den gleichen Ausdruck gesehen wie damals. Zuerst den wilden Zorn, solange sie glaubte, sie könnte ihn schlagen, ihr Spiel mit ihm spielen, nur weil sie Staatsanwältin war und ganz oben saß, neben dem Richter, während er in einem roten Overall an den verdammten Tisch gekettet war. Und dann die Angst, als ihr endlich aufging, dass mehr als ein verdammter Titel dazu gehörte, um ihn fertig zu machen. Als ihr dämmerte, dass sie in den Albträumen nicht vor ihm fliehen konnte. Denn er war da, jede Nacht. Sie nahm ihn immer noch mit ins Bett. Und am Ende dieser Farce, die in der Öffentlichkeit als Prozess durchging, hatte er es wieder geschafft. Als sie mit verheulten Augen ins Gericht kam, mit tiefen Falten und dunklen Augenringen, und ihn nicht einmal mehr ansehen konnte. In dem Moment hatte er gewusst, dass er gewonnen hatte.

Und bald würde er noch einmal gewinnen. Das wusste er jetzt, und deshalb lächelte er. Er schloss die Faust um den Brief, der ihm ankündigte, dass er demnächst wieder einen Auftritt in ihren Albträumen hatte.

Es ist noch lange nicht vorbei. O nein. Es fängt gerade erst an, dachte er. Dann lächelte er wieder, der Wachmann rief: »Bereit machen!«, und die langen Wimpern über ihm klimperten wieder, und die Flocken grauer Farbe, die auf ihn herabrieselten, fühlten sich an wie Tränen.

40

Als das Flugzeug auf der Landebahn aufsetzte, sah C. J. hinaus in den trüben grauen Himmel und fragte sich, ob es schneien würde. Das wäre schlecht. Seit Jahren war sie nicht mehr bei

Schnee Auto gefahren, erst recht nicht über verschneite Serpentinenstraßen.

Mit einem Dutzend Touristen, die mit Skiern und großen Reisetaschen beladen waren, bestieg sie den Shuttlebus der Autovermietung: eine junge Familie, eine Gruppe von Freunden, ein verträumtes Liebespaar. Alle boten sie ein Bild des Glücks, voller Vorfreude auf das Schneevergnügen, das vor ihnen lag, wie aus dem Prospekt eines Reiseveranstalters. Alle außer C. J. Sie hatte keine Skier, keinen dicken Anorak dabei, nur eine kleine Tasche mit einem Pullover, einer Jeans und einer Zahnbürste – dem Gepäck für eine Nacht.

Schon bevor sie das Ticket überhaupt gebucht hatte, hatte sie die Worte, die sie sagen würde, tausendmal geprobt. Und weitere tausendmal während des fünfstündigen Flugs. Und auch jede Minute der zweieinhalbstündigen Fahrt nach Breckenridge, einem kleinen Skiort in den Bergen, würde sie daran feilen. Aber was sie zu sagen hatte, klang immer noch nicht gut. Es würde wahrscheinlich nie gut klingen.

Sie hatte seit Rupert Bantlings Prozess vor drei Jahren nicht mehr mit Lourdes Rubio gesprochen. Ihr Abschied nach der Urteilsverkündung war höflich, aber kalt gewesen, und kurze Zeit später hatte Lourdes ihre Kanzlei in Miami aufgegeben. Sie hatte die Koffer gepackt und ohne ein Wort des Abschieds die Stadt verlassen. Sie und C. J. hatten bereits früher bei Mordfällen zusammengearbeitet, und C. J. hatte Lourdes immer für sehr offen und integer gehalten. Ihre Meinung hatte sich zwangsläufig geändert.

Manchmal in den vergangenen Jahren hatte C. J. an Lourdes gedacht und sich gefragt, was wohl aus ihr geworden war, wo sie lebte und ob sie noch praktizierte, doch da hatte ihre Neugier auch schon aufgehört. Sie wusste, es würde nie ein herzliches Wiedersehen geben, sie würden sich nicht in die Arme fallen und sich über einem Glas Prosecco alles erzählen. Niemals. Und auch Lourdes wusste das. Das hatte sie deutlich gesagt, als sie in jenem Gerichtssaal das letzte Mal miteinander gesprochen hatten. Kurz nachdem Lourdes' hysterisch schreiender, wild um sich tretender Mandant von drei Wachmännern aus dem Saal geschleppt wurde, um ins Staatsgefängnis in Raiford geschafft zu werden, wo der elektrische Stuhl auf ihn wartete.

C. J. nippte an ihrem Kaffee, wahrscheinlich dem zehnten an diesem Tag, und fuhr den Chevrolet Blazer vom Parkplatz in Richtung I70.

Er ist wieder da. Hol die Akten aus dem Archiv, denn er ist wieder da.

Es gab noch eine Person, die wusste, warum Victor Chavez Bantlings Jaguar in jener Nacht auf dem MacArthur Causeway angehalten hatte. Und sie lebte. C. J. wusste inzwischen, dass sie eine kleine Schuldrechts-Kanzlei in einer kleinen Stadt unterhielt, wo die meisten Menschen nur zum Skifahren hinkamen und es nicht allzu schwer war, im touristischen Treiben unterzutauchen.

C. J. hatte ihr letztes Gespräch in dem verlassenen Gerichtssaal nicht vergessen, nachdem die Presse verschwunden war, der Richter wieder in seinem Amtszimmer und die Jury auf dem Weg nach Hause zu ihren Familien. Schließlich hatten sie einander unter vier Augen gegenübergestanden, nur von der leeren Galerie getrennt. C. J. hatte nicht vergessen, was sie gesagt hatten; sie hatte nur irgendwann den Deckel zugemacht und die Vergangenheit in ihrem Kopf ganz weit nach hinten geschoben, wo sie das Gesagte nie wieder zu hören hoffte.

C. J. schaltete den Scheibenwischer auf die schnellste Stufe, um gegen die schweren nassen Flocken auf ihrer Windschutzscheibe anzukommen, und stellte die Schweinwerfer an. Nach vielen Telefonaten und der ermüdenden Suche in diversen öffentlichen Verzeichnissen hatte sie Lourdes, die offensichtlich nicht gefunden werden wollte, schließlich doch aufgespürt. Über dreitausend Kilometer entfernt von den vertrauten Palmenstränden lebte sie in den Bergen und praktizierte auf einem Gebiet, das sie einst verachtet hatte. Irgendwann hatte C. J. all ihren Mut zusammengenommen und Lourdes angerufen, um ihr zu sagen, dass sie sich treffen mussten. Und dann war etwas Merkwürdiges geschehen. Denn Lourdes schien weder sonderlich überrascht, C. J.s Stimme am anderen Ende der Leitung zu hören, noch zögerte sie, als C. J. ein Treffen vorschlug. Sie stellte keine Fragen, sondern nannte ein Datum und gab C. J. die Wegbeschreibung durch.

Das Gespräch dauerte kaum zwei Minuten, und nachdem C. J. aufgelegt hatte, konnte sie sich des Eindrucks nicht erwehren, dass irgendetwas an Lourdes' Reaktion am Telefon nicht stimmte.

Es schien, als hätte Lourdes gewusst, dass C. J. anrufen würde.

41

Wie in einem alten Lebensmittelladen oder einer Änderungsschneiderei klingelte ein Glöckchen, als C. J. die Holztür mit dem Guckloch aufschob. Außen an der Tür des einstöckigen Gebäudes stand in schlichten goldenen Buchstaben der Namenszug L. RUBIO, ESQ. So unauffällig, dass C. J. das Schild fast übersehen hätte; sie fragte sich, ob Lourdes überhaupt Mandanten haben wollte.

C. J. betrat die bescheidene Kanzlei, die in indianischen Farben ausgestattet war – Türkis, Indigo, Kupfertöne –, und sah sich um. Ein großer handgeknüpfter Teppich schmückte die Wand über dem rustikalen Eichenschreibtisch, ein einfaches Regal mit den Gesetzbüchern von Colorado und Abhandlungen über Schadensersatz nahm die hintere Wand ein. Neben dem Wandteppich hingen Lourdes' Zeugnis der Universität von Miami und ihre Zulassung für Colorado, doch nichts erinnerte an die langen Jahre, die sie als Strafverteidigerin in Miami tätig gewesen war, es gab nicht einmal einen Hinweis darauf, dass sie auch in Florida zugelassen war. Keine der vielen Urkunden und Plaketten, mit denen Lourdes ausgezeichnet worden war. Kein gerahmter Zeitungsartikel, kein Foto mit Senator Jeb Bush und anderen Spießgesellen, die sie mit Charme und Diplomatie für sich eingenommen hatte. Nichts. Nichts, außer einer geschnitzten Holzmaus, die grinsend neben ein paar Familienfotos kauerte.

Lourdes stand mit einer Tasse Kaffee in der Tür zum Hinterzimmer und beobachtete, wie C. J. sich umsah.

»Guten Tag, C. J.«, sagte sie schließlich. C. J. zuckte zusammen, als wäre sie bei etwas Verbotenem erwischt worden. Sie wandte sich von den Fotos ab und drehte sich um. Lourdes Rubio kam ihr nicht entgegen, sie beobachtete sie nur. In einem langen cremefarbenen Pullover, den sie zu Jeans und Stiefeln trug, hob sie sich kaum von den Wänden ab. Es hatte sich viel verändert seit den maßgeschneiderten Kostümen und Zehn-Zentimeter-Absätzen und der Kanzlei für dreißig Dollar den Quadratmeter im schicken Coral Gables.

»Guten Tag, Lourdes«, antwortete C. J. mit belegter Stimme. »Schönes Büro haben Sie da.« Smalltalk war reine Verschwendung. »Sie wissen vielleicht, warum ich hier bin«, begann sie.

»Bill Bantling, schätze ich. Setzen Sie sich, C. J.«, sagte sie und kam rasch von der Tür an den Schreibtisch. Sie bedeutete C. J., sich in einen der beiden Sessel vor dem Tisch zu setzen.

C. J. nickte bedächtig. Die Ironie der Situation, hier vor der einst mächtigsten Strafverteidigerin in Miami im Mandantensessel Platz zu nehmen, entging ihr nicht.

»Warum sollten Sie sonst kommen? Ein anderes Thema haben wir ja wohl nicht, C. J.« Ihr Ton war bestimmt und kühl, als hätte sie seit Jahren darüber nachgedacht, was sie sagen würde, und jedes Mal, wenn sie vor dem Spiegel geübt hatte, war sie nur noch wütender geworden. Inzwischen klang selbst die Begrüßung wie ein Fauchen.

»Es ist etwas vorgefallen«, sagte C. J. langsam.

»Ist Bill schon tot?«, erwiderte Lourdes bitter.

»Wir müssen da anscheinend was klären.«

»Es gibt eine Grenze, C. J.«, sagte Lourdes. »Und die haben Sie übertreten.«

»Und wer zieht diese Grenze, Lourdes? Wer?« Jetzt wurde auch C. J. wütend. »Wir haben alle unsere Arbeit getan. Jeder Einzelne von uns. Die Polizei, die Staatsanwaltschaft. Er hatte eine gute Verteidigung.«

»Blödsinn. Er hatte nie eine Chance. *Ich* habe ihn fallen lassen. *Ich* habe versagt. Und damit muss ich leben, Tag für Tag.«

»So funktioniert das System. Die Schuldigen müssen für ihre Verbrechen zahlen.«

»Er zahlt für die Verbrechen eines anderen.«

»Als wären seine Verbrechen nicht Grund genug? Sie sitzen hier, Lourdes, und machen sich Vorwürfe. Aber für wen? Für einen Mann, der vierzehn Frauen rund um den Globus auf brutalste Art vergewaltigt hat, und wahrscheinlich noch mehr. Nicht nur vergewaltigt – sondern gefoltert, verstümmelt, halb umgebracht. Für einen Mann, der seiner eigenen Anwältin das Gleiche antun würde, wenn er die Gelegenheit dazu bekäme. Heben Sie sich Ihre Schuldgefühle für jemanden auf, der es verdient.«

»Er ist zum Tode verurteilt worden, C. J. Er wird sterben. Ein Mensch wird für etwas sterben, das er nicht getan hat. Ist Ihnen das völlig egal?«

C. J. schwieg einen Moment. Dann sagte sie leise: »Ich habe meine Arbeit getan, Lourdes. Er hätte inzwischen weitere Frauen vergewaltigt. Drei, vier, vielleicht mehr, wenn er rausgekommen wäre. Vielleicht hätte er die Frauen auch umgebracht. Ich habe meine Arbeit getan, und ich habe eine Entscheidung getroffen. Das kleinere Übel. Sie fragen, ob es mir egal ist?« C. J. lehnte sich in ihrem Sessel vor, die Hände auf dem Tisch, ihr Blick fest auf Lourdes gerichtet. Sie zwang sie, mit eigenen Augen zu sehen, was Worte nie angemessen beschreiben konnten – die Wunden, die Narben. »Was glauben Sie? Wie *könnte* es mir egal sein?«

»Sie versuchen, sich zu rechtfertigen«, sagte Lourdes kühl.

»Und Sie versuchen, Tatsachen zu leugnen«, sagte C. J. und lehnte sich wieder zurück. »Vier Polizisten sind tot, Lourdes. Vier Polizisten, falls Sie hier oben keine Zeitung lesen. Was ich von Ihnen wissen will: Stehen Sie in Kontakt mit ihm? Was zum Teufel hat er Ihnen erzählt? Was erzählt er Ihnen über mich?«

Das war es. Ihrer Wut war die Verzweiflung anzuhören, und C. J. wusste, auch Lourdes hatte das bemerkt.

»Einen Moment«, sagte Lourdes und hob die Hand. »Warten Sie. Wenn es hier um die Polizistenmorde in Miami geht, ja, ich habe davon gehört. Aber Sie glauben doch nicht allen Ernstes, Sie können hier in meine Kanzlei kommen, mich beleidigen und mich dann bitten, Ihnen vertrauliche Informationen meines Mandanten preiszugeben? Damit Sie weiterhin Ihre persönlichen Ängste und Ihr schlechtes Gewissen beruhigen können? Vergessen Sie's.«

»Ich will weder meine Ängste beruhigen noch Abbitte leisten. Aber ich muss wissen, was hier gespielt wird. Ich muss wissen, ob die Morde etwas damit zu tun haben, Lourdes. Es sterben Menschen.«

»Und das macht Ihnen plötzlich etwas aus?«

»Unschuldige Menschen.«

»Wohl kaum nach dem, was ich gelesen habe. Scheint, als wären die guten Gesetzeshüter, die im Zeugenstand so unanfechtbar waren, in Wirklichkeit korrupte Junkies gewesen. Das stand da, schwarz auf weiß. Ihre Heiligen haben sich an Drogenkartelle verkauft.«

»Das ist eine der Theorien, die die Task-Force untersucht.« C. J.

hielt inne. Es hatte keinen Sinn zu bluffen. Sie musste die Karten auf den Tisch legen, sie musste sehen, was Lourdes auf der Hand hatte. »Sie wussten von dem Anrufer.«

Niemand hatte sich je zu dem Anruf bekannt, der vor mehr als drei Jahren auf dem MacArthur Causeway den Stein ins Rollen gebracht hatte. Statt der Identität des Anrufers nachzugehen, hatte C. J. die Existenz des Tonbands einfach verdrängt, den Anruf als Streich, Verwechslung oder sonst etwas abgetan. Später dann, nachdem Bantling verurteilt war, nachdem die Wahrheit sie in jener dunklen Todeskammer fast das Leben gekostet hatte, hatte sie geglaubt, der Anrufer wäre tot. Doch jetzt war sie nicht mehr so sicher.

Lourdes lächelte, ein Lächeln, das alles andere als freundlich war. »Der Anrufer? Sie meinen das Beweisstück, das der Jury nie vorgelegt wurde? Das Beweisstück, das dem Angeklagten vorenthalten wurde?« Sie sah C. J. lange an. Und ohne ein weiteres Wort verstand sie. »Langsam begreife ich, C. J. Sie glauben, da draußen läuft noch ein Killer herum, nicht wahr? Und jetzt haben Sie nicht nur Angst – Sie sind verzweifelt. Es war in Ordnung, solange sie glaubten, der wahre Cupido sei tot und begraben. Doch jetzt gibt es vielleicht noch einen Mörder. Und der hier steht auf Polizisten, nicht wahr?« Sie überlegte einen kurzen Moment: »Oder sollte ich lieber sagen: auf *Zeugen*?«

»Ich will offen zu Ihnen sein, Lourdes. Ich habe ein Päckchen bekommen. Eine Jadefigur, wie ich sie in meiner Wohnung in New York hatte. Als er …« Sie schluckte. »Sie wissen, wozu er fähig ist! Ich muss wissen, wem er davon erzählt hat. Jemand, mit dem er gesprochen hat, muss mir die Figur geschickt haben!«

»Ich maße mir nicht an zu wissen, wozu irgendjemand fähig ist, C. J. Und ich werde Ihnen keine vertraulichen Informationen weitergeben. Drei Jahre lang bin ich vor dem davongelaufen, was ich getan habe, habe versucht, mir einzureden, dass der Zweck die Mittel heiligt. Und jetzt weiß ich, dass das nicht stimmt. Das wissen wir beide.«

»Er ist wahnsinnig, Lourdes. Denken Sie daran.«

»Sie haben mir damals leid getan, C. J. Es tut mir leid, was Sie erlebt haben, was er Ihnen angetan hat. Ich hatte Schwierigkeiten, meine Gefühle und meine Arbeit zu trennen. Ich hatte einen Eid geschworen, mich mit allen mir zur Verfügung stehenden Mitteln für die Belange meines Mandanten einzusetzen. Ich habe mich in jenem Prozess von meinen Gefühlen leiten lassen und bin mir untreu geworden, weil ich dachte, es würde mich zwar zu einer schlechten Anwältin, aber dafür zu einem guten Menschen machen. Und mit dieser verdammten Entscheidung muss ich seither leben. Und täglich wird es schwerer. Es tut mir leid für Sie, C. J., aber Sie sind am Leben. Er hat Sie nicht umgebracht. Und ich werde Ihnen nicht helfen, *ihn* umzubringen.«

Das war es. Sie hatten nichts mehr zu besprechen. C. J. stand auf und hielt nur mit Mühe die Tränen zurück. Sie nickte Lourdes ein letztes Mal zu, dann trat sie aus der Tür hinaus in den heulenden Schneesturm. Das Glöckchen verstummte, als ein eisiger Windstoß die Tür hinter ihr zuschlug.

42

LOURDES BLIEB NOCH EINE LANGE ZEIT am Schreibtisch sitzen, nachdem C. J. gegangen war. Das Gesicht in den Händen vergraben, lauschte sie dem Ticken der Wanduhr und dem vertrauten Glucksen der alten Kaffeemaschine hinten in der Küche.

Wer zieht diese Grenze, Lourdes?

C. J.s Worte hallten in ihrem Kopf nach. Sie war sich bewusst, dass sie nur deshalb nicht geantwortet hatte, weil sie die Antwort nicht wusste. Es war ihr bedrängtes Gewissen, das sie damals aus Miami vertrieben hatte, fort von Freunden, Familie und einer erfolgreichen Kanzlei. Hier oben in den Bergen versteckte sie sich nun vor ihren Sünden, in der Hoffnung, die Zeit würde den Schmerz lindern. Doch er wurde immer nur noch schlimmer. Nagende Schuldgefühle – war das angeboren oder anerzogen? Oder eingeimpft von einer Mutter, die jeden Abend vor dem Essen aus der Bibel las, selbst wenn auf dem Tisch nichts zu essen stand? Manche Menschen hatten angeblich kein Gewissen – und wenn es sich bis zum Alter von drei, vier

Jahren nicht herausgebildet hatte, war es für alle Zeiten zu spät. Andere hatten zwar eines, doch sie ignorierten es ständig. Wieder andere hatten ein Gewissen, doch es maß mit zweierlei Maß. Wer sagte, dass das Gewissen, dieser treue Freund, immer Recht hatte? *Wer zieht diese Grenze, Lourdes?*

Sie war mit Bill Bantling befreundet gewesen, bevor er als Mandant zu ihr kam. Sie hatte seinen hinreißenden blauen Augen den Soziopathen nicht angesehen, bis er sie schließlich mit beiden Armen festhielt und es ihr selbst erzählte, dass er ein Vergewaltiger war. Und sogar da hatte sie noch nicht begriffen. Hier muss ein Irrtum vorliegen, dachte sie. Doch dann hatte sie die Berichte gelesen – die New Yorker Polizeiberichte, in denen alle Grausamkeiten anschaulich beschrieben wurden, die Bill Bantling hinter seiner Clownsmaske mit seinem scharfen Messer angestellt hatte. Die Lektüre war unerträglich. Die unvorstellbaren Verletzungen … Lourdes wusste, dass C. J. sich nie ganz davon erholen würde, weder körperlich noch seelisch. Wie konnte eine Frau so etwas je überstehen?

C. J.s Gefühle verstand sie gut, doch Lourdes' Gewissen erlaubte es ihr nicht, C. J.s Taten zu entschuldigen. *Warum?* Warum war es falsch, Bantling für seine Verbrechen büßen zu lassen, endgültig, selbst wenn es letztlich für Verbrechen war, die er nicht begangen hatte? Warum regte sich ihr Gewissen hier, nicht aber bei der Tatsache, dass Bill es immer wieder tun würde, falls sich die Tür seiner Zelle je öffnete?

Und sie wusste nur zu gut, dass dem so wäre. C. J. hatte Recht. Der wahre Bill Bantling war ein Raubtier. Seit er sie in sein kleines Geheimnis eingeweiht hatte, wusste sie das, denn ab diesem Zeitpunkt gab er sich keine Mühe mehr, sich vor ihr zu verstellen. Die List mit der Freundschaft war aufgeflogen, und plötzlich war sie nur noch dazu gut gewesen, um ihn frei zu bekommen. Und sie hatte eingewilligt. Sie hatte eingewilligt, ihn zu vertreten. Sie hatte eingewilligt, mit allen ihr zur Verfügung stehenden Mitteln für seine Belange einzutreten. Und darin hatte sie versagt. Das war der Grund, weshalb ihr Gewissen sie nicht ruhen ließ. Weshalb sie davongelaufen war.

Lourdes wusste, was zu tun war, und wieder war Zeit von entscheidender Bedeutung. Sie konnte ihn nicht sterben lassen, weil sie versagt hatte. Der schlimmste Verbrecher verdiente immer noch eine gute Verteidigung – das war das Fundament des Rechtssystems. Wenn sie eines Tages selbst vor Gericht stünde, würde sie von ihrem Verteidiger nicht weniger erwarten. Und doch hatte sie Bill vorsätzlich im Stich gelassen. Sie betrachtete das Tonband in ihrer Hand, *911-19/09/2000 20:12* stand auf dem Etikett. Das Tonband, das sie vor drei Jahren vom Archiv des Miami Beach Police Department angefordert hatte, bevor das Original gelöscht wurde. Sie hatte es die ganze Zeit in der Schublade gehabt, als ständige Erinnerung an ihr Versagen. Jetzt schob sie das Band in einen gepolsterten Umschlag, versiegelte ihn und legte ihn in den Korb mit der ausgehenden Post. Sie würde ihn später auf dem Weg nach Hause einwerfen.

Plötzlich klingelte das Glöckchen über der Tür, und Lourdes sah auf. Die Wanduhr zeigte 16.30 Uhr. Wo war die Zeit geblieben? Hinter den Jalousien waren die Scheiben längst blind vor Schnee. Die Nachrichten hatten gestern Abend vor dem Schlimmsten gewarnt, doch natürlich war Lourdes trotzdem nicht vorbereitet. Sie hätte vor zwei Stunden direkt nach C. J. gehen sollen, denn die Straßen waren inzwischen wahrscheinlich voller Schneeverwehungen.

Und jetzt kam auch noch der Mandant, den sie für halb fünf bestellt hatte. Sie hatte ihn völlig vergessen. Er kämpfte sich durch den tobenden Schneesturm bis hierher, und sie hatte nicht einmal in den Terminkalender gesehen. Lourdes riss sich zusammen, dann stand sie mit einem Lächeln hinter dem Schreibtisch auf und kam ihm entgegen, um ihn zu begrüßen.

»Ms. Rubio? Puh! Ich war mir nicht sicher, ob Sie überhaupt noch da sind bei dem Wetter«, sagte er und schüttelte sich. »Aber dann hab ich gedacht, Sie hätten sicher angerufen.« Das weiche Näseln in seiner Stimme verriet, dass er aus dem Mittleren Westen kam.

Verdammt. Sie erinnerte sich nicht einmal an seinen Namen. Unger? Etwas in der Art. »Sieht ziemlich schlimm da draußen aus, nicht wahr, Mr. …?«

»Uustal, Al Uustal. Sie erinnern sich doch? Wir haben telefoniert.« Der Mann klopfte sich den Schnee vom schwarzen Mantel und legte ihn sich über den Arm, die Wollmütze behielt er auf.

Sie nickte. »Ja. Entschuldigen Sie, Mr. Uustal. Was für ein Schneesturm!« Sie warf noch einen Blick hinaus, die Schneewehen türmten sich schon bis hoch zum Fenster, und die Straße wirkte leer ohne die Autos, die sonst dort parkten. »Ich staune, dass Sie es bis hierher geschafft haben.«

»Oh, ich hätte unseren Termin doch nicht ausfallen lassen.«

Sie rückte ihm den Sessel vor dem Schreibtisch zurecht, dann setzte sie sich selbst und suchte nach ihrem Notizblock. Da er schon einmal hier war, konnte sie ihn schlecht fortschicken. »Ich hatte heute Nachmittag in einer dringenden Angelegenheit zu tun und habe die Zeit ganz aus dem Auge verloren. Entschuldigen Sie das Durcheinander.«

»Schon gut. Das verstehe ich.«

»Also«, sagte sie dann und holte Luft. Mit einem seriösen Lächeln sah sie ihn über die Brille hinweg an. »Was führt Sie zu mir?«

»Na ja, das liegt wohl auf der Hand. Ich brauche Ihre Hilfe. Ich … also … Es ist etwas schwierig.« Er sah sich nervös um, dann lehnte er sich über den Tisch und flüsterte: »Das, was ich Ihnen sage – dürfen Sie das weitererzählen?«

»Nein, Mr. Uustal. Was Sie mir hier sagen, fällt unter das Anwaltsgeheimnis. Keiner wird davon erfahren. Das Anwaltsgeheimnis schließt auch meine Angestellten mit ein. Obwohl«, setzte sie nach, um ihn zu beruhigen, »im Moment niemand außer uns hier ist. Sie können also ganz frei sprechen.«

Er nickte und lehnte sich wieder zurück. »Es geht um einen Mord. Eine Frau, sie –«

»Oh, verzeihen Sie«, unterbrach sie ihn und hob die Hand. »Ich möchte Sie nicht unterbrechen, doch Strafrecht fällt nicht mehr unter mein Ressort, Sir. Früher, aber … jetzt nicht mehr. Die einzige Straftat, mit der ich mich noch beschäftige, ist Trunkenheit am Steuer.« Sie zog das Rolodex näher heran und begann zu blättern. »Ich mache nur noch Schadensersatz, aber ich empfehle Ihnen gern einen Strafverteidiger.«

Besorgt zupfte Uustal sich am Schnurrbart und wischte mit der Hand über den Mund. Mit der Mütze und der getönten Brille war es schwierig, ihm in die Augen zu sehen. »Ich weiß nicht, ob ich wirklich einen Strafverteidiger brauche«, sagte er. »Wissen Sie, zu dem Mord ist es gar nicht gekommen. Noch nicht.«

Wieder hob Lourdes die Hand, um ihn zu unterbrechen. »Zukünftige Verbrechen unterliegen nicht dem Anwaltsgeheimnis, Mr. Uustal. Falls Sie also Kenntnisse über ein Verbrechens haben, das verübt werden soll, und mir davon erzählen, ist diese Information nicht vertraulich, und ich müsste die Behörden darüber informieren.«

Plötzlich überkam Lourdes Rubio eine unangenehme Vorahnung. Hinter dem Rücken des Mannes sah sie die Eisblumen, die inzwischen das ganze Schaufenster überzogen. Draußen tobte das Schneetreiben, und die Dämmerung hatte eingesetzt. Es war schon fast dunkel.

Das Schweigen dauerte einige Sekunden. Dann wusste sie auf einmal, wer er war und weshalb er hier war.

Seine langen Finger rissen den Schnurrbart ab und gaben das freundliche, jetzt sehr vertraute Lächeln dahinter frei.

»Darum würde ich mir keine Sorgen machen«, sagte er, als er aufstand. Aus seinem Mantel zog er ein eigenartiges Messer. »Ich glaube nicht, dass meine Verteidigerin aus der Schule plaudert«, flüsterte er und kam um den Schreibtisch herum.

Und der Schnee schloss sie ein, während das letzte Licht des Gebirgshimmels draußen verlosch.

43

Er sah zu, wie sie nach Atem rang, sich mit den Händen die Kehle zuzuhalten versuchte. Die Augen weit aufgerissen, sah sie zu ihm auf, flehte ihn stumm um Hilfe an – ihn, der ihr das angetan hatte. Er sah nur zu.

Das war der faszinierendste Teil am Töten. Zu erleben, wie der Tod kam. Es war jedes Mal anders. Die einen wurden ruhig, als täte man ihnen einen Gefallen damit, das Ganze früher als geplant zu beenden. Andere rissen sich zusammen, als würden sie alles andere als würdelos empfinden. Und wieder andere, die drehten durch – strampelten, traten um sich, kämpften mit aller Kraft, die ihnen blieb. Das waren die, vermutete er, die wussten, dass sie es vermasselt hatten. Die auf der Erde offene Rechnungen hinterließen und die noch nicht bereit waren, vor ihren Schöpfer zu treten.

Er war immer aufrichtig zu seinen Opfern, machte ihnen nicht vor, sie hätten noch irgendeine Chance. Er wollte sie nicht in dem Glauben lassen, sie würden nur kurz die Augen schließen, und dann wachten sie im Krankenhaus wieder auf, um von jetzt an einen zweiten Geburtstag zu feiern. Nein, er fand, im Angesicht des Todes war Ehrlichkeit angebracht. Also kündigte er ihnen den Tod an, ihnen allen, seit Jahren. Die Gläubigen hatten so noch die Chance zu beten, und die Heiden, nun, die konnten sich noch eines Besseren besinnen.

Die Macht, die er über das Leben hatte, war berauschend. Dabei könnte wahrscheinlich jeder Mensch über diese Macht verfügen, doch nur die wenigsten machten Gebrauch davon. Mit seinen Händen sprach er das letzte Wort. Das allerletzte. Durfte jemand nach Hause zu seinen Lieben gehen, oder musste er für immer die Augen schließen?

Es war reiner Zufall gewesen, jenes erste Mal, als er entdeckte, welchen gewaltigen Kick es ihm gab, jemandem den Tod zu bringen. Sein Revolver war losgegangen und hatte ein kirschrotes Loch in der Brust eines Mannes hinterlassen. Er war eigentlich fast noch ein Knabe gewesen, vielleicht siebzehn, achtzehn Jahre alt. Er hatte einfach zugesehen, wie der Junge rückwärts taumelte, als die Kugel in seiner Brust einschlug. Zuerst schien er es gar nicht gespürt zu haben, er machte ein überraschtes Gesicht, dann verdunkelte sich seine Miene, und es wirkte, als wollte er sich auf ihn stürzen. Doch plötzlich gehorchte ihm der Körper nicht mehr, und er fiel auf die Knie. »Scheiße!«, schrie er, eine Hand vor die Brust gepresst. Dann begann das Husten. Das Röcheln. Das Flehen. »Verdammte Scheiße, Mann! Holen Sie Hilfe!«, heulte er dann, bis ihm die Stimme versagte.

Er aber hatte einfach zugesehen – wie der Schurke in einem schlechten Gangsterfilm –, fasziniert davon, dass dieser Mistkerl, der, ohne zu zögern, zuerst geschossen hätte, jetzt auf Knien um Hilfe flehte. »Ich glaube, du stirbst«, hatte er gesagt. Dann fing das Strampeln und Treten an, als sich der Junge gegen das letzte Treffen mit einem Gott wehrte, der mehr als enttäuscht von ihm sein musste.

Damals hielt er sich für ein Monster. Was er getan hatte, jagte ihm Angst ein, und das, was er unterlassen hatte, noch viel mehr. Seine Gefühle, während er dem Mann beim Sterben zusah, verstörten ihn – eine unerwartete, beinahe erotische Erregung. Dann kamen die anderen, klopften ihm auf die Schulter und riefen: »Glückwunsch!«, während sie den Jungen in einen Leichensack stopften. Für sie war der Junge der Böse, und er war ein Held, der getan hatte, was getan werden musste. Töten. Die Bösen zu töten war in Ordnung, hatte man ihn gelehrt. Es war sogar gut.

An jenem Tag war er ein anderer Mensch geworden. Etwas tief in seinem Inneren war erwacht, das bisher geschlummert hatte. Wie ein Vampir oder ein Werwolf war er süchtig geworden nach dem Tod, er gierte nach dem Rausch, dem Geschmack dieser absoluten Macht, die er in Händen hielt. Jahrelang fragte er sich, ob er ein Monster war, doch im Grunde glaubte er das nicht. Er musste nur in die Zeitung sehen, um zu wissen, dass da draußen noch andere wie er waren. Überall im Land. Überall auf der Welt. Und wie alle Süchtigen tröstete ihn diese Erkenntnis. Und so hatte er sich auf die seltsame Reise gemacht, seinesgleichen zu finden.

Der Teppich saugte das Blut auf wie ein Schwamm, langsam kroch es durchs Zimmer. Er achtete darauf, nicht hineinzutreten, als er um den Tisch zum Postausgangskorb ging. Obenauf lag der gelbe Polsterumschlag, frankiert und adressiert an Neil Mann, Esq., in Coral Gables, Florida.

Bald ist es vollbracht, dachte er, als er den Umschlag an sich nahm und in den Mantel steckte. Mit behandschuhten Händen knipste er das Licht aus und schloss die Jalousien am Fenster. Dann legte er sich den Mantel um die Schultern und trat hinaus in den Schneesturm, um seine Mission zu Ende zu bringen.

44

»Und jetzt will die durchgeknallte Alte mit mir zusammenziehen. Und dabei hat sie mir fast die Eier geröstet, als sie mich mit der *Tante* vom Drugstore erwischt hat. ›Das ist keine Zeugin!‹, hat sie geschrien. Und jetzt will sie heiraten und ein Kind von mir. Ist das noch zu fassen?« Manny gähnte und zog an seiner Zigarette. »Ich hätte nie auf die Party der Verteidiger gehen sollen. Nie. Bricht mir jedes Mal das Genick, Dom. Ein paar Drinks und einmal ins Heu um der alten Zeiten willen, und jetzt muss ich meine Freiheit gegen eine Couchgarnitur vom Möbelhaus eintauschen.«

»Du bist gewarnt worden, Kumpel.« Eigentlich hatte Dominick allein nach Raiford fahren wollen. Er brauchte die fünf Stunden Fahrt, um über das, was C. J. gesagt hatte, nachzudenken, und vor allem über das, was sie nicht gesagt hatte. Doch Manny hatte darauf bestanden, ihn zu begleiten, und so verbrachte Dominick die Zeit damit, dem Bär beim Schnarchen oder beim Jammern zuzuhören. Vielleicht war es gut, dass er auf diese Weise etwas abgelenkt wurde. Zu viel Grübeln über das, was vor ihm lag, hätte ihn fertig gemacht. Dabei musste er Ruhe bewahren.

»Stimmt schon. Der Boss hatte mich gewarnt, und sie weiß schließlich am besten, wie durchgeknallt ihre Sekretärin ist …« Der Bär schwieg betreten. Jeder bei der Task-Force wusste, dass C. J. alles stehen und liegen gelassen hatte und aus Miami verschwunden war. Da Dominick weiterhin jeden Tag zum Dienst erschienen war, musste man kein Genie sein, um zu folgern, dass sie auch aus seinem Leben verschwunden war. Die meisten Kollegen hatten ihn in Ruhe gelassen, damit er ungestört seine Wunden lecken konnte. Doch nicht so Manny – dem schwebte genau das Gegenteil vor. Manny hatte Erfahrung, was Trennungen anging, und er wusste, was Dominick jetzt brauchte: einen guten Kumpel, gute Witze und eine Menge Drinks, um über die ersten Wochen zu kommen und wieder Fuß zu fassen. Was er ganz bestimmt nicht brauchte, war ein einsamer Ausflug in den Todestrakt, um den psychopathischen Serienkiller zu interviewen, der vor Gericht behauptet hatte, er hätte seine Freundin beziehungsweise Exfreundin vergewaltigt. Nein, Manny fand, das war überhaupt keine gute Idee, als er mitbekommen hatte, wie Dom telefonisch einen Termin im Staatsgefängnis ausmachte.

»Schon gut, Bär«, sagte Dominick, als das Schweigen ein bisschen zu lange dauerte. »Ich halte es aus, wenn ihr Name erwähnt wird. Ich bin schließlich erwachsen.«

»Frauen, Dommy. Ich bin echt kein Experte – sieh mich an, ich gehe mit einer Irren aus, die Mrs. Alvarez Nummer vier werden will, und denke auch noch ernsthaft drüber nach –, aber, was soll ich sagen? Fühlt sich weich an und riecht gut. Dann klimpern sie mich mit diesen Augen an und wackeln ein bisschen mit dem Hintern, und schon werd ich schwach. Jedes Mal dasselbe Spiel.«

»Reden wir jetzt über deine Probleme oder über meine?«

»Du stehst nicht allein da, das wollte ich damit sagen. Wir alle haben mal eine verloren, bei der es richtig wehtat.«

Bei Dominick war es allerdings schon die zweite. Die einsame Schnellstraße, auf der sie jetzt fuhren, war gesäumt von hohen Kiefern, die zu einer einzigen grünen Masse verschwammen, hier und da getupft von den Schildern einer Tankstelle oder eines Schnellimbiss. Dominick dachte an Natalie, seine erste Verlobte, seine erste große Liebe. Langes, braunes Haar, das ihr bis auf die Hüften fiel, braune Rehaugen, die ihn anstrahlten, selbst wenn sie die Lippen nicht bewegte. »Sieben ideale Partner«, hatte sie gesagt, »für jeden auf der Welt gibt es sieben ideale Partner, habe ich in der *Cosmopolitan* gelesen – man muss sie nur finden.« Dann hatte sie ihn geküsst und lächelnd geflüstert: »Gott sei Dank lebst du nicht in China.«

Ihr Tod schien eine Ewigkeit her zu sein. Damals hatte er gedacht, nichts und niemand auf der Welt könnten jemals den Schmerz lindern, den physischen Schmerz, als sie ihm entglitten war, während er sie im Krankenhausbett in den Armen hielt. Er hatte gebetet, die Kugel, die sie am Kopf getroffen hatte, möge den Teil verfehlt haben, der Natalie ausmachte. Doch ihre Augen strahlten nicht mehr, und drei Tage später stellten die Ärzte die Maschinen ab, denn sie konnten nichts mehr für sie tun. Dominick hatte zusehen müssen, wie ihr Brustkorb sich ein letztes Mal hob und senkte, und dann war Natalie für immer aus seinem Leben geschieden. Danach hatte er die Tiere gejagt, die sie auf dem Parkplatz des Einkaufszentrums erschossen hatten, nur weil sie ihre Handtasche nicht schnell genug herausgerückt hatte. Drei Polizisten und ein Polizeihund waren nötig gewesen, Dominick davon abzuhalten, die beiden Typen direkt vor dem Eingang des Polizeireviers abzuknallen.

Sieben ideale Partner. Von ihm aus konnten die anderen sechs ruhig in China leben, hatte er gedacht und sich geschworen, nie wieder eine Frau anzusehen. Bis er die stellvertretende Staatsanwältin C. J. Townsend kennen lernte. Intelligent, witzig, knallhart vor Gericht und von einer umwerfenden natürlichen Schönheit, die sie ständig zu verbergen suchte. Doch die Brille, das mausbraun getönte Haar und die konservativen Hosenanzüge konnten es einfach nicht vertuschen.

Dominick war nicht auf der Suche gewesen, er lehnte jede Beziehung ab, bevor es überhaupt so weit kommen konnte. Doch C. J. war anders als alle anderen Frauen, die er kannte, und er wollte mehr von ihr wissen. Er wollte, dass sie ihn an sich heranließ, damit er in Ordnung bringen könnte, was sie so verstörte. Dieses Verlangen hatte er seit Natalie nicht mehr gespürt. Und bevor er selbst nein sagen konnte, hatte er sich schon in eine Beziehung mit ihr gestürzt. Wenn sie ihn fortschob, ließ er nicht los, sondern hielt sie nur noch umso fester, denn er wusste, sie wollten es beide so. Und er wusste, dass er sie liebte.

Jetzt spürte er wieder diesen unerträglichen Schmerz. Doch der Unterschied war, C. J. war nicht tot. Statt ihr eine Kugel in den Kopf zu schießen, hatte der Mann, der sie ihm weggenommen hatte, ein Messer benutzt, und mit dem Messer hatte er den Teil getroffen, der C. J. ausmachte.

Was für eine Ironie des Schicksals. Wieder war er allein, neun Jahre später, und jagte das Tier, das dafür verantwortlich war. Was würde er diesmal tun? Hatte er aus der Erfahrung gelernt und würde schießen, bevor ihn die Gefängniswärter daran hindern konnten? Vielleicht war es doch gut, dass Manny mitgekommen war. Denn Dominick wusste wirklich nicht, was er täte – als Mann, als Polizist –, wenn er von Angesicht zu Angesicht dem Schwein gegenübersaß, das zugab, die Frau vergewaltigt und beinahe ermordet zu haben, die er liebte.

»Danke fürs Mitkommen, Bär«, war alles, was er herausbrachte.

»Jederzeit, *hermano*. Jederzeit. Jetzt lass uns rausfinden, was der Dreckskerl weiß.« Der Bär rollte das Fenster herunter und ließ den würzigen Duft nach Kiefernnadeln und Gras herein, bevor er sich die nächste Zigarette ansteckte.

Sie hatten das Einkaufscenter hinter sich gelassen, und jetzt schlängelten sie sich seit zehn Kilometern über die Route 16, eine schmale, zweispurige Schnellstraße, vorbei an einfachen Holzhäusern, hügeligen Wiesen und Weiden, Pferdeställen und kleinen Farmen. Es war schwer vorstellbar, dass sich hier draußen ein Gefängnis befand, geschweige denn sechs davon in einem Umkreis von fünfzehn Kilometern. Und die Anstalt, die sie heute Nachmittag besuchen würden, war kein normales Zuchthaus. Das Florida State Prison war ein Hochsicherheitsgefängnis für zwölfhundert Männer mit Vierundzwanzig-Stunden-Überwachung, das sich von den anderen Gefängnissen dadurch abhob, dass hier die Schlimmsten der Schlimmen einsaßen. Alle Insassen waren psychisch gestört und so gefährlich, dass sie rund um die Uhr voneinander fern gehalten werden mussten. Sie aßen allein, und sie schliefen allein. Selbst die Freizeit im Hof verbrachten sie inzwischen allein: eins fünfzig mal eins fünfzig große Verschläge, die so genannten Hundehütten, isolierten sie, wenn sie dreimal die Woche an die frische Luft durften. Unter der Dusche trugen sie Handschellen. Auf der Krankenstation Ketten an Armen und Beinen. Und es gab noch ein Merkmal, das die Einrichtung von den anderen unterschied. Für vierundvierzig seiner Insassen war das Florida State Prison die Endstation. Im Untergeschoss von Block Q befanden sich Floridas einziger elektrischer Stuhl und der Spritzenraum. Die Todeskammer.

»Wer zum Teufel lebt hier draußen freiwillig?«, fragte Manny erstaunt, als sie ein paar neuere Backsteinhäuser passierten.

»Vollzugsbeamte. Die Wärter sollten schließlich außerhalb des Käfigs wohnen, meinst du nicht?«, antwortete Dominick, als sie aus dem Kiefernwäldchen hinaus auf ein Stück gerodetes Brachland kamen. Er bog links ab, einen sanft geschwungenen Asphaltweg hinunter in die offenen Arme eines gestreckten zweistöckigen Gebäudekomplexes. Drei ACHTUNG-Schilder tauchten nacheinander auf, als er auf die silbrig schimmernde Stacheldrahtwand zufuhr, die sich kilometerweit erstreckte, vorbei an elektronischen Bewegungsmeldern und einem vierstöckigen Wachturm. Dann blieb er vor einem imposanten Torbogen aus Backsteinen stehen. Rostige Buchstaben hießen sie im Florida State Prison willkommen.

45

In einem Dutzend Walkie-Talkies fing eine schnarrende Stimme an zu plärren: »Block Q, Achtung! Gang E frei machen!«

Aus mehreren hundert Meter Entfernung hallte das Quietschen von Stahlriegeln durch den Betongang. Korridor E wurde frei gemacht, die letzte Barriere, die Dominick und Manny schließlich zu Block Q brachte, dem Todestrakt. Dann das Summen der Türen im Bereich D und noch ein Funkbefehl: »Block Q, Achtung! Bereich D frei machen!«

Dominick konnte ihn näher kommen hören. Die schweren Schritte des Wärters auf dem Betonfußboden, das Rasseln der Schlüssel, gefolgt vom Schlurfen eines Mannes mit Hand- und Fußketten. Wie hundert stählerne Klapperschlangen, die warnend den Schwanz schüttelten, wurde das rhythmische, metallische Fauchen mit jedem Schritt lauter, schwerer und bösartiger. Dann kam es zum Halten, in drei Meter Luftlinie, auf der anderen Seite der massiven Stahltür. Schlüssel klirrten, dann schob sich der Riegel auf Knopfdruck summend zurück, und die Tür ging auf.

Dominick blickte von seinem Platz an der Tischkante auf. Er war schon häufiger hier gewesen, um Häftlinge zu verhören, doch jedes Mal, wenn die Tür aufging, hielt er den Atem an. Im nächsten Augenblick würde er zu sehen bekommen, was die Mauern aus diesen Menschen herausgesaugt und was sie wieder ausgespuckt hatten. Die Veränderung war nie zum Guten. Meistens war sie verheerend.

Er sah die beigefarbenen und braunen Uniformen des Sergeant und der anderen Vollzugsbeamten, hinter denen das orangefarbene Hemd des Todeskandidaten leuchtete. Die Tür wurde zugeschlagen, und der Sergeant bellte: »Block Q 10-197, Colonels Zimmer, frei machen!«

Es war gegen die Politik des FDLE, dass sich ein FDLE-Ermittler mit Opfern, Angeklagten oder Zeugen eines Falls persönlich auseinander setzte. Ein Verstoß gegen diese Regel könnte sogar zu einer Untersuchung durch das EI führen – das Office of Executive Investigations –, die Abteilung für interne Angelegenheiten des FDLE. In Anbetracht seiner Beziehung zu C. J. lehnte sich Dominick mit seinem Besuch hier weit aus dem Fenster, er handelte sich möglicherweise eine Disziplinarmaßnahme ein, doch inzwischen war ihm das alles egal. Das Herz schlug ihm bis zum Hals. Die Luft wurde dick.

Das Rasseln kam näher, der Wärter half unsanft nach. »Mach schon! Beweg dich!«

Er war dünner als beim letzten Mal, als Dominick ihn gesehen hatte, doch trotz des orangefarbenen Hemds und der weiten blauen Hose war nicht zu übersehen, dass Bantling regelmäßig trainierte. Die Muskeln an seinem Unterarm wölbten sich, und sein Nacken war breit und fest. Das Gesicht unter dem zurückgegelten, grau und blond melierten Haar war ebenmäßig und glatt rasiert. Aber der Mangel an Sonnenlicht hatte ihn leichenblass werden lassen, ein krasser Kontrast zu dem leuchtenden Orange des Hemds. In seinen Augen war ein Anflug von Belustigung zu lesen, als er versuchte zu erraten, was er hier sollte. Dann fiel sein Blick auf Dominick und Manny, und ein wissendes Lächeln umspielte seine Mundwinkel.

»Rufen Sie uns, wenn Sie fertig sind«, bellte der Wärter. Auf seinem Namensschild stand SGT. DICK PLEMMEL. Am Gürtel unter seinem mächtigen Bierbauch baumelte ein dicker Schlüsselbund. Mit schmutzigen Fingernägeln zeigte er auf das Telefon, das auf dem Tisch stand. »Wir sind vor der Tür, falls er Ärger macht.« Dann rasselte er behäbig aus dem Zimmer.

»Wie finden Sie unseren Dickie, Agent Falconetti?« Bantling kicherte. »Er will den Insassen demonstrieren, dass er hier die Schlüsselgewalt hat. Will ihnen zeigen, dass er Macht hat und dass sie ihn lieber nicht verarschen sollen, weil er die Türen öffnen, aber auch schließen kann. Psychologische Kriegsführung. Hat vielleicht mal funktioniert – in den Fünfzigern, als die Schlösser noch mit Schlüsseln funktionierten und nicht elektronisch. Früher hatten Mörder vielleicht wirklich mal Respekt vor ihren Wärtern. Aber heute lachen die Jungs Plemmel aus, wenn er vorbeigerasselt kommt. Sie wissen genau, dass sein Leben da draußen noch schlimmer ist als ihres hier drin.«

»Wie ist denn das Leben so?«, fragte der Bär, der seinen massigen Körper in ein Stühlchen gezwängt hatte. Er holte seine Zigaretten heraus und bot ihm eine an. »Hast du bei der Besichtigung auch schon Bekanntschaft mit dem alten Funkensprüher gemacht?«

Bantling ignorierte Manny. »Schießen Sie los, Agent Falconetti. Was bringt Sie hierher an diesem wunderschönen, hm, welchen Tag haben wir noch … Mittwoch? Verzeihen Sie, ich komme manchmal durcheinander. Hier ist immer so viel los.«

»Ich dachte, das könnten Sie mir sagen«, gab Dominick zurück.

»Nur nicht so schüchtern. Ich würde Ihnen doch nicht mal sagen, wie Sie heißen. Aber«, Bantling sah von Dominick zu Manny und wieder zurück, »Ihren Gesichtern nach zu urteilen, muss es wohl was ziemlich Ernstes sein. Und in Anbetracht all unserer Gemeinsamkeiten wage ich zu behaupten, dass es hier um Ihre Freundin geht, Agent Falconetti.«

Dominick sah sich im Raum um und versuchte seine Gefühle beiseite zu schieben, so wie er es bei jedem anderen Täter auch getan hätte. *Lass ihn nicht die Oberhand gewinnen. Das ist* dein *Verhör. Du bist am Drücker.* »Was machen Sie denn so den ganzen Tag?«

»Ich denke nach. Über alles Mögliche …«, sagte Bantling langsam. »Und? Was ist das für ein Gefühl, wieder im Rampenlicht zu stehen? Sie sind ein echter Star. Bei uns hier spricht die ganze Stadt von Ihnen.«

»Anscheinend lässt man Sie die Zeitung lesen.«

»Die Jungs hier oben sind immer ganz aus dem Häuschen, wenn ein Polizist ermordet wird. Sie wissen ja – gute Nachrichten verbreiten sich schnell. Wie viele sind es bis jetzt, Agent Falconetti? Vier, nicht wahr? Klingt, als würde sich das Volk endlich erheben. Sie sollten auf der Hut sein.«

»Nicht frech werden«, warnte Manny.

»Oder *was*, Detective Alvarez? Wollen Sie mich verhaften? Wegen Beamtenbeleidigung? Vielleicht bin ich ja hier der Schutzbedürftige. Denn anscheinend hatten all die verlogenen, drogensüchtigen Polizisten eins gemeinsam, bevor sie über die Klinge gesprungen sind. Und diese Gemeinsamkeit bin wohl ich.«

»Wollen Sie uns erzählen, was Sie über die Morde wissen?«, fragte Manny.

»Was ich weiß? Ich weiß, dass der Mann, der illegal meinen Wagen durchsucht hat, zuerst gestorben ist. Ich weiß, dass der Sergeant, der die Sache vertuscht hat, der Letzte war. Und die zwei dazwischen, die gab's eben gratis dazu.«

»Was wissen Sie über eine gewisse Jadeskulptur? Drei Affen?«, fragte Dominick.

»Sie wollen meine professionelle Meinung als Kunsthändler?«

»Keine blöden Witze«, knurrte Manny.

»Wenn ich mit Ihnen rede, was bekomme ich dafür?«, fragte Bantling, ohne Dominicks Blick auszuweichen.

»Sie fühlen sich besser«, sagte der Bär. »Sagen Sie ihm, was er wissen will, und wir lassen Sie wieder zu Ihrer Gruppentherapie.«

»Danke. Es geht mir auch ohne bestens.«

»Ich will wissen, was Sie über eine gewisse Jadefigur wissen«, wiederholte Dominick. »Die Affen, die sich Mund, Augen und Ohren zuhalten.«

Ein Moment verstrich, und dann erschien ein verschlagenes Lächeln auf Bantlings Gesicht. »Jetzt kommen wir langsam zum Kern der Sache, Agent Falconetti. Es geht also wirklich um Ihre Freundin. Die süße Chloe Joanna. Sie ist doch noch Ihre Freundin? Ich meine, ich sehe keinen Ehering.«

»Das reicht«, schnaubte Manny.

»Sie pflücken die kleine Blume also immer noch?«

»Wer hat sie ihr geschickt?«, fragte Dominick.

»Oder vielleicht doch nicht«, lachte Bantling. »Aber ich wette, Sie würden gerne. Sie hat wohl schon den nächsten Verehrer? Und er schickt ihr Geschenke? Was für ein ringsum begehrtes Mädchen.«

»Wem haben Sie den Auftrag gegeben?«, schrie Dominick, die Hände flach auf dem Tisch, das wutverzerrte Gesicht dicht vor Bantlings.

»Sie ist wirklich wunderbar, nicht wahr?«, flüsterte Bantling, ohne auch nur mit den blauen Augen zu zwinkern. »Wenn man einmal ihr Gesicht gesehen hat, das früher so vollkommen war, tja, dann kriegt man das nicht mehr aus dem Kopf. Und dann nimmt man sie und … hmmm«, Bantling leckte sich die Lippen. »Sie schmeckt gut.«

»Pass auf, was du sagst, Arschloch!«, schrie der Bär.

Dominick spürte, wie sein Hass explodierte. Hätte er die Dienstwaffe nicht am Empfang abgegeben, er hätte den Mann erschossen. Seine Faust traf mitten in Bantlings grinsendes Gesicht.

»Dom, halt! Verdammte Scheiße! Was zum Henker machst du da?« Mannys Stuhl fiel nach hinten um, als er aufsprang, um Dominick von hinten wegzuzerren.

Bantling war hintenüber gefallen und mit dem Gesicht voran zu Boden gegangen. Langsam versuchte er aufzustehen, die Ketten klirrten, Blut quoll ihm aus Mund und Nase. Hastige Schritte waren auf dem Gang zu hören, Riegel wurden zurückgeschoben und mehrere Wachmänner rannten über den Korridor. Wahrscheinlich hatten sie die Szene über den Monitor verfolgt.

»Du krankes Schwein!«, schrie Dominick. Der Bär hielt ihn immer noch fest.

Seelenruhig spuckte Bantling Blut auf den Boden. »War es das, was Sie auf dem Herzen hatten, Agent Falconetti?«

Die Tür ging auf, und Sergeant Plemmel stürmte herein mit fünf Wärtern im Schlepptau. »Was zum Teufel ist hier los?«, begann er. »Was haben Sie gemacht?«, schrie er Bantling an.

»Das war es doch, oder?«, sagte Bantling mit blutigem Lächeln, ohne Plemmel zu beachten. »Diesen kranken Gedanken werden Sie nicht los, jede verdammte Nacht, nicht wahr? Die Vorstellung, wenn Sie sie vögeln, dass sie dabei immer noch an *mein* Gesicht denkt. Jede Nacht aufs Neue. Damit kommen Sie einfach nicht klar!«

»Zurück in Block Q mit ihm, verdammt nochmal!«, brüllte Plemmel den anderen Wärtern zu.

Bantling wischte sich mit dem Ärmel den Mund ab. Er betrachtete das Blut an seiner Hand, und dann blickte er in die Kamera in der Zimmerecke. Lächelnd sagte er: »Sergeant Dick, ich glaube, meine Nase ist gebrochen. Heben Sie das Videoband auf.«

»Gehen wir, Arschloch!«, schrie Plemmel und schob ihn zur Tür hinaus.

»Ich hätte ihn umlegen sollen, verdammt«, knurrte Dominick.

»Ganz ruhig, Dom. Beruhig dich, Mann«, sagte Manny, der die kräftigen Arme immer noch um seinen Freund geschlungen hatte. »Er ist es doch nicht wert, dass du deinen Job verlierst.«

»Und richten Sie Chloe Grüße von mir aus, Agent Falconetti«, rief Bantling noch, während er über den Flur weggeführt wurde. »Sagen Sie ihr, wir sehen uns bald wieder. Sehr bald schon.« Er lachte, als die Stimme über Funk »Frei machen!« schnarrte. Die Panzertüren öffneten sich summend und schlossen sich hinter ihm mit einem dumpfen Schlag.

46

Bill Bantling konnte nicht anders, er musste lächeln. Teufel, er strahlte übers ganze Gesicht, trotz zerschmetterter Nase und abgebrochenem Zahn. Und selbst als der nervöse Medizinstudent den Zahnstumpf zog, bevor die Narkose zu wirken begann, lächelte Bill Bantling immer noch.

Dabei hätte er eigentlich wütend sein müssen angesichts der Neuigkeiten, die er heute erfahren hatte. Er sah jetzt nur allzu klar. Man hatte ihm eine Falle gestellt vor drei Jahren, daran hatte er nie gezweifelt. Und während sich die Tage seines persönlichen Höllentrips hier zu Monaten und zu Jahren dehnten, hatte er gedacht, alles durchschaut zu haben. Doch anscheinend hatten ihm ein paar Puzzleteile gefehlt.

Jemand hatte ihm die verdammte Leiche in den Kofferraum gelegt, und entweder der Zufall oder noch finsterere Machenschaften hatte die Polizei auf den Plan gerufen an jenem Abend. Den Rest hatte dann die Frau besorgt, die er vor fünfzehn Jahren einfach hätte kaltmachen sollen. Als sie ihn erst einmal in den Klauen hatte, konnte sie die Instanzen manipulieren – den Richter, die Geschworenen, die Ermittler und schließlich sogar seine dilettantische Anwältin – und hatte ihn aufs Schafott geschickt. Seitdem zählte er die Tage im Wartezimmer von Dr. Tod.

Zuerst war ihm nicht klar gewesen, wer ihm die Leiche untergeschoben hatte. Dann, als man ihm den Kopf rasiert und ihn neu eingekleidet hatte, ließ ihm ein Wachmann eine alte Zeitung da – auf der Titelseite *ihr* fassungsloses Gesicht, C. J. Townsend, die von einer Polizeieskorte aus der Praxis *seines* Psychiaters zum Krankenwagen geführt wurde. In dem Artikel war zu lesen, dass die weltbekannte Cupido-Anklägerin selbst fast das Opfer eines *Trittbrettfah-*

rers geworden wäre. Hier in Miami. In der Praxis *ihres* Psychiaters. Zum Glück hatte sie den Irren in Notwehr töten können, bevor er sie zu seinem *ersten* Opfer machte.

Das war zumindest die Version der Zeitung. Und die der Polizei und des Gerichts. Dr. Gregory Chambers war ein kranker Nachahmer, der von seiner Kollegin und Patientin C. J. Townsend besessen war. Der echte Cupido, William Rupert Bantling, blieb sicher weggesperrt in der Todeszelle. *Puh, liebe Mitbürger! Das war mal wieder knapp!*

Bantling wusste es besser. Und diese Schlampe wusste das auch. Er versuchte, den Richter zu überzeugen, als er wegen der anderen zehn Morde vor Gericht stand, die er nicht begangen hatte. Doch keiner hörte ihn an, denn er war bereits ein verurteilter Mann. Keiner konnte ihn anhören, dafür hatte sie gesorgt. Chambers war tot, und Tote reden nicht. Was blieb, war die frische Leiche, die man in *seinem* Kofferraum gefunden hatte, die Indizien und die Herzen der anderen Cupido-Opfer auf *seinem* Anwesen. All das deutete direkt auf ihn, der für einen Mord ja schon verurteilt war. Und wegen irgendwelcher beschissenen Gesetze spielte es offenbar keine Rolle, dass der gute Doktor der echte Cupido war und ihm alles in die Schuhe geschoben hatte. Chambers hatte all die Morde begangen, nur um mit anzusehen, wie diese Schlampe ihren Vergewaltiger in die Finger bekam und ihm mit ausgefahrenen Krallen an die Kehle ging. Ihr Schuldspruch – *ihr Triumph* – aus dem ersten Prozess wurde im zweiten Prozess gegen ihn verwendet und war schließlich der letzte Nagel zu seinem Sarg.

Inzwischen – dank des jüngsten Sinneswandels von Anwaltsschlampe Nr. 1, der ihn in Form eines zweiseitigen Briefs auf Legalesisch hier in seiner Zelle erreichte – wusste Bantling, dass damals mitnichten Zufall im Spiel gewesen war, als der Polizist sein Blaulicht angeknipst und ihn rausgewunken hatte. Und dank Falconetti wusste er nun überdies, dass es außer dem verstorbenen Doktor noch jemanden gab, der nicht wollte, dass diese Information ans Tageslicht kam. Neben der süßen Chloe Joanna war da noch einer, der ihn, Bantling, für Verbrechen sterben sehen wollte, die er nicht begangen hatte. Und jetzt wusste er auch, warum.

Es war so leicht. So einfach. *Nichts hören, nichts sehen, nichts sagen.*

Sehr clever, das musste er zugeben. Das perfekte kleine Telegramm. Eine Warnung vor dem, was ihr bevorstand. Vor dem, was mit Zeugen passierte und mit Lügnern.

Bantling wusste nur zu gut, wer C. J. Townsends heimlicher Verehrer war. Und sie hatte allen Grund, sich zu fürchten.

47

Schon in dem Augenblick, in dem sie Miami verlassen hatte, hatte C. J. gewusst, dass es für sie keinen Ort gab, an den sie flüchten konnte. Trotzdem hatte sie es versucht und war an die vertrauten Strände Kaliforniens zurückgekehrt, wo sie aufgewachsen war. Sie hatte viertausend Kilometer und zwei Zeitzonen zurückgelegt und sich ein Ferienapartment am Strand von Santa Monica gemietet, um in der Menge der Fremden unterzutauchen. Denn es waren nicht der Trost und die Geborgenheit ihres Elternhauses und alter Freunde im ruhigen Sacramento, wonach sie sich sehnte – im Gegenteil, sie suchte die Anonymität. Sie brauchte ihren Freiraum, brauchte Zeit, um ohne den permanenten Druck, der in Miami auf sie wartete, nachdenken zu können.

Wieder einmal war ihr alles aus dem Ruder gelaufen. Sie konnte nicht mehr sagen, ob ihre Urteilskraft so stark gelitten hatte, dass sie Gespenster sah, wo keine waren. Vielleicht wusste sie einfach zu viel, vielleicht trübte das Schuldbewusstsein ihren Blick. Für andere, die nichts von den Lügen wussten, deuteten die Fakten in eine andere Richtung: Es gab bequeme, plausible Erklärungen, die nichts mit C. J. oder mit William Bantling zu tun hatten. Vielleicht brauchte sie einfach Distanz zum ungesunden Umfeld der Polizei, wo es zu viel schmutzige Insiderinformationen über Verbrechen und Täter gab und über ein unvollkommenes Rechtssystem, das manipulierbar war und dessen Kontrollmechanismen ausgehebelt werden konnten. Vielleicht gab es am Ende gar keine Verbindung zwischen den Polizistenmorden und Bantling.

Bantling hatte im Gefängnis von den Morpheus-Morden gehört, da war sie sich sicher. Vielleicht hatte er ihr die Affenfigur nur ins Büro schicken lassen, um sie aus dem Konzept zu bringen. Als eine Art perverses Souvenir. Normalerweise hielt man im Gefängnis die Post zurück, die er noch immer an sie schrieb, seine kranken, hasserfüllten Briefe. Doch ab und zu schaffte es doch einer bis zu ihr, der Stempel JUSTIZVOLLZUGSANSTALT quer über dem Absender; dann zerriss sie den Brief in tausend Stücke, die Hände in den Aufschlägen ihrer Bluse, damit ihre Finger ja nicht in Berührung mit dem Umschlag kamen, den er angefasst und abgeleckt hatte. Ein Überraschungspäckchen sah ihm ähnlich, und es bedeutete nicht unbedingt, dass er von ihrer Verbindung zu den Polizisten *wusste*. Vielleicht war das alles nur ein grotesker Zufall.

C. J. war sich bewusst, dass sie versuchte, die Dinge schönzureden, den Kopf in den warmen kalifornischen Sand zu stecken in der Hoffnung, alles würde einfach so verschwinden. Doch sie spürte auch, dass er ihr gut tat. Sie fing sogar an, die Wohnungs- und Stellenanzeigen in der Zeitung zu lesen, und erkundigte sich nach den Bedingungen für eine Anwaltszulassung in Kalifornien. Dominick fehlte ihr schrecklich, doch sie brachte es nicht über sich, das Telefon in die Hand zu nehmen und seine Nachrichten abzuhören, so groß war ihre Angst, Neues vom Stand der Morpheus-Ermittlungen zu hören. Am meisten fürchtete sie sich aber davor, dass Dominick sie zur Rückkehr bewegen könnte. Sie wusste, seine Stimme zu hören würde alles noch schwerer machen. Lieber blieb sie hier und versteckte sich. Hier kamen Bantlings Briefe nicht an. Hier piepte der Pager nicht. Hier warteten keine Leichen in der Nacht, die später ihre Albträume bevölkerten. Aber natürlich hatte sie gewusst, dass diese Auszeit nicht von Dauer wäre.

Jetzt saß sie mit einem Glas Wein und einer Zigarette auf ihrem Balkon in einem alten Plastikstuhl und beobachtete die Uferpromenade und das wunderbare tiefblaue Meer, das sich im Hintergrund schäumend brach. Die Sonne ging gerade unter, und am Himmel loderten prächtige rote und violette Streifen, als sie sich mit dem Horizont vereinigten. Die Mole vor dem Strand wurde von einem Riesenrad erleuchtet; Geschrei und Gelächter und Karussellmusik klangen wie eine sommerliche Symphonie zu ihr herüber. Eine herrliche

Minute lang nahm sie nichts anderes wahr als den frischen Wein auf ihrer Zunge, den Duft des Meeres und den Klang der Nachtmusik.

In diesem friedvollen Moment beging sie den Fehler, ihre Mailbox abzuhören. Sie hatte drei Nachrichten – zwei von Jerry Tigler und eine von Rose Harris, ihrer Kollegin bei der Major Crimes Unit und Bantlings Anklägerin im Prozess um die anderen zehn Cupido-Opfer. Beide baten C. J., so schnell wie möglich zurückzurufen. Beide klangen sehr aufgeregt.

C. J. ahnte, worum und um wen es ging. Sie hätte die Anrufe ignorieren sollen. Sie hätte just in diesem Moment ihre Entscheidung treffen und in Kalifornien ein neues Leben beginnen sollen, koste es, was es wolle.

Doch als sie Tiglers Privatnummer wählte, wusste sie, dass die Schonzeit vorbei war. Die große Flucht vor der Realität war zu Ende.

Miami rief sie zurück nach Hause.

48

SCHON NACH DEM ERSTEN KLINGELN war Jerry Tiglers atemlose Stimme am Apparat. Es war zehn Uhr abends in Florida. Nach seiner gewohnten Schlafengehenszeit. »Hallo?«

»Jerry?«

»C. J. Wo stecken Sie?«

»Unterwegs. Ich habe Ihre Nachricht bekommen. Was ist los?«

»Wo sind Sie? Den ganzen Tag haben alle versucht, Sie zu erreichen.«

»Es klang wichtig.«

»Haben Sie schon mit Rose gesprochen?«

»Nein, noch nicht.«

»C. J., wir müssen Ihren Urlaub abkürzen. Ich weiß, was Sie, ähm, durchmachen, und es tut mir leid, dass ich Ihnen das antun muss, aber Sie müssen zurückkommen.«

»Jerry, ich weiß nicht einmal, ob ich überhaupt wiederkomme«, antwortete sie langsam.

»Das müssen Sie jetzt. Er hat mit Hilfe der Dreierbestimmung nochmal Berufung eingelegt, C. J. William Bantling. Cupido. Heute Morgen haben wir es reinbekommen. Rose hat es auf dem Tisch.«

C. J.s Herz klopfte schneller, und sie stürzte den letzten Schluck Wein hinunter, während sie die Sprechmuschel zuhielt, damit er sie nicht hörte. Berufung. Die Dreierbestimmung im Gerichtsjargon, nach den Gesetzen 3.850 und 3.851 der Strafprozessordnung des Staates Florida so genannt. Der letzte legale Strohhalm, zumindest auf Landesebene, an den sich Bantling noch klammern konnte. C. J. zählte im Kopf die Monate und Tage nach, um sicherzugehen, dass die Zahlen stimmten. »Nochmal Berufung? Er hat doch schon alles versucht, Jerry. Seine Verurteilung und das Strafmaß wurden 2001 endgültig festgesetzt. Seine Zeit ist um. Es ist zu spät für 3.851 – das Gesetz ist eindeutig in diesem Fall.«

»Glauben Sie wirklich, ich würde Sie bitten, Ihren Urlaub abzubrechen, wenn es so einfach wäre, C. J.? Rose kennt die Berufungsbestimmungen wie ihre Westentasche. Sie sagt, dass es hier ein echtes Problem gibt.«

»Was zur Hölle ist denn das Problem? Ich kenne die Berufungsbestimmungen auch, Jerry. Verfahrensrechtlich kann er nichts mehr machen –«

»Er sagt, Sie hätten Beweismittel zurückgehalten. Er will sowohl das Urteil als auch das Strafmaß anfechten.«

Sie spürte, wie sich ihr der Magen umdrehte. Verzweifelt versuchte sie, ihrer Stimme einen einigermaßen gelassenen Ton zu geben. »Das sagen sie doch alle, Jerry. Das ist die Standardausrede. Das Gleiche hat er bei seinem Antrag auf Neuverhandlung und bei seiner letzten Berufung auch schon versucht, und es hat nicht funktioniert. Für mich klingt das nicht nach neuen Fakten, die von ihm und seinem Rechtsbeistand angeblich nicht vorher präsentiert werden konnten.« *Wörtlich aus dem Gesetzbuch.*

»Neil Mann vertritt ihn bei der Berufung. Er hat dem Antrag eine eidesstattliche Versicherung von Lourdes Rubio beigelegt, in der sie aussagt, sie habe ihrem Mandanten Beweismittel vorenthalten. Sie habe mit Ihnen gemeinsame Sache gemacht. Neil Mann behauptet, es gebe da ein gewisses Tonband. Ein Anruf bei der Polizei. Das soll das neue Beweisstück sein.«

C. J. war sprachlos. Absolut sprachlos. Sie wollte das Telefon hinwerfen und wegrennen, doch ihre Arme und Beine waren wie gelähmt.

»Sie müssen darauf reagieren, C. J. Und Richter Chaskel will den Fall noch diese Woche angehen. Er hat schon eine Anhörung angesetzt, um festzustellen, ob er eine neue Beweisaufnahme anordnen muss.«

»Kann Rose das nicht –«

»Nein, C. J. Wenn diese Sache nicht richtig angepackt wird, spaziert der Kerl ungehindert aus dem Staatsgefängnis. Rose' Verurteilungen gehen nach der Williams Rule sämtlich auf Ihre Beweise zurück. Alles hängt von der von Ihnen ausgesprochenen Verurteilung ab. Wenn die kippt, kippen auch die anderen Schuldsprüche.« Ganz zu schweigen davon, dass Wahljahr war, und wenn William Bantling – der berüchtigtste Serienmörder Floridas seit Ted Bundy – aus dem Gefängnis kam, konnte sich Tigler von seinem Posten und seiner politischen Zukunft verabschieden.

Das Williams Rule. Normalerweise konnten frühere Verbrechen und Taten vor Gericht nicht gegen den Angeklagten verwendet werden, damit die Geschworenen nicht beeinflusst wurden, frei nach dem Motto: *Er ist es einmal gewesen, dann muss er es diesmal wieder gewesen sein.* Und obwohl es frustrierend war, der Jury ein dreiseitiges Haftstrafenregister vorzuenthalten, wenn der Kerl zum vierzehnten Mal wegen Einbruchs vor dem Richter stand, leuchtete C. J. der Sinn des Gesetzes ein. Allerdings gab es eine Ausnahme: das Williams Rule. In Florida werden vorausgegangene Verurteilungen und die Indizien früherer Verbrechen und Taten dann als zulässig erachtet, wenn sie dazu dienen, in einem neuen Fall die Identität des Angeklagten aufzuzeigen, seine Absicht, seine Kenntnisse, den Modus Operandi, das Motiv, die Gelegenheit oder das kriminelle Muster.

Bantlings Verurteilung für den Mord an Anna Prado und die dazugehörigen Fakten waren damit per Williams Rule als Beweismittel in Rose Harris' Prozess später im selben Sommer zulässig, als die zehn anderen Morde verhandelt wurden. Die Tötungsmethode, das Entfernen der Herzen, die Entführungen, der Opfertyp waren bei allen elf Morden gleich gewesen und damit vor Gericht zulässig als Demonstration des Modus Operandi – der Vorgehensweise – und der Identität des Täters. In diesem Fall war die Annahme statthaft, dass er, wenn er es einmal gewesen war, es diesmal wieder gewesen sein musste. Das Gesetz unterstützte diese Folgerung sogar.

Doch der kleine Bonus, den ihnen das Gesetz damals gewährte, wurde jetzt zum schwer wiegenden Problem. Wenn Bantlings Schuldspruch im Fall Prado wegen illegaler Beschaffung von Beweismitteln kippte, dann wären die betreffenden Beweismittel für die Verurteilung in späteren Prozessen ausgeschlossen. Die Verurteilungen für die anderen zehn Morde würden kippen. Bantling hätte das Recht auf die Neuverhandlung aller Morde – und wieder würde alles an der illegalen Fahrzeugkontrolle hängen.

»Jerry, ich ...«, stotterte C. J. Sie hielt sich mit der Hand die Stirn. Die Lichter des Riesenrads spiegelten sich auf den Autos auf dem Parkplatz unter ihr, drehten und drehten sich in den Windschutzscheiben. »Ich hatte vor, hier zu bleiben. Ich wollte nicht zurückkommen.«

»Setzen Sie sich gefälligst in den nächsten Flieger, C. J., egal, wo Sie sind«, knurrte Jerry mitleidslos. »Es war Ihr Fall, und Sie sind es, die am meisten Angst haben sollte, falls der Kerl wieder auf freien Fuß kommt. Nach dem, was er im Gerichtssaal vor drei Jahren der Welt verkündet hat, scheint es auf Gottes schöner Erde keinen Ort zu geben, wo Sie vor ihm sicher wären.«

49

DOMINICK WAR NICHT ÜBERRASCHT, als Regional Director Black ihn eine Woche nach dem Ausflug nach Raiford in sein Büro zitierte. Er hatte früher damit gerechnet. Black teilte ihm mit, dass aufgrund von Bantlings Beschwerde wegen Körperverletzung beim EI Ermittlungen eingeleitet würden, die Standardprozedur bei Polizeigewalt. So etwas konnte Tage, Wochen oder Monate dauern. »Kopf hoch«, gab Black Dominick mit auf den Weg. »Und das nächste Mal sehen Sie sich erst mal gründlich um, bevor Sie sich von einem Arschloch provozieren lassen.« Er spielte auf das berüchtigte Videoband an, das inzwischen in der Führungsetage oben im FDLE-Hauptquartier in Tallahassee zirkulierte.

Dominick ärgerte sich maßlos, dass er die Beherrschung verloren hatte. Er könnte suspendiert, sogar gefeuert werden. Und wofür das alles? Nichts war dabei herausgekommen. Keine neue Information, nichts, was C. J. oder der Morpheus-Ermittlung irgendwie weiterhalf. Nichts außer einer dicken schwarzen Wolke, die über seinem Kopf hing: bestehend aus einer tobenden Chefetage, vier ungeklärten Mordfällen, einer aufgebrachten Öffentlichkeit, deren Atem er heiß im Nacken spürte, und einer Verlobten, die es nicht mehr gab. Ganz zu schweigen von den bohrenden Kopfschmerzen, die ihm seit Tagen zu schaffen machten.

Er war allerdings überrascht, als er zwei Tage nach seinem Besuch in Blacks Büro auf dem Parkplatz des MROC von Mark Gracker und zwei Wagenladungen voller FBI-Agenten begrüßt wurde. Sie zogen ihre Marken hervor, als wüsste Dominick nicht, mit wem er es zu tun hatte. Fast musste er laut lachen. Dann trat Gracker vor.

»Agent Dominick Falconetti?«

»Was gibt's, Mark?«

»Ich muss Sie bitten mitzukommen«, sagte Gracker.

»Was für ein Spielchen haben Sie sich diesmal ausgedacht?«, fragte Dominick gereizt und sah sich um.

Gracker zeigte schlicht auf den schwarzen FBI-Van, der hinter ihm wartete. Die Tür stand offen.

Dominick beschloss, ihn zu ignorieren. Schließlich hatte ihm sein Temperament gerade erst genug Ärger eingebracht. Wenn er nur eine Minute länger blieb, war es gut möglich, dass er dem Fettsack die Visage polierte. Und das wäre keine gute Idee. Also versuchte er einfach weiterzugehen, doch Gracker packte ihn am Ellbogen.

»Vielleicht haben Sie mich nicht verstanden, *Dom*. Ich muss Sie bitten mitzukommen. Machen Sie es nicht komplizierter, als es schon ist«, sagte er spöttisch.

Dominick riss sich los. »Ich gehe nirgendwo mit Ihnen hin. Sie kommen hierher und sagen mir, ich soll in Ihren verdammten Wagen steigen? Verpissen Sie sich, Mark. Ich habe auch so schon einen beschissenen Tag. Sie haben mir gerade noch gefehlt.«

Jetzt stellten sich ihm zwei FBI-Agenten in den Weg. Einer davon war Chuck Donofrio, ein alter Freund von Dominick, den er vor Jahren bei einer Task-Force kennen gelernt hatte, als Donofrio noch bei der Miami-Dade gewesen war. Er sah Dominick an und schüttelte resigniert den Kopf. »Dom, Mann, mach es nicht noch schlimmer.«

»Was zum Teufel geht hier vor, Chuck? Was ist los?« Dominick sah in die Gesichter von Männern, mit denen er einst gearbeitet hatte, die ihn einst respektiert hatten. Er bemerkte ihre Aufstellung, den offenen Wagen, die defensive Haltung, die Polizisten einnahmen, wenn jemand verhaftet werden sollte. Er kannte den stählernen, unerbittlichen Ausdruck in ihren Augen. Das Blatt hatte sich gewendet. Er war der Angeklagte.

»Hier *verpisst* sich keiner«, sagte Gracker grinsend, als hätte er sich genau diese Reaktion erhofft. »Heute ist Zahltag. Und was Ihren beschissenen Tag angeht, ich setze noch eins drauf. Geben Sie mir Ihre Waffe und steigen Sie ein, Agent Falconetti, denn ich habe einen Haftbefehl für Sie. Sie haben das Recht zu schweigen. Den Rest kennen Sie ja.«

50

C. J. SASS IN IHREM BÜRO in dem weinroten Sessel mit der hohen Lehne – wo sie nie wieder hatte sitzen wollen – und starrte auf Bantlings Berufungsantrag, der schwarz auf weiß vor ihr lag.

Es war keine Paranoia. Es war keine Überreaktion. Es war nicht ihr Schuldbewusstsein. Das hier war real, eine Tatsache, die vor ihr auf dem Tisch lag. Und vor dem Richter. Und inzwischen vor der ganzen Welt. Es war das, worauf jeder gelangweilte Justizbeamte sein Leben lang wartete. Die Scheidung von Tom Cruise und Nicole Kidman. Der Ehevertrag von Carmen Electra und Dennis Rodman. Die Berufung, weil DIE ANKLÄGERIN DES GRÖSSTEN MORDPROZESSES IN MIAMIS GESCHICHTE ALLES VERPFUSCHT HAT. C. J. konnte das Medienspektakel schon riechen, als der Bote die Akte augenzwinkernd auf ihren Schreibtisch fallen ließ. »Passen Sie gut darauf auf. Es ist etwas ganz Besonderes.«

Als Neil Mann den Antrag einreichte, war die Information aus dem Büro der Staatsanwaltschaft wahrscheinlich direkt an die Presse durchgesickert, noch bevor der Eingangsstempel trocken war. C. J.s Flugzeug hatte noch nicht auf der Landebahn des Miami International Airport aufgesetzt, da hagelte es bereits Anrufe der örtlichen Medien, und der Stapel der rosa Telefonnotizen auf ihrem Schreibtisch wuchs in bedrohliche Höhen. Aufgebracht drohte Marisol, sich wegen nervlicher Belastung und Sehnenscheidenentzündung krankschreiben zu lassen.

Man musste kein Genie sein, um die Verbindungen zu ziehen, die C. J. vor zwei Tagen am Pazifikstrand verzweifelt als Zufall abzutun versucht hatte. *Beweise im Cupido-Prozess waren getürkt – Beteiligter Polizist von Morpheus ermordet!* Die Schlagzeile prangte im Lokalteil des *Sun Sentinel* über einem Foto von C. J., wie sie vor drei Jahren völlig aufgelöst aus dem Gerichtsgebäude kam. Wahrscheinlich sollte sie froh sein, dass es noch nicht auf der Titelseite stand. Sie warf die komplette Zeitung in den Papierkorb des Kiosks, noch bevor der Verkäufer die fünfzig Cent in die Kasse getippt hatte.

Aus Manns Antrag ging hervor, dass Lourdes wirklich einen Sinneswandel durchgemacht hatte. In einer dreiseitigen eidesstattlichen Versicherung bekannte sie, sie sei »vorsätzlich nicht mit allen mir zur Verfügung stehenden Mitteln für die Belange meines Mandanten eingetreten« und habe ihre »Pflichten als Verteidigerin eines des Mordes Angeklagten ungenügend erfüllt». Weder habe sie »bestimmte Zeugen im Kreuzverhör sorgfältig genug befragt« noch »gewisse Aussagen und Beweismittel präsentiert, die dazu geführt hätten, Beweisstücke, die gegen meinen Mandanten sprachen, als unzulässig zu entlarven». Tatsächlich habe sie »absichtsvoll entlastendes Beweismaterial vor dem Gericht und vor meinem Mandanten zurückgehalten». In der Urteilsphase habe sie vor dem Protokoll gelogen, als sie vom Gericht gefragt wurde, ob die Behauptungen ihres Mandanten, die Anklägerin vergewaltigt zu haben, stimmten. Und als krönenden Abschluss gab sie an, sie sei im Besitz eines Polizei-Tonbands, das den wahren Grund für die Fahrzeugkontrolle des Jaguar enthalte. Officer Chavez habe über die Umstände der Fahrzeugkontrolle gelogen, die in Wirklichkeit auf einen anonymen Anruf zurückgehe und damit unzulässig gewesen sei. Schließlich behauptete Lourdes noch, C. J. habe von der Existenz des Tonbandes gewusst und es der Verteidigung nicht als entlastendes Beweismittel zur Verfügung gestellt, womit eine Verletzung der Brady-Bestimmung vorlag.

Es sah nicht gut aus. Das Kind war in den Brunnen gefallen, wie ihr Vater zu sagen pflegte. Und C. J. konnte nichts zu ihrer Verteidigung sagen, das nicht selbst eine Lüge wäre. Das Ganze war ein Kartenhaus, das auf Falschaussagen aufgebaut worden war. Wie lange dauerte es wohl, bis es in sich zusammenfiel?

Das Klopfen an der Tür riss sie aus ihren Gedanken. Sie fuhr sich durchs Haar, stand dann auf, um die Tür zu öffnen. Das Letzte, was sie jetzt brauchte, war ein weiterer Auftritt von Jerry Tigler, der heute schon dreimal wütend hereingestürmt war.

»C. J.? Boss? Bist du da?« Es war Manny Alvarez. »Wenn ja, lass mich schnell rein, bevor sie mich sieht und den *café con leche* konfisziert, den ich dir mitgebracht habe.«

Sie machte die Tür auf und ließ Manny herein. Er sah müde aus und roch nach Zigarettenrauch. In der Hand hielt er zwei kleine Styroporbecher. »Hier«, sagte er. »Ich dachte, du bist bestimmt für einen Kurzen zu haben. Wenn ich schon einen Scheißtag habe, geht es dir sicherlich noch schlimmer.«

»Hast du die Zeitung gelesen?«

»Wer nicht? Willkommen daheim. Schöne Bescherung, was?«

Sie nickte.

»Und, ist es ein Problem?« Er ließ sich in einem der Stühle vor ihrem Schreibtisch nieder. »Ich meine, die Idioten schreiben ja alles Mögliche. Und diese Rubio konnte ich noch nie leiden. Viel zu ernst und zugeknöpft. Hat immer geknurrt, nie gelächelt, als hätte es ihr seit Ewigkeiten keiner mehr besorgt ...«

»Manny ...« C. J. schüttelte den Kopf.

»Nichts für ungut, Boss, aber da ist was dran.« Er strich sich nachdenklich über den Schnurrbart. »Hab im *Herald* gelesen, was sie behauptet hat. Was für ein Bockmist. Chavez war vielleicht ein mieser Polizist, aber jeder, der ihn nur fünf Minuten kannte, wusste, dass er nicht mal allein das Klo fand, geschweige denn in der Lage war, eine abteilungsübergreifende Verschwörung anzuzetteln. Ich war vor Ort in der Nacht – der Kleine hat mächtig angegeben, aber das war nur Show. Rubio hat sich den Falschen ausgesucht, als sie was von einem ausgefuchsten Polizisten gesagt hat. Und dich da auch noch mit reinzuzerren. Was verspricht die sich bloß davon?« Er schlürfte seinen Kaffee mit zwei Schlucken, dann stieß er ein wohliges »Aah« aus. »Zeigt mal wieder, Boss, dass diese verfluchten Anwälte alles behaupten würden, nur um ihren Mandanten rauszuboxen. So viel habe ich in den achtzehn Jahren im Geschäft gelernt.«

»Ich bereite gerade meine Stellungnahme vor. Chaskel hat am Freitag ein Huff-Hearing einberufen.«

»Soll heißen?«

»Eine Anhörung, bei der entschieden wird, ob der Antrag eine neue Beweisaufnahme nach sich zieht.«

»Oha. Und was heißt das?«

»Oha ist der richtige Kommentar. Zeugen. Aussagen. Bantling muss beweisen, was er in seinem Antrag behauptet – dass es tatsächlich neue Hinweise gibt und dass diese Beweise im Falle einer Neuverhandlung zum Freispruch führen.«

»Neuverhandlung?« Manny sah sie ungläubig an und setzte sich auf.

»Die erhofft er sich. Das wäre die legale Prozedur, die ihn retten könnte.«

»Scheiße.«

»Kannst du laut sagen.«

»Scheiße.«

»Wir wollen keine neue Beweisaufnahme, Manny. Man würde ihn von Raiford herholen. Es würde genau so einen Zirkus geben wie beim letzten Mal. Und wenn er gewinnt und der Fall zur Neuverhandlung kommt …« Ihre Stimme erstarb. Sie wollte die Antwort auf diese Frage lieber nicht aussprechen.

»Sie würden ihn herschaffen?« Manny hob die Brauen. »Könnt ihr die Beweisaufnahme nicht unter euch Anwälten ausmachen?«

Sie schüttelte den Kopf.

»Du sollst dich mit dem Mist auseinander setzen? Nach alldem, was er dir vor allen Leuten an den Kopf geworfen hat? Ich meine, du weißt schon«, der Bär rutschte auf seinem Stuhl herum auf der Suche nach einer Formulierung. »Von wegen, dass er über dich hergefallen ist und so. Das können sie dir doch nicht antun.«

»Er hat die Beweislast. Ich muss abwarten, was Chaskel von ihm verlangt.«

»Scheiße. Der Typ ist wie Falschgeld. Taucht immer wieder auf.«

Beide schwiegen, brüteten vor sich hin. Schließlich stellte sie die Frage, die sie beschäftigte, seit sie aus dem Flugzeug gestiegen war. Seit sie das Klopfen an der Tür gehört und im Stillen gehofft hatte, es wäre Dominick. »Wie geht es ihm, Manny? Das Ganze muss ihm zu schaffen machen.«

»Hast du ihn gesehen?«

»Nein. Ich ...«, stotterte sie. »Ich habe alles kaputtgemacht, weil ich einfach abgehauen bin, Manny.« Sie zögerte. »Er ist ausgezogen, und ich ... ich habe ihn nicht mal angerufen. Und jetzt ... jetzt ruft er nicht an.«

»Halt mal. Warte mal einen Moment«, sagte der Bär. Er beugte sich vor. »Ihr beiden habt noch nicht mal miteinander gesprochen? Seit wann?«

Jetzt war sie verlegen. Sie hatte gedacht, dass Dominick seinem Freund Manny von ihrer Trennung erzählt hätte. »Vergiss es«, sagte sie. »Tut mir leid. Ich wollte dich da nicht mit reinziehen.«

»Also weißt du es gar nicht?«

Ihr Herz klopfte schneller. »Was weiß ich nicht?«

»Verdammt nochmal, Boss. Ich dachte, du wüsstest es. Ich dachte, er hätte dich angerufen.« Er rieb sich den kahlen Schädel und suchte nach den richtigen Worten. »Dom arbeitet nicht mehr an diesem Fall, C. J. Er arbeitet an überhaupt keinem Fall mehr, dank deinem falschen Fuffziger. Dom ist vom FBI verhaftet worden wegen Verletzung der Bürgerrechte. Seit letzter Woche ist er vom FDLE suspendiert.«

51

Die Wohnanlage in Miami Beach war einmal ein betreutes Altenheim gewesen, das zu schicken Eigentumswohnungen im Art-déco-Stil umgebaut worden war. C. J. hatte einen der begehrten Gästeparkplätze ergattert, doch was sie als Nächstes tun sollte, wusste sie nicht. Auf seinem überdachten Parkplatz stand nicht der Pontiac Grand Prix, sein Dienstwagen, sondern der alte Toyota-Geländewagen. Er schien zu Hause zu sein. Mit der Dienstwaffe hatte er wahrscheinlich auch gleich den Wagen abgeben müssen.

Obwohl man als Vermieter erfahrungsgemäß jede Menge Scherereien bekam, hatte Dominick es für klug befunden, angesichts des brodelnden Immobilienmarkts seine Wohnung in Miami Beach zu behalten; sie konnte im Wert nur steigen. Ursprünglich hatten sie nach der Hochzeit beide ihre Wohnungen verkaufen und sich nach einem Häuschen umsehen wollen, mit Swimmingpool und gemauertem Grill im Garten. Vielleicht Kinder adoptieren. Doch jetzt erwies sich Dominicks Geschäftstüchtigkeit als sehr praktisch. C. J. sah hinauf zu seinem Apartment im dritten Stock, wo sie zu Beginn ihrer Beziehung mehr als ein paar Nächte verbracht hatte. Sie kämpfte mit den Tränen.

Es war Mittwoch, vier Uhr am Nachmittag. Normalerweise war er um diese Uhrzeit nie zu Hause anzutreffen, doch sie waren weit entfernt von jeglicher Normalität. C. J. versuchte sich die Worte zurechtzulegen, die sie sagen wollte, doch fielen ihr keine ein. Auch wenn sie wusste, dass sie dieses Gespräch von Angesicht zu Angesicht führen mussten, wünschte sie jetzt, sie hätte ihren Besuch telefonisch angekündigt.

Über den Parkplatz gelangte sie zur gläsernen Eingangstür und von dort mit dem Fahrstuhl in den dritten Stock. Sie war diesen Weg hundertmal gegangen, doch dieses Mal war alles anders. Der Flur roch nicht wie früher, die Luft war kühl, und sie fühlte sich unwillkommen, wie ein Eindringling. Sie klopfte an seine Tür und wartete, doch von drinnen kam kein Geräusch. Sie rief ihn übers Handy an und hörte es klingeln, dann war der Anrufbeantworter dran.

Jetzt wieder nach Hause zu fahren kam nicht in Frage. C. J.s Nachbarin, Mrs. Crombsy, die in ihrer Abwesenheit auf Lucy und Tibby aufpasste, hatte sie gewarnt, dass die Reporter schon vor dem Haus kampierten. Also setzte sich C. J. auf dem kühlen Flur auf den Boden und lehnte sich mit dem Rücken gegen die Wand. Die Handtasche auf dem Schoß, das Gesicht in den Händen, beschloss sie zu warten.

Zu warten, bis er endlich kam – oder ging. Oder bis sie schließlich aufgeben würde.

52

Um die Ecke kamen gedämpfte Schritte. In den letzten drei Stunden hatte C. J. die Glocke des Fahrstuhls hundertmal gehört und sah nicht einmal mehr auf. Doch als die Schritte kurz vor ihr stehen blieben, wusste sie, dass er es war.

Sie blickte auf und sah ihm direkt ins Gesicht. »Hallo«, sagte sie lächelnd, dann streckte sie vorsichtig ihren steifen Rücken. Er half ihr nicht auf, sondern blieb wie angewurzelt stehen. »Ich habe mich schon gefragt, ob du überhaupt nochmal kommst.«

Er trug Laufschuhe und ein T-Shirt, das feucht aussah. Sein dunkles Haar war zerzaust, und er hatte sich seit ein paar Tagen nicht rasiert. Das melierte Ziegenbärtchen war zu einem melierten Vollbart ausgewachsen. Er sah sie an, als sei sie ein Gespenst. Dann wandte er den Blick ab und sah sich im Flur um, als suche er nach einem Fluchtweg.

»Ich habe mit Manny gesprochen«, sagte sie, als er nicht reagierte. »Warum hast du mir nichts davon erzählt?«

Er starrte sie ungläubig an. »Du hast nicht ein Mal angerufen«, sagte er schließlich, dann ließ er weitere unangenehme Sekunden verstreichen. »Nichts. Nicht ein Wort. Du verschwindest an einem sonnigen Nachmittag, und ich höre nichts mehr von dir. Was zum Henker hat das zu bedeuten, C. J.?«

»Dominick, bitte«, sagte sie. Tränen schossen ihr in die Augen, obwohl sie sich geschworen hatte, nicht vor ihm zu weinen. »Du weißt, warum ich gehen musste.«

»Blödsinn. Als ich versucht habe, es rauszufinden, bin ich gefeuert und verhaftet worden.«

»Ich habe dich nicht darum gebeten, den Helden zu spielen«, gab sie zurück, doch im selben Moment bereute sie ihre Worte.

»Vielen Dank. Das ist ja wunderbar.«

»Können wir reingehen und drinnen weitersprechen?« Sie hatte die Stimme gesenkt und sah sich um.

Er schwieg.

Nach einem Moment fuhr sie fort. »Weshalb bist du bloß da hingefahren, Dominick? Weshalb? Wozu sollte das gut sein?«

»Ich wollte eine Antwort«, sagte er leise, beherrscht, als müsste er sich sehr anstrengen, seine Gefühle zu unterdrücken. »Ich wollte wissen, warum *er* immer da ist, C. J., in deinem Kopf, egal, was ich tue. Seit ich dich kenne, versuche ich dir zu helfen, dir beizustehen, dich zu lieben, wie ich noch nie eine Frau geliebt habe, versuche, ihn aus deinem Kopf zu vertreiben, verdammt nochmal …«

Ihre Miene verfinsterte sich. »Du bist nicht mein Psychologe, Dominick. Egal, wie gut du es meinst, aber du kannst mich nicht retten. So einfach ist das nicht, und das wird es auch nie sein. Tut mir leid, wenn ich eine Menge mit mir herumschleppe, aber ich dachte, das wüsstest du.«

Er schüttelte den Kopf und sah zu Boden. Es schien Ewigkeiten zu dauern, bis er sprach. »C. J., ich liebe dich, daran kann ich anscheinend auch nichts ändern.« Er blickte sie an. Die Gefühle hatten die Oberhand gewonnen, jetzt sah sie den Kummer in seinen Augen, nicht nur den Zorn, und die Tränen, die er zurückzuhalten versuchte. Er ballte die Faust um seinen Haustürschlüssel.

Sie schloss die Augen, doch ihre Wangen waren bereits feucht. Wie sehr sie sich wünschte, sie hätte ihn zu einem anderen Zeitpunkt ihres Lebens kennen gelernt. »Ich bin deinetwegen zurückgekommen, Dominick«, sagte sie, ihre Stimme war kaum mehr als ein Flüstern. Sie machte einen Schritt auf ihn zu. Sie wollte ihn umarmen, doch er wich zurück, abwehrend hielt er die Hände hoch. Der zornige Ausdruck war in sein Gesicht zurückgekehrt.

»Nein, nein, nein … Die Lorbeeren gehen nicht an mich. Du bist seinetwegen zurückgekommen, C. J., nicht meinetwegen. Nur seinetwegen.«

»Sag das nicht, Dominick. Sag das nicht.«

»Und genau das ist es, was ich nicht begreife. Ich kapiere es einfach nicht. Was ist da zwischen ihm und dir?«

»Darauf muss ich nicht antworten«, sagte sie kopfschüttelnd und biss die Zähne zusammen.

»Warum bist du zurückgekommen, C. J., warum kommst du zurück zu einem Mann, den du hasst, aber nicht zu dem Mann, den du angeblich liebst? Dem Mann, den du heiraten wolltest?«

Sie ignorierte seine Frage. »Hör zu. Ich bin hier, um zu tun, was getan werden muss. Mehr sage ich dazu nicht. Was du mit der Faust versucht hast, muss ich mit legalen Mitteln in einem Gerichtssaal zu Ende bringen, und zwar ein für alle Mal. Und nur ich bin dazu in der Lage. Verstehst du? *Ich allein.* Glaubst du, ich will mit ihm in einem Raum sein? Glaubst du, ich will, dass er in meinem Kopf ist?«

»Ich weiß nicht mehr, was ich glauben soll«, sagte er tonlos. Er hatte sich wieder im Griff.

Sie wartete, was wie eine Ewigkeit schien, doch er sagte nichts mehr. »Ich liebe dich, Dominick. Gott weiß, dass das wahr ist. Ob du mir glaubst oder nicht, liegt bei dir. Ich weiß, dass es wahr ist. Und ich bin für dich da, so gut ich kann. Wenn du es willst.«

Er sah sie nicht an, und so drehte sie sich schließlich um und ging in Richtung Fahrstuhl. Im Vorbeigehen berührte sie leicht seine reglose Hand. Dann, auf halbem Weg, wandte sie sich noch einmal um. »Ich bin weggegangen, weil ich versucht habe, dich zu retten, Dom. Das ist die Sache, die du nicht verstehen willst. Ich kann dich nicht in diesen Abgrund mitreißen, weil er dunkel ist und bodenlos und ohne Ausweg. Und wenn ich den Rest meines Lebens mit diesem Albtraum allein sein muss – bitte schön. Aber ich kann mich von ihm nicht wieder in den Wahnsinn treiben lassen. Nicht noch einmal. Lieber sterbe ich.«

Dann bog sie um die Ecke und drückte auf den Fahrstuhlknopf. Sie verschränkte die Arme vor der Brust. Ihr war kalt, furchtbar kalt. Als der Fahrstuhl klingelte und seine Schritte immer noch nicht zu hören waren, wusste sie, dass es vorbei war.

Mit zitternden Knien trat sie in den leeren Aufzug und drückte auf Parterre. Als sich die Türen schlossen, sackte sie in der Ecke zusammen und begann haltlos zu weinen.

53

Eine Woche lang schlug C. J. ihr Lager in der Rechtsbibliothek auf dem Campus der NSU in Davie auf. Sie trug Jogginghosen, eine Baseballkappe der Phillies, Pferdeschwanz und Brille in der Hoffnung, ihr abgespanntes Äußeres würde in der Menge der gestressten Jurastudenten nicht weiter auffallen. Sie suchte jeden einzelnen Fall, den sie finden konnte, in dem es um Gesetz 3.851, eine Verletzung der Brady-Bestimmung und neue Beweislagen ging, heraus. Damit verkroch sie sich dann zwei Tage lang in ihrer Küche, versuchte, jeden Gedanken an Dominick aus ihrem Kopf zu scheuchen, und tüftelte sorgfältig an ihrer Stellungnahme – der juristischen Antwort auf Bantlings Antrag.

Wenn man in Florida wegen eines Schwerverbrechens verurteilt war, dann waren ein guter Berufungsanwalt und die Dreierbestimmung so ziemlich die letzte Chance, um doch noch freizukommen. Doch Nummer 3.851 war ein eigenwilliges Gesetz, und die Richter waren viel zu beschäftigt, um sich jeden Antrag auch anzuhören, der von einem verzweifelten Verurteilten aufgesetzt worden war, der zu viel Zeit hatte und Stift und Papier zu fassen bekam. Die Mühlen der Justiz wären in Kürze von Anträgen und verzögerten Terminkalendern blockiert, und so hatte man sich an die Statuten zu halten, oder man musste draußen bleiben. Wer einen Gerichtssaal von innen sehen wollte, hatte den Antrag innerhalb eines bestimmten Zeitraums zu stellen – im Fall der Verurteilung zum Tode ein Jahr, nachdem Urteil und Strafmaß rechtsgültig geworden waren. Um ein endloses Wiederaufrollen zu verhindern, lautete das Motto: »Er möge jetzt sprechen oder für immer schweigen.« Ein Jahr und einen Versuch, das war alles, was man bekam.

Es sei denn, man berief sich auf eine neue Beweislage. Diese Behauptung war der einzige Weg, dass eine Berufung jenseits der Frist mit Hilfe der Dreierbestimmung – und damit die allerletzte Hoffnung auf einen Platz an der Sonne – nicht sofort im Abfalleimer der Justiz landete. Allerdings funktionierte eine solche Behauptung nicht wie ein Zauberwort, das automatisch die Tore öffnete und das Verfahren neu aufrollte. Die Sache war sehr viel strenger. *Ich habe das*

Beweisstück beim ersten Mal nicht finden können, war die falsche Antwort. *Es war mir nicht bekannt, weil mir das Beweisstück vorenthalten wurde*, war da schon besser.

C. J. hatte sich vier Tage lang das Hirn zermartert, denn sie wusste, dass auch sie nur einen Schuss frei hatte. Wenn sie Bantling schon im Huff-Hearing stoppen könnte, würde er seine Panzer gar nicht erst auf den Hügel hinaufbekommen, um richtig in Stellung zu gehen. Beim Hearing war er selbst nicht dabei, nur sein Anwalt. Wenn sie es schaffte, seinen Antrag wegen verfahrenstechnischer Mängel gleich abzuweisen, dann würde er gar nicht erst die Chance bekommen, auf Kosten der Steuerzahler einen Kurzurlaub in Miami zu machen – denn dann würde es nicht zur Beweisaufnahme kommen.

Wenn sie ihn nach den Buchstaben des Gesetzes widerlegte.

Wenn sie den Antrag abwies, bevor sie ihm im Gericht gegenüberstand oder sich zu den »neuen« Beweisen äußern musste.

Wenn sie keine neue Lüge fabrizieren müsste.

Oder sich an alte erinnern.

Wenn sie eine bessere Anwältin als Neil Mann war.

Wenn, wenn, wenn … Alles hing von diesem Wörtchen *wenn* ab, und sie zermarterte sich das Hirn, um eine Lösung zu finden – das juristische Wunder, das ihm den Zugang zum Gerichtssaal verwehrte. Sie würde das Letzte geben, denn sie glaubte nicht, dass sie seinen Anblick noch einmal ertrug – sein entsetzliches Grinsen, wie ein alter Liebhaber, der sich an ein lauschiges Stündchen mit ihr erinnerte. Sie wusste, noch dringender als die Freiheit wollte er Rache. Er wollte zusehen, wie sie im Kielwasser ihrer eigenen Lügen ertrank.

Und natürlich gab es noch einen Grund, ihn schon jetzt zu widerlegen. Denn falls es zur Beweisaufnahme kam – falls die Ermittler und die Spurensicherung und die Pathologen wieder als Zeugen aufgerufen würden –, müsste sie alles noch einmal durchleben, das Protokoll eines gewaltsamen Todes, der um ein Haar ihrer gewesen wäre. Die sorgfältig geplanten Entführungen. Die Betäubungsmittel. Die Vergewaltigungen. Die Folter. Die Fotos. Die Todeskammer. Der Geruch von schalem Sekt in ihrem Haar, der bittere Geschmack von Haldol im Mund, als die Spritze zu wirken begann, die Eiseskälte der stockfinsteren Kammer.

Ein paar Vans standen schon vor dem Gericht in der 11. Straße und reckten ihre Satellitenantennen in die Höhe, als sie am Donnerstagmorgen zur Arbeit erschien. Mehrere andere große Fälle wurden am gleichen Morgen verhandelt, beruhigte sie sich. Die Mutter, die ihre Zwillingssöhne in der Badewanne erschossen hatte. Der frühere Stadtrat, der wegen Amtsmissbrauchs und Bestechung vor Gericht stand. Die Urteilsverkündung des ehemaligen Footballstars wegen Trunkenheit am Steuer. Es ging nicht unbedingt um sie. *Noch nicht.* Falls es allerdings zu einer Beweisaufnahme käme, würde sich das Medieninteresse blitzschnell ändern.

Sie stapelte drei der sieben Kisten mit Akten im Fall *Der Staat Florida gegen William Rupert Bantling* auf den Wagen und setzte den Karton mit den Präzedenzfällen obendrauf, die sie am Wochenende kopiert hatte. Dann sandte sie ein stilles Gebet zu Christophorus, den Lieblingsheiligen ihrer Mutter, und bat ihn um Beistand.

In den letzten Wochen war sie allen Anrufen und Fragen ihrer Eltern ausgewichen, zu sehr war sie mit sich selbst beschäftigt. Ihre Eltern wussten nicht einmal, dass sie in Kalifornien gewesen war, kaum eine Flugstunde von zu Hause entfernt. C. J. wusste, dass sich ihre Eltern wahrscheinlich Sorgen machten. Mom machte sich immer Sorgen, sie behauptete, das sei ihre Mutterpflicht. C. J. wagte sich gar nicht auszumalen, wie ihr Vater reagierte, wenn er erfuhr, dass seine Tochter den Falschen zum Tod verurteilt hatte. Er war zwar ein Mann, der Vergebung predigte – aber sie wusste, das hier würde er ihr nie vergeben.

Doch jetzt war es zu spät, darüber nachzugrübeln, was geschah, wenn sie heute nicht gewann. Sie setzte sich die Sonnenbrille auf und verließ das Gebäude durch den Seiteneingang, dann hastete sie über die Straße zum Personalaufzug des Gerichtsgebäudes und betete, dem Wahnsinn zu entkommen, vor dem sie sich so fürchtete.

54

SAAL 6-8 WAR KEIN BESONDERS EINDRUCKSVOLLER GERICHTSSAAL. Er war zwar relativ neu, aber auch recht klein, denn er nahm eines der ehemaligen Büros der Staatsanwaltschaft ein, die zu Zeiten von Janet Reno noch im fünften und achten Stock des Gerichtsgebäudes residiert hatten, bevor das Graham Building gebaut worden war. Jahrelang hatten die Räume leer gestanden, bis sie in den neunziger Jahren, als man dringend neue Gerichtssäle brauchte, umgebaut wurden.

Die frisch gestrichenen Wände sahen bereits nach wenigen Jahren wieder schäbig aus. Die malvenfarbene Auslegeware hatte Flecken und abgewetzte Stellen.

C. J.s Gebete zum heiligen Christophorus hatten geholfen. Es stellte sich heraus, dass nur ein Teil der Aufmerksamkeit in der Lobby ihr galt. Anders als beim Cupido-Prozess warteten vor dem Gerichtssaal nur wenige Journalisten.

»Ms. Townsend! Wussten Sie von dem Tonband? Haben Sie es sich angehört?«

»Wussten Sie, dass Victor Chavez im Zeugenstand gelogen hat? Haben Sie ihn dazu angestiftet? Glauben Sie, dass Morpheus es auf ihn abgesehen hatte? Glauben Sie an eine Verbindung zwischen den beiden Fällen?«

»War es ein Komplott?«

»Sitzt ein Unschuldiger in der Todeszelle?«

Die Fragen waren die gleichen wie die auf den rosa Telefonnotizen, die sich unbeantwortet auf ihrem Schreibtisch häuften. Auch ihre Antwort war die gleiche. Sie schwieg.

»Aha, Ms. Townsend«, begrüßte sie Richter Leopold Chaskel III. von seinem kleinen Thron im gut gefüllten Gerichtssaal, noch bevor die Türen sich schlossen und die erregten Stimmen auf dem Korridor verstummen ließen. »Wir konnten bereits von weitem hören, dass Sie kommen. Sie haben da draußen anscheinend ein paar Fans.«

»Guten Morgen, Herr Richter. Es tut mir leid, dass ich Ihren Tag durcheinander bringe«, sagte sie und sah sich um. Zum Leidwesen der Presse war donnerstags Richter Chaskels Anhörungstag, und so gab es keinen einzigen freien Stuhl im Saal. »Mein Termin ist um –«

»Um zehn. Ich weiß. Setzen Sie sich. Mr. Mann ist auch irgendwo hier. Zumindest hat er sich angemeldet. Ich werde jetzt erst mal mein Programm durchziehen, aber lassen Sie sich gesagt sein, was ich Mr. Mann heute Morgen auch schon gesagt habe, als er versucht hat, auf meinem Flur eine Pressekonferenz abzuhalten: Tun Sie's nicht! Verstanden? Ich will nicht von jemand anderem hören, was ich sagen werde, bevor ich es gesagt habe. Vor allem, wenn ich nicht vorhabe, es zu sagen. Ich werde nicht zulassen, dass sich das hier zu einem solchen Zirkus entwickelt wie beim letzten Mal.«

»Meinetwegen brauchen Sie sich keine Sorgen zu machen, Euer Ehren«, antwortete C. J. *Halten Sie zu mir, weisen Sie den Antrag ab, dann müssen wir uns beide keine Sorgen mehr machen.*

»Gut. Ich bringe das hier zu Ende, und dann gehört Ihnen der Rest des Vormittags. Auch wenn ich nicht glaube, dass es so lange dauert.« Er sah ihr eine lange Sekunde in die Augen, dann wandte er sich wieder seinem Kalender zu.

Der letzte Kommentar des Richters konnte Gutes oder Schlechtes verheißen. Ganz offensichtlich hatte sich Chaskel seine Gedanken gemacht, was bestimmte Dinge anging. Als ehemaliger Staatsanwalt war er nicht zu Späßen aufgelegt, und als Richter war er alles andere als froh, wenn Fälle in seinem Gericht wieder aufgerollt wurden. Egal, aus welchem Grund. C. J. schickte Christophorus schnell noch ein Gebet.

Sie setzte sich auf den der Staatsanwaltschaft vorbehaltenen Platz auf der Galerie und sah zur Geschworenenbank auf der anderen Seite. Dort saßen – in Ketten – die Angeklagten, die aus dem Distriktsgefängnis hergeschafft worden waren, in der Bekleidung, die sie am Tag ihrer Verhaftung getragen hatten. Manche wirkten nervös, andere erwartungslos, wieder andere aufsässig und aggressiv. Keiner von ihnen interessierte sich für C. J. Townsend, Bill Bantling, Cupido oder Morpheus – sie alle warteten nur darauf, dass der Richter ihren Namen aufrief und ihnen ein Angebot machte. Für manche gab es kein Angebot, sie bekämen die gesetzliche Höchststrafe, weil sie sich das falsche Opfer ausgesucht hatten – jemanden, der zu jedem Gerichtstermin erschien und gehört zu werden verlangte. Andere bekamen den Deal ihres Lebens – wenn es kein Opfer gab, das sich beschwerte, keine Angehörigen, die sich engagierten, keine Zeugen, die sich einfanden.

C. J. sah zu, wie die junge, unerfahrene Anklägerin auf dem Podium ihre Fälle vorbrachte. Sie war höchstens seit zwei Jahren mit der Uni fertig und hielt bereits die Zukunft so vieler Menschen in ihren Händen, wenn sie ein Strafmaß verlangte.

Keine Haftstrafe. Er erhält eine Unterlassungsverfügung und zwei Jahre auf Bewährung.

Der Angeklagte ist Gewohnheitstäter. Wir bieten fünfzehn an, für alle Anklagepunkte zusammen.

Zwanzig Jahre.

Dreißig Jahre.

Lebenslänglich.

Es lag im Ermessen der Staatsanwaltschaft, ein Angebot zu machen, das irgendwo zwischen dem Maß auf dem Urteilsblatt des Angeklagten und der Höchststrafe für das Verbrechen lag, dessen er angeklagt war – die Differenz konnte beträchtlich sein. Manche Ankläger waren härter, andere liberaler. Es war reine Glückssache, bei wem man landete. Manchmal wurde sogar beim Mittagessen unter Kollegen und Abteilungsleitern um Jahre geschachert wie um Pennys beim Pokern.

Auf dem Blatt stehen sechsunddreißig Monate wegen mittelschweren Einbruchs. Er hat zwei Vorstrafen wegen Diebstahls. Wie viel soll ich vorschlagen?

Das Höchstmaß sind fünfzehn Jahre. Hmmm ... bieten Sie ihm fünf. Und reichen Sie mir bitte den Ketchup.

Charlie, Mann, Sie sind echt ein harter Knochen. Fünf? Ich würde ihm drei geben, Tim, und dann noch fünf auf Bewährung. Und ich bräuchte das Salz, wenn Sie damit fertig sind.

Schon gut, schon gut. Der Kompromiss ist vier Jahre plus zwei auf Bewährung, wenn er morgen zustimmt. Meinen Sie, das kriegen wir durch?

Handel abgeschlossen, Mittagessen beendet.

Genau das hatte C. J. bis vor wenigen Jahren auch getan. Auf einem anderen Podium, in einem anderen Gerichtssaal, mit einem anderen Richter hatte sie mit einhundert Fällen, einhundert Menschen auf einmal jongliert. *Wo waren sie alle geblieben?*, fragte sie sich jetzt. *Hatte sie etwas bewirken können?*

Neil Mann, ein großer Mann mit abgespanntem, traurigem Gesicht schlurfte herein und setzte sich an die gegenüberliegende Wand auf die Seite, die für die Verteidigung reserviert war. Er war Pflichtverteidiger gewesen und hatte als Assistent bei der Staatsanwaltschaft gearbeitet. Dann hatte er sich in seine eigene Kanzlei zurückgezogen, wo er sich vor allem auf Berufungsfälle spezialisierte, unter angestrengter Vermeidung von Gerichtssälen und Prozessen. Er war nicht der Beste, aber dafür war er auch nicht so teuer wie zum Beispiel Lourdes Rubio, die dreihundert Dollar die Stunde nahm. Berufungen waren eine unangenehme, zeitintensive und teure Sache, und Bantling ging zurzeit keiner allzu lukrativen Beschäftigung nach. Das ehemals dicke Polster, das seine Prozesse finanziert hatte, war längst verbraucht, nur war unglücklicherweise gerade so viel übrig, dass man ihm keinen kostenlosen Pflichtverteidiger gewährte. Aber eben nicht genug, um sich einen richtig guten Anwalt leisten zu können.

»Also gut«, sagte Richter Chaskel schließlich um 11.30 Uhr, als der letzte Mann in Ketten hinausgeführt wurde. Er sah sich im Gerichtssaal um. Die meisten waren inzwischen gegangen, Ankläger und Pflichtverteidiger packten ihre Akten ein. Und doch entdeckte er ein paar Journalisten, die es tatsächlich geschafft hatten, das ganze Programm abzusitzen.

»Mr. Mann, Frau Staatsanwältin, wir sehen uns in meinem Büro. Mit dem Gerichtsschreiber«, sagte er und erhob sich. Seine Assistentin bat er: »Janine, bringen Sie bitte die Akte Bantling mit.« Dann verließ er mit fliegendem Talar seinen Thron, sodass Hank der Gerichtsdiener kaum Zeit hatte zu rufen: »Bitte erheben Sie sich!«

55

»Es ist schon spät«, sagte Richter Chaskel, als er sich ans Kopfende des Tisches setzte. Er sah auf die Uhr. »So viel Zeit hatte ich nicht eingeplant. Ich bin zum Mittagessen verabredet.« Er bedeutete den Anwesenden, Platz zu nehmen. »Ich weiß, dass Sie beide eine Menge zu sagen haben, und das meiste davon will ich nicht morgen in den Schlagzeilen nachlesen. Das wäre zu diesem Zeitpunkt völlig überflüssig. Die Presse soll nicht jeden Tag mit neuen Spekulationen kommen, deshalb wollte ich die Medien fürs Erste draußen halten.«

Der Kloß in C. J.s Magen wurde schwerer, als sie sich Neil Mann gegenübersetzte. Eine böse Ahnung stieg in ihr auf, als sie begann, die Akten von ihrem Wagen zu laden. »Euer Ehren, haben Sie meine Stellungnahme erhalten?«, fragte sie langsam. »Ich hatte sie am Montag eingereicht.«

»Ja, habe ich bekommen. Aber nach reiflicher Überlegung und einer Revision des Fallrechts halte ich es für unumgänglich, dass eine Anhörung stattfindet.«

Sie hielt beim Auspacken inne. »Ich dachte, deswegen sind wir hier«, gab sie zurück.

Er sah sie seltsam an, als teilten sie beide ein unangenehmes Geheimnis, über das sie nicht reden durften. »Eine Anhörung mit Beweisaufnahme«, sagte er langsam. »Damit wir sehen, was wir haben.«

»Ich denke nicht, dass wir so weit gehen müssen, Herr Richter.« Sie schlug einen Ordner auf. »Erstens wurde der Berufungsantrag nicht fristgerecht aufgesetzt. Er hatte sein Zeitfenster, und das ist jetzt geschlossen.«

»Frau Staatsanwältin, es geht um eine neue Beweislage. Dafür gibt es keine Frist.«

»Mit derselben Behauptung bezüglich mangelhafter Rechtsvertretung und neuer Beweise hat der Angeklagte auch seine letzte Berufung begründet«, erwiderte sie. »Und im vergangenen Sommer haben Sie entschieden, dass er damit beim ersten Prozess hätte Einspruch einlegen sollen. Was er versucht hatte. Verfahrenstechnisch ist es unzulässig, den Fall deswegen noch einmal aufzurollen.«

»Die Klage wegen mangelhafter Rechtsvertretung ist neu«, krähte Neil Mann dazwischen. Er wrang den Plastikkugelschreiber in seinen schwitzenden Händen. »Die Klage basiert auf einem neu entdeckten Tonband, das seine Verteidigerin nach ihrer eigenen eidesstattlichen Aussage zurückgehalten hatte.« Er räusperte sich, dann fügte er hinzu: »Vorsätzlich.«

»Wenn Lourdes Rubio während des Prozesses von dem Tonband wusste«, knurrte C. J. zurück, »wie können Sie jetzt behaupten, dass es ›neues‹ Beweismaterial ist? Beweismaterial, das, ich zitiere das Gesetz, ›dem Angeklagten und seiner Verteidigung während des Prozesses nicht bekannt und auch nicht zugänglich war‹? Im Gesetz steht, wenn das Beweismaterial der Verteidigung bekannt oder zugänglich war, dann kann sie sich nach der Verurteilung nicht darauf berufen, dass die Dinge nicht richtig gelaufen wären. Lourdes Rubio sagt, sie hat davon gewusst. Offensichtlich war es ihre Verhandlungsstrategie, es nicht zu benutzen. Vor dem Gesetz gilt es jedenfalls *nicht* als neues Beweismaterial.«

»Ein richtiges Argument«, sagte Chaskel nachdenklich. Dann schlug er seinen Kalender auf. »Wiederholen Sie es bei der Anhörung.«

Aus irgendeinem Grund hatte C. J. nicht damit gerechnet, dass es wirklich so weit kommen würde. Sie hatte sich tatsächlich eingebildet, sie käme glimpflich davon – die Möglichkeit, dass sie heute nicht gewann, hatte sie anscheinend einfach nicht akzeptieren wollen. »Euer Ehren«, fuhr sie mit belegter Stimme fort und spielte ihren letzten Trumpf aus, »mit allem gebührenden Respekt, aber finden Sie wirklich, dass es im Interesse der Öffentlichkeit liegt, Mr. Bantling ganz von Raiford herholen zu lassen zu einer Anhörung, von der sie eben selbst sagten, dass sie gar nicht unbedingt notwendig ist?«

Die Augen des Richters verengten sich, und er sah sie kühl an, als hätte er plötzlich alle Achtung vor ihr und ihrem Plädoyer verloren. Er ließ sich nicht gern in Frage stellen. Vor allem nicht von der Person, die ihn überhaupt erst in diese Lage gebracht hatte. Sein Ruf stand auf dem Spiel, vor der Öffentlichkeit, vor der Presse und natürlich vor den Berufungsrichtern – ein Ruf, den er sich über die Jahre mit seinen eindeutigen, klugen Urteilen und einer überaus niedrigen Berufungsrate hart erarbeitet hatte. Ein Ruf, der ihm eines Tages eine höhere Position einbringen würde. »Ms. Townsend, Mr. Bantling klagt wegen einer Verletzung der Brady-Bestimmung. Eine sehr empfindliche Verletzung, um genau zu sein. Nämlich, dass Sie und Ihre Mitarbeiter absichtlich Beweismittel vor ihm zurückgehalten haben in einem Fall, in dem es um die Todesstrafe geht. In *meinem* Gericht. Weiter behauptet er, dass Sie von Anfang an in geheimer Absprache mit Ms. Rubio standen, was die Zurückhaltung entlastenden Beweismaterials anging. Und jetzt kommen Sie mir mit Haarspaltereien bezüglich des Zeitpunkts, seit dem sie wusste, dass sie sich falsch verhalten hat?« Chaskel fiel es merklich schwer, ruhig zu bleiben. »Wenn Mr. Mann beweisen kann, dass es eine geheime Absprache gegeben hat – das sage ich Ihnen –, dann sind Ihre Worte keinen müden Penny wert. Ich weiß nicht mal, was es auf diesem Tonband zu hören gibt. Ich weiß nicht, ob es den Angeklagten entlastet. Ich weiß nicht, was Ms. Rubio auszusagen hat bezüglich dessen, was sie wusste und wann sie es wusste, aber das sage ich Ihnen, ich bin wirklich gespannt darauf. Denn ich habe hier vier Wochen in diesem Gerichtssaal gesessen und den Fall mit Ihnen verhandelt, und ich kann mich nicht daran erinnern, dass je ein Tonband erwähnt wurde. Dagegen erinnere ich mich sehr gut an Mr. Bantlings Behauptung, Sie vor langer Zeit überfallen zu haben, und an die einhellige Meinung von Ihnen und seiner Verteidigerin, dass ein Prozess, in dem es um die Todesstrafe geht, nicht auch noch mit solchen Anschuldigungen belastet werden möge. Ich sage Ihnen eins, ich werde nicht gern an der Nase herumgeführt, vor allem nicht in meinem eigenen Gerichtssaal. Es war ein schmaler Grat, auf dem Sie beide sich bewegt haben! Also, Ms. Townsend, die Beweisaufnahme mag vielleicht ein, zwei oder auch zehn verschwendete Nachmittage für uns alle bedeuten, aber wir ziehen das durch. Ich gehe dieser Sache auf den Grund. Und zwar in aller Konsequenz. Können wir jetzt bitte einen Termin festlegen?« Er sah ihr in die Augen, bis sie schließlich den Blick senkte und sich ihren Kalender vornahm.

»Ja, Euer Ehren«, sagte sie kleinlaut. In ihrem Kopf begann sich alles zu drehen, und sie biss sich auf die Innenseite der Wangen und versuchte, sich zusammenzureißen.

Sein Gesicht. Sie sah sein Gesicht, wie er sie lächelnd von der Seite musterte.

»Ms. Townsend? Sind Sie mit dem Datum einverstanden?« Der Richter klopfte ungeduldig mit der Fußspitze auf den Boden, während seine Assistentin, Neil Mann und der Gerichtsreporter C. J. anstarrten.

»Entschuldigen Sie. Ich war in Gedanken, Euer Ehren. Welches Datum?«

»Der 1. März. Ein Montag. Ich werde alle Nachmittagstermine der Woche freihalten, damit wir das Ganze schnell durchziehen können und der Angeklagte nicht ständig hin- und hergefahren werden muss. Er kann so lange im Distriktsgefängnis untergebracht werden.«

Eine Woche. Mehr hatte sie nicht. »Ja, Herr Richter, ich glaube, das könnte passen«, stammelte sie.

»Falsch. Es passt. Keine Entschuldigungen. Ich will alle Ihre Zeugen, Mr. Mann. Kein Geschiebe. Und zuallererst will ich Ms. Rubio hören.«

»Kein Problem, Richter. Sie brennt darauf auszusagen«, sagte Mann und nickte eifrig. Seine Haltung war auf einmal aufrechter geworden. Der Sieg, an den er selbst kaum hatte glauben können, hatte Schwung in seine Bewegungen gebracht. »Das Ganze macht ihr sehr zu schaffen«, schloss er und runzelte einfühlsam die Stirn.

»Verschonen Sie mich. Sehen Sie einfach nur zu, dass Ms. Rubio hier ist. Mit dem Tonband. Und seien Sie nett – schicken Sie der Staatsanwältin eine Kopie. Für den Fall, dass sie noch keine hat.«

»Wenn er auf mangelhafte Verteidigung plädiert, dann gibt er das Anwaltsgeheimnis preis. Damit habe ich Zugriff auf alle Akten der Verteidigung.« Wenigstens würde ihr das helfen, sich auf den bevorstehenden Frontalangriff vorzubereiten.

»Stellen Sie einen schriftlichen Antrag, und sie gehören Ihnen«, sagte der Richter.

»Ich habe bereits alles beisammen, Herr Richter«, sagte Mann. »Ich lasse der Staatsanwaltschaft Kopien zukommen. Es sind ungefähr vier Kartons.«

»Schön, dass sich alle so prima verstehen. Was Ihre Zeugen angeht, Ms. Townsend«, fuhr der Richter leiser fort, »haben wir ein Problem, fürchte ich. Officer Chavez ist nicht mehr unter uns. Das Gleiche gilt für Officer Ribero, wobei ich nicht weiß, ob seine Aussage für unsere Anhörung von Bedeutung ist.« Er dachte kurz nach. Dann, als hätte er eine Entscheidung getroffen, schloss er: »Warten wir ab, was uns Lourdes Rubio zu sagen hat. Chavez' protokollierte Aussage reicht dann vielleicht schon.« Er wandte sich an Janine. »Beschaffen Sie mir Durchschriften von Officer Chavez' Aussagen sowohl aus dem Prozess als auch aus dem Klage-Abweisungsantrag. Und legen Sie die Termine fest. Ich möchte auch Riberos Aussagen für die Anhörung. Und die Vollzugsanstalt ... Janine, ordnen Sie an, dass die Vollzugsanstalt den Angeklagten in der Woche hier runterschickt. Er ist im Todestrakt, also rufen Sie den Direktor in Raiford an, und lassen Sie alle nötigen Sicherheitsvorkehrungen treffen. Wir werden ihn eine Weile hier behalten, also informieren Sie bitte auch das Distriktsgefängnis, falls sie dort besondere Vorkehrungen treffen müssen.« Er schwieg einen Moment, dann sagte er: »Bantling führt sich zuweilen ungehörig auf. Ich hatte damals schon Probleme mit ihm, und die Vollzugsanstalt auch. Manchmal rastet er aus. Das lassen wir dieses Mal nicht zu. Wir werden vorbereitet sein.«

Er nickte in die Runde, als wäre dies ein guter Zeitpunkt, die Sitzung aufzulösen, damit er zu seiner Verabredung kam. Dann fiel sein Blick auf den *Herald* unter Neil Manns Aktentasche.

»Ach, da ist noch eine Sache«, sagte er und kniff warnend die Augen zusammen. »Ich habe die Zeitung heute auch gelesen. Es gehen schon wieder Gerüchte um, und ich verhandle Fälle nicht nach Gerüchten. Ich will, dass das aufhört. Es wird nichts mehr durchsickern, keine Spekulationen, keine Informationen. Sie alle tragen von jetzt an einen Maulkorb, verstanden? Wenn die Presse ein Problem damit hat, und das wird sie, dann soll sie sich an die dafür vorgesehenen Kanäle wenden. Aber ich werde nicht wieder zulassen, was letztes Mal in meinem Gerichtssaal los war. Die haben sich nahezu mit Kameras und Mikrophonen von den Kronleuchtern geschwungen. Sogar auf dem Parkplatz haben sie mir aufgelauert«, rief er aufgebracht und schüttelte den Kopf, als versuche er, das unangenehme Bild loszuwerden. »Haben wir uns verstanden?«

»Ja«, murmelten die Anwesenden einstimmig. C. J. stand kurz nach Neil Mann auf, der praktisch aus dem Zimmer hüpfte. Er konnte es kaum abwarten, das Handy herauszuholen, und ließ dabei fast die Akten fallen. Sie sah ihm nach und dachte daran, mit wem er in wenigen Minuten sprechen würde. Dann packte sie ihre Akten und den Karton mit den Präzedenzfällen ein, den sie nicht einmal geöffnet hatte, und stapelte alles auf dem Wagen. Sie war wie betäubt. Alles war anders gekommen als gedacht, und sie hatte nur wenige Tage, um sich auf die neue Situation vorzubereiten. In ihrem Magen brannte es wie Salzsäure.

Jetzt waren nur noch sie und der Richter im Raum, nachdem Janine wieder an ihrem Schreibtisch im Vorzimmer saß, der Gerichtsschreiber in einen anderen Saal gerufen worden war und Neil Mann mit seiner Frau oder Sekretärin telefonierte, um sich aufzuplustern, bevor er im Staatsgefängnis anrief.

»Schönen Tag noch, Herr Richter«, sagte sie, als sie den Wagen aus dem Büro schob.

»Die Sache kann interessant werden, Ms. Townsend«, murmelte Richter Chaskel mit gerunzelter Stirn, während er den Talar über den Stuhl hängte und seine Windjacke überzog. C. J. blieb in der Tür stehen. »Zu interessant, fürchte ich. Sehen Sie zu, dass Ihre Rechtsabteilung Gewehr bei Fuß steht. Es könnte ziemlich brenzlig für Sie werden. Nur so als Tipp.«

Dann ging er ohne ein weiteres Wort an ihr vorbei und marschierte den leeren Gang hinunter zu seinem Mittagessen.

56

ZWISCHEN STAPELN VON JURISTISCHEN ABHANDLUNGEN und Kisten mit Aktenmaterial saß C. J. an ihrem Küchentisch und starrte die Buchstaben an, die sie gerade gelesen hatte. Aus den endlosen handschriftlichen Seiten in Lourdes' kaum leserlicher Klaue sprangen ihr die Worte regelrecht ins Gesicht:

Chloe, Larson? Bayside, NY, 1988, Rocky Hill Road, Sexualverbrechen *in ihrer Wohnung = RACHE?*

Ihr Herz klopfte schneller. Sie griff nach dem Weinglas.

Nach ihrer zweiwöchigen Abwesenheit türmten sich auf dem Schreibtisch bei der Staatsanwaltschaft die Papiere. Die Anhörungen, die sie versäumt hatte, waren zum Großteil verschoben worden, und es erwartete sie ein Haufen Stellungnahmen, Sitzungen und Vernehmungen in ihren anderen Fällen. Daher hatte sie Lourdes Rubios Akten, die Neil Mann ihr per Kurier geschickt hatte, mit nach Hause geschleppt und verbrachte damit ihre Nächte. Akribisch ging sie jedes Dokument, jedes Wort durch. Es war, gelinde gesagt, beunruhigend, das Material vor sich zu sehen, das Lourdes zusammengetragen hatte. Insbesondere die Informationen über sie selbst.

C. J. rieb sich den steifen Nacken und schob ihren Stuhl weg vom Tisch. Es war Zeit für eine Zigarette.

Sie nahm ihr Glas mit hinaus auf die Terrasse und zündete sich eine Marlboro an. Ein weißer Mond erleuchtete den Nachthimmel, und sie beobachtete die Parade der Boote auf dem Kanal. Wie viele Nächte hatte sie mit Dominick hier draußen gesessen, auf den harten Plastikstühlen, wie oft hatten sie über einer Flasche Wein – manchmal auch mehreren – stundenlang geredet. Er hatte immer davon geträumt, ein Boot zu kaufen, und ihr versprochen, wenn sie beide in Rente gingen, würde er mit ihr um die Welt segeln. Oder wenigstens bis in die Keys, nachdem sie beide nur mit staatlichen Renten rechnen konnten.

Sie wählte seine Handynummer, aber es war nur die Mailbox zu erreichen, und sie legte auf, ohne eine Nachricht zu hinterlassen. In der Anrufliste würde er sehen, dass sie schon wieder angerufen hatte. Wahrscheinlich war er mit Manny oder Chris ausgegangen, oder vielleicht auch ganz allein, um seine Sorgen zu ertränken – Sorgen, an denen sie schuld war. C. J. presste das Telefon gegen ihre Stirn. Sie wünschte, er wäre drangegangen. Sie wünschte, sie hätte seine Stimme gehört. Sie wünschte, er würde sie nicht hassen, auch wenn sie wusste, dass sie es ihm nicht verübeln konnte.

Sie hatte das Gefühl, ihre ganze Welt brach auseinander. Dominick. Ihre Karriere. Ihr Leben. Obwohl sie versuchte, die schwarzen Gedanken zu verdrängen und sich auf das zu konzentrieren, was zu tun war, wurde es immer schwerer, durch den Tag zu kommen. Sie fühlte sich immer isolierter. Das war kein gutes Zeichen.

Am tiefsten Punkt ihrer Depression vor vielen Jahren, als sie nicht mehr schlafen konnte, hatte sie ihn überall gesehen – den Fremden mit dem Clownsgesicht, hinter dem jedermann stecken konnte. Damals hatte die Therapie sie gerettet, hatte sie die nächsten zwölf Jahre überstehen lassen und ihr geholfen, die Ängste in den Griff zu bekommen. Die letzten zehn Jahre der Therapie hatte sie bei dem forensischen Psychiater Gregory Chambers verbracht. Greg war nicht nur ihr Arzt gewesen, sondern auch ein Freund und ein Kollege, der bei unzähligen Fällen als Experte für sie in den Zeugenstand getreten war. In diesen zehn Jahren hatte er dafür gesorgt, dass sie nicht wieder in die Nacht der Depression abrutschte. Er war ihr Vertrauter gewesen, ihr Tröster, ihr Rettungsring, wenn es wieder schlimm wurde und sie nicht wusste, wie sie morgens aus dem Bett kommen sollte. Und dann plötzlich, als sie ihn am dringendsten brauchte, hatte sie herausgefunden, dass er nicht der war, für den sie ihn gehalten hatte. Sie hatte herausgefunden, dass er die ganze Zeit über auch den Mann behandelt hatte, der sie in ihren Albträumen jagte. Dass sie nicht in Therapie gewesen war – sondern Teil eines kranken Experiments.

Sie wusste nicht genau, wann ihr freundschaftliches Verhältnis umgeschlagen war – falls Greg je so etwas wie ihr Freund gewesen war. Diese Fragen würden für immer unbeantwortet bleiben.

Damals war Dominick gekommen, um sie zu retten, *er* war ihre Therapie gewesen, als alles andere zusammenbrach. Doch jetzt …

O nein … Sie schüttelte den Kopf, unterdrückte die Tränen, die sich schon wieder sammelten. Das würde nicht passieren. Sie würde nicht wieder in eine Depression fallen. Das wäre zu einfach – und es war viel zu schwierig, dort je wieder herauszukommen. Sie strich sich das Haar zurück und sah das Telefon an. Dann wählte sie.

»Ja, bitte?«

»Hallo, Mom«, sagte sie, als sich ihre Mutter am anderen Ende meldete. Im Hintergrund plätscherte Wasser, und Geschirr klapperte. »Ich bin's.« Es war Wochen her, dass sie mit ihren Eltern gesprochen hatte.

»Hallo, Schätzchen!« Das Wasser wurde abgedreht, und das Klappern hörte auf. Sie sah ihre Mutter vor sich, wie sie in der Küche stand und sich die Hände an der Schürze abtrocknete. Wahrscheinlich räumte sie gerade die Küche nach dem Abendessen auf. »Deine Ohren müssen klingeln. Dein Vater und ich haben gerade von dir geredet. Dad«, rief sie. »Florida ist am Telefon. Dein Mädchen! Wo warst du bloß?«, fragte sie, wieder an C. J. gewandt.

»Ich weiß. Tut mir leid. Ich … ich hatte viel um die Ohren.« Sie konnte das Spülmittel förmlich durch das Telefon riechen und die orangefarbene Sonne sehen, die draußen vor dem Küchenfenster unterging. Es war ein tröstliches Bild. Ihre Eltern lebten immer noch in dem Haus, in dem sie aufgewachsen war. »Wie geht es euch beiden? Habt ihr viel zu tun? Was macht die Arbeit?«

»Du hast doch irgendwas. Ich höre es dir an«, sagte ihre Mutter. Ihr Radar war hochsensibel. »Was ist es? Die Arbeit? Geht es dir gut?«

»Ach, Mom, ich –«

Doch ihre Mutter hörte schon nicht mehr zu. Wenn schlechte Nachrichten drohten, wurde sie so nervös, dass sie immer ihren Mann ans Telefon holte. »Hier ist dein Vater«, sagte sie.

»Chloe?«

»Hallo, Dad.«

»Ist etwas nicht in Ordnung?«

»Das hat Mom gesagt. Es ist alles okay, Dad. Ich habe nur … also, ich habe da diesen Fall.« Sie rieb sich die Stirn. Selbst wenn sie versuchte, nur über das Wetter oder Tante Pat zu sprechen, hatte ihr Vater diesen weichen, sachlichen Ton an sich, der ihr jedes Geheimnis entlockte. Er hätte Psychologe werden sollen. Und jetzt, gestand sie sich ein, brauchte sie jemanden zum Reden. »Es ist dieser Serienmörder, den ich vor ein paar Jahren angeklagt habe. Am Montag findet eine Anhörung statt, und wahrscheinlich bin ich einfach nur nervös.«

Er schwieg. Sie sah sein Stirnrunzeln vor sich. Es machte ihn immer so alt. »Ist das derjenige, der vor Gericht diese Behauptungen da gemacht hat? Über dich und –«

»Ja«, sie unterbrach ihn, bevor er das Wort aussprechen musste. »Cupido. Er legt Berufung ein, und der Richter hat eine neue Beweisaufnahme angesetzt. Und er wird da sein, Dad. Im Gerichtssaal.«

»Kann das nicht jemand anders übernehmen, Chloe? Ein Kollege aus deiner Abteilung?«

»Schön wär's. Nein«, seufzte sie. »Ich muss selbst dahin.«

»Und was passiert, wenn du es nicht schaffst?«

»Dann bekommt er vielleicht einen neuen Prozess. Und dann wird er vielleicht freigesprochen. Ich muss es schaffen.«

»Gut, dann musst du es eben tun. Wie lange dauert so eine Beweisaufnahme?«

»Ein paar Tage, schätze ich.«

»Mit demselben Richter wie beim letzten Mal?«

»Ja.«

»Gut. Ich mochte ihn«, sagte er. »Er hat sich nicht zum Narren halten lassen. Wird genug Wachpersonal da sein?«

»O ja. Der ganze Saal wird voll sein.«

»Hast du Angst, dass er dir etwas antun könnte?«

Sie seufzte. »Nur wenn er freikommt.«

»Wird Dominick bei dir sein?«

C. J. zögerte. »Das ist gerade etwas schwierig, Daddy. Eine lange Geschichte. Wir … wir haben uns getrennt.« Sie konnte nicht anders. Sie begann leise zu weinen. Obwohl sie die Hand über die Sprechmuschel legte, hörte er es wahrscheinlich.

»Deswegen?«

»Es ist eine lange Geschichte.«

Sie hörte ihn seufzen. »Du bist stark, Chloe. Du schaffst es. Ich weiß, dass du es schaffst.«

»Dad, darf ich heimkommen?«, fragte sie mit einem trockenen Lachen, als ein paar Sekunden vergangen waren und sie die Tränen hinunterschluckte.

»Wenn du es geschafft hast. Mom macht dein Zimmer fertig. Und dann feiern wir.« Wieder schwieg er. »Das wolltest du wahrscheinlich nicht hören.«

»Nein«, seufzte sie.

»Lass nicht zu, dass er dir zusetzt, Schätzchen. Wenn er das spürt, versucht er wieder, dich fertig zu machen. Denk dran, du warst es, die ihn hinter Gitter gebracht hat. Er hat Angst vor *dir.*«

»Danke, Daddy. Ich sollte jetzt auflegen. Sag Mom liebe Grüße. Ich hab dich lieb.«

»Ich hab dich auch lieb. Hör mal, warte das nächste Mal nicht so lange, bis du anrufst.«

C. J. legte auf und wischte sich tapfer die Tränen weg. Ihr Vater hatte das Richtige gesagt, sie hatte es gewusst. Sie würde sich nicht in die Flucht schlagen lassen. Sie würde nicht zulassen, dass er sah, wie sie zitterte, wie ihr Herz hämmerte. Sie war stärker. Sie drückte die Zigarette aus und trank den letzten Schluck Wein. Dann ging sie zurück in die Küche, um ihre Lektüre zu beenden.

Dann musst du es eben tun.

So einfach war das.

57

»Vereinigte Staaten gegen Dominick Falconetti, Fallnummer 04-21034-CR-GUTHRIE.«

»Ist der Beklagte anwesend?«, fragte der Ehrenwerte Richter Reginald Guthrie und rührte in seinem Kaffeebecher, der die Form eines Hammers hatte. Er war ein großer Mann mit ausgeprägtem Unterkiefer und einem schleppenden Südstaatenakzent, den er manchmal zu verbergen versuchte, je nachdem, mit wem er es zu tun hatte.

»Ja, Euer Ehren«, sagte der Protokollant.

»Er soll vortreten«, er machte eine Handbewegung, ohne von seinem Frühstück aufzusehen. Als überzeugter Anhänger der Demokraten war Richter Guthrie 1976 von Jimmy Carter zum Bundesrichter berufen worden und arbeitete seit siebzehn Jahren mit demselben Protokollführer und demselben Gerichtsdiener zusammen. Er nahm die Anklage von einem Stapel mit Papieren und überflog die Beschuldigungen, während er einen großen Schluck Kaffee trank. Dann runzelte er die Stirn, bis sich die buschigen weißen Augenbrauen in der Mitte trafen.

»Hmmm …«, sagte er und klang dabei tief enttäuscht, so wie er es bei jedem Angeklagten tat. »Kapitel 18, Abschnitt 242, Misshandlung von Gefangenen, Mr. Fal-coon-etti.« Er dehnte die Silben, als schmeckten sie bitter auf seiner Zunge. Was wahrscheinlich auch so war, denn es war eindeutig kein Name von hier. Guthrie blickte auf, ohne Dominick anzusehen. Er sah nur seinen Anwalt an. »Also gut, Mr. Barquet, worauf plädiert er?«

»Unschuldig, natürlich«, sagte Les Barquet mit demselben schleppenden Akzent wie der Richter und lächelte matt. Auch Lester Franklin Barquet war von der alten Schule, ein stolzer Südstaatler mit gestelzten Manieren im dreiteiligen Anzug. Er war ein bekannter Strafverteidiger und gehörte ebenfalls zum Inventar in Richter Guthries Gerichtssaal. Er brachte die Doughnuts mit.

»Natürlich«, Richter Guthrie lächelte zurück. *Das behaupten sie alle*, sagte sein Blick.

Ich hasse es, wenn in der dritten Person von mir gesprochen wird, schoss es Dominick durch den Kopf, während er in seinem besten dunkelblauen Anzug mit gefalteten Händen vor dem Richter stand. Es war, als existierte er gar nicht. Im Lauf seiner Karriere war er tausendmal vor Gericht gewesen, doch noch nie als Angeklagter.

»Na gut, dann lassen Sie uns ein Datum festsetzen. Ich möchte innerhalb der nächsten dreißig Tage mit der Verhandlung beginnen und schnell zum Ende kommen. Mein Kalender ist voll, und in ein paar Monaten habe ich Urlaub, der längst überfällig ist. Es wäre mir lieb, wenn die Sache nicht allzu lang im Raum steht. Falls es sich vermeiden lässt.« Er trank noch einen Schluck Kaffee und griff nach einem mit Creme gefüllten Doughnut. »Danke, Les, ich hab zwar keinen Hunger, aber ich nehme gern eins.«

»Keine Ursache, Herr Richter«, Les lächelte wieder. »Euer Ehren, ich glaube, da sind wir uns alle einig. Und wenn Sie gestatten, würde ich dem Gericht gern noch eine Information liefern, die in diesem Fall vielleicht vonnöten ist.«

Der stellvertretende Bundesstaatsanwalt wollte Einspruch erheben, doch der Richter winkte mit dem Doughnut in der Hand ab. »Wir wollen hören, was Mr. Barquet zu sagen hat.«

»Herr Richter, Mr. Falconetti ist kein gewöhnlicher Angeklagter, wenn es so etwas denn gibt. Er ist Special Agent beim Florida Department of Law Enforcement. Als es zu diesem bedauerlichen Missverständnis kam, war er oben in Raiford, um einen besonders gewalttätigen Todeskandidaten zu verhören, den Serienmörder, der als Cupido bekannt wurde und der, wenn ich das hinzufügen darf«, er zog eine Braue hoch, »in diesem Fall das *Opfer* sein will. Agent Falconetti ist vom Dienst suspendiert, bis die Sache geklärt ist, und daher verstehen Sie sicher, wie wichtig ein möglichst baldiger Termin auf Ihrem Verhandlungskalender ist, damit wir seinen Namen so schnell wie möglich rein waschen können.«

»Cupido also?«, wiederholte der Richter und nahm sich das Anklageblatt noch einmal vor, das er beim ersten Mal nur überflogen hatte.

»Ja, Euer Ehren. Agent Falconetti hat Mr. Bantling wegen einer anderen Mordserie verhört, über die dieser vielleicht Informationen besitzt, als er ein wenig ruppig wurde.«

»Weitere Morde?«

»Ja, Euer Ehren. Die Polizistenmorde in Miami. Agent Falconetti ermittelt in dieser Sache.« Les wandte sich an den Gerichtssaal und machte eine dramatische Geste in Richtung der Menge hinter der Angeklagtenbank, die Manny den Bär, Chris Masterson, Jimmy Fulton, Ted Nicholsby, Steve Yanni, Marlon Dorsett und noch eine Hand voll Beamter vom FDLE einschloss. »Diese Männer, Herr Richter, sind alles Kollegen, die heute gekommen sind, um ihm ihre Unterstützung zuzusichern.«

Jetzt sah sich der Richter Dominick doch an. Er nickte. Seine Miene wurde freundlicher. »Das klingt in der Tat nach einem bedauerlichen Vorfall, Agent Falconetti.« Er warf dem Staatsanwalt Nick Lowell einen skeptischen Blick zu, bevor er sich wieder an Les wandte. »Wie viel Zeit brauchen Sie, Les?«

Anders als vor dem Landesgericht wurde dem Angeklagten vor dem Bundesgericht nicht automatisch die Offenlegung der Beweismittel gewährt – das Recht, alles Material einzusehen, das die Regierung gegen den Angeklagten in der Hand hielt und während des Verfahrens gegen ihn verwenden würde. Nur entlastendes Beweismaterial – auch Brady-Material genannt – musste von Regierungsseite freigegeben werden. Doch das war es auch schon. Die Bundesstaatsanwaltschaft ließ sich nicht in die Karten sehen, und der Überraschungseffekt war ihre wesentliche Strategie. Vor dem Bundesgericht gab es keine eidesstattlichen Aussagen und auch nicht das Recht, vor dem Prozess Zeugen und Opfer zu verhören. Deswegen war die Verurteilungsrate auch so hoch. Es war schwer zu parieren, wenn man den Schlag nicht kommen sah. Und die Bundesstaatsanwaltschaft hatte genug Geld, Mitarbeiter und Ressourcen, um gefährliche Hiebe auszuteilen.

»Nicht viel, Richter. Sie kennen mich. Das Ganze sollte nicht allzu lange dauern«, sagte Les. »Ich habe bereits mit den Jungs im Gefängnis gesprochen. Sie sind sehr kooperativ. Agent Falconetti hat in Notwehr gehandelt – da sind sich alle einig.«

»In Notwehr?«, rief der Staatsanwalt.

»Irgendwelche Verletzungen?«, fragte der Richter und ignorierte Lowells Entrüstung.

»Nasenbluten«, antwortete Les.

»Eine Anklage vor dem Bundesgericht wegen Nasenblutens?«, fragte der Richter ungläubig und zog die Augenbrauen hoch.

»Wie wär's mit einer *gebrochenen* Nase und einem ausgeschlagenen Zahn?«, erklärte Lowell trotzig.

»Das sehen die Jungs im Gefängnis aber anders, Mr. Lowell«, sagte Les. »Anscheinend hatte Ihr Opfer ein bisschen zu viel Zeit, darüber nachzugrübeln, wie er den Spielstand in seiner Zelle ausgleichen könnte. Alle haben nur Nasenbluten gesehen, bis er sich das Gesicht selbst demoliert hat.«

»Das ist doch verrückt, Les«, der Ankläger schüttelte den Kopf. »Es gibt ein Video.«

»Fragen Sie die Wachmänner. Auf dem Video sieht man nicht sehr viel. Und es zeigt nicht, was er zwei Stunden später allein in seiner Zelle getan hat.«

»Warum wird der Fall nicht vorm Landesgericht verhandelt?«, fragte Richter Guthrie, wieder trafen sich seine Brauen in der Mitte.

»Die wollen nicht«, sagte Les.

Lowell zuckte die Achseln. »Mr. Bantling hat Rechte, Herr Richter«, versuchte er es. »Egal, was er getan hat.«

»Und deshalb landet der Fall bei mir? Eine Anklage wegen leichter Körperverletzung?« Der Richter schüttelte unwillig den Kopf und griff nach einem zweiten Doughnut. »Also, bringen wir es hinter uns. Mr. Barquet braucht nicht viel Zeit. Setzen wir ein Datum fest.«

Dominick stand mit unbewegter Miene da und hörte zu, wie die Termine gemacht wurden, die über seine Zukunft entscheiden sollten, die Hände hielt er demütig vor dem Bauch gefaltet. Auch wenn es schien, dass sich die Stimmung zu seinen Gunsten wendete – er kannte sich nicht aus in diesen Juristendingen. Er wusste aus Erfahrung, dass im Gerichtssaal ein Angeklagter am besten den Mund hielt, solange er nicht angesprochen wurde.

Er fand es unerträglich, dort zu stehen. Schlimmer, er fühlte sich zutiefst gedemütigt. Weniger vor dem Richter, als vor seinen Freunden und Kollegen. Seit dem Tag, als er suspendiert worden war, klingelte ständig das Telefon – Leute, die ihm alles Gute wünschten, Kumpel, die ihm zum Trost ein Bier vorbeibringen wollten. Das alles war ihm viel zu viel, und so versuchte er, so wenig wie möglich zu Hause zu sein. Er ging Joggen und ins Fitness-Studio, in die Bibliothek und ins Café und nicht mehr ans Telefon. Er wusste, sie meinten es gut, er wusste, dass sie alle hier waren, um ihn zu unterstützen, doch eigentlich wünschte er, sie wären, bis auf Manny, nicht gekommen. In ein paar Minuten würden sie ihn in die Mitte nehmen, ihm auf die Schulter klopfen und ihn zum Lunch einladen, wo sie über einem kühlen Bier schimpften, wie beschissen das System war. Dann wäre der Besuch vorbei, und alle fuhren zurück nach Miami, zurück zum Dienst. Nur er … er konnte schon wieder ins Fitness-Studio gehen.

Endlich hörte Les Barquet damit auf, dem Richter Honig um den Bart zu schmieren und mit dem Bundesstaatsanwalt zu zanken, und packte seine Aktentasche. Dann nahm er Dominick mit über die Galerie zum Mittelgang, vorbei an seinen Freunden und Kollegen und seiner Schwester, die am Morgen aus Long Island eingeflogen war. Dominick nickte ihnen allen dankbar zu und hoffte, dass man ihm die Schamröte nicht ansah.

Dann sah er sie – C. J. –, die allein im Gang in der Nähe des Ausgangs saß. Sie lächelte ihn sanft an. Sie sah müde aus, und selbst das Make-up konnte die dunklen Ringe unter ihren schönen grünen Augen nicht verbergen. Als sie aufstand, flüsterte sie etwas, das er nicht verstand.

Seit ihrem letzten Treffen auf seinem Hausflur war über eine Woche vergangen. Sie hatte versucht, ihn anzurufen, doch er hatte nicht zurückgerufen, und jetzt sah er sie zum ersten Mal wieder. Es war wie ein Schlag in die Magengrube, so als hätte ihm jemand die Luft abgedreht. Sie musste hereingekommen sein, nachdem die Anklageverlesung begonnen hatte. Als er sie vorher im Saal gesucht hatte, war sie noch nicht da gewesen. Er hatte gewünscht, dass sie nicht käme, und gehofft, sie täte es doch. Denn wenn sie nicht gekommen wäre, dann hätte er Recht behalten. Dann hätte er auf sie wütend sein dürfen.

Doch sie war da.

Verdammt, sie fehlte ihm. So sehr, dass es körperlich wehtat, sie jetzt zu sehen. Dass sie ihn so sah. Und während er sie am liebsten hier im Gerichtssaal gepackt und geschüttelt und festgehalten und nie wieder fortgelassen hätte, wusste er, dass sie Recht gehabt hatte. Er konnte sie nicht retten. Er konnte ihr nicht helfen und sie nicht trösten, er konnte ihr den Schmerz und die Albträume nicht nehmen. So weit war es gekommen – ein Patt zwischen ihrer Vergangenheit und ihrer

Gegenwart, doch am Ende hatte die Vergangenheit gewonnen. Er wusste, es würde immer so sein. Und er wusste auch, warum.

Deshalb blieb er nicht stehen, deshalb sagte er ihr nicht, wie sehr er sich nach ihr sehnte. Doch er brauchte all seine Kraft, um an ihr vorbeizugehen, hin zu dem wartenden Fahrstuhl, fort aus ihrem Leben.

58

C. J. BEOBACHTETE IHN VON DER LETZTEN BANK des Gerichtssaals, wie er mit dem Rücken zu ihr vor dem Richter stand. Er trug den blauen Anzug, den sie letztes Jahr zusammen bei Brooks Brothers gekauft hatten. Seine sonst so breiten Schultern hingen herab. Sein Haar war kurz geschnitten. Der Ansatz von einem Bart, den sie das letzte Mal an ihm gesehen hatte, war offensichtlich abrasiert und der Schnurrbart und das Ziegenbärtchen, das beim Küssen so kitzelte, gleich mit. Richter hatten kein Vertrauen zu Angeklagten mit Gesichtsbehaarung, das wusste er. C. J. konnte ihm seine Verlegenheit sogar von hinten ansehen. Sie kannte seine Körpersprache und spürte, dass er am Boden war.

Sie hatte im Starbuck's einen Kaffee getrunken und beobachtet, wie Manny und Chris Masterson die Treppe zum Gericht hinaufgingen. Sie war sitzen geblieben, bis alle im Gebäude hinter der Sicherheitsschleuse verschwunden waren. Erst dann machte sie sich auf den Weg. Sie wusste, dass noch andere kommen würden, um ihn zu unterstützen, und so wartete sie bis nach neun Uhr – bis alle im Saal Platz genommen hatten und die Sitzung begann – und keine Zeit mehr für Smalltalk und für Fragen war. Ein Justizbeamter hatte ihr am Telefon gesagt, dass Dominick als Neunter an der Reihe war, also wusste sie, dass sie ihn nicht verpassen würde. Denn das durfte sie nicht. Sie hatte ein Versprechen gegeben.

Ich bin da für dich mit allem, was in meiner Macht steht. Wenn du es willst.

Dann hatte sie den Kaffee ausgetrunken und war über die Straße gegangen. An jenem Nachmittag vor seiner Wohnung hatte er nicht auf ihr Angebot reagiert, doch das machte nichts. Es war alles ihre Schuld. Ihretwegen stand er überhaupt hier. Sie hatte ihm mehrere Nachrichten hinterlassen, und dann war sie heute hierher nach Jacksonville gekommen. Sie würde für ihn da sein, selbst wenn er es nicht wollte.

Sie hatte nicht erwartet, dass er sie in die Arme schließen würde, wie in einem billigen Liebesroman – dass die Zeit plötzlich stehen blieb und alles vergessen und vergeben wäre. Aber vielleicht hatte sie es insgeheim gehofft. Gehofft, er würde ihr verzeihen, dass sie ohne Abschied, ohne ein Wort der Entschuldigung gegangen war. Dass sie ihn enttäuscht hatte. Ihn so verletzt hatte.

Auf jeden Fall hatte sie nicht damit gerechnet, dass er, ohne zu zögern, an ihr vorbeigehen würde. Ohne auch nur ein Lächeln oder ein Nicken, ohne in irgendeiner Form auf die Worte zu reagieren, die sie ihm zugeflüstert hatte. Als ihre Blicke sich trafen, sah sie zuerst die Überraschung, dann den Schmerz und die Wut. Ihr Herz setzte aus. Einen kurzen Moment meinte sie, das heimliche Funkeln zu sehen, das nur Liebende füreinander haben, wenn ein Blick mehr als tausend Worte sagte. Doch falls es so war, dann war das Funkeln erloschen, noch bevor sie es richtig gedeutet hatte. Er war schon an ihr vorbei und zur Tür hinaus, die dröhnend hinter ihm zuschlug.

Wenn in Büchern und Filmen oder auch nur beim Mittagessen Leute zu erklären versuchten, wie sich Liebeskummer anfühlte, klang es immer wie ein Klischee. Doch in diesem Moment waren die Worte, die sie immer für melodramatisch gehalten hatte, entsetzlich wahr. Es fühlte sich an, als zerrisse etwas tief in ihrem Inneren. Sie spürte körperlich, wie ihr ein Stück aus dem Herzen gerissen wurde, so tief in ihr drin, dass die Wunde nie verheilen könnte.

Manny löste sich aus dem Kreis der Polizisten, die aus Solidarität gekommen waren. Alle wussten, dass Dominick heute wegen ihr hier stand, und jetzt sahen sie mit niedergeschlagenen Augen zu, wie er sie stehen ließ. Verlegen lächelnd kam der Bär zu ihr. Sein mitfühlender Blick sagte, dass er alles mit angesehen hatte. »Boss!«, rief er.

Doch sie war schon fort. Sie verließ den Gerichtssaal, nahm den ersten Aufzug nach unten und eilte hinaus in den Sonnenschein. Sie rannte die Stufen hinunter in der Hoffnung, es bis in den Wagen zu schaffen, bevor sie hier irgendwo zusammenbrach.

59

»Ich weiss nicht, Tom. Richter Guthrie schien nicht besonders überzeugt«, sagte der Bundesstaatsanwalt für den Middle District of Florida in den Hörer. Er drehte sich in seinem Sessel und sah hinaus auf die Innenstadt von Jacksonville.

»Willst du mir etwa sagen, das war keine gottverdammte Körperverletzung? Dass da auf dem verfluchten Video keine Verletzung der Bürgerrechte zu sehen ist?«, schrie Tom de la Flors, Bundesstaatsanwalt für den Southern District, seinen Kollegen und Studienfreund am anderen Ende der Leitung an.

»Hier oben ticken die Uhren anders, Tom. Ist eben eine andere Mentalität.« Der Staatsanwalt kratzte sich am Kopf und schloss die Augen. Er wünschte, er müsste dieses Gespräch nicht führen. Es war ihm zuwider. »Eine Menge Jungs von hier arbeiten im Strafvollzug, oben in Raiford, Lawtey, New River CI und Union. Das Hauptquartier des FDLE sitzt um die Ecke in Tallahassee und andere Behörden auch. Du kannst dir vorstellen, wie die Geschworenen entscheiden, wenn es um einen Polizisten geht.«

»Wir haben es auf Video, Jeff.«

»Denk an Rodney King, Tom. Und jetzt stell dir vor, Rodney kommt nach Jacksonville.«

»Hier geht es nicht um Rassismus.«

»Nein, aber hier steht das Wort eines Polizisten gegen das Wort eines Arschlochs.«

»Trotzdem ein schlechtes Beispiel, Jeff. Nachdem das Bezirksgericht es verbockt hatte, wurden die Polizisten auf Bundesebene verurteilt.«

»Aber nur, weil niemand zusehen wollte, wie L. A. zum zweiten Mal brennt. Hier fürchtet niemand, dass Jacksonville in Rauch aufgehen könnte. Was ich damit sagen will, ist, dass ein Video manchmal einen feuchten Kehricht wert ist.«

Jeff seufzte. Tom und er waren im selben Jahrgang in Princeton gewesen, aber das war auch schon alles, was sie gemeinsam hatten, soweit er sich erinnern konnte. Er mochte es nicht, sich vor einem aufgeblasenen Rüpel aus Miami rechtfertigen zu müssen, ob sie Studienkollegen waren oder nicht. Jeder kleine Anwalt, den er im Süden Floridas kannte, hielt sich für einen tollen Hecht. Und kaum dass er ein Amt bekleidete, wurde es noch schlimmer. Jeff war in Jacksonville geboren und aufgewachsen, er hatte die Stadt nur auf Drängen seines Vaters zum Studium verlassen und war gleich nach dem Examen zurückgekehrt. Nach dreiundvierzig Jahren hatte er die spöttischen Kommentare über den »alten Süden« von Seiten der arroganten Kollegen satt, die südlich von Palm Beach lebten, im Land der umgetopften New Yorker und gestrandeten Boat-People.

»Ich weiß nicht, wie es in Miami ist«, fuhr Jeff gereizt fort, »aber ich sag dir eins, Tom, das hier ist keine Stadt, die zum Angeklagten hält. Nicht zu einem, der in der Todeszelle sitzt, und bestimmt nicht zu einem, der ein Serienmörder ist und auf dem Video aussieht, als würde er seine eigene Mutter fressen. Dass Lowell die Anklage durchgekriegt hat, bedeutet rein gar nichts. Wenn Richter Guthrie und eine Jury mit Leuten aus der Gegend hören, dass der Special Agent eine blütenreine Weste hat und es nie Beschwerden über ihn gegeben hat, und wenn sie sehen, wie der Mann, der für elf Morde verurteilt ist, auf dem Video faucht und geifert – und noch grinst, als er den Kinnhaken einsteckt, weil er denkt, er weiß, wie der Hase läuft ... Was ich sagen will, Tom, hier oben wird so eine Sache nicht unbedingt für eine Verletzung der Bürgerrechte gehalten. Im Gegenteil. Und vergiss nicht, wie der verurteilte Serienmörder vor der Öffentlichkeit geprahlt hat, er sei ein brutaler Vergewaltiger und habe die hübsche Staatsanwältin und Freundin unseres hoch geschätzten Cops beinahe abgemurkst – die Leute werden mit Fähnchen und Trillerpfeifen draußen vor dem Gericht stehen.«

»Scheiß auf die Leute«, knurrte de la Flors.

»Bitte?«

»Entschuldige, Jeff. Hör zu, mach, was du kannst, und lass die Geschworenen entscheiden. Dein hoch geschätzter Cop mischt sich hier in eine FBI-Ermittlung, bei der es um die Polizistenmorde geht. Und es ist nicht das erste Mal, dass er versucht, uns auszustechen. Er tut sich mächtig dicke.« *Sich dicke tun. Das war die Sprache, die man dort oben verstand.* Tom de la Flors trommelte mit dem Stift auf den Tisch. Dominick Falconetti war ein sturer Hund. Und er hatte sich seit dem Cupido-Fiasko nicht gebessert. Er und sein

Kommandostab brauchten endlich einen Dämpfer. Sie hatten sich schon das letzte Mal mit ihm angelegt, was ihn damals fast die Berufung zum Bundesrichter gekostet hatte.

»Wenn er zu Hause vor der Glotze sitzt, kommt er vielleicht am ehesten wieder zur Besinnung«, fuhr de la Flors fort. »Der Polizeipräsident soll sich mit seinem Boss zusammensetzen und darüber reden, welchen Nutzen ihr heißblütiger Agent der Task-Force zurzeit bringt.«

»Ich sag's dir gleich, ich werde mich nicht allzu weit aus dem Fenster lehnen«, sagte Jeff müde. »Carson Trunt wollte die Sache nicht mal mit der Kneifzange anfassen.«

Trunt war der Staatsanwalt des Achten Gerichtsbezirks in Bradford County, wo das Staatsgefängnis Florida seinen Sitz hatte. Die Gerichtsbarkeit über Verbrechen auf Landesebene oblag ihm, und das schloss auch Körperverletzung in staatlichen Einrichtungen mit ein. Jeff wusste, es würde schwierig werden, einer Jury im Bundesgericht zu erklären, warum die Bundesregierung der Vereinigten Staaten einen Landesbeamten verklagen wollte, der in einer Landesvollzugsanstalt einen auf Landesebene Verurteilten geohrfeigt hatte – womit das Land aus irgendeinem Grund nichts zu tun haben wollte.

De la Flors knirschte mit den Zähnen. »Es gibt ein Video von einem Cop, der einem Häftling die Visage poliert, und du hast Angst, die Leute denken, du würdest dich zu weit aus dem Fenster lehnen?« Er atmete geräuschvoll aus, dann änderte er seinen Tonfall. »Ich halte dich für einen guten Mann. Du machst eben deinen Job. Carson Trunt ist der, der seine Pflichten vernachlässigt. Aber wir haben nun einmal Wahljahr, nicht wahr?«

Tom de la Flors legte kopfschüttelnd den Hörer auf und sah Mark Gracker ungläubig an, der vor ihm saß und sich mit einer Visitenkarte die Fingernägel reinigte.

»Sagen wir es mal so, sie sind nicht gerade begeistert dort oben.« Gracker nickte langsam, doch er war klug genug, den Mund zu halten. »Gracker, Sie beeilen sich lieber mit dem, was Sie hier unten zu tun haben.«

Verfluchte Südstaatler, dachte de la Flors und fuhr sich durch das dünner werdende Haar. Kein Wunder, dass sie den verdammten

Bürgerkrieg verloren hatten. *Fähnchen und Trillerpfeifen.* Was zum Teufel veranstalteten die da oben – eine Gerichtsverhandlung oder einen Jahrmarkt?

60

BILL BANTLING GRINSTE, als die Wachmänner ihn durch den Korridor zu seiner Zelle zurückbrachten. Irgendwie war alles nicht mehr ganz so trist und grau wie noch vor einer Stunde. Das Treffen mit seinem Anwalt hatte sich gut entwickelt. Sogar besser, als er erwartet hatte.

Anscheinend hatten die Chancen, nach einem Schuldspruch – egal, welcher Art – mit einem Berufungsantrag wieder vor dem Richter zu landen, bei ungefähr vierhundertfünfzig zu eins gelegen. Hatten zumindest Bills Mithäftlinge und die lahmärschigen Wachen, die in seinem Block Dienst schoben, gesagt. Andere Insassen hier hatten es fünf-, fünfzehn-, dreißigmal vor dem Landesgericht mit der Dreierbestimmung probiert, genauso viele Anträge nach Paragraph A 2254 vor dem Bundesgericht gestellt und unzählige öffentliche Beschwerden eingereicht, darunter falsche Habeas-Corpus-Anträge, Certiorari-Petitionen und ein Dutzend anderer Geschichten mit zungenbrecherischen lateinischen Namen. Natürlich hatte sein Anwalt ihm versprochen, dass Bills Chancen weit besser standen, aber Neil Mann wollte sein Geld ja auch im Voraus haben.

Und jetzt waren seine Chancen auf fünfzig zu eins gestiegen. Die Sache war zwar immer noch nicht im Kasten, aber Bantling hatte nichts zu verlieren. Ein kleiner Urlaub aus dem Dreckloch hier, ein Ausflug quer durch Florida, das süße Wiedersehen mit alten Freunden – die Sache wuchs sich zu einer richtigen Party aus. Und dann war da noch das Überraschungsbonbon, mit dem er nicht einmal gerechnet hatte: Anklage vor dem Bundesgericht und Suspendierung des leitenden Ermittlers – *Halleluja!* Er sprengte die Bank.

Mann, das würde ein Spaß werden. Die Trümpfe, die er in der

Hand hielt, würden die gar nicht so süße Chloe das Fürchten lehren. Sie in ihre eigene kleine Zelle schicken, mit Ratten als Mitbewohnern und einmal die Woche Besuch von ehemaligen Freunden und Liebhabern, wenn sie Glück hatte. Das hieß, falls sie nicht wieder durchdrehte. Dann wäre ihre Zelle weiß und gepolstert, und sie bekäme lange Zeit gar keinen Besuch. *Vielleicht war das noch besser*, kicherte er in sich hinein. Er wusste, er konnte es schaffen, egal, wie die Chancen standen. Lourdes Rubio flehte ihn um Vergebung an, das hatte er schwarz auf weiß. Er hatte das Tonband. Chloe hatte nichts. Gar nichts. Sie waren alle tot, jeder Einzelne ihrer abgerichteten Affen, ihrer Komplizen. Es gab nur noch sie. Sie war die letzte Zeugin.

Die Tür seiner Fünf-Quadratmeter-Zelle fiel zu, und er war wieder eingeschlossen. Doch nicht mehr lange. Es war Zeit, die Koffer zu packen. Die Zahnbürste und seinen Sonntagsanzug. Denn es ging nach Hause.

Und wenn er nächste Woche wieder in der Stadt war, hätte er noch ein anderes kleines Geschäft zu erledigen. Denn es gab noch einen, der Bill am liebsten in der Zelle verfaulen sehen würde für Verbrechen, die er nicht begangen hatte. Einen, der ebenfalls versuchte, Bills Zukunft zu beeinflussen. Wenn Bantling das Tonband endlich hören konnte, würde sich sein Verdacht bestätigen, und dann könnte er sich auch um den neuen Mitspieler kümmern. Ein paar Karten hatte er noch in der Hand, die er vor der Bezirksstaatsanwaltschaft ausspielen würde, und für seine neuen Freunde bei der Bundesstaatsanwaltschaft hatte er auch noch was parat. Interessante Mosaiksteinchen, die er gegen ein paar Gefälligkeiten eintauschen würde, falls die Dinge nicht so liefen wie geplant.

Bantling hatte nur noch kein Gesicht, das auf den Namen passte. Doch schon bald würden die unerschrockenen Gesetzeshüter Morpheus' Identität aufdecken, denn er war einer von ihnen, da war sich Bantling sicher. Er lauerte in den eigenen Reihen. Der Mann, der in gewissen tödlichen Kreisen nur unter seinem anderen Spitznamen bekannt war.

Cop-Killer.

61

DANN MUSST DU ES EBEN TUN.

Sie dachte an die Worte ihres Vaters, als sich im dritten Stock die Fahrstuhltüren öffneten. C. J. drückte den Rücken durch und bahnte sich mit ihrem Wägelchen den Weg durch das alltägliche Chaos, das mittags um eins auf den Fluren des Gerichts herrschte, nach dem Essen, wenn die Sitzungen wieder begannen.

Richter Chaskel hatte einen der größeren Gerichtssäle des Gebäudes belegt, Saal 4-8, um die murrende Presse unterzubringen. Sein Maulkorbgebot war befolgt worden – vielleicht etwas zu gewissenhaft –, und die Flucht ins Richterzimmer bei Bantlings Huff-Hearing hatte ihm bei den Medien auch nicht gerade Punkte eingebracht. Um keine Lawine von Klagen wegen Verletzung der Sunshine Laws zu provozieren, der Beschneidung von Informations- und Pressefreiheit, hatte Chaskel nun für die Beweisaufnahme die großen Tore geöffnet, doch das Maulkorbgebot galt weiter. Glücklicherweise hatte Neil Mann Angst vor dem Richter und war nicht clever genug, sich auf die Seite der Presse zu schlagen. Damit hätte er Sympathien gewinnen können, die sein Mandant bitter nötig hatte, doch er spielte die Karte nicht aus.

An Rose Harris' Seite erreichte C. J. die Tür des Saals. Mit erhobener Hand signalisierte sie, dass sie keinen Kommentar abgeben würde. Erleichtert sah sie, dass Rose es genauso machte. Seit zehn Jahren waren sie Kolleginnen, fünf Jahre zusammen in der Abteilung für Kapitalverbrechen, doch sie hatten sich nie enger befreundet. Und die jüngsten Ereignisse belasteten ihre Beziehung zusätzlich. Doch jetzt war es wichtig, vor Chaskel und dem Staatsanwalt eine geschlossene Front zu demonstrieren, also marschierten sie gemeinsam auf, jede mit ihrem Aktenwagen im Schlepptau. C. J. wusste, dass Rose wütend war, weil ihr Fall gegen Bantling von C. J.s Fall abhing und weil, wenn C. J.s Schuldspruch kippte, Rose' Schuldspruch ebenfalls in die Binsen ging.

Rose war ziemlich abgebrüht – im Gerichtssaal und auch sonst. Mit Köpfchen und Ellbogen war sie die Karriereleiter hinaufgeklettert, vorbei an Männern, die schon länger als sie im Geschäft waren.

Sie hatte die anderen zehn Cupido-Morde verhandelt, als C. J. sie ihr übertragen hatte. Wegen des Mordes an Anna Prado musste C. J. Bantling selbst vor Gericht bringen, doch emotional wäre es Selbstmord gewesen, wenn sie die anderen Morde auch noch verhandelt hätte. Vier Wochen mit ihm im Gerichtssaal waren genug gewesen. Als das Urteil feststand, hatten Rose Harris und das Williams Rule übernommen. Allerdings sah es jetzt so aus, als würde die Geschichte noch einmal umgeschrieben, und keine von beiden war besonders glücklich darüber.

Travis Cormier aus der Haftanstalt hielt C. J. die Tür auf. Sie zögerte. Wie bei einem Pferd, das instinktiv vor dem Sprung zurückscheute, wollten ihre Beine die Schwelle nicht übertreten. Sie wusste, dass er schon da war. Sie konnte es spüren.

»Kommen Sie, Frau Staatsanwältin?«, sagte Travis ungeduldig.

Sie würde nicht zulassen, dass er sie verrückt machte. Sie war stärker. »Schon gut«, gab sie zurück, »ich dachte nur kurz, ich hätte was vergessen.« Dann schluckte sie die Angst hinunter und ignorierte ihre weichen Knie.

Der Saal war voll von Publikum und Journalisten, doch sie beachtete sie nicht. Sie sah nur Neil Manns Rücken und sein strähniges schwarzes Haar, das unbedingt geschnitten werden musste. Er stand am Tisch der Verteidigung. Das Jackett schlug Falten unter seinen Achseln, als er sich zu *ihm* hinunterbeugte. Sie konnte ihn nicht sehen, doch sie wusste, dass er auf sie wartete.

Neil Mann hatte Einspruch gegen Handschellen und Fußketten erhoben, und Richter Chaskel hatte dem stattgegeben. Stattdessen war der prominente Häftling mit dem neuesten elektronischen Schnickschnack ausgestattet worden. Von seinem Knöchel unter der Anzughose – er hatte die Beine lässig übereinander geschlagen – baumelte das Gerät, das im Volksmund »Bandit« hieß. Unter dem Hemd trug er einen Bauchgurt, der mit elektrischen Kontakten ausgestattet war. Beide Vorrichtungen würden ihm einen Elektroschock versetzen, der einen Drei-Zentner-Mann in die Knie gezwungen hätte, sobald ein Vollzugsbeamter den Knopf drückte. Bantling war mit einer ganzen Entourage von Wärtern aus Raiford angereist – vier Sergeants, ein Lieutenant und zwei Wachmänner sowie ein zweiter Wagen, der den Van eskortierte. Keiner wollte verantworten müssen, dass er verloren ging oder mit einer neuen Beule heimkam. Sein Gefolge hatte sich hinter dem Verteidigungstisch in einer Reihe an der Wand aufgebaut, neben der Geschworenenbank. Weiteres Wachpersonal sicherte den Eingang und die Richtertür.

Langsam blickte C. J. zum Verteidigertisch und sah die langen weißen Finger einer Hand, die bedächtig auf die Holzplatte trommelten. Jetzt verdeckte der Rücken des Anwalts nur noch das Gesicht. C. J. konnte den Blick von den Fingern nicht lösen. Selbst aus der Entfernung hätte sie schwören können, sie höre das Klicken der Nägel auf dem Tisch, das leise Pfeifen seines Atems. Er war auf der Lauer.

»Erheben Sie sich!«, rief Hank der Gerichtsdiener plötzlich.

Sie hatte keine Zeit mehr zum Nachdenken. Die Tür zum Richterzimmer wurde aufgerissen, Richter Chaskel erschien und rauschte auf seinen Thron zu. C. J. spurtete durch den Mittelgang.

»Keine Mobiltelefone, keine Pager während der Verhandlung. Bei wem es klingelt, der fliegt raus. Dem Gericht sitzt vor: der Ehrenwerte Richter Leopold Chaskel III. Setzen! Ruhe im Gerichtssaal!« Hank verrichtete seinen Dienst seit über dreißig Jahren, und irgendwann war ihm die Höflichkeit abhanden gekommen. Er behandelte alle Menschen gleich. Gleich unhöflich.

Der Richter warf einen Blick auf die Uhr, dann auf C. J., die noch nicht an ihrem Platz saß. Schweigend wartete er, bis sie an der Richterbank vorbei zum Tisch der Staatsanwaltschaft gehastet war, wo Rose Harris bereits saß.

Er sah zu, wie sie sich setzte und die Akten auspackte. Es war still im Raum, jeder war gespannt darauf, ob der Richter sie zur Eile antreiben würde. Sie hörte die genervten Seufzer in den Bankreihen hinter sich, als hätte sie die Zuschauer bereits Stunden warten lassen. Rose tippte mit dem Stift auf den Tisch, wofür C. J. sie am liebsten erwürgt hätte.

Wie ist es bloß so weit gekommen? Dass ich die Außenseiterin bin, die keiner leiden kann? Neben der keiner sitzen will? Sie und Rose waren vielleicht nie beste Freundinnen gewesen, aber sie hatten einander respektiert. Vor Richter Chaskel hatte C. J. tausendmal gestanden, er hatte sie immer gemocht – dachte sie zumindest –, und es hatte ihn nie gestört, wenn sie ein paar Minuten zu spät war. Jetzt warf er ihr von der Richterbank böse Blicke zu. *War sie überempfindlich, oder hatte sich das Blatt gewendet?*

Den Kopf tief in die Aktenkartons versenkt, hatte sie Bantling noch nicht ansehen müssen, doch sie konnte sein Grinsen spüren. Sein innerliches Grinsen, nach außen zeigte er wahrscheinlich eine mitleiderregende Leidensmiene. *Helft mir! Man hat mich in eine Falle gelockt!* Für die Presse, den Richter, seinen Anwalt, die Zuschauer.

»Entschuldigen Sie bitte, Herr Richter«, sagte C. J.

»Ist die Staatsanwaltschaft jetzt so weit?«, fragte der Richter.

»Ja, Euer Ehren«, sagte Rose.

»Ja, Herr Richter«, flüsterte C. J.

Ein wenig hätte sie noch warten können. Warten, bis Bantling in den Zeugenstand trat, warten, bis sie ihn ansehen *musste*. Doch sie wartete nicht.

Aus tiefstem Herzen hatte sie gehofft, einen heruntergekommenen, deutlich gealterten Mann zu sehen, einen Mann, der am Ende war. Sie hatte vergebens gehofft.

Die kalten blauen Augen warteten schon, als sie ihn ansah. Sein Blick bohrte sich in ihre Augen. Er war blass, doch weder schien er gealtert noch in irgendeiner Weise zermürbt. Die Stirn in die Hand gestützt, grinste er sie an, ohne dass der Richter und die Kameras es sehen konnten. Lautlos richtete er die Worte an sie, die ersten nach drei Jahren.

Da wären wir also wieder.

62

NEIL MANN WAR NERVÖS. Seine Unterlippe zitterte, ein Tic, den er seit der Kindheit hatte. Einer der Gründe, warum er eigentlich nicht mehr vor Gericht arbeitete.

Doch er brauchte diesen Mandanten. Der Fall brachte nicht sonderlich viel Geld, aber Publicity. Bill Bantling könnte für Neil Mann das sein, was William Kennedy Smith für seinen Kollegen Roy Black gewesen war: die Rakete in die Stratosphäre der Promi-Anwälte mit Stundenhonoraren von vierhundertfünfzig Dollar und Fernsehauftritten als Rechtsexperte.

Allerdings drohte diesem Traum jetzt akute Gefahr.

Der Fall – der Fall seines Lebens – war ihm in den Schoß gefallen. Als Bills Brief eines Mittwochs im Postkasten lag, hatte Neil den Namen sofort erkannt. Dann hatte Bill ihm Rubios handschriftlichen Entschuldigungsbrief weitergeleitet. Danach wusste Neil, dass er für die heutige Anhörung in einen neuen Anzug investieren würde.

Er hatte mit Ms. Rubio telefoniert, und sie hatte ihm alles von dem Plausch erzählt, den sie mit einem betrunkenen, notgeilen Victor Chavez in einer Bar in South Beach geführt hatte, ungefähr eine Woche nachdem Bantling verhaftet worden war. Victor hatte keine Ahnung gehabt, dass Lourdes Bantlings Anwältin war, als er ihr von dem anonymen Anruf erzählte, wonach Bantling angeblich Drogen in seinem Jaguar gehabt habe. Rubio berichtete Neil auch von dem Tonband und dass sie den Prozess letzten Endes absichtlich verloren habe. Natürlich schlug Mann vor, gen Westen zu fliegen und zu ihr in die Kanzlei zu kommen – das war das Naheliegendste –, doch sie lehnte ab. Und er wollte sie nicht drängen. Stattdessen bot sie ihm die eidesstattliche Versicherung an – notariell beglaubigt – und eine Kopie des Tonbands. Und versprach, zur Anhörung nach Miami zu kommen, wenn es so weit war. Auf eigene Kosten, beharrte sie. Neil würde noch nicht einmal zahlen müssen.

Ein Geschenk der Götter. Hatte er gedacht. Jetzt spielten ihm die Götter einen bösen Streich. Das Tonband war nicht angekommen. Zuerst hatte ihn das nicht weiter beunruhigt, denn Lourdes war die ganze Zeit sehr zurückhaltend, sehr geheimnistuerisch gewesen. Neil nahm an, dass sie es sich anders überlegt hatte und es persönlich mitbringen wollte. Immerhin hatte sie ihm den exakten Wortlaut mitgeteilt, und bis zum Gerichtstermin spielte die Aufnahme selbst keine große Rolle. Doch der Gerichtstermin war heute.

Nach dem Huff-Hearing hatte er sie angerufen und eine Nachricht mit dem Datum der Beweisaufnahme hinterlassen. Sie hatte nicht zurückgerufen. Als er ein zweites Mal anrief, bekam er nicht den Anrufbeantworter, sondern die Ansage: »Kein Anschluss unter dieser Nummer.« In diesem Moment bekam es Neil mit der Angst zu tun. Am Mittwoch verlor er dann die Geduld und engagierte einen Privatdetektiv, der ihm am Samstag die Neuigkeiten überbrachte. Den Rest des Wochenendes brütete Neil über der Frage, ob der Fall, der Fall seines Lebens, noch zu retten wäre.

»Also schön, alle sind da, und Zeit ist Geld«, sagte Richter Chaskel und lehnte sich in seinem Ledersessel zurück. Der Saal war um einiges imposanter als die Kabuffs, in denen er sonst Gericht hielt. »Mr. Mann, das ist Ihre Show. Rufen Sie bitte Ihre erste Zeugin auf.«

Widerstrebend erhob sich Neil Mann, seine Hände hinterließen feuchte Abdrücke auf dem Tisch. »Es gibt da ein Problem, Richter. Dürfte ich kurz zu Ihnen nach vorne kommen?«

Richter Chaskel setzte sich steif auf. »Sind Ihre Zeugen hier, Mr. Mann? Ich habe Ihnen und Ms. Townsend letzte Woche deutlich gesagt, dass ich keine Lust auf Spielchen habe. Wir haben den Angeklagten hier, und wir haben dafür Himmel und Hölle in Bewegung gesetzt …«

»Das Problem hat mit einer Zeugin zu tun, Euer Ehren.« Neils Lippe zitterte, und das war kein gutes Zeichen. »Ich habe erst am Wochenende davon erfahren, und ich weiß nicht, wie ich weiter verfahren soll. Ich würde gern zu Ihnen nach vorn –«

»Was ist los, Mr. Mann?«, knurrte Chaskel.

»Es geht um Lourdes Rubio, Euer Ehren. Am Wochenende habe ich einen Anruf bekommen …«

»Lassen Sie mich raten. Sie hat ihre Meinung geändert und kommt nicht.«

»Herr Richter, sie ist ermordet worden.«

Blitzlichter explodierten, Reporter rannten nach draußen, um ihre Redakteure anzurufen, und wieder einmal war die Hölle los.

63

»Ins Richterzimmer«, rief der Richter, ohne lange zu überlegen. »Sofort.« Die Journalisten, die im Saal geblieben waren, protestierten, doch der Richter hatte andere Sorgen. Er stürmte von der Richterbank, gefolgt von einem verzweifelten Neil Mann, dem Gerichtsdiener und der Protokollschreiberin, die mit ihrem Zubehör jonglierte. Zwei Vollzugsbeamte rückten näher an Bantling heran.

»Das ist doch nicht zu fassen. Ermordet?«, flüsterte Rose und schüttelte entsetzt den Kopf. »Gehen wir, C. J.«, sie griff nach der Akte. »Mit dem Richter ist heute nicht zu spaßen. Finden wir raus, was passiert ist.«

Doch C. J. konnte sich nicht rühren. Sie sah auf die Akte, die vor ihr lag. Sie hatte das Gefühl, sie würde sich übergeben müssen, wenn sie aufstand. Sie kniff die Augen zusammen und sah Lourdes vor sich, wie sie hinter ihrem Schreibtisch saß, in ihrer Kanzlei in diesem gottverlassenen Nest im Südwesten. Wie verächtlich Lourdes reagiert hatte, als C. J. sie um vertrauliche Informationen gebeten hatte. Informationen, mit denen C. J. womöglich die Identität eines weiteren Psychopathen hätte ermitteln können. Doch Lourdes hatte sich geweigert.

Ermordet? Nicht einfach gestorben. Kein Autounfall, keine langjährige Krankheit, kein verdammtes Blutgerinnsel. *Mord*. Wann? Wo? Hatte der Mord mit ihr zu tun? Mit dem Fall? Und bildete es sich C. J. nur ein, dass alle Augen hier im Saal auf sie gerichtet waren? Sah sie schuldig aus? Sie hatte dem Gericht nichts von dem Treffen mit Lourdes vor mehr als zwei Wochen erzählt, denn dazu war sie rechtlich nicht verpflichtet. Außerdem hatte sie angenommen, Lourdes würde diesen Besuch heute selbst ansprechen. Was sollte sie denn jetzt tun?

»Neil ist anscheinend nicht auf die Idee gekommen, seinen Mandanten vorzuwarnen, bevor er die Bombe hat platzen lassen«, flüsterte Rose mit einem Blick zum Tisch der Verteidigung. »Sieht aus, als hätte es ihm den Atem verschlagen. Gut so«, schnaubte sie.

Bantling starrte auf die leere Richterbank, er öffnete und ballte die Fäuste, als versuche er mit aller Macht, sich zu beherrschen. Das Grinsen war verschwunden. Ein dritter Vollzugsbeamter hatte sich hinter ihn gestellt.

»C. J., Mädchen, du siehst blass aus. Komm, trink einen Schluck.« Ungeduldig hielt Rose ihr ein Glas Wasser hin. »Und jetzt lass uns nach hinten gehen, bevor Chaskel ausrastet. So schrecklich das Ganze ist, am Ende kommt es uns vielleicht zugute. Ohne Lourdes gibt es keine Berufung. Bantlings neues Beweismaterial ist flöten gegangen, und wir dürfen vielleicht früher nach Hause, als wir gedacht haben.«

64

»Was zum Teufel ist hier eigentlich los?«, brüllte Chaskel Neil Mann an, kaum dass C. J. die Tür des Richterzimmers hinter sich geschlossen hatte.

»Herr Richter, ich habe es selbst eben erst –«

»Nein. *Sie* haben es am Wochenende erfahren. *Ich* habe es eben erst erfahren – in einem Gerichtssaal voller Kameras und voller Zuschauer.« Er sah C. J. an, die seinem Blick auswich. »Haben Sie auch davon gewusst?« Überrascht blickte sie auf, und er beantwortete sich die Frage selbst. »Offensichtlich nicht. Also, was ist passiert, Mr. Mann?«

»Ich hatte Ms. Rubio seit dem Huff-Hearing nicht erreicht.«

»Und Sie sind nicht auf die Idee gekommen, mich darüber in Kenntnis zu setzen?«

»Sie lebte sehr zurückgezogen, Herr Richter. Bis letzte Woche hatte ich mir nichts dabei gedacht. Und weil ich nicht um Vertagung bitten wollte, weil ich Mr. Bantling die Gerechtigkeit, die ihm zusteht, nicht noch länger vorenthalten wollte, habe ich einen Privatdetektiv angeheuert, um Ms. Rubio ausfindig zu machen. Um sie vorladen zu können, falls es sein musste. Am Samstag rief mich der Detektiv an und teilte mir mit, dass Lourdes Rubio ums Leben gekommen ist. Anscheinend ist sie in ihrer Kanzlei einem Raubmord zum Opfer gefallen. Die Polizei ermittelt noch, Festnahmen gibt es noch keine. Niemand hat uns hier informiert, weil Ms. Rubio alle Kontakte nach Miami abgebrochen hatte, als sie fortging. Ihre Mutter ist vor einem Jahr gestorben, und sonst hatte sie keine Angehörigen. Es tut mir leid, Herr Richter«, schloss er und sah auf den Boden.

»Ich hätte vor der Verhandlung davon erfahren müssen.«

»Ich habe einfach nicht gewusst, was ich tun sollte, Euer Ehren. Ich weiß es immer noch nicht. Immerhin ist es Mr. Bantlings letzte Chance.«

»Bevor er vors Bundesgericht geht, meinen Sie.«

»Die Fristen für Paragraph A 2254 sind abgelaufen.« Nach Paragraph A 2254 war das Recht auf Berufung vor dem Bundesgericht in der Verfassung verankert, doch dieser Paragraph war noch strenger, was die Fristen anging.

»Das ist nicht mein Problem«, seufzte der Richter verdrossen. »Lassen Sie mich nachdenken. Wir haben Rubios eidesstattliche Versicherung.«

»Die als indirektes Beweismittel nicht rechtserheblich ist. Wie eine gewöhnliche mündliche Aussage. Die Staatsanwaltschaft hat das Recht auf Überprüfung der Aussage durch ein Kreuzverhör, Richter«, sagte Rose.

»Sie ist tot, Ms. Harris.«

»Eben. Ich will hier nicht gefühllos erscheinen, aber es ist nicht die Schuld der Staatsanwaltschaft, dass sie nicht verfügbar ist. Es tut mir leid, aber wir haben das Recht, die Zeugin zu vernehmen. Immerhin eine Zeugin, deren Aussage elf Schuldsprüche wegen Mordes kippen soll.«

»Ich kann mich nicht erinnern, dass die Staatsanwaltschaft Einspruch erhob, als es um die Aussage von Officer Chavez ging«, widersprach der Richter.

»Das ist etwas anderes. Er war bereits während der Verhandlung von der Verteidigung gründlich ins Kreuzverhör genommen worden. Nach dem Gesetz ist seine Aussage zulässig«, beharrte Rose.

»Was wollen Sie? Dass ich die Beweismittel ignoriere, die Mr. Mann vorgelegt hat, und Mr. Bantling zurück in die Todeszelle schicke? Weil die Zeugin, deren Aussage ihn entlasten könnte – seine eigene Strafverteidigerin, die ihrerseits Amtsmissbrauch eingestanden hat –, ermordet worden ist?« Er wandte sich an Neil Mann, dessen Miene sich etwas aufgehellt hatte. »Das Tonband, um das es geht, liegt doch im Polizeiarchiv. Wir können es von Miami Beach anfordern. Mr. Mann wird bestimmt einen Präzedenzfall finden, der das Band als Beweismittel zulässt, nicht wahr?«

Wieder blickte Mann verlegen zu Boden. »Ich habe es nicht, Herr

Richter. Das Band. Sie wollte es mitbringen. Das Original ist schon vor Jahren gelöscht worden, auf dem Revier werden die Bänder nur dreißig Tage lang aufbewahrt. Ms. Rubio sagte, sie habe ihre Kopie am neunundzwanzigsten Tag angefordert.«

Chaskels Miene gefror. »Das ist nicht Ihr Ernst, Mr. Mann. Das kann nicht Ihr Ernst sein. Ich leg mich krumm, um Ihrem Mandanten hier eine Beweisaufnahme zu ermöglichen, und das verfluchte Band, das den Stein ins Rollen gebracht hat, liegt gar nicht vor? Wie kann das sein?« Er wandte sich an Rose und C. J. »Meine Damen, Sie hatten Zugang zu Rubios Akten. Haben Sie das Band dort gefunden?«

»Das Tonband wurde nicht einmal erwähnt«, meldete Rose.

C. J. rutschte das Herz in die Hose. »Nein, Herr Richter«, sagte sie. »Kein Tonband bei den Akten.« Soweit stimmte es sogar.

»Herrgott, was für eine Schlamperei«, sagte der Richter. »Was soll ich bloß machen?« Er fuhr sich durchs Haar und seufzte tief. »Ich muss recherchieren. Das müssen wir alle. Morgen um neun will ich Sie alle wieder hier sehen, und diesmal möchte ich, dass wir uns an die Gesetze halten. Es geht hier um das Leben eines Mannes, und daher rate ich Ihnen allen, das Richtige zu tun.«

65

Als C. J. wenig später die Strasse überquerte, auf dem Weg zurück ins Büro, kannte sie alle schrecklichen Details. Inzwischen berichtete die Presse auf allen Kanälen, selbst Soaps und Quizshows wurden unterbrochen, um die Zuschauer auf dem Laufenden zu halten, und es begann der Wettlauf, wer die blutigen Tatortfotos zuerst ausstrahlte. Einige Sender hatten Lourdes' Leiche aus Pietät unkenntlich gemacht oder zeigten nur das Blut auf dem Teppich. Anderen war die Quote wichtiger als die Moral, und allein das entfachte eine weitere Debatte, die wiederum mit den Fotos dokumentiert wurde.

Man hatte die Leiche am Freitagnachmittag entdeckt, nachdem Lourdes die ganze Woche nicht vor Gericht erschienen war. Nicht dass ihr Fehlen irgendjemandem aufgefallen wäre, außer vielleicht ihren allein gelassenen Mandanten. Es war die Putzfrau, die die Leiche schließlich fand. Lourdes war an mehreren Stichwunden gestorben, Handtasche und Uhr waren verschwunden, außerdem hatte ihr der Täter Ohrringe und Ringe abgerissen. Offensichtlich war sie einem Raubüberfall zum Opfer gefallen. Zum letzten Mal lebend gesehen hatte sie ein Mandant am Freitagmorgen vor dem langen Wochenende in ihrer Kanzlei, kurz vor dem Schneesturm. Da die Leiche eine ganze Woche lang unentdeckt geblieben war, machte die eingesetzt habende Verwesung die Bestimmung des genauen Todeszeitpunkts unmöglich. Im Hinblick auf ihr Fehlen vor Gericht ging man davon aus, dass sie irgendwann zwischen Freitagnachmittag und Dienstagmorgen gestorben war.

C. J. hatte Lourdes' Kanzlei um 14.30 Uhr an jenem Freitag verlassen, als der Schneesturm gerade losbrach. Sie hatte noch in den Ohren, wie der Wind heulte, als hinter ihr die Tür zuschlug.

C. J. las sich den Bericht doppelt und dreifach durch, aber sie fühlte sich vollkommen taub. Sie wagte nicht zu denken. Sie stellte keine Fragen, telefonierte nicht. Sie wollte nicht noch mehr Informationen, doch als Staatsanwältin würde sie die bestimmt bekommen.

Bedeuteten »mehrere Stichwunden«, dass man ihr die Kehle aufgeschlitzt hatte? Wurde der Zungenmuskel bewegt, hatte der Mörder die kolumbianische Krawatte hinterlassen? Hatte man Fingerabdrücke, Faserspuren am Tatort gefunden? Wenn ja, waren C. J.s darunter? Gab es überhaupt Verdächtige? Gab es Zeugen vor Ort, Zeugen, die vielleicht gesehen hatten, wie eine dunkelblonde Frau in einem gemieteten Geländewagen den Tatort verließ?

Und jede Frage wurde von der unangenehmen Erkenntnis begleitet, dass sie selbst vielleicht die Antwort darauf war. Sie hatte niemand von dem Treffen mit Lourdes an jenem Nachmittag erzählt, von den heftigen Worten, die sie gewechselt hatten, vom Grund ihres Streits: William Bantling und der fragwürdige anonyme Tipp, der ihn hinter Gitter gebracht hatte. Ihr Schweigen musste nun ziemlich verdächtig wirken, wenn es herauskam. Andererseits war bereits verdächtig, dass sie in Lourdes' Kanzlei gewesen war und dem Gericht nicht schon letzte Woche davon erzählt hatte.

Verdächtig und wahrscheinlich unentschuldbar und nicht wieder gutzumachen. Alle Spuren führten zu ihr, und sie spürte, wie ihr das Atmen immer schwerer fiel.

Hinter verschlossenen Türen, bei abgestellten Telefonen, saß sie kopfschüttelnd am Tisch und begrub das Gesicht in den Händen.

Es gab keinen Zweifel mehr. Alle waren tot. Chavez, Lindeman, Ribero und jetzt auch Lourdes. Alle außer ihr. Sie war übrig. Die letzte Zeugin einer tödlichen Verschwörung, die sich gegen die Verschwörer gewendet hatte. Und es würde nicht lange dauern, das wusste sie, bis auch andere die unleugbare Verbindung sahen.

Nach Antworten zu suchen hatte keinen Sinn. Stattdessen verschanzte sie sich in ihrem Büro und vertiefte sich in Gesetzestexte, Fallrecht und Westlaw.com. Sie ignorierte Marisols ungeduldiges Klopfen, Jerrys Tiglers Anrufe, die Anfragen der Presse. Denn sie rechnete damit, dass schon bald jemand die Frage formulierte, die sie nicht zu stellen wagte, und dann zeigten alle Finger auf sie. Dann klopfte nicht nur Marisol an der Tür. Dann käme Manny oder Chris Masterson oder die Polizei von Colorado oder das FBI.

Oder jemand noch Schlimmeres.

Denn da draußen war einer, der die Antworten auf ihre Fragen kannte. Der Mann, der die Zeugen aufgespürt hatte, der Reihe nach. William Bantling hätte Lourdes nicht beseitigen lassen – die Einzige, die ihn vor der Hinrichtung bewahren konnte. Der Mann, der das Tonband verschwinden lassen wollte, allerdings schon. Der Mann, der nicht wollte, dass Chavez auspackte, dass sich Lindemans Gewissen regte oder dass Riberos Angst ihn vor Gericht trieb, um die Wahrheit auszusagen.

Man hatte Bantling tatsächlich reingelegt auf dem Causeway, in jener Nacht. Reingelegt von jemandem, der wusste, was Chavez im Kofferraum finden würde: die nackte Frau ohne Herz, das Opfer des Serienmörders Cupido. Denn dieser Jemand hatte ihm die Leiche in den Kofferraum gelegt.

C. J. erinnerte sich an Greg Chambers Monolog in der schwarz gestrichenen Todeskammer, ihr Gesicht an den kalten

Stahl des Operationstischs gepresst. *Glaube nicht, ich liefere dir in letzter Minute ein Geständnis ab, um alle Fragen zu klären. Ein paar Rätsel wirst du einfach mit ins Grab nehmen müssen.*

Nicht sie war ins Grab gegangen, sondern er. Chambers war tot. Und das bedeutete, dass ein anderer – jemand, der sehr lebendig war – den anonymen Tipp vor drei Jahren gegeben hatte. C. J. hatte immer Chambers in Verdacht gehabt.

Sie hörte, wie sich die Etage nach und nach leerte. Um halb fünf gingen die Sekretärinnen, später packten auch die Major-Crimes-Kollegen ein und trotteten an ihrer Tür vorbei zur Sicherheitsschleuse und zu den Fahrstühlen. Allmählich legte sich die Nacht über das Gebäude. Um neun Uhr war sie die Einzige auf ihrer Etage. Um elf würde sie die Einzige im ganzen Gebäude sein.

Sie wollte nicht allein nach Hause. Nicht heute Nacht, nicht mit all diesen verrückten, angsterfüllten Gedanken. Zu Dominick konnte sie nicht mehr. Ein Hotel war denkbar, doch dort gab es zu viele Fremde, zu wenig Sicherheit. Hier hatte wenigstens ein Wachmann Dienst, es gab Sicherheitstüren und außer Kollegen und Polizeibeamten war nach Dienstschluss Fremden der Zutritt zum Gebäude verboten.

Also setzte C. J. um ein Uhr früh noch eine Kanne Kaffee auf, die ihr helfen sollte, den Berg von Fallrecht, der sich angesammelt hatte, abzutragen. Heute Nacht würde sie das Plädoyer ihres Lebens schreiben. Das würde sie sicher durch die Dunkelheit führen, bis das Morgenlicht ihr erlaubte, heimzufahren und sich umzuziehen.

Danach käme sie hierher zurück. Zurück, um das eine Monster aufzuhalten, bevor das andere Monster sie aufspürte.

66

RICHTER LEOPOLD CHASKEL SASS AN SEINEM SCHREIBTISCH und studierte die Stellungnahmen, die jeweils einen dicken Anhang mit Fallrecht von jedem Gericht des Landes hatten. Bindend waren eigentlich nur die Fälle, die vor dem Dritten Bezirksberufungsgericht Florida, dem Obersten Gerichtshof Florida und dem Obersten Bundesgericht der Vereinigten Staaten verhandelt worden waren. Doch auch die Urteile anderer Gerichte, selbst außerhalb der hiesigen Gerichtsbarkeit, konnten als Präzedenzfälle herangezogen werden, wenn die Fakten ähnlich gelagert waren. Mit anderen Worten, wenn vier von fünf Zahnärzten sagten, es sei richtig, dann sollte er sich der Meinung anschließen, den Zahn ziehen zu lassen.

Seine Augen brannten vom Schlafmangel und der anstrengenden Lektüre der klein gedruckten Texte, und er tupfte sie sich mit dem feuchten Waschlappen ab, den Janine ihm mit dem Mittagessen hereingereicht hatte. Um zwei Uhr morgens hatte er beschlossen einzupacken, war heimgefahren, doch er hatte nicht schlafen können und sich herumgewälzt, bis Lucienne, seine Frau, ihn schließlich um fünf Uhr morgens ins Gästezimmer verbannte. Zu diesem Zeitpunkt gab er auf, holte die Lesebrille wieder heraus und fuhr mit der Lektüre fort. Wenn Kapitalverbrechen vor dem Obersten Gericht verhandelt wurden, beschränkten die Kommentare sich auch nicht auf zwei Seiten, sondern es waren zwanzig, dreißig, vierzig Seiten, auf denen vielschichtige, komplizierte Aspekte abgehandelt wurden.

Chaskel war klar gewesen, dass die Präzedenzfälle, die er zusätzlich herausgezogen hatte, dieselben wären, die auch von der Verteidigung und der Staatsanwaltschaft zitiert würden. Auch sie saßen wahrscheinlich die ganze Nacht an ihren Computern und recherchierten – die eine Partei, um den Zug anzuhalten, die andere, um ihm Dampf zu machen –, und als Richter wollte er vorbereitet sein. Er wusste, das Ganze würde so oder so in Revision gehen.

Und er hatte Recht behalten. Am Morgen hagelten im Saal die Argumente, und die verdammte Journaille lag auf der Lauer mit ihren Kameras und Mikrophonen. Und so war er trotz seiner Erschöpfung froh gewesen, dass er die Nacht durchgearbeitet hatte.

Verflucht. Richter Chaskel warf die Lesebrille auf den Tisch und rieb sich die Augen. In Anbetracht des Medienrummels hatte er einen der saubersten Prozesse geführt, die je in diesem Gerichtsgebäude abgehalten wurden, hatte er zumindest geglaubt. Zügig. Intelligent. Überlegt. Er hatte sich nicht von den Medien anstiften lassen, das Ganze zu einem Marathon oder einer schlechten Fernsehserie auszuwalzen, nur damit sein Gesicht in der Presse war, wie es manche Kollegen machten.

Der Angeklagte war problematisch gewesen, doch auch das hatte er gelöst, er hatte kein Theater, keinen Krawall geduldet, und die

Berufungsgerichte hatten sich längst auf seine Seite gestellt. Er hatte Bantlings ersten Antrag auf Neuverhandlung, seine erste Berufung, selbst bearbeitet, hatte alle Fragen mit knappen, wasserdichten Antworten zum Schweigen gebracht, und wieder hatten ihm die Berufungsgerichte zugestimmt. Und jetzt, als das Ende nahe war, als der Prozess endlich in trockenen Tüchern war, jetzt stellte sich heraus, dass man ihn womöglich manipuliert hatte. Dass im Gerichtssaal getrickst worden war von ebenjenen Menschen, auf deren Integrität er sich verlassen hatte.

Elf tote Frauen. Selbst wenn das Gesetz aus abstrakten Paragraphen bestand, ging es hier um Leben um Tod. Das war das Frustrierende an seinem Job. Im Kleingedruckten stand nichts davon, dass es sich um Menschenleben handelte. Es war leicht, die Dinge in Ziffern und Daten zu benennen, wenn man kein Gesicht im Zeugenstand sah, das einen in der Erwartung anblickte, dass Gerechtigkeit gesprochen wurde. Denn Recht, wie es das Gesetz verlangte, und Gerechtigkeit waren zweierlei. Wie konnte er die elf toten Frauen aus seinem Gedächtnis streichen, die brutalen Details der Morde, die ihm noch so frisch in Erinnerung waren, das herzzerreißende Schluchzen der Mütter im Gerichtssaal, als der Gerichtsmediziner Tag für Tag neue schreckliche Tatsachen enthüllte? Es war schwer, einfach darüber hinwegzusehen und zu den Rechtsfragen überzugehen, ohne über die Namen zu stolpern, die jungen Gesichter, die jetzt nur noch Wörter in einem Berufungsantrag waren.

Wenn er Lourdes Rubios eidesstattliche Versicherung als Beweismittel zuließ, müsste er dem Antrag auf Neuverhandlung stattgeben. Die Fakten waren eindeutig, und wenn er das Schriftstück einmal veröffentlicht hatte – wenn es als rechtmäßiges Beweisstück in die Akte einging –, dann musste er auf den Inhalt reagieren. Und das Berufungsgericht ebenfalls. Und das hätte Konsequenzen. Der Widerruf des Prado-Urteils würde die anderen zehn Schuldsprüche mit sich reißen, das wusste Chaskel. Es gäbe einen neuen Prozess, und dessen Ausgang wäre sehr viel unvorhersehbarer als beim ersten Mal.

Wenn er die eidesstattliche Versicherung jedoch nicht gelten ließ, wäre der Fall, zumindest solange der Angeklagte keinen »Amtsmissbrauch des Prozessgerichts« nachweisen konnte – ein fast unmöglicher juristischer Salto –, für immer erledigt.

In anderen Worten, alles lag allein in seinen Händen.

Ungeachtet Lourdes Rubios Versuch, ihren ehemaligen Mandanten in letzter Minute zu retten, war Richter Chaskel damals selbst im Gerichtssaal gewesen, er hatte die Beweise gesehen, und er hatte keinen Zweifel an Bantlings Schuld. Das machte es ja so verflucht frustrierend. Selbst wenn alles stimmte, was sie in ihrer Erklärung sagte, wenn die Fahrzeugdurchsuchung auf einen »faulen« Tipp zurückging – einen Hinweis, der bei wortwörtlicher Auslegung der Gesetze nicht rechtmäßig war –, dann wäre Anna Prados Leiche zwar *vor dem Gesetz* aus dem Kofferraum verschwunden, doch nicht *in Wirklichkeit.*

Auch Lourdes' Märchen von der rachsüchtigen Staatsanwältin, die Vergeltung für ein jahrzehntealtes Verbrechen forderte, war fragwürdig. Gleichzeitig waren Chaskel in letzter Zeit selbst Zweifel an C. J. Townsends Verhalten gekommen. Früher hatte er sich auf sie verlassen, jedes ihrer Worte glauben können. Das sah heute anders aus. Was den Überfall auf sie und Bantlings absurde Behauptungen anging, war Townsend alles andere als entgegenkommend gewesen, und das war ein Zug, den Richter Chaskel in seinem Gericht nicht schätzte – den Mangel an Offenheit. So etwas hätte er vielleicht von der Verteidigung erwartet, aber nicht von einer Staatsanwältin der Major Crimes Unit. Doch offensichtlich hatte er die Latte zu hoch gelegt.

Sie hatten ihm das ganze Durcheinander eingebrockt. Beide – Townsend und Rubio. Doch nur Townsend war noch da, um zur Rechenschaft gezogen zu werden.

Chaskel klopfte mit dem Stift auf den Tisch, tupfte sich noch einmal die Augen ab und nahm einen letzten Schluck kalten Kaffee. Dann stand er auf, legte die schwarze Robe an, die plötzlich schwer auf seinen alten Schultern lastete, und verließ das Büro.

Langsam ging er den stillen Gang hinunter, machte sich auf den Weg zur Richterbank, um Ordnung in das Chaos zu bringen. Er schickte ein stilles Gebet zum Himmel, dass er richtig entscheiden würde. Und dass Gott ihm verzeihen mochte, falls nicht.

67

DIE TÜR DES RICHTERZIMMERS ÖFFNETE SICH mit einem Ruck, und Richter Chaskel eilte zur Richterbank. Selbst Hank, der sich gerade vor der Geschworenenbank mit einem Vollzugsbeamten unterhielt, hatte Chaskel nicht kommen hören. Für »Erheben Sie sich!« war es zu spät, und so rief Hank hastig: »Setzen!« Keiner im Saal hatte sich erhoben.

Die Medien waren mit schwerem Gerät zurückgekehrt. Kaum hatte am Dienstagmorgen das Gericht die Tore geöffnet, als auch schon jeder Sender mit Mikrophonangeln, Kameras und Dollys sein Claim abgesteckt hatte. Jetzt war es später Nachmittag, und obwohl die meisten seit über sieben Stunden warteten, dachte niemand daran, den hart erkämpften Platz im Auditorium aufzugeben. Sie hatten den ganzen Tag hier verbracht, sich zum Lunch Pizza bestellt und Liveaufnahmen aus dem Gerichtssaal gesendet. Dabei würde das juristische Duell, das hier ausgefochten wurde, selbst die entschiedensten Fans von Courtroom-Serien in null Komma nichts zum Einschlafen bringen, dachte C. J.

Die Fernsehübertragungen zeigten abwechselnd Einstellungen des Gerichtssaals im sonnigen Miami und die verschneite Straße vor Lourdes Rubios Kanzlei in Breckenridge, Colorado. Die Kameras zoomten auf das lakonische »Zu vermieten»-Schild, das im Schaufenster stand. Es sollte unheilvoll, gruselig und desolat wirken, doch ab und zu tauchte ein anderer Reporter am Rand des Bildes auf, der dasselbe versuchte, und der Effekt misslang.

Dann gab es die Pressekonferenz mit dem Captain der örtlichen Polizei in Breckenridge, der eine betroffene Miene heuchelte, obwohl er ebenso begeistert war wie die Reporter. Er genoss die fünfzehn Minuten im Rampenlicht sichtlich, als er mit lauter, überraschend zuversichtlicher Stimme verkündete: »Die Ermittlungen sind noch nicht abgeschlossen. Wir gehen von einem Raubüberfall aus, aber wir beschränken uns nicht auf die eine Theorie. Lourdes ist einem sehr brutalen Verbrechen zum Opfer gefallen. Wir bitten die Öffentlichkeit um Mitarbeit.« Dass er das Opfer beim Vornamen nannte, sollte ein familiäres Gefühl vermitteln, nach dem Motto: »Wir alle müssen mit dem Verlust fertig werden.« Nur sprach er dabei Lourdes' Namen falsch aus. Der Beitrag wurde alle zwanzig Minuten eingespielt, immer dann, wenn es im Gericht zu langweilig wurde, zusammen mit alten Aufnahmen von Lourdes von vor drei Jahren beim Bantling-Prozess.

Um zehn nach neun war Manny mit Chris Masterson und Steve Yanni im Schlepptau eingelaufen, hatte sich zwei Minuten die Argumente angehört, gegähnt und einen Zettel an C. J. weiterreichen lassen. Darauf versprach er, mit Verstärkung zurückzukehren, sobald das juristische Geplänkel offiziell vorüber war. C. J. ließ ihm durch Marisol ausrichten, er solle am Nachmittag wiederkommen. Das hätte sie wohl lieber nicht getan. Denn jetzt stand Marisol selbst hinten im Gerichtssaal, eingezwängt zwischen dem Bär und dem halben Revier, und grinste triumphierend mit grell angemalten Lippen. C. J. sah sich um, doch natürlich war Dominick nicht da. Er durfte auch gar nicht da sein in Anbetracht der Tatsache, wer der Angeklagte war.

Jetzt richteten sich alle Kameras auf einen sichtlich erschöpften und verdrossenen Richter Chaskel. Vor dem Mittagessen hatte er angekündigt, dass er um 15.30 Uhr die Entscheidung treffen würde, und hatte es gerade noch rechtzeitig auf die Richterbank geschafft. Jetzt war es 15.31 Uhr, und obwohl der Gerichtssaal bis unter die Paneele besetzt war, hätte man eine Stecknadel fallen hören können.

C. J. versuchte wie alle anderen, in Chaskels faltigem Gesicht zu lesen, in den gerunzelten Brauen und den nach unten gezogenen Mundwinkeln. Vielleicht könnte sie sich für ihre Flucht aus dem Saal einen Vorsprung sichern, falls Chaskel ihr mit finsterem Blick eine Warnung zuwarf. Doch seine Miene war nicht zu deuten. Wie ein König saß er auf der Richterbank, ohne jemanden Bestimmtes anzusehen, keinen Menschen, keine Kamera. Dann ließ er den Blick auf die Verfügung sinken, die vor ihm lag.

C. J. hatte am Morgen ihr Bestes gegeben, hatte ihre Argumente klar und mit Bedacht gewählt. Nachdem sie sich gesetzt hatte, war Rose aufgestanden und hatte das Gleiche noch einmal gesagt. Neil Mann war ihnen nicht gewachsen gewesen und auch den schnellen, hypothetischen Fragen nicht, die Richter Chaskel ihm als Advocatus Diaboli vor die Füße warf. Manns Argumente überzeugten wenig, und seine Unterlippe zitterte so heftig, dass C. J. fürchtete, er würde in Tränen ausbrechen.

Doch die Juristerei war eine seltsame Profession. Häufig verloren die besten Argumente gegen emotionale Gründe. Richter in Strafprozessen sollten neutral sein, nur das Gesetz sehen, doch C. J. wusste, das Chaskel eine Todesstrafe nicht einfach ignorieren konnte. Also kreuzte sie die Finger unter ihrer Akte und betete zum heiligen Christophorus, der Richter möge alldem endlich ein Ende bereiten.

»Der Angeklagte hat einen Berufungsantrag gestellt gemäß den Gesetzen 3.851 und 3.850 der Strafprozessordnung des Staates Florida«, begann der Richter. Er sprach ruhig und sachlich, nicht für die Kameras, sondern für das Protokoll. »Er bringt zwei Gründe vor, auf die er seinen Antrag stützt. Der erste ist mangelhafte Strafverteidigung. Der Angeklagte gibt an, seine Anwältin Lourdes Rubio sei ihrer Aufgabe nicht befriedigend nachgekommen, es habe sich somit nicht um ein faires Verfahren gehandelt. Der zweite Grund für den Antrag ist eine neue Beweislage, die sich erst kürzlich ergeben hat und aufgrund deren eine Wiederaufnahme und Neuverhandlung des Verfahrens wahrscheinlich zu einem Freispruch führen werde. Um seine Behauptungen zu belegen, hat der Angeklagte seinem Antrag eine eidesstattliche Versicherung von Rechtsanwältin Lourdes Rubio beigefügt. In ihrer eidesstattlichen Versicherung gibt Rechtsanwältin Rubio zu, nach Bantlings Verhaftung und nachdem sie seine Verteidigung übernommen hatte, jedoch noch vor Prozessbeginn, in Besitz eines Beweisstücks gekommen zu sein, nämlich des Mitschnitts eines Anrufs bei der Polizei. Der Anruf sei am 19. September 2000 beim Miami Beach Police Department eingegangen, in derselben Nacht, als Bantling verhaftet wurde, wenige Minuten bevor der Angeklagte von einem Officer der Polizei von Miami Beach namens Victor Chavez wegen eines Verkehrsdelikts angehalten worden war. Der Inhalt des Telefongesprächs sei folgender:

Zentrale: *Neun-eins-eins. Um was für einen Notfall handelt es sich?*

Nicht identifizierter Anrufer: *Da ist ein Wagen. Ein neuer schwarzer Jaguar XJ8. Er fährt auf der Washington Avenue in südlicher Richtung. Er hat zwei Kilo Kokain im Kofferraum und ist auf dem Weg zum Flughafen. Er nimmt den MacArthur Causeway, falls Sie ihn auf der Washington verpassen.*

Zentrale: *Wie heißen Sie, Sir? Von wo rufen Sie an?*

Danach ist die Leitung tot. In der Zeugenaussage von Officer Chavez heißt es, dass Mr. Bantling in einem neuen Jaguar XJ8 unterwegs gewesen sei, als er ihm das erste Mal auf der Washington Avenue durch rücksichtslose Fahrweise auffiel, ungefähr um 20 Uhr 15. In ihrer Erklärung gibt Ms. Rubio an, dass in Wirklichkeit der anonyme Anruf der Grund für die illegale Fahrzeugkontrolle gewesen sei, und stützt sich dabei außerdem auf eine außergerichtliche Unterhaltung mit Officer Chavez, in welcher er ihr ebendies bestätigt habe. Sie erklärt, dass der Anruf bei der Polizei vor dem Gesetz kein hinreichender Grund für eine Fahrzeugkontrolle gewesen sei. Dadurch sei auch die spätere Durchsuchung des Fahrzeugs nicht rechtmäßig, und das Ergebnis der Suche – die Entdeckung der Leiche von Anna Prado und aller Indizien, die bei der Durchsuchung von Mr. Bantlings Haus gesichert wurden – sei somit nicht rechtserheblich. In ihrer Erklärung gibt Rechtsanwältin Rubio an, dass sie sich von persönlichen Sympathien für die Staatsanwältin C. J. Townsend habe leiten lassen, da diese selbst vor Jahren das Opfer sexueller Gewalt geworden sei. Daher habe sie die Information vorsätzlich vor ihrem Mandanten und dem Gericht zurückgehalten. Sie erklärt, sie habe das Beweisstück nicht vorgelegt, Zeugen im Kreuzverhör nicht wirksam befragt und ihren Mandanten nicht nach bestem Wissen und Gewissen verteidigt.

Mit der Erklärung von Rechtsanwältin Rubio präsentiert der Angeklagte eine sehr beunruhigende Theorie, die eingehender Untersuchung bedarf. Daher hat das Gericht eine Anhörung angeordnet, um Wahrheit und Tragweite von Rechtsanwältin Rubios Behauptungen zu überprüfen. Rechtsanwältin Rubio sollte vor Gericht aussagen und von der Staatsanwaltschaft ins Kreuzverhör genommen werden. Das Anwaltsgeheimnis, das vormals zwischen ihr und Mr. Bantling existierte, wäre damit aufgehoben.

Das *faktische* Problem des Gerichts ist folgendes: Zwischen dem Zeitpunkt, als Mr. Bantling seinen Antrag nach Paragraph 3.850 einreichte, und der angesetzten Anhörung ist die Rechtsanwältin Rubio verstorben. Rechtlich gesehen ist sie als Zeugin nicht mehr verfügbar. Dazu kommt, dass der Officer, dessen Aussage und Motive sie in Frage stellt, ebenfalls verstorben ist. Seine Aussage vor dem Gericht während Mr. Bantlings Prozess ist als Beweismittel in dieser Anhörung zulässig, und als beeidete Zeugenaussage wäre sie das auch in einer Neuverhandlung. Das Tonband, das beide Gründe für den Antrag des Angeklagten stützt, kann weder von der Verteidigung noch von der Staatsanwaltschaft vorgelegt werden, da die Polizei von Miami Beach routinemäßig alle Bänder nach dreißig Tagen löscht.

Das *juristische* Problem des Gerichts ist folgendes: Die Behauptungen von Rechtsanwältin Rubio sind ernst zu nehmen und beunruhigend und würden, sofern sie der Wahrheit entsprechen, eine Neuverhandlung rechtfertigen. Doch selbst wenn sie notariell beglaubigt ist, bleibt Ms. Rubios eidesstattliche Versicherung eine außergerichtliche Aussage. Das heißt, sie ist ein indirektes Beweismittel, das auf einer mündlichen Aussage beruht. Ms. Rubio steht als Zeugin nicht zur Verfügung und kann von der Staatsanwaltschaft nicht ins Kreuzverhör genommen werden, die Richtigkeit ihrer Aussage kann nicht überprüft und über ihre Glaubhaftigkeit kann vor Gericht nicht entschieden werden.

Die rechtliche Frage, über die wir mit der Staatsanwaltschaft und der Verteidigung also heute Morgen verhandelt haben, ist die: Sind indirekte Beweismittel, die auf mündlichen Aussagen beruhen, bei der Beweisaufnahme eines Antrags auf Wiederaufnahme und Neuverhandlung in einem Fall zulässig, in welchem dem Angeklagten die Todesstrafe droht?«

Der Richter schwieg. Die Atmosphäre im Gerichtssaal war zum Zerreißen gespannt. Er ließ den Blick noch einmal über seine Untertanen schweifen, betrachtete die Kameras, die auf ihn gerichtet waren, als würde er ein letztes Mal die Worte abwägen, die er gleich sprechen würde. Bevor er sich mit gerunzelter Stirn wieder seinen Aufzeichnungen zuwandte, richtete er den Blick für einen kurzen Moment nicht auf die Kameras, nicht auf den Angeklagten, sondern auf die Bank der Staatsanwaltschaft. Er sah C. J. an. Sein Blick währte nur einen Moment, doch seine Wirkung war vernichtend. Er stellte sie bloß, enthob sie ihres Status als Staatsanwältin, als geschätzte Kollegin der Major Crimes Unit. Er strafte sie mit seiner Verachtung. Für das, was sie getan hatte, für das, was er ihretwegen tun musste.

»Die Zulassung von Beweismitteln in einem Berufungsverfahren obliegt einzig und allein dem Ermessen des Gerichts. Das Gesetz kennt keine Ausnahme, die Ms. Rubios eidesstattliche Versicherung als rechtserhebliches Beweismittel zulässt. Das Tonband kann nicht vorgelegt werden, und damit existiert es vor dem Gesetz nicht. Dem Gericht bleiben nur die gerichtliche Zeugenaussage von Officer Victor Chavez und dieselbe Sachlage, die bereits in der Verhandlung des letzten Antrags des Angeklagten auf Berufung erörtert und abgelehnt wurden. Infolge des bedauerlichen verfrühten Ablebens von Rechtsanwältin Lourdes Rubio haben sich die rechtlichen Umstände nicht geändert. Wenn ein Beweismittel nicht rechtserheblich ist, dann ist es unzulässig. Es gibt keine Ausnahme im Staat Florida, die indirekte Beweismittel zulässt. Das Gericht ist dem Angeklagten in allen Punkten entgegengekommen, da es hier um die Todesstrafe geht, doch am Ende müssen wir uns damit abfinden, dass, selbst wenn dem Antrag des Angeklagten stattgegeben wird und er einen neuen Prozess bekommt, das neue Beweismaterial wahrscheinlich nicht zu einem Freispruch führt, da es nicht zulässig ist. Der Klage wegen mangelhafter Strafverteidigung kann aus denselben Gründen nicht stattgegeben werden. Die Staatsanwaltschaft hat das Recht, Ms. Rubio ins Kreuzverhör zu nehmen, um ihre Motive, ihre Integrität und Kompetenz zu überprüfen. Da dies nicht möglich ist, kann die eidesstattliche Versicherung nicht als rechtserheblicher Beweis gewertet werden. Daher wird die Berufung des Angeklagten hiermit abgewiesen. Das vorinstanzliche Urteil ist somit rechtskräftig. Die Verhandlung ist geschlossen.«

Damit verließ der Richter die Bank so schnell, wie er gekommen war. C. J. wusste, er würde ihr nie wieder in die Augen sehen.

68

Im Gerichtssaal brach die Hölle los. Kameras zoomten auf sein Gesicht, Fragen hämmerten auf ihn ein. Journalisten stolperten übereinander, als sie hinaus auf den Flur rannten.

»Es tut mir leid, Bill«, war alles, was Neil Mann herausbrachte. Er sah ihm nicht in die Augen.

»Es tut Ihnen leid? Was zum Teufel ist hier los, Neil?«, zischte Bantling.

»Er hat den Antrag abgelehnt. Es ist vorbei, Bill. Tut mir leid.«

»Wie meinen Sie das, *es ist vorbei*?«

»Rubios Erklärung wird nicht gehört.«

»Sie haben gesagt, es sei ein wasserdichter Fall, Neil. Bekomme ich jetzt die Verhandlung oder nicht? Und einen anderen Anwalt?«

Neil hasste diesen Teil seines Berufs. Nichts war schlimmer, als einem Mandanten die Niederlage beizubringen, einzugestehen, dass er es verbockt hatte. Normalerweise ging es um schriftliche Gutachten, deren Inhalt er übers Telefon erläuterte. So konnte er die harten Worte wenigstens abmildern. Doch das hier war live. *Hatte er denn nicht gehört, was der Richter gesagt hatte, verdammt?* »Nein, Bill. Der Richter hat den Antrag abgelehnt. Die Erklärung und das Tonband werden nicht anerkannt. Es sind unzulässige Beweise. Die Beweismittel sind mit Rubio gestorben.«

»Was soll das heißen?« Die Vollzugsbeamten bereiteten die Fußfesseln vor. Trotz des Lärms im Gerichtssaal war das Klirren des Metalls nicht zu überhören.

Neil seufzte und schob seine Papiere zusammen. »Es bedeutet, dass Sie in den Todestrakt zurückkehren werden. Es bedeutet, dass wir uns an den nächsten Antrag setzen, auch wenn ich mir da nicht allzu viel Hoffnung mache.« Jedenfalls nicht, was seine Mitarbeit anging. Bantling ging das Geld aus, und nach dem heutigen Tag hatte es nicht den Anschein, als würden in Neil Manns Kanzlei die Leitungen heißlaufen, weil sich Mandanten und Fernsehsender mit lukrativen Angeboten um ihn rissen.

»Verdammte Scheiße, ich gehe nicht zurück! Ich will eine Anhörung.«

»Die hatten Sie gerade.«

»Diese Schlampe von Verteidigerin gibt selber zu, dass sie mich reingelegt hat, und das soll nicht zählen?«

»Sie ist tot, Bill. Tote Zeugen können nicht aussagen, sie können nicht ins Kreuzverhör genommen werden. Das ist das Problem. Deswegen werden bei der Mafia und im Kino Zeugen *umgebracht*. Ohne Zeugen kein Fall.«

Langsam ging Bill Bantling ein Licht auf. Seine Augen zuckten wild hin und her, wie bei einem wilden Tier, das man gerade eingefangen hatte. »Ich muss mit den Ermittlern sprechen«, zischte er. Sein Blick fiel auf den Gefängniswärter in der braunen Uniform, der mit den Handschellen in wenigen Metern Entfernung stand; offensichtlich wartete er die angemessene Zeit ab, die Bill mit seinem Anwalt brauchte, bevor der Bus nach Raiford abfuhr. »Falconetti und Alvarez. Das FDLE-Team, das in meinem Fall ermittelt hat. Die, die jetzt nach dem Polizistenmörder suchen.«

Mann sah ihn nachdenklich an. »Agent Falconetti ist wegen des Vorfalls neulich suspendiert. Er arbeitet nicht mehr in der Task-Force. Warum wollen Sie mit ihnen sprechen?«

»Dann eben Alvarez, der Dicke, der mit Falconetti zusammen war. Irgendeiner von der Task-Force. Ich will mit einem reden.«

»Worum geht es denn, Bill?« Langsam wurde Neil Mann neugierig. »Sie wissen, dass alles, was Sie sagen, vor Gericht gegen Sie verwendet werden kann, falls Sie noch eine Anhörung bekommen.« Andererseits würde ein spätes, reumütiges Geständnis, wie er die elf Mädchen umgebracht hatte, noch einmal die Kameras zum Schnurren bringen.

»Arrangieren Sie ein Treffen«, knurrte Bantling. »Hier in Miami. Es dürfte sie interessieren, was ich zu sagen habe. Sorgen Sie dafür, dass ich heute noch nicht nach Raiford zurück muss.«

In diesem Moment sah er C. J., die sich hinter der Bank zur Tür des Richters schlich. Ihre Akten und Taschen und Presseinterviews hatte sie der anderen zickigen Staatsanwältin überlassen. Wahrscheinlich wollte sie nicht nur der Presse, sondern auch dem letzten Stelldichein mit ihm entkommen. In der Hoffnung, dass er sich sang- und klanglos wegbringen ließ, während sie sich auf der Toilette versteckte, damit sie nicht zusehen musste, wenn es hässlich wurde. Sie dachte wohl, die Angelegenheit würde so einfach mit dem Gefängnisbus aus der Welt geschafft werden. Nur leider war die Tür zum Richterzimmer abgeschlossen, jetzt, da der Richter fort und die Verhandlung geschlossen war. Sie musste auf den Gerichtsdiener warten und versuchte sich dabei unsichtbar zu machen. Doch der Gerichtsdiener war nicht schnell genug.

»Ein Affe ist noch übrig«, brüllte Bantling quer durch den Raum. Sie drehte sich nicht um, doch alle anderen starrten ihn an. Hank. Die Protokollschreiberin. Die Justizbeamtin.

»Du bist die Nächste, und das weißt du«, fauchte Bantling so laut, dass es jeder hören konnte.

Neil packte seinen Mandanten am Arm. Ihm wurde plötzlich bewusst, dass er keine Handschellen trug. »Bill, so machen Sie sich keine Freunde. Hören Sie auf damit.«

»Sagen Sie Alvarez, ich weiß, nach wem er sucht«, rief Bantling. Sie konnte ihn hören. Jeder konnte ihn hören. »Ich kenne Morpheus. Und ich weiß auch, warum er die Cops umbringt.«

»Um Himmels willen«, sagte Neil und machte einen Schritt zurück. Instinktiv ließ er Bantlings Arm los.

»Wir wissen es beide, nicht wahr, Chloe?«

Alle, die noch im Gerichtssaal waren, waren inzwischen still geworden und starrten Bantling an. Alle bis auf C. J. Die Gespräche erstarben, und eine unangenehme Stille legte sich über den Saal. Endlich schaffte es Hank, den Blick von Bantling zu lösen und die Tür aufzuschließen.

Plötzlich drehte sie sich um. »Fahr zur Hölle«, sagte sie. Ihre Stimme war leise, aber durchdringend. Sie würde seinem Blick standhalten. *Denk daran … er hat Angst vor dir.* Dann zog sie die Tür auf.

»Dann sehen wir uns dort, Beany. Nur dass es bei mir nicht so schlimm wird. Höchstens drei Minuten, sagt man. Aber für dich nimmt er sich sicher Zeit.« Bantlings Stimme war zu einem wütenden Brüllen angeschwollen.

Er bewegte sich schnell. Im nächsten Moment war er vorbei an einem überraschten Neil Mann und rannte auf die sich langsam schließende Tür zu, hinter der sie eben verschwand. Er wusste, dass sie seinen Atem im Nacken spürte. Wieder lief sie vor ihm davon. Das Klacken ihrer Absätze auf dem Steinfußboden verriet, dass sie über den Flur rannte.

Er schaffte es gerade bis zum Zeugenstand. Dann drückte der Sergeant der Vollzugsanstalt auf die Fernbedienung, und ein Stromstoß von 50000 Volt ließ Bantling schmerzverzerrt zusammensacken. Seine Muskeln versagten, und er brach zusammen. Geschrei tobte um ihn herum, unterlegt von dem jämmerlichen Winseln seines Anwalts und dem Krächzen der Walkie-Talkies, die einen Notfall in Saal 4-8 meldeten. Dann landete der Pulk von Wärtern und Gerichtswachmännern auf seinem Rücken, mit rasselnden Fußfesseln und Handschellen und Funkgeräten. Fünf Männer rissen an seinem zuckenden Körper. Als sie ihn gefesselt und an einen Stuhl gegurtet hatten, ging ein entsetztes Raunen durch die Menge.

Und Bantling war eins klar. Er war wirklich ein Verdammter. Sie hatte gewonnen. Als sie ihm den Knebel in den Mund drückten, ihn aus dem Gerichtssaal und über den Flur schleppten, hatte er nur einen letzten Gedanken. Und an den würde er sich klammern bis zu dem Tag, da man ihn auf die Bahre schnallte.

Wir sehen uns in der Hölle wieder, Chloe, und ich stehe in der Schlange gleich hinter dir.

69

Sie rannte. So schnell sie konnte, rannte sie über den Korridor, vorbei an geschlossenen Türen, vorbei an Richter Siebans erstaunter Assistentin, die zufällig den Kopf aus dem Büro streckte. Sie hörte das Klicken ihrer Absätze nicht, die laut auf den Terrazzoboden schlugen, hörte nicht das Geschrei aus dem Gerichtssaal, die Kommandos der Wachmänner, die Saal 4-8 stürmten. Das Einzige, was sie hörte, war er, sein Atem in ihrem Nacken, in ihrem Ohr, in ihrem Kopf. Die langen weißen Finger an ihrer Jacke, in ihrem Haar, die sie ein letztes Mal berühren wollten. Und obwohl sie stark sein wollte, rannte sie.

Mit Wucht prallte sie gegen die Flügeltür, die zum Treppenhaus führte. Zu spät merkte sie, dass sie abgeschlossen war. Von außen mit einem Vorhängeschloss versperrt, die übliche Sicherheitsvorkehrung, wenn sich ein verurteilter Mörder im Gericht befand. Das ganze Gebäude war abgeriegelt, um jeden Fluchtversuch zu verhindern. C. J. riss an der Tür, rüttelte daran, außer Atem, voller Angst, dass er hinter ihr stand mit seinem unerträglich perfekten Lächeln, die Hände nach ihr ausstreckte, und sie an der Kehle packte. Ohne einen Wachmann in der Nähe.

Es gab keinen Ausweg. Sie war gefangen. Auf dem Gang, in dem Gebäude, dem Gefängnis, das sie selbst errichtet hatte. Und es war noch nicht vorbei.

Sie schloss die Augen, zerrte an der Tür, versuchte mit aller Macht, sie aufzustemmen, bis sie schließlich verzweifelt zusammenbrach und zu Boden sackte. Die wütenden Schreie aus dem Saal klangen über den Flur, hallten in ihrem Kopf. Die dröhnenden Schritte, das begriff sie jetzt, kamen aus der anderen Richtung.

»C. J.?«

Es war Chris Masterson. Seine jungenhaftes Gesicht beugte sich über sie und sah sie besorgt an. Behutsam streckte er die Hände aus, als wäre sie ein verwundetes, verängstigtes Tier, das in eine Falle gegangen war.

»Wir haben ihn, C. J.«, sagte er sanft. »Wir haben ihn.«

70

»Das wird dir gefallen, Dommy Boy. Das hier ist gut«, sagte Manny, als er in Dominicks Wohnzimmer trat. »Rat mal, wer plötzlich mit der Polizei auf Kumpel macht?« Als er sich umsah, verzog er das Gesicht. »Mann, du brauchst eine Putzfrau. Hier sieht's echt traurig aus, und wenn ich das schon sage.«

»Willst du ein Bier?«, fragte Dominick. Mannys letzte Bemerkung ignorierte er.

»Wenn du in dem Chaos eins findest, gerne. Also, hör zu«, rief er Dominick auf dem Weg zum Kühlschrank hinterher. »Ich hab die Lösung für all deine Probleme. Cupido will einen Deal.«

»Was?«

»Er will raus aus der Todeszelle. Was natürlich nie passieren wird. Aber auf diese Weise kannst du vielleicht den Kopf aus der Schlinge ziehen, wenn Richter Guthrie davon hört. Hast du die Anhörung im Fernsehen gesehen?«

»Natürlich.« Dominick kam mit zwei Flaschen aus der Küche zurück. Er zögerte einen Moment, dann stellte er die Frage, die ihm den ganzen Tag im Kopf herumgegangen war. »Geht es ihr gut?«

»Dem Boss? Sie war draußen, bevor es hässlich wurde. Masterson hat sich um sie gekümmert. Ihr geht's einigermaßen. Sie ist noch ein bisschen zittrig. Du solltest sie mal anrufen.«

Dominick schwieg.

»Mach, was du willst«, Manny zuckte die Achseln. Er hatte keine Lust, sich einzumischen. »Also, du hast das Arschloch ja gesehen. Na ja, wir waren live dabei. Fünfzehn Beamte sitzen auf ihm, der Gerichtsdiener schreit, und die Assistentin heult. Sein Anwalt, dieser bescheuerte Neil Mann, zuckelt zu uns rüber und stottert, er glaubt, Bantling will einen Deal. Er sagt – hör dir das an –, er wüsste, wer Morpheus ist.«

»*Was?*« Dominick beugte sich in seinem Sessel vor.

»Genau. Seine Worte. Natürlich haben sie Bantling inzwischen so viel Eisen angelegt, dass nicht mal Superman ihn befreien könnte. Die haben ihn mit Hand- und Fußschellen an einen Rollstuhl gefesselt und geknebelt, damit er keinen beißt. So wollen sie ihn gerade in den Bus nach Raiford setzen, da hält sein Anwalt Chris und mir diesen Leckerbissen hin, laut genug, dass es die Reporter hören. Also verschieben wir die Abfahrt erst mal und buchen eine Nacht im County Jail. Kurz und gut, wir brauchen einen Gerichtsbeschluss, weil die vom Staatsgefängnis ihn uns sonst nicht überlassen wollen. Und dann müssen wir noch ein ›Zutritt verboten‹-Schild an die Tür hängen, damit Gracker und seine FBI-Idioten uns nicht wieder alles vermasseln, so wie bei Valle. Gracker war aber nicht sehr glücklich darüber. Ich will es mal so sagen, nach allem, was ich ihm an den Kopf geworfen habe, habe ich vielleicht bald mehr Zeit für dich.« Der Bär gluckste.

»Und, was hat Bantling zu sagen?«

»Halt dich fest. Er sagt, dieser verrückte Psychiater Chambers hat ihn in einen Club eingeführt. Einem Snuff-Club. Es funktioniert so wie ein Kinderporno-Ring: Die Perversen tauschen Fotos und Videos aus, nur dass es hier nicht um Kinderbilder geht, sondern um Snuff. Bilder und Filme von Leuten, die kaltgemacht werden. Nicht von Toten, sondern von welchen, die sterben, kapiert?«

»Ich weiß, was Snuff ist, Manny.«

»Er behauptet natürlich, er selber hätte nie jemanden kaltgemacht, weil er ja nicht Cupido ist. Er sagt, die anderen sind alle verrückt, nicht er. In diesem Club, den Chambers aufgetan hat, musste jeder, wenn er an der Reihe war, einen umlegen, einfach so aus Spaß. Vor laufender Kamera. Bantling meint, er hat das verdammte Zeug im Internet gesehen.«

»Und wie ist Bantling da reingeraten?«

»Er hatte auch ein paar Fotos zum Tauschen. Filmchen von ihm, wie er Frauen vergewaltigt. Ich schätze, der Psychiater hat sein Potenzial erkannt. Sein Spitzname war ›der Frauenversteher‹.«

Dominick starrte an ihm vorbei. Er schloss die Faust um die Bierflasche und biss die Zähne zusammen.

Der Bär trank einen Schluck, dann fuhr er fort: »Dom, der Typ gibt freudestrahlend zu, dass er ein Vergewaltiger ist! Und meint, gegen seine Freunde wäre er ein Unschuldslamm. Ich dachte, Chris reißt ihm den Kopf ab, aber das hast du ja auch schon probiert, und offen gesagt, vor der Kamera ist das keine so gute Idee. Also haben wir ihn quatschen lassen.«

Es entstand eine lange Pause, während der Dominick an weiß Gott was dachte und Manny noch einen Schluck Bier hinunterstürzte.

»Und was soll diese Snuff-Club-Scheiße mit Morpheus zu tun haben?«, fragte Dominick schließlich.

»Platz da, Kennedy-Fans, hier kommt die neueste Verschwörungstheorie. Bantling sagt, man hätte ihn in die Pfanne gehauen. Er sagt, Chambers wäre der echte Cupido gewesen, und er hätte Bantling die Frauenmorde angehängt. Und jetzt, sagt er, legt ihn Chambers' *Partner* rein.«

»Partner?«

»Ja, du hast richtig gehört. Er glaubt, Chambers hatte einen Partner, der ihm geholfen hat, die Frauen umzubringen. Der Plan war, dass Bantling für die Verbrechen eines anderen im Q-Block geröstet wird. Damit wäre Bantlings Clubmitgliedschaft wohl abgelaufen. Alles ging glatt, bis Bantlings Anwältin, diese Rubio, ihrem ehemaligen Mandanten im Herbst einen Liebesbrief schickt und ihm verspricht, alles wieder gutzumachen, weil sie vor Gericht so gemein zu ihm war. Und ein paar Wochen drauf fängt bei uns das große Sterben an.«

Dominick war flau geworden. Er dachte an das Gespräch mit C. J. an dem Abend, als sie ihn verlassen hatte. Auch Lourdes Rubios plötzlicher Tod war ein sehr merkwürdiger Zufall. Die Teile begannen sich zusammenzufügen, und er hatte die Augen davor verschlossen. »Zeugen?«, fragte er.

»Anscheinend. Er beruft sich darauf, dass sowohl Chavez als auch Ribero an seinem Fall beteiligt waren.«

»Wie fast jeder Polizist in ganz Miami, mit Sicherheit jeder in Miami Beach.«

»Ich weiß. Ich kaufe es ihm auch nicht ab. Und dann segnet Rubio plötzlich das Zeitliche.«

»Ein Raubüberfall auf ihre Kanzlei«, sagte Dominick wie zu sich selbst.

»Zufall? Pech?« Der Bär zuckte die Achseln. »Ich habe schon von seltsameren Zufällen gehört.«

»Warum sollte sie umgebracht werden?«

»Damit keine schlafenden Hunde geweckt werden, schätze ich.«

»Und Bantling im Knast bleibt?«

Manny nickte und trank sein Bier aus. »Henkersmahlzeit. Ende der Geschichte. Das ist jedenfalls seine Theorie.«

»Das ist doch völlig an den Haaren herbeigezogen.« Dominick schüttelte den Kopf. »Wenn es darum geht, Bantling sterben zu lassen, damit das mit dem Club nicht rauskommt, warum erledigen sie Bantling dann nicht gleich oben im Staatsgefängnis?«

»Zu viel Wachpersonal, schätze ich. Da oben kriegst du niemanden in die Finger, erst recht nicht, wenn er in der Todeszelle sitzt. Er wird rund um die Uhr bewacht. Und wenn sie einen Wärter bestechen müssten, hätten sie wieder einen Zeugen mehr. Am besten lässt man ihn eines natürlichen Todes sterben, auf dem alten Funkensprüher oder an der Nadel. Viel stimmungsvoller. So würde ich es machen. Bantling findet es allerdings nicht so stimmungsvoll, jedenfalls nicht mit dem Knebel im Maul.«

»Scheiße«, sagte Dominick und lehnte sich in den Sessel zurück. Er rieb sich über die Stoppeln des Ziegenbärtchens, das er stehen lassen wollte, bis er nächste Woche wieder vor Gericht musste.

»Wie gesagt, es ist was für Freunde von Verschwörungstheorien. Die vom Vollzug waren ungeduldig, sie wollten ihren berühmten Insassen endlich wieder nach Hause holen, und da haben wir sie auf den Weg geschickt. Masterson kümmert sich um die Internet-Recherche. Wie ich den Jungen kenne, surft er wahrscheinlich gerade auf den Pornoseiten herum – auf Kosten des Staates«, seufzte er. »Dein Department muss sich um den Snuff-Scheiß kümmern.«

»Wer könnte sonst noch von dem Tonband gewusst haben?«

»Jeder, dem Rubio oder Bantling was davon erzählt hat.«

Dominick schwieg einen Moment. »Was glaubst du?«

»Ich? Ich glaube, Bantling hat eine Schraube locker, ehrlich gesagt. Erstens ist er Cupido, so wahr ich hier sitze. Das kauf ich ihm nicht ab, dass dieses Weichei Chambers der neue Hannibal Lecter ist. Chambers hat sich vielleicht einmal ausgetobt. Außerdem deutet alles, was wir nach monatelangen Ermittlungen rausgekriegt haben, auf einen Bandenkrieg hin, der vielleicht von den Kartellen gesponsert wird, das sagst du doch selber. Die kolumbianischen Krawatten, die Drogenverbindungen, die Cops, die ihre schmutzigen Finger in Drogendeals und Geldwäsche haben und auf der schwarzen Liste stehen. Wir haben Morpheus zwar noch nicht, aber wir sind nah dran, und das weiß Bantling genauso gut wie jeder andere, der die verdammte Zeitung liest. Er will die Lage ausnutzen. LBJ ist zwar noch nicht aufgekreuzt, aber wir hören, dass es in Valles Clubs wieder hoch hergeht. Es ist nur eine Frage der Zeit, bis jemand singt. Mein Tipp ist Brueto. Grimmy klebt an ihm wie die Fliegen auf der Scheiße. Entweder packt er bald aus, oder er kann einpacken. Das mit dem Snuff-Club ist allerdings eine interessante Info«, schloss der Bär und strich sich über den Schädel. »Denkbar wäre es.«

»Üble Geschichte«, sagte Dominick leise. Er konnte die Bilder nicht ausblenden, die ihm durch den Kopf gingen. Eine Gruppe von Leuten, die zu Hause vor dem Fernseher saßen und zusahen, wie ein Mensch vor ihren Augen in Echtzeit umgebracht wurde. Jemand, den sie nie gekannt, nie gesehen hatten. Jemand, der vielleicht Kinder hatte, Eltern, Enkel – ein Leben, eine ganze Existenz wurde einfach so ausgelöscht, der Tod als Nervenkitzel. Dominick hatte schon Snuff-Fotos gesehen. Die Bilder würde er nie loswerden. Niemals. Sie krochen in seine Träume und vergifteten ihm den Alltag. Es war unfassbar, wozu Menschen fähig waren. Was Menschen sich ausdachten. Und jetzt sollte es sogar einen Club geben, wo sich die Leute noch gegenseitig aufputschten.

»Herrgott«, sagte Manny, »jedes verdammte Kind kann sich *Faces of Death* ausleihen – in dem Film sterben Menschen echt, werden

von einem Krokodil gefressen oder klatschen aus tausend Meter Höhe auf den Boden, wenn der Fallschirm nicht aufgeht – ein echter Blockbuster. Irgendein Augenzeuge hat gefilmt und jemand anders hat's zusammengeschnitten und verkauft es als gute Unterhaltung. Die Menschen sind total irre, Dom. Es gibt so viele Psychopathen auf der Welt, und durchs Internet findet der eine Irre den andern. Beim Zoll wissen sie von einem Kinderporno-Ring mit Tausenden von Mitgliedern weltweit, die Fotos von Dreijährigen tauschen, Fotos von ihren eigenen Töchtern. Verdammt, es gibt Hunderte von Organisationen, die mit Sachen dealen, bei denen jeder normale Mensch das kalte Kotzen kriegt. Sklavenhandel, Kinderhandel, hier bei uns in den Staaten. So ein Snuff-Club würde mich nicht weiter überraschen. Und erst recht nicht, dass Bantling Mitglied ist.«

Dominick pulte schweigend das Etikett von seiner Flasche und sah zu, wie die Fetzen zu Boden flatterten.

»Bantling hat so viele Leute aufgezählt, dass er fast keinen Finger mehr übrig hatte, und jeder soll ihm Unrecht angetan haben. C. J., Rubio, Chambers und dieser Phantompartner, den Bantling selbst auch noch nicht gesehen hat, wie er zugibt. Aber achte mal auf das Muster, Dom. Seine *Anklägerin*, seine *Verteidigerin*, sein *Psychiater*. Und jetzt rat mal, wer der Mann hinter der Maske sein soll? Du brauchst kein Superhirn sein, um draufzukommen.«

»Lass mich raten«, Dominick zog die Braue hoch. »Ich.«

»Zu viel der Ehre, Dom. Aber es könnte passen.«

»Hat er einen Namen genannt?«

»Natürlich nicht, ich sage doch, er kennt ihn nicht. Kein Name, Dommy, nur ein verdammter Spitzname, der Spitzname, mit dem der *Partner* online war. Ich komm mir vor wie bei den Sopranos – jeder hat einen verdammten Spitznamen. Morpheus, Cupido, der Frauenversteher, Sams Sohn, Big Joey, Little Joey, Louie Sackgesicht.« Er schüttelte den Kopf. »Bist du bereit?«

»Schieß los.«

»Cop-Killer. Ist das nicht originell?«

»Cop-Killer? Was soll das denn für ein Name sein?«

»Bantling sagt, Chambers' Partner hat sich den Namen selbst gegeben, nicht weil er Cops umbringt, sondern weil er ein Cop ist, der killt. Kapiert?«

71

Bis jetzt entwickelte sich alles prächtig. Die Spannung steigerte sich, die Darsteller warteten auf das Ende der Geschichte genauso neugierig wie das Publikum. Jetzt war es Zeit für das große Finale, es galt, die losen Fäden noch einmal alle in die Hand zu nehmen und ordentlich zu verknüpfen. Das Happy End für alle Beteiligten. Damit die verängstigten Bürger nachts wieder schlafen konnten.

Oder auch nicht. Er lehnte an seinem Wagen und wog nachdenklich einen roten Apfel in der Hand. Dann polierte er ihn mit dem Ärmel, bis er in der warmen Sonne glänzte.

Er könnte aber auch alles offen lassen. Ein Cliffhanger nach dem Motto: »*Wer erschoss J. R.?*« Oder ein böses Ende wie in *Twilight Zone*, das auch im nächsten Teil nicht aufgelöst wird. Fragen, die für immer unbeantwortet blieben. Er könnte sie am Leben lassen.

Die Menschen hatten ein kurzes Gedächtnis. In ein paar Monaten wäre Morpheus nicht mal mehr Thema für einen Plausch im Fahrstuhl. Statt: »Unfassbar, in Miami wurde wieder ein Polizist ermordet!«, würde man sich am Kopf kratzen und fragen: »Gab es da nicht mal ein paar Cops, die über den Jordan gegangen sind?« Die Task-Force würde auseinander gehen und der Fall bei den Akten landen. Vielleicht stieß irgendwann ein neuer Detective darauf und nahm die Ermittlungen wieder auf, um die Karriereleiter ein bisschen schneller zu erklimmen. Dann ginge alles von vorn los, bis die Akte wieder zwanzig Jahre lang im Archiv verstaubte.

Oder er nahm alle Fäden zusammen, nur ihren nicht. Vielleicht war es genau das rätselhafte Finale, das ihm vorschwebte. Sie sollte leben, den Rest ihres Lebens über ihrer Schuld und ihrem Selbsthass brüten, innerlich von ihrer Verantwortung für den Tod von fünf Menschen aufgefressen werden. Mit dem sechsten in der Warteschleife – Bantling. Die Schuld, da war er sicher, wäre schlimmer für sie als der Tod.

Ihr Tod war nicht unbedingt notwendig, denn er wusste, dass sie nie reden würde. Wenn es je einen Zeitpunkt gegeben hatte, reinen Tisch zu machen, dann war er mit der Abweisung von Bantlings letztem Berufungsantrag abgelaufen. Sie hatte keine Skrupel, wieder und immer wieder vor Gericht zu treten und die Show noch einmal abzuziehen, den falschen Mann noch einmal aufs Schafott zu schicken. Nein, deswegen musste sie nicht sterben. Aber sie hatte es dennoch verdient. Der Tag der Abrechnung war gekommen.

Mit dem Messer, mit dem er sie töten würde, schnitt er ein Stück vom Apfel ab und schob es sich in den Mund. Für ein richtiges Mittagessen hatte er keine Zeit. Er musste den Tag nutzen, um wichtige Spuren zu verfolgen.

Er beobachtete die Kinder auf dem Spielplatz, deren degenerierte Mütter in ihre Handys schnatterten, nicht ahnend, was hinter dem freundlichen Lächeln des Fremden am Sandkasten oder an der Schaukel lauerte.

Sie wusste es. Sie wusste, dass da draußen der Tod wartete, auf sie lauerte. Wie in einem makabren Videospiel hatte sie es zweimal geschafft, ihm zu entwischen. Sie hatte erst einen Feind erledigt, dann einen zweiten, doch es kamen immer neue, und ihre Leben waren langsam aufgebraucht.

Am besten wäre es wohl, Schluss zu machen, den ganzen Krempel hinzuschmeißen, dachte er und zog das Kartenhandy hervor. Er musste nur eine Nummer wählen, um alles in Gang zu setzen. Mit einer hübschen roten Schleife würde er der Polizei die Fakten für den Schlussbericht kredenzen.

Er hörte das Freizeichen, als er plötzlich eine piepsige Stimme vernahm.

»Bist du Polizist?«, fragte der braunhaarige Junge, der sich an ihn herangeschlichen hatte, und betrachtete nachdenklich den Zivilwagen. Daneben stand ein Mädchen von ungefähr fünf Jahren und rieb sich über die sonnenverbrannte Nase. Wahrscheinlich seine kleine Schwester.

Wie Süßigkeiten, die man ihm hinhielt. Er musste nur zugreifen.

»Ja«, sagte er und klappte das Telefon zusammen. Von Mommy war natürlich nichts zu sehen.

»Und wo ist deine Pistole?«, fragte der Junge mit großen Augen.

»Sie liegt im Wagen. Möchtest du sie sehen?«

Der Junge nickte.

»Mommy sagt, wir sollen nicht mit Fremden reden«, warf das kleine Mädchen unsicher ein. Sie zupfte an ihrem Rock herum und sah sich in Richtung Spielplatz um.

»Aber ich bin doch kein Fremder. Ich bin euer Freund«, sagte der Mann lächelnd. Dann griff er in die Tasche und zeigte ihnen seine glänzende Marke als Beweis.

72

RICARDO BRUETO BEKAM HERZKLOPFEN, als er die Nummer auf dem Display sah. Er zögerte einen Moment, ließ es klingeln. Er wusste, was kam. Er wusste, dass sich seine Zukunft radikal änderte, wenn er jetzt dranging. Vielleicht wollte er den Augenblick aufschieben.

Dann war es still.

Er wischte sich mit dem Handrücken über den Mund und sah sich um, ob ihn jemand im Club beobachtet hatte. Doch es war niemand da, nur ein paar Barkeeper, die ihren Lohn abholten, und die Putzkolonne, die Tanzfläche und Theke für den Abend sauber machten. Er starrte das Telefon an, dann ging er an den mannshohen Kühlschrank hinter dem Tresen und nahm sich ein Budweiser heraus. Mit einem Zug trank er die halbe Flasche aus. Er wünschte, er wäre schon betrunken und hätte den Zustand erreicht, in dem Entscheidungen leicht zu treffen waren, ohne finstere Zukunftsvisionen. Doch er hatte noch nicht genug getrunken. Noch lange nicht. Mit dem zweiten Schluck leerte er die Flasche, dann schenkte er sich ein Glas Jack Daniel's ein.

Er setzte sich wieder auf den Barhocker und wartete darauf, dass das Handy in seiner Hand vibrierte. Er wusste genau, dass der andere es heute Abend noch einmal versuchen würde, und ein zweites Mal konnte er ihn nicht warten lassen. Nein, das ging nicht. Er musste eine Entscheidung treffen, ob er wollte oder nicht. Ans Telefon zu gehen, das war schon die Entscheidung. Diese Leute waren kranke Perverse, aber er musste tun, was sie von ihm verlangten. Und dann gab es keinen Weg zurück.

Über ihm machte der DJ einen Soundcheck, doch Rico hörte nichts. Er hatte nur das Geschrei seines jüngsten Sohns im Ohr und Angelinas Flehen, sie sollten endlich ein neues Leben anfangen. Sie könnten nach Chicago gehen und bei ihrer Schwester unterkommen. Von vorn anfangen, bevor er wieder verhaftet wurde oder noch Schlimmeres passierte.

Zweihundert große Scheine. Das war verdammt viel Geld. Damit könnte er sich einen coolen Schlitten kaufen und vielleicht ein Haus für Angelina und einen Haufen Windeln für Rico junior. Das würde ihm endgültig Respekt verschaffen vor denen, die noch keine Angst vor ihm hatten. Er schenkte sich noch ein Glas Whiskey ein und fragte sich, warum er die Antwort auf die verdammten Fragen so lange aufgeschoben hatte. Warum musste er die größte Entscheidung seines Lebens zwischen zwei Telefonanrufen treffen?

Er wusste, Angelina hatte Recht. Wenn er in Miami blieb, würde sich die Geschichte wiederholen. Seine Kinder würden die gleichen Narben davontragen wie er. Mit zwölf würden sie einer Gang nachlaufen, sich allein auf der Straße durchschlagen, und ein Jahr später trugen sie in der Lunchbox eine Beretta mit sich rum. Mit siebzehn bekamen sie dann Kinder und wünschten sich manchmal, sie wären nie geboren worden. Sie würden nichts erreichen, aus ihnen würde nichts werden. Dem Leben hier entkamen sie nicht, denn das schaffte keiner. Dies war die Stunde der Entscheidung. Wenn er wirklich wollte, dass sie mal ein besseres Leben hätten, dann musste er jetzt gehen.

Langsam wurde sein Kopf leichter, der Alkohol half durchzuatmen. Er war nicht mehr so verdammt nervös. Er schenkte sich noch ein Glas ein.

In weniger als einer Stunde würde das Channel rocken. Nur rockte es in letzter Zeit nicht mehr so, wie es sollte. Seit diese Cops umgelegt worden waren, war es still geworden auf den Straßen, nichts kam rein, nichts ging raus. Die Leute besorgten sich ihr Zeug im Norden oder außerhalb der Stadt. Alle waren nervös. Der Anruf hätte eigentlich längst kommen müssen. Wenn die Flaute sich noch länger hinzog und die Cops weiterhin rund um die Uhr an ihm klebten, müsste er bald befürchten, dass sein Arsch bei irgendeinem Friedenspakt das Sahnehäubchen wäre. Noch ein Grund, ans Telefon zu gehen. Wenigstens wusste er, dass heute Nacht nicht er die Mündung einer Magnum lutschen würde.

Er hatte einen Namen in Miami. Er hatte Cash. Er ließ sich nicht verarschen. Einem Gang-Boss das Maul zu stopfen, der nichts Besseres verdiente, war nichts Besonderes. Die Welt konnte gut mit einem Arschloch weniger leben, und er auch. Selbst wenn dadurch ein endloser Bandenkrieg begann.

Die Musik pumpte lauter, DJ Ivo hob in seiner kleinen Kabine bald ab. Die Luft wurde elektrisch, Scheinwerfer zuckten bis in die letzten Schatten des Clubs. Eine seltsame Zeit, dachte Rico immer, wenn er wartete, bis die Nacht begann, und zusah, wie die ersten Gäste eintrafen.

Zuerst vibrierte seine Hand, dann kam das Klingeln. Trotz der dröhnenden Musik hörte Rico es sofort. Er sah nach der Nummer und schüttete hastig den Jack Daniel's hinunter, den fünften oder so. Die Uhr zeigte plötzlich nach acht, und er stellte fest, dass er die verdammte Entscheidung immer noch nicht getroffen hatte. Er holte tief Luft und starrte das Telefon an. Beim dritten Klingeln klappte er es auf.

»Ich bin für Sie da«, sagte er schließlich.

Dann ging er zum Telefonieren nach draußen.

73

»Ich will Ihnen etwas sagen, Mr. Lowell. Ich möchte Ihnen nicht vorschreiben, wie Sie Ihren Fall handhaben sollen, aber ich bestimme immer noch, wie es in meinem Gerichtssaal zu laufen hat. Erzählen Sie mir hier keinen Scheiß.« Richter Guthrie zwinkerte der Protokollantin zu, um ihr klar zu machen, dass sie den letzten Ausdruck nicht ins Protokoll aufnehmen sollte. »Ihr *Opfer*, dieser Serienmörder, randaliert in einem Gerichtssaal und prügelt sich mit fünf Vollzugsbeamten, und Sie wollen den leitenden Ermittler wegen einer Ohrfeige hängen sehen?«

Der stellvertretende Staatsanwalt Nick Lowell räusperte sich.

Die Situation gefiel ihm ganz und gar nicht. Er mochte es nicht, wenn ein Bundesrichter in einer laufenden Sitzung seine Glaubwürdigkeit hinterfragte, während die hohen Tiere – die ihm den Fall angedreht hatten – in ihren bequemen Sesseln drei Etagen über ihm hockten, ohne sich blicken zu lassen. »Es ist alles auf Video, Euer Ehren«, sagte er.

»Ja. Ich habe das Video gesehen. Es ist unscharf. Man sieht nur Umrisse, und für mich ist das eine einfache Ohrfeige. Ich behaupte nicht, dass das in Ordnung ist, aber ich frage Sie, glauben Sie wirklich, dass Sie damit einen Schuldspruch erwirken können? Glauben Sie das wirklich? Schauen Sie sich den Mann an!« Er hielt die *New York Times* vom Vortag hoch, deren Titelseite ein Foto von William Bantling zierte, festgeschnallt an einen Rollstuhl, in dem er mit Handschellen und Fußketten und einem Knebel im Mund aus dem Gericht gekarrt wurde. »Ich sage Ihnen eins, Mr. Lowell. Sie können ihn so lange als Opfer bezeichnen, bis die Kühe von der Weide kommen, aber in *meinen* Gerichtssaal kommt mir kein Serienmörder, es sei denn, er trägt sein Feiertagsgeschirr, das versichere ich Ihnen. Ich lasse nicht zu, dass hier das Gleiche passiert wie in Miami. Merken Sie sich das, Mr. Lowell. *Genau so* wird ihn die Jury bei mir zu sehen bekommen. *Genau so* will ich ihn sehen. Und jetzt frage ich Sie, glauben Sie immer noch, dass Sie einen Schuldspruch für den Detective erwirken können? Oder einigen wir uns einfach darauf, dass der Mann seinen Job getan hat und dabei ein bisschen übereifrig war? Soll seine Abteilung ihm deswegen eine Gardinenpredigt halten.«

Die Botschaft war klar. Nick Lowell musste den Fall ganz allein tragen. Und der Richter würde zusehen, dass er nicht gewann.

Les Barquet nickte mit dem Kopf wie ein Geistlicher. »Die Jury hätte Agent Falconetti wahrscheinlich noch ein paar Schwinger mehr gegönnt«, gluckste er. »Und ich erinnere Sie daran, Euer Ehren, dass vier Strafvollzugsbeamte mit den besten Referenzen aussagen werden, dass Mr. Bantlings *Verletzungen*«, er machte mit den Fingern Anführungszeichen, »nicht so schlimm waren, wie er behauptet. Das Ganze ist eine Frage der Glaubwürdigkeit, Euer Ehren.«

»Ich weiß jetzt schon, wer das Tauziehen in meinem Gerichtssaal gewinnt. Sogar wenn er aus Miami kommt«, sagte Richter

Guthrie und löste damit im Saal ein paar Lacher aus. »Wenn Sie also immer noch weitermachen möchten, Mr. Lowell, dann sehen Sie zu, dass Sie nicht meine Zeit verschwenden. Morgen früh wähle ich die Geschworenen aus.«

»Morgen früh?«

»Ja. Mr. Barquet sagt, sein Mandant ist bereit. Sie und die Bundesstaatsanwaltschaft können nur hoffen, dass die Geschworenen keine Zeitung lesen.«

»Euer Ehren, für mich liegt die Sache ein wenig komplizierter«, sagte Lowell und rieb sich die Schläfen, als hätte er Schmerzen.

»Ich will den Fall morgen vom Tisch haben, Mr. Lowell.« Der Richter kniff die Augen zusammen, und Nick Lowell verstand, dass seine Karriere vor Richter Guthrie in Zukunft ziemlich unangenehm werden könnte. Die ganze Bundesstaatsanwaltschaft hätte es in den nächsten Wochen schwer, wenn nicht noch länger. »Ich werde den Fall nicht künstlich in die Länge ziehen. Das wäre der echte Justizirrtum.«

»Bitte lassen Sie mir einen Moment Zeit, Euer Ehren. Ich muss telefonieren«, sagte Lowell schließlich und stand auf. Leckt mich doch. Er wusste jetzt, wie die Sache für ihn ausgehen würde, und er würde seine Karriere und seine Verurteilungsquote nicht aufs Spiel setzen, nur weil hier jemand in seiner Eitelkeit gekränkt war und meinte, sich rächen zu müssen.

»Nehmen Sie sich alle Zeit, die Sie brauchen«, rief Richter Guthrie Lowell hinterher. »Ach, und sagen Sie Ihrem Boss, er soll mich nicht mehr mit solchem Scheiß behelligen«, schloss er lächelnd und zwinkerte der Protokollantin noch einmal zu.

74

Sein Nextel piepte. Dominick hätte nie gedacht, dass er dieses Signal einmal gerne hören würde. Doch heute klang es wie Musik in seinen Ohren.

»Falconetti«, sagte er.

»Herzlichen Glückwunsch«, sagte die sanfte Stimme am anderen Ende. Bei dem Geräuschpegel im Zimmer hätte er sie fast nicht gehört. Es war C. J. Sein Herz klopfte.

»Ich gratuliere dir auch«, sagte er leise und trat aus dem Aufenthaltsraum hinaus auf den Flur.

»Wo zum Teufel willst du hin?«, rief Marlon Dorsett.

»Seit zwei Minuten wieder im Dienst, und schon macht er eine verdammte Pause«, lachte Manny.

Die Stimmen hinter ihm wurden gedämpfter, als er eine ruhige Ecke fand.

»Bei mir gibt es noch nichts zu gratulieren«, sagte sie. »Gegen Berufung ist man niemals sicher.«

»Chaskel wirkte ziemlich entschieden. Ich habe es im Fernsehen gesehen. Das mit Rubio ist nicht zu fassen. Was für ein Timing.«

»Ja.« Sie räusperte sich, bevor sie weiterredete. »Wenn du ferngesehen hast, weißt du wahrscheinlich mehr als ich. Ein Raubüberfall.«

»Ja, so heißt es. Aber noch kein Tatverdächtiger.«

»Manny hat mir erzählt, dass du nicht vor Gericht musst.« Sie wollte das Thema wechseln. »Das sind mal gute Neuigkeiten.«

»Der Meinung sind nicht alle.«

»Hat de la Flors die Zurücknahme der Klage akzeptiert?« Es war an der Staatsanwaltschaft, die Klage offiziell fallen zu lassen.

»Machst du Witze? Der hätte am liebsten zugesehen, wie ich mich mit Anwaltskosten ruiniere. Mein Anwalt hat mir erzählt, de la Flors hat fast einen Herzinfarkt bekommen, als er von der Entscheidung des Richters hörte. Das Gespräch soll mit wüsten Beschimpfungen geendet haben. Geyer hat seinem Kollegen vom Southern District gesagt, er soll ihn am Arsch lecken.«

»Mark Gracker wird auch nicht allzu erfreut gewesen sein.«

»Der kriegt noch, was er verdient. Irgendwann. Aber im Moment muss ich mich zurückhalten. Alle haben mich im Visier.« Er schwieg. Er konnte seine Gefühle einfach nicht ignorieren. Leiser fuhr er fort: »Wie geht es dir? Ich habe gesehen, was nach der Anhörung los war.«

»Du siehst zu viel fern. Mir geht es gut. Ich bereite mich gerade auf einen Prozess vor. Bist du wieder im Dienst?«

Sie hatte schon wieder das Thema gewechselt. Wieder rannte sie davon. Es war frustrierend. »Ja. Heute ist mein erster Tag«, sagte er leise. »Ich leite die Task-Force nicht mehr. Das macht jetzt Fulton.«

»Und wie geht es voran?«

»Wir haben ein paar Hinweise, aber es zieht sich. Fulton arbeitet immer noch an der Bandenkrieg-Theorie, das scheint noch am plausibelsten, obwohl keiner den Mund aufmacht. Außer um zu sagen, wie sie sich freuen, dass vier Cops tot sind. Valle hat Dreck am Stecken, daran besteht kein Zweifel. Er betreibt in seinen Clubs Geldwäsche im großen Stil, wir können es ihm nur nicht nachweisen. Black hofft, dass wir ihn drankriegen, bevor es die Feds tun.« Er schwieg. Er wusste, was sie dachte, an wen sie dachte. »Ich glaube nicht, dass Bantling mit drinhängt. Die Affenskulptur war von ihm – auch wenn er es nicht zugibt. Für ihn ist das alles ein Spiel, er will dir nur Angst machen. Als er sie abschickte, wusste er, dass er dich bei der Anhörung sehen würde. Er hatte Rubios Brief erhalten und hat einfach zwei und zwei zusammengezählt. Er wusste, dass ihm eine Reise nach Miami sicher war.«

Schon wieder versuchte er sie zu beschützen, und er wusste, dass C. J. das nicht wollte. Von Bantlings letztem Versuch, der Hinrichtung zu entgehen, von seiner Behauptung, Chambers habe einen Partner, der irgendwo lauerte und Zeugen liquidierte, sagte er nichts. Keine von Bantlings Behauptungen hatten sich erhärtet. Masterson hatte nichts im Internet gefunden. Weder bei der Post noch beim Zoll hatte es irgendwelche dahin gehenden Beschwerden gegeben. Auch Interpol hatte nichts gehabt. Nichts, was Bantlings Geschichte von einem internationalen Snuff-Ring bekräftigt hätte.

»Es tut mir leid, Dominick«, sagte sie langsam. »Alles. Ich will, dass du das weißt.«

»Tu das nicht, C. J.«, mehr brachte er nicht heraus. *Ich habe dich nicht gebeten, den Helden zu spielen*. Und das würde er auch nicht mehr tun.

»Ich wünschte, ich hätte dich nicht in die Sache mit hineingezogen …«

»Das hast du nicht. Das ist ja das Problem.«

Sie zuckte zusammen und spürte einen dumpfen Schmerz in der Brust, als die Worte sie trafen. »Ich wollte nur sagen, dass es mir leidtut«, sagte sie mit erstickter Stimme. Sie schloss die Augen und wünschte, sie könnte die Uhr zurückdrehen bis zu dem Sonntagmorgen, als sie mit der Zeitung im Bett lagen, bis zu dem Wochenende in Key West, als er um ihre Hand angehalten hatte. Es gab so viele Augenblicke. Wenn sie nur einen davon noch einmal erleben dürfte.

»Mir auch. Aber es gibt Dinge, die man nicht rückgängig machen kann«, sagte er. Er schloss die Augen und schlug mit der Hand gegen die Wand. Er hatte die Kraft einfach nicht mehr. Am anderen Ende hörte er sie schniefen. »Okay«, sagte er dann. »Arbeite nicht zu viel. Viel Glück bei dem Prozess.«

»Dominick«, sagte sie, ihre Stimme war nur noch ein müdes Flüstern. Sie sah zu, wie der Regen am Fenster ihres Büros herunterlief. Dann sprach sie es endlich aus: »Ich habe mich geirrt. Ich brauche dich.«

Doch es war zu spät. Er hatte schon aufgelegt.

75

Hüfthohes Gestrüpp wuchs auf dem Grundstück und überwucherte Propangastanks, rostige Autowracks und Fahrradteile. Die schiefe, grün gestrichene Hütte mit dem durchhängenden Dach wurde nach zwei Seiten von einem baufälligen Holzzaun vor den Blicken der Nachbarn geschützt; nach hinten schloss sich der Parkplatz eines verrammelten Lebensmittelgeschäfts an. In der wolkenverhangenen, mondlosen Nacht lag der Schuppen verlassen da, Fenster und Türen waren mit Sperrholzplatten voller Graffiti vernagelt. Im Gestrüpp raschelte hier und da ein Windhauch oder ein kleines Tier, ansonsten rührte sich nichts.

Die Hütte war aus jeder Richtung praktisch unsichtbar. Selbst wer so dumm war, neugierig über den Zaun zu spähen, hätte nichts entdeckt. Nicht dass es eine Rolle spielte. Liberty City, wo 1980 die Rassenkrawalle begonnen hatten, nach denen Miami drei Tage lang brannte, war immer noch ein sozialer Brennpunkt mit einer extrem hohen Verbrechensrate. Eine Gegend, in der niemand etwas sah, selbst wenn es direkt vor seiner Nase passierte.

Er verbarg sich im Schatten des Hauses und tastete sich zur Hintertür vor, die in der Schwärze der Nacht auf ihn wartete. Mit der Brechstange stemmte er einen Riegel nach dem anderen auf. Mit leisem Knirschen splitterte das Holz, nicht lauter als das Rascheln im Gestrüpp. Dann glitt die Tür nach innen auf.

In der Dunkelheit der Küche knipste er die Taschenlampe an und bahnte sich vorsichtig den Weg zum Flur. Einen Moment blieb er lauschend vor der Tür stehen, sein eigener Atem rauschte in seinen Ohren. Er fragte sich, ob er es schaffen würde. Hinter der Tür hörte er Dialogfetzen, dann Kommandogelächter, wieder Stimmen und wieder das Lachen aus der Konserve. Das grelle blaue Licht eines Fernsehers flackerte aus dem Spalt unter der Tür und ließ seine Turnschuhe fluoreszieren. Ansonsten war es still im Haus. Genau wie es sein sollte. Er steckte den Schlüssel ins Schloss und zog die Magnum heraus, auf alles vorbereitet, falls etwas schief ging.

Der Knauf drehte sich klickend, dann trat er gegen die Tür. Quietschend flog sie auf und schlug krachend gegen die Wand.

Jerome Sylvester Lightner alias Lil' Baby Jay alias LBJ – der meistgesuchte Mann in Florida – saß in einem Haufen dreckiger Kissen auf einer alten Couch. Mit leerem Blick starrte er auf den Fernseher, wo eine alte *Seinfeld*-Folge lief. Auf dem Boden lagen kaputte Literflaschen Billigbier und Plastikflaschen Parrot-Rum, außerdem Fastfood-Packungen, Chipstüten und ein ganzer Haufen verbogener Löffel und zerdrückter Coladosen, schwarz verrußt und mit gelbem Harz verklebt. Es roch nach Pisse und Scheiße und verbranntem Crack, ein beißender, stechender Gestank. Der einundzwanzigjähriger Junge, der die Spitze der Fahndungsliste des FBI anführte, war in diesem Moment bei weitem nicht so furchterregend wie sein Ruf.

Es dauerte fünf Sekunden, bis LBJs zugedröhntes Hirn mitbekam, dass die Tür aufgegangen war, dass jemand vor ihm stand. Er drehte langsam den Kopf zur Tür, in Zeitlupe verengten sich die glänzenden braunen Augen, dann erfassten sie die Mündung der Pistole vor seinem Gesicht und weiteten sich vor Überraschung. »Scheiße, Mann«, lallte er, das Crack lähmte seine Zunge und seine Sinne. Wahrscheinlich war es am besten so, dachte Rico. Vielleicht spürte er dann nicht so viel. LBJ rutschte von der Couch, lag auf dem Rücken, seine nackten Füße zappelten wie in einem Zeichentrickfilm, traten Coladosen und Hamburgertüten um. Rückwärts schob er sich zur Tür in der Hoffnung auf ein Wunder, das ihn vor dem Schicksal bewahrte. Doch selbst durch den Drogennebel wusste er, was nun käme.

»Halt dein verdammtes Maul und beweg deinen Arsch ins Bad, Mann. So schlimm wird es schon nicht«, sagte Rico und zog ein Paar Latexhandschuhe aus der Tasche. Mit der Mündung der Magnum und dem Absatz seines Turnschuhs schubste er LBJ weg von der offenen Tür in Richtung Bad.

Doch der knallharte Gangster mit dem Ruf des eiskalten Killers konnte sich ausmalen, wie schlimm es werden würde. Er fing zu heulen an. »Erschieß mich, Mann«, flehte er.

»Ist nicht drin«, sagte Rico. »Wer das Schwert nimmt …«

»Er hat gesagt, ich wär hier sicher«, winselte LBJ.

»Er hat gelogen«, sagte Rico knapp. Dann schloss er die Badezimmertür, holte das Messer heraus und begann mit dem Teufelswerk.

76

»WACH AUF, DORNRÖSCHEN. Anruf von oben«, rief Mannys Stimme aus dem Nextel. »Der Alltag hat uns wieder.« Dann fing er an, eine Marschmelodie zu pfeifen.

Ohne die Augen zu öffnen, griff Dominick nach dem Telefon auf dem Nachttisch. »Mann, bin ich froh, dass ich nicht jeden Tag von dir geweckt werde. Wie spät ist es?«

»Sieben nach drei. Sind Kinder in der Nähe? Ich bin beleidigt. Ich dachte, ich klinge morgens besonders sexy.«

»Schon gut, jetzt bin ich ja wach. Was zum Teufel ist los?«

»Hör gut zu, ich hab's nämlich selbst nicht ganz kapiert. Die Geldwäsche-Task-Force von IMPACT hat heute Nacht mit Hilfe eines geliehenen Spitzels von der Drogenfahndung eine Geldübergabe in der Nähe von Columbia ausgehoben. Rat mal, an wen einhundert Mille geliefert werden sollten? Freddy ›Fat‹ Mack von der BB-Gang.«

»Fat Mack?«

»Kommt dir bekannt vor? Einer von diesen verdammten Spitznamen. Derselbe Fat Mack, der für Roberto Valle das Maniac betrieben hat, seit sein Gang-Bruder Elijah Jackson beschlossen hat, eine Runde mit den Fischen zu drehen. Derselbe Fat Mack, den wir verkabelt haben und der Valles Geschäfte durch die Hintertür erledigt und damit den Latin Kings in die Quere kommt. Die Welt ist klein. Jedenfalls drohen ihm jetzt vierzig Jahre wegen Geldwäsche im großen Stil, Beihilfe und Betrug, und plötzlich ist der große böse Mack gar nicht mehr so groß und böse. Und liefert den einen Mann ans Messer, der ihm vielleicht die Zeit im Knast verkürzen könnte, falls er lange genug lebt, dass er einen Gerichtssaal von innen sieht. Jetzt rate mal, Dommy, welchen Namen Chris aus ihm rausgekitzelt hat? Diesmal kommst du bestimmt drauf.«

»Bin ich froh, dass du nicht neben mir liegst«, stöhnte Dominick. »Roberto Valle?«

»Viel besser. Amerikas meistgesuchtes Arschloch, Dommy. LBJ. Lil' Baby Jerome. Der gottverdammte Morpheus. Der hardcore Cop-Killer-Gangster, der die ganze Sache angefangen hat, als er Victor Chavez die Kehle durchgeschnitten hat. Als Nächstes hat Fat Mack über das Maniac ausgepackt, uns genau beschrieben, wo die Bücher stehen, und alles bestätigt, was wir wussten. An der Stelle ist ihm wohl eingefallen, wie sehr sich damit seine Lebenserwartung verkürzt hat, und er hat nach einem Anwalt geheult. Wir haben die Adresse, wo LBJ ist. Chris ist schon unterwegs. In Liberty City. Scheiß Liberty City, Dommy. Wenn's stimmt, hat er die ganze verdammte Zeit genau vor unserer Nase gesessen. Praktisch um die Ecke.«

»Wer ist noch dabei?«

»Fulton hat die Sondereinsatztruppe angefordert, aber die brauchen dreißig bis vierzig Minuten, bis sie so weit sind. Ich bin auf dem Weg, und du auch. Ich habe noch Dorsett und Grimmy angepiept.«

»Gib mir die Adresse«, Dominick rollte sich aus dem Bett und ging zum Schrank. »Ich bin auf dem Weg.«

77

Rico wischte sich den Schweiss von der Stirn, doch er lief ihm in Strömen über das ganze Gesicht und in den Kragen, das T-Shirt war auch schon klitschnass. Und sein Nike-Trainingsanzug war von oben bis unten voll mit Blut. Das beschissene Blut war überall. Er sah nochmal in die Wanne, auf das, was er getan hatte, und schluckte. Seine Zunge war schwer wie Blei, sein Mund staubtrocken, es schmeckte nach Metall. Rico kämpfte gegen den Brechreiz an und fragte sich einen Moment lang, ob er den bitteren Geschmack je wieder loswerden würde.

In dem fensterlosen Zimmer hinter ihm machte Jerry Seinfeld einen Witz, und das Studiopublikum lachte.

Doch er hatte keine Zeit, über das nachzudenken, was er gerade für Geld getan hatte. Die Zeit zum Nachdenken war abgelaufen. Er dachte an die Alternative – überlegte, dass er derjenige hätte sein können, der jetzt in der Wanne lag. Dann klappte er sein Handy auf. »Erledigt«, sagte er nur, als der andere abnahm.

Ohne die Tür hinter sich zuzumachen, ging er zurück in die Küche. Der Schein des Fernsehers erleuchtete den Flur. Seine Hände zitterten immer noch. Er stieß die Tür auf und trat hinaus in die schwarze Nacht, mit einem dumpfen Schlag fiel die Tür hinter ihm zu.

»Stehen bleiben, Scheißkerl!«

Das Licht blendete ihn, er prallte an die Hauswand zurück und hielt sich blinzelnd die Hand vor die Augen. Er sah sich hektisch um, suchte einen Fluchtweg, doch im gleißenden Scheinwerferlicht konnte er nichts erkennen. Er fühlte das kalte Metall der Magnum, die vorn in seiner Hose steckte.

»Stehen bleiben! Polizei!«

In diesem Moment wusste Rico, dass er es nicht geschafft hatte, den Teufelskreis zu durchbrechen. Sein Sohn würde ohne Vater aufwachsen, die Geschichte würde sich wiederholen, die Statistiken würden Recht behalten. Noch vor einer Stunde hatte er gedacht, 200000 Dollar wären eine Menge Geld, um dafür jemanden umzulegen, doch jetzt hätte er jeden Penny davon gerne verschenkt.

Er konnte Angelina heulen hören, sah seine enttäuschte Mutter vor sich, wie sie kopfschüttelnd vor seinem Sarg stand. Und kurz bevor der Kugelhagel ihn durchsiebte, betete er still zu Gott, er möge ihm alle Sünden vergeben.

Doch er wusste, auch dafür war es zu spät.

78

»SCHUSSWECHSEL! SCHUSSWECHSEL! Es wurden Schüsse gemeldet, Nordwest, Ecke 58. und Fifth Court!« Jimmy Fultons Stimme platzte aus dem Nextel. Dann schaltete sich auch der Funk in Dominicks Wagen ein. Die Sprecherin klang viel zu ruhig und zu gelassen für die Nachricht, die sie meldete. »An alle verfügbaren Einheiten, es wurde ein Schusswechsel gemeldet. 5750 Nordwest, Fifth Court, Höhe 58. Straße, Liberty City. Ein FDLE-Beamter fordert schnellstmöglich die Unterstützung aller verfügbarer Einheiten an.«

Immer wenn ein Beamter per Funk um Hilfe rief, ließ jeder alles stehen und liegen und machte sich auf den Weg. Egal, wo man war, egal, welchen Strafzettel man gerade ausstellte, welche Schlägerei man schlichtete. Überall in der Stadt gingen gleichzeitig die Sirenen los, Streifenwagen mit Blaulicht rasten aus allen Richtungen die Straßen und Highways hinunter.

Vor dem Haus herrschte ein chaotisches Durcheinander von Streifenwagen und Polizisten. Anwohner krochen misstrauisch aus den Häusern, um nachzusehen, was so viel Polizei hier zu suchen hatte. Ein oder zwei Streifenwagen auf den Straßen dieser Gegend war ein gewohnter Anblick. Fünfzig dagegen bedeuteten, dass etwas Großes im Gang war. Und es wurden immer noch mehr. Polizisten mit der Hand an der Waffe stiegen hastig aus, versuchten sich mit quakenden Funkgeräten zu orientieren. Dominick entdeckte Fulton, der von Männern umringt am Heck seines Wagens stand und Befehle ins Nextel bellte.

»Wo zum Teufel ist das Team? Wo ist die Sondereinsatztruppe? Ich will in das Haus, jetzt!«, schrie er und sah sich hektisch um. Die Sondereinsatztruppe war ein Spezialkommando des FDLE.

»Was ist passiert?«, rief Dominick und bahnte sich den Weg durch die Uniformen.

»Wir haben einen Toten vor dem Haus. Identität noch nicht bestätigt, aber sieht aus wie Brueto, der Anführer der Kings. Seine Beschatter haben ihn heute Nacht verloren, dachten, er liegt im Bett und kuschelt. Er hat plötzlich seine verdammte Magnum gezogen! Masterson hat ihn rauskommen sehen. Als der Typ die Knarre zog, hat Jimmy geschossen. Wir wissen noch nicht, was drin los ist, aber wir können nicht länger warten. Die Jungs von der City sollen mit uns reingehen.« Vor Jahren war Fulton der Leiter der Sondereinsatztruppe gewesen, und er war verdammt gut.

»Okay. Gehen wir rein«, sagte Dominick. Ein Adrenalinstoß jagte durch seinen Körper. Ein Haus zu stürmen, wenn man mit feindlichem Beschuss rechnen musste, war kein Routineeingriff. »Ich hole nur noch meine Weste.«

»Ich habe Blendgranaten im Kofferraum«, sagte Fulton. Beim Betreten nichtgesicherter Gebäude wurden Blendgranaten zur Deckung eingesetzt.

»Ich geh mit dem Team hinten rein«, sagte Manny, der eben dazugekommen war.

»Okay, ich nehme die Vorderseite«, sagte Fulton. »Dorsett soll im Norden sichern, Dom, du übernimmst die Südseite. Jeder nimmt fünf Jungs mit. Dom, auf mein Kommando wirfst du die Blendgranate durchs Fenster. Also los. Keiner kommt raus. Verstanden?«

Weniger als drei Minuten später ging die Blendgranate los, und aus den Fugen der Sperrholzbretter vor den Fenstern spritzte grelles Licht. Das Holz dämpfte die gellende Explosion.

»Polizei! Hier ist die Polizei! Legen Sie sich flach auf den Boden! Alle Mann flach auf den Boden!«, schrien Fulton und Manny gleichzeitig, während sie ihre Teams ins Haus führten und einen Raum nach dem anderen sicherten. Über Funk hielten sie sich gegenseitig auf dem Laufenden.

»Wohnzimmer! Okay!«

»Küche! Okay!«

»Badezimmer vorn! Okay!«

Manny entdeckte das Hinterzimmer zuerst. »Hier ist was! Eine Art Kammer! Fernseher läuft!«, meldete er durch das Funkgerät.

Dann war es eine Sekunde still, bevor sein Team den Raum stürmte. »Polizei! Hinlegen!«

»Okay!«

»Geschlossene Tür!«

»Bin genau hinter dir, Bär.« Fultons Stimme. »Mach auf!«

Dominick hörte über Funk das Splittern von Holz. Gleichzeitig schrie jemand: »Polizei!« Darauf folgte eine unheimliche Stille von ein paar Sekunden. »Scheiße«, rief einer. Ein anderer: »O Gott.«

»Was ist denn los? Sagt doch was!«, rief Marlon aus dem Funkgerät.

»Oh, Mist«, rief Manny angewidert, »was für eine Schweinerei.«

»Wir haben LBJ gefunden«, sagte Fulton. »Aber die Kings waren anscheinend vor uns da.«

»Mein Gott. Ist er tot?«, fragte Dominick.

»Warte. Wir haben einen Kollegen ans Waschbecken verloren«, sagte Manny, dann schrie er: »Kotz da nicht rein, du Idiot! Das ist ein verdammter Tatort! Beweg deinen Arsch nach draußen!« Kurze Stille, dann sagte er leiser: »Mehr als tot, Dommy Boy. So viel Blut hab ich in meinem Leben noch nicht gesehen. Der Typ starrt mit großen Augen aus der Wanne raus und trägt eine verdammte Krawatte um den Hals.«

»Sie haben ihm das Maul gestopft«, mischte sich Fulton ein. »Dom, komm her. Ich habe das Gefühl, das ist kein Fall mehr. Das hier ist Krieg.«

79

»DAS KANN NICHT IHR ERNST SEIN, ANDY«, sagte Dominick eine Woche später. Er folgte dem stellvertretenden Staatsanwalt Andy Maus aus dem Gerichtssaal auf den brechend vollen Gang. »Vier Monate Arbeit, und Sie lassen sich das gefallen?«

»Ich habe keine Wahl, Dom«, gab Andy zurück. Er bahnte sich seinen Weg in Richtung der Rolltreppe. Wahrscheinlich hoffte er, Dominick abzuhängen und damit das Gespräch zu beenden. »Die

Feds haben Vorfahrt. Es liegt in ihrer Gerichtsbarkeit, und sie haben einen Beschluss vom Bundesgericht. Ich kann Valle nicht vor dem Landesgericht anklagen, solange die Feds nicht mit ihm fertig sind. Außerdem lässt sich Richter Surace bestimmt nicht mit einem Fall den Terminplan blockieren, an dem bereits ein Bundesgericht dran ist. Sie haben ja gehört, was er gesagt hat. Ohne Gerichtsbeschluss, Zeitbeschränkung und einen Haufen Federal Marshals kann ich nicht mal hallo zu Valle sagen. Das bisschen Saft lohnt das Pressen nicht, Jungs.«

»Das FBI erntet also die Früchte und die Schlagzeilen und die Klage wegen Geldwäsche und Betrug, und wir dürfen uns mit den Leichen und den Berichten rumschlagen?«, schimpfte Manny. »Das stinkt zum Himmel.«

»Was habt ihr denn immer? Habt ihr etwa den Fall verloren?« Wie aufs Stichwort tauchte Mark Gracker aus Saal 4-10 auf, im Gefolge des Bundesstaatsanwalts, den de la Flors als Aufpasser in die Anhörung geschickt hatte. Er grinste wie ein Honigkuchenpferd, als er den Blick über den Flur schweifen ließ – wahrscheinlich wollte er seine Freude mit Dominick teilen.

Dominick sagte sich, dass es Dinge gab, für die es sich lohnte, gefeuert zu werden. Gracker gehörte nicht dazu. Hätten sich in diesem Moment ihre Blicke getroffen, Dominick hätte für nichts garantieren können. Also konzentrierte er sich ganz auf Andy Maus.

»Das Ganze gehört eben vors Bundesgericht«, fuhr Maus fort. »Geldwäsche und Beihilfe zum Betrug sind ziemlich gut, wenn es um die großen Fische in den Kartellen geht. Wenn er verurteilt wird, kriegt er die Hucke voll und landet an einem nicht sehr netten Ort. Gotti haben sie wegen Betrug nach Leavenworth geschickt. Ehrlich gesagt, wir haben so gut wie nichts in der Hand. Wer weiß? Vielleicht redet Valle. Vielleicht verrät er, wer das Zeug bestellt hat. Wenn er überhaupt was weiß.« Sie hatten die Rolltreppe erreicht, und Maus blieb stehen. Er sah frustriert aus. »Hört zu«, sagte er und senkte die Stimme um einen Dezibel. »Ich will offen sein, Jungs. Morpheus ist ein toter Fall, was die Ermittlung angeht. Sowohl Brueto als auch LBJ sind unter der Erde und Fat Mack ebenfalls, nachdem ihn jemand mit einer Zielscheibe auf der Stirn in den Knast gesteckt hat.«

»Verdammt. Er sollte doch in Sicherheitshaft«, schnaubte Manny.

»War er aber nicht. Und jetzt ist er tot. Gott sei Dank hat Masterson noch seine Aussage aufgenommen, und wir haben die Bücher, sonst säße Valle jetzt nicht hinter Gittern. Ich hätte ihn auch lieber vor dem Landesgericht gesehen, aber so laufen die Dinge eben nicht. Wir haben einen blutigen Krieg auf der Straße, und keiner macht den Mund auf. Sie knallen sich gegenseitig ab. Nacht für Nacht. Es ist keiner mehr übrig, keine Zeugen. Wir sind alle schwarzen Listen durchgegangen. Bei der IA haben sie alle Nebenjobs überprüft. Wir haben getan, was wir konnten.«

»Es ist zum Kotzen«, sagte Manny.

»Aber nicht zu ändern, Kumpel. Jetzt übernehmen die anderen, und ihr solltet euch auf die Schulter klopfen, dass ihr Valle so weit gekriegt habt. Das hat bis jetzt noch keiner geschafft«, sagte er. Dann drehte er sich um, strich sich den Anzug glatt und winkte ihnen noch einmal zu, bevor er auf der Rolltreppe nach unten verschwand.

Dominick spürte Grackers Blick im Rücken, das Grinsen ließ seine feisten roten Wangen leuchten. Er würde sich nicht umdrehen, die Genugtuung würde er dem Fettsack nicht gönnen. Während der nächsten zwei gottverdammten Jahre müsste er ihm noch oft genug gegenüberstehen, wenn die Feds ihre Deals abwickelten. Gracker würde sich ins Fäustchen lachen. Doch, wie Dominicks italienische Verwandte zu sagen pflegten, Rache schmeckte am besten, wenn man sie kalt servierte. An diesem Gedanken hielt er sich fest.

»Lass uns gehen, Bär«, sagte er zu Manny und betrat mit ihm die Rolltreppe nach unten.

Im ersten Stock sah er sie dann. Manny hatte sie zuerst entdeckt.

»Hey, Boss! *Hola!*«, rief er. C. J. war die einzige Staatsanwältin, über deren Anblick der Bär sich freute. Dominick drehte sich auf der Rolltreppe um, und plötzlich war sie da.

»Hallo«, sagte sie leise. Sie sah müde und abgemagert aus und drückte einen Arm voller Aktenordner an die Brust. Dominick wusste, dass sie, wenn ihre Albträume am schlimmsten wurden, die Augen einfach nicht mehr zumachte. Wochenlang verbrachte sie ohne Schlaf und hielt sich nur mit kurzen Mittagsschläfchen über Wasser. Um sie bei Laune zu halten, hatte er in solchen Zeiten haufenweise Filmkomödien aus der Videothek ausgeliehen und ihr stundenlang den Rücken massiert.

»Hi«, sagte er. Manny machte sich taktvoll aus dem Staub.

»Ich habe gehört, dass das FBI Valle übernimmt«, sagte sie. »Tut mir leid.«

»Mal gewinnt man, mal verliert man.« Er sah zu ihr auf, und endlich trafen sich ihre Blicke. »Kannst du schlafen?«

»Ja, ja«, log sie und sah zur Seite. Sie rückte sich die Sonnenbrille zurecht, wahrscheinlich um die dunklen Augenringe zu verbergen. »Ich arbeite an einem Prozess. Du weißt ja, wie das ist.«

»Schon wieder? Viel Glück.« Er sah wieder nach unten zur Lobby, die schnell näher kam.

»Ich vermisse dich«, sagte sie leise hinter ihm.

»Ich dich auch«, antwortete er. Dann war er unten und tauchte in die Menge ein. Er verließ das Gebäude durch die große Glastür und verschwand draußen im warmen Nachmittag.

80

LANGSAM VERLIESS C. J. SAAL 6-7 und zog den Wagen hinter sich her zum Fahrstuhl. Wieder ein Angeklagter, wieder ein Haufen Akten. Der Gerichtsdiener wünschte ihr gute Nacht und schloss die Tür hinter ihr ab.

Die Rolltreppen waren längst abgestellt, die Putzkolonnen waren da gewesen und wieder gegangen. Sie manövrierte ihren Wagen um das gelbe Schild mit der Aufschrift »Vorsicht! Nasser Boden!« und nahm den Fahrstuhl in die Lobby. Dann verließ sie das Gerichtsgebäude über die Rollstuhlrampe, vorbei an dem dunklen Betonklotz des County Jail.

Heute Abend hatte sie einen Zwanzigjährigen wegen zweifachen Mordes angeklagt und in einem leeren Gerichtssaal miterlebt, wie der Richter ihn zu zweimal lebenslänglich verurteilte. Morgen um zehn war ein Treffen mit den Angehörigen in einem anderen Mord, und die ganze nächste Woche hatte sie Vernehmungen zu einem alten Mordfall, den die Polizei der City of Miami gerade mit Hilfe der DNA-Datenbank des FDLE in Tallahassee gelöst hatte. Und die nächsten sechs Monate sah es in ihrem Kalender nicht anders aus. Nur die Namen wechselten.

Sie nickte dem gelangweilten Sicherheitsbeamten zu, der neben den Metalldetektoren in der leeren Lobby saß und in einer Zeitschrift las. Ihr Kopf tat weh und ihre Schultern waren verspannt. Das Gewicht, das auf ihr lastete, wurde immer schwerer in letzter Zeit. Es war fast halb elf, und wieder war sie die Letzte, die das Schlachtfeld räumte, wieder zog sie auf dem Aktenwägelchen einen Kadaver hinter sich her. Die Arbeit war ihr Gefängnis, doch sie war auch ihre einzige Zuflucht. Und ihre Büßerklause.

Nach Bantlings Aufstand vor Gericht wusste sie mit tödlicher Sicherheit, dass sie, egal, wie stark ihr Fluchtinstinkt war, ihren Job niemals an den Nagel hängen würde, bis sein Todesurteil vollstreckt war. Seiner Verurteilung hatte sie ihr Leben gewidmet, und sie würde diese Mission zu Ende bringen. Und auf dem Weg dorthin würde sie eben noch ein paar andere Übeltäter hinter Gitter bringen. Die Staatsanwaltschaft war ihr Leben geworden, innerhalb dieser Grenzen bewegte sie sich, nur fünfzig Meter und ein paar Stahltüren entfernt von den Mördern, Vergewaltigern, Dieben, Dealern, Räubern und Schlägern. Nur fünfzig Meter trennten die Hüter des Gesetzes von dem grauen Klotz, dem eisenbewehrten Bestiarium auf der anderen Straßenseite.

Die Flure der Staatsanwaltschaft waren ebenso leer wie die des Gerichts, das sie gerade verlassen hatte. Sie passierte die Schreibtische des Sekretariats ihrer Abteilung. Mit leisem Summen flackerten die Neonröhren auf, als die Bewegungsmelder sie erfassten, und beleuchteten ihr den Weg zu ihrem Büro. Auf Marisols Tisch stand ein kleines Foto von Manny Alvarez bei seiner Abschlußfeier der Polizeiakademie. Anscheinend hatte er noch nie Haare auf dem Kopf gehabt. Aus einem anderen Rahmen lächelte ihr Marisol selbst entgegen, divenhaft mit Federboa und allem Drum und Dran.

In ihrem Büro knipste sie das Licht an und setzte sich an den Schreibtisch. Vor ihr stapelten sich Post und Telefonnotizen.

Der Fall Morpheus war abgeschlossen, doch gelöst war er nicht, auch wenn Dominick und Manny und Andy Maus ihr was anderes einreden wollten. Der Rest des Teams hatte zusammengepackt und sich neuen Fällen gewidmet – für sie war es noch nicht zu Ende.

Man hatte ihr die Affen nicht ohne Grund geschickt, es war eine Botschaft. Es war die Botschaft von jemandem, der Bantling hinter Gittern sehen wollte. Der die Wahrheit über die Nacht am Causeway kannte. Der die Wahrheit über Cupido kannte.

Und dieser Jemand, fürchtete sie, war noch irgendwo da draußen.

Als sie eine dicke Akte vom Stapel nahm und überflog – es ging um ein Geständnis, das zurückgenommen werden sollte –, piepte ihr Pager.

Erschrocken riss sie sich das Gerät vom Gürtel und warf es auf den Tisch. Das Display leuchtete im Dämmerlicht, mit jedem Piepen hüpfte der Pager über die Papiere.

Verdammt, das Ding trieb sie noch in den Wahnsinn. Sie hasste es. Zittrig strich sie sich das Haar aus dem Gesicht, dann nahm sie das Gerät in die Hand. Diese Woche hatte sie keine Bereitschaft, also musste es sich um einen Schusswechsel handeln. Sie spürte, wie das Adrenalin durch ihre Adern raste, und holte tief Luft. Dann wählte sie die Nummer. Schon nach dem ersten Klingeln bekam sie Antwort.

»Hier ist C. J. Townsend von der Staatsanwaltschaft. Ich wurde angepiept –«

»C. J.? Hier ist Chris, Chris Masterson.« Der Junge klang verstört. »Verdammt. Gut, dass ich Sie erreiche. Die Zentrale wollte Ihre Nummer nicht rausrücken, nur die Pagernummer. Hören Sie, ich habe Andy Maus schon angerufen, aber er ist nicht in der Stadt. Mein Gott, es tut mir so leid, aber …« Er zögerte. Seine Stimme zitterte, als er nach den richtigen Worten suchte. »Verdammt, C. J., er hat wieder zugeschlagen. Es ist schlimm, verdammt schlimm.«

Er hielt inne.

»C. J. – es ist Dom …«

81

»Gute Nacht, Ms. Townsend«, sagte der Sicherheitsbeamte, als er die vordere Glastür aufschloss, die zum Parkplatz führte. »Soll ich Sie wirklich nicht zum Auto bringen?«

C. J. schüttelte den Kopf und hastete über den leeren Platz. Ihre Absätze klackten laut auf dem sandigen Asphalt. Mit einer Hand suchte sie in der Tasche nach dem Schlüssel, mit der anderen wischte sie sich die Tränen ab, die ihr über das Gesicht liefen und alles vor ihren Augen verschwimmen ließen. In ihrer Eile hatte sie die Akten und den Laptop einfach stehen lassen und auch ihre Jacke vergessen. Sie hörte den Wachmann vor sich hin schimpfen, dann schloss er die Tür und sperrte zum zweiten Mal hinter ihr ab.

Tagsüber herrschte reges Treiben in diesem Teil der Innenstadt, und man konnte froh sein, wenn man überhaupt einen Parkplatz fand. Doch nachts war hier nichts als schwarze Asphaltwüste, die Gegend im Schatten des Dolphin Expressway wirkte öde und verlassen.

Ihr Herz klopfte bis zum Hals, und sie versuchte, die Angst hinunterzuschlucken, als sie zu ihrem Wagen rannte. Sie musste nachdenken, durfte nicht in Panik geraten. Vielleicht stimmte es nicht, vielleicht hatten sie ihn falsch identifiziert. Die Tränen rannen ihr über das Gesicht. *Lieber Gott, bitte mach, dass sie sich geirrt haben …*

Ihr Stellplatz befand sich hinter dem Gebäude auf dem großen Parkplatz, der an die 13. Straße angrenzte, eine verlassene Einbahnstraße. Weit weg von der hell erleuchteten Lobby, von den buschigen Wedeln einer Palme verdeckt. Auf der anderen Seite der 13. Straße begann das schwarz asphaltierte Niemandsland der Geschworenen-Parkplätze, das bis zu einer dichten Böschung unterhalb der Highway-Überführung reichte.

Endlich fand sie im Gewühl ihrer Tasche den dicken Schlüsselbund. Sie betastete die kühle Mündung der .22-Kaliber-Pistole, die ihr Vater ihr vor Jahren gekauft hatte. Ohne die sie nirgendwo hinging, außer in den Gerichtssaal, wo Waffen verboten waren.

Sie kramte den Schlüssel heraus und schloss die Wagentür auf, ein Finger auf dem Panikknopf, den sie am Schlüsselbund trug. Selbstverteidigungskurse und vierzehn Jahre reale Schauergeschichten hatten sie gelehrt, dass eine Frau am wenigsten konzentriert und damit am verwundbarsten war, wenn sie gerade ihre Wohnung betrat oder in den Wagen stieg. C. J. achtete streng darauf, dass ihr das nicht passierte, selbst auf einem vollen Supermarktparkplatz mitten an einem sonnigen Nachmittag.

Schnell öffnete sie die Tür und stieg ein, die Handtasche warf sie auf den Beifahrersitz. Sobald sie hinter dem Lenkrad saß, drückte sie auf die Türverriegelung und sperrte die Nacht aus. Dann holte sie Luft und drehte den Schlüssel im Zündschloss. Mit zitternden Fingern startete sie den Wagen.

Ein knisterndes Rauschen erfüllte den Jeep Cherokee. Ihr Blick fiel auf die Stereoanlage. Im Kassettendeck steckte ein Band.

Gänsehaut lief ihr eiskalt über den Rücken. Sie spürte, wie sich die feinen Härchen in ihrem Nacken aufstellten. Dann zerriss die beklemmend ruhige Stimme der Notrufzentrale das elektrische Summen der aufgenommenen Stille.

»Neun-eins-eins. Um was für einen Notfall handelt es sich?«

»Da ist ein Wagen. Ein neuer schwarzer Jaguar XJ8. Er fährt auf der Washington Avenue in südlicher Richtung. Er hat zwei Kilo Kokain im Kofferraum und ist auf dem Weg zum Flughafen. Er nimmt den MacArthur Causeway, falls Sie ihn auf der Washington verpassen.«

»Wie heißen Sie, Sir? Von wo rufen Sie an?«

Dann klickte es, und die Leitung war tot.

Sie war wie gelähmt. Als sie das nächste Geräusch hörte, stockte ihr Herz. Auf dem Rücksitz setzte sich jemand auf, dann tauchte ein vertrautes Gesicht im Rückspiegel auf.

»Hallo, C. J.«, flüsterte es aus der Dunkelheit hinter ihr. »Oder soll ich heute Nacht Chloe zu Ihnen sagen?«

82

DOMINICK KLAPPTE DEN LAPTOP ZU und schloss die dicke Akte, die vor ihm lag. Auf dem Konferenztisch lagen immer noch die grünen Mappen mit den Berichten im Fall *Morpheus FDLE 03-0566492*, die bald im Archiv landen würden. Die Task-Force war offiziell aufgelöst, die Mitglieder zurück in ihre Abteilungen geschickt worden. Morgen würde das Betrugsdezernat aus dem Exil zurückkehren und ihre Räume wieder mit Beschlag belegen. Die Kopiergeräte, Computer und die Sekretärin wurden anderen Abteilungen zugeteilt. Man hatte die Fotos der vier getöteten Polizisten bereits von der Wand genommen und in den jeweiligen Akten archiviert, wo sie auf unbegrenzte Dauer liegen würden, gemäß der Sunhine Laws als öffentliche Dokumente für immer einsehbar. Nur die anhaltende Wachsamkeit des Archivhüters, der Rechtsabteilung und der Staatsanwaltschaft konnte dafür sorgen, dass die grässlichen Bilder nicht völlig unzensiert an die Öffentlichkeit gelangten, von Zeitungen gedruckt oder im Internet gezeigt wurden. Honorare für Autopsiebilder von Gianni Versace oder seinem Mörder Andrew Cunanan hatten 1997, auf dem Gipfel der Medienhysterie, Preise von bis zu 250000 Dollar erzielt. Die Fotos eines verstümmelten toten Polizisten in Uniform würden leider auch ein paar große Scheine einbringen.

Dominick lehnte sich in den quietschenden alten Lederstuhl zurück, den er vor siebzehn Jahren vom Bronx Police Department nach Miami mitgenommen hatte, und rieb sich die Augen. Zu dem Kaffee aus der Mikrowelle zündete er sich eine Marlboro an. Er sog den scharfen Rauch tief in die Lungen und spürte, wie er sich ein wenig entspannte. Er zählte nicht mehr, wie oft er das Rauchen schon aufgegeben hatte. Nur seltsam, dass er diesmal wieder damit anfing, *nachdem* der Fall gelöst und seine Karriere gerettet war. Nachdem der Stress offiziell vorüber war.

Mindestens zum zehnten Mal heute dachte er an C. J. und daran, wie sie ausgesehen hatte, heute Morgen im Gericht. Gewappnet mit Aktenordnern und Gesetzestexten, warf sie sich in den nächsten zermürbenden Prozess und trug für den Rest der Welt eine zuversichtliche, gefasste Maske. Doch ihn überlistete sie damit nicht.

Dominick musste an seinen Vater denken und an den Tag, als er seiner Frau und seinem Sohn mitteilte, er würde nicht mehr auf Streife gehen. Er hatte gelogen, als er ihnen lächelnd versicherte, alles sei in bester Ordnung. Am nächsten Tag hatte ihn Dominick nach der Schule in der Badewanne gefunden.

Heute hatte er den gleichen Klang der Hoffnungslosigkeit in C. J.s Stimme gehört. Er hatte C. J. versprochen, dass er ihr beistehen würde. Und er hasste sich dafür, dass er das Versprechen gebrochen hatte. Vielleicht war er zu hart gewesen, zu emotional, zu stur, als er Schluss gemacht hatte.

Das Klingeln des Telefons riss ihn aus seinen Gedanken. Es war Manny. »Dommy Boy. Kommst du auf einen Drink in meine Richtung, oder muss ich mich heute Nacht ins Möbelhaus schleppen lassen?«

»Heute Nacht?«

»Bei *Rooms to Go* haben sie bis Mitternacht Ausverkauf. Ich bin ein Glückspilz. Ich kriege fünf Möbel zum Preis von einem, bevor es zwölf Uhr schlägt.«

»Tu's nicht, Bär«, sagte Dominick kopfschüttelnd. »Das ist meine letzte Warnung.«

»Erst mal ziehen wir zusammen. Ich hab ihr gesagt, dass sie keinen Stein am Finger sieht, solange nicht jeden Abend um sechs das Essen auf dem Tisch steht.« Er lachte. »Als ob sie das hinkriegen würde. Das letzte Mal hat sie einen Tisch beim Chinesen bestellt. Und nicht mal der war gut.«

»Vorsicht. Es gibt immer noch den Pizza-Service. Und die Mikrowelle.«

»Wieso suche ich mir nicht einfach eine heiße *mami* aus, die in Schürze und String-Tanga *picadillo* kocht?«

»Hör auf, sonst wird mir ganz anders.« Marisol Alfonso im neonpinken String am Herd schwitzend, das war kein Bild, auf das er heute Abend besonders erpicht war. Und auch sonst nicht. »Hör mal, ich mach mich gerade auf den Weg nach Miami Beach. Ich wollte ins Big Pink, was essen. Wo bist du?«

»Ich bin noch auf dem Revier. Und da ist noch was, worüber ich mit dir reden muss.«

»Lass mich raten: Du willst einen Job beim FDLE. Ich weiß nicht, wie viel Einfluss ich im Moment habe, mein Freund. Frag mich in ein paar Jahren nochmal, wenn sie in Tallahassee vergessen haben, dass ich mal am Pranger stand.«

»Auch wenn's vielleicht ganz nett wär, mit dir rumzuhängen, Dommy, hier ist die Rente besser, und Überstunden werden bezahlt. Anders als bei euch armen Regierungshunden. Ich bleibe schön bei der City, vielen Dank. Aber wo du gerade von deiner blöden Behörde sprichst, ich wollte es eigentlich fürs Abendessen aufheben, aber dann sag ich's dir eben gleich. Ich mach gerade den Schreibtischkram, und natürlich tanzt mir der Lieutenant auf der Nase rum. Er ist immer noch sauer wegen meiner Bemerkung über seine Tochter. Jedenfalls will er haargenau wissen, wie das letzte Woche alles abgelaufen ist. Sein Bruder ist bei der IA. Sagt, schön, dass wir endlich mal unseren Job gemacht haben, aber sie verstehen gar nicht, warum es so lang gedauert hat. Warum wir Lindeman nicht einfach beschattet haben, vor ein paar Monaten, als Elijah Jackson damit angefangen hat, Namen auszuspucken. Hätten ihm das verdammte Leben retten können, hat schließlich Kinder, blablabla. Du kennst das, jeder will mitreden, und alle wissen es besser. Und dieses Arschloch ganz besonders.«

Dominick spürte Wut in sich aufsteigen. Die IA von Miami City war wochenlang nicht mit der Info über Lindeman rausgerückt. Morpheus hatte schon zwei korrupte Polizisten umgebracht, als Elijah Jackson verhaftet wurde. Dass die IA der City die Task-Force nicht informierte, dass einer der ihren gerade von einem Spitzel denunziert worden war, hatte den Mann vielleicht das Leben gekostet. »Sag deinem Lieutenant und seinem Bruder, sie sollen bei der IA das nächste Mal ein bisschen zuvorkommender sein. Und ein bisschen schneller.«

»Genau das hab ich ihm gesagt. Und darauf meint er, sie hätten uns die Information sehr wohl gegeben! Er meint, das Kommunikationsproblem läge beim FDLE und der Task-Force und nicht bei der IA.«

»So ein Quatsch. Keiner hat uns den Namen Lindeman gegeben, bis er sechs Fuß unter der Erde lag.«

»Er behauptet, das stimmt nicht, Dommy. Er sagt, er hat uns den Namen gar nicht zu geben brauchen, weil wir ihn längst gehabt hätten. Und jetzt halt dich fest, Bruder. Am Tag, als Jackson wegen Drogenschmuggel von der City eingebuchtet worden ist, rate mal, wer der Drogenfahndung geholfen hat, ein paar Namen aus Jackson rauszukitzeln? Einschließlich dem seines Chefs, Valle, und dem des hoch geschätzten Familienvaters Sonny Lindeman?«

»Wer?«

»Chris Masterson. Jackson war anscheinend im Visier von IMPACT. Es war Masterson, der Jackson gedroht hat, er würde mindestens fünfundzwanzig Jahre kriegen. Chris hat Jackson nach einer Sitzung hinter verschlossenen Türen zum Reden gebracht. Von ihm wußte er, dass Valle der Kopf war und Lindeman seine rechte Hand. Und am Ende hat er denen aus der City gesagt, sie sollten seinen Namen aus den Berichten rauslassen, weil er die Ermittlungen von IMPACT und seine Quellen nicht preisgeben will.« Manny schwieg, dann setzte er leise seinen letzten Gedanken nach: »Zumindest hat er das behauptet.«

83

DOMINICK FUHR SICH DURCHS HAAR und versuchte, die Puzzleteile in seinem Kopf zusammenzusetzen. Wie lästige Fliegen tauchten immer mehr unangenehme Fragen auf, und am liebsten hätte er sie einfach totgeschlagen.

Warum hatte Chris Masterson der Task-Force verschwiegen, dass er Jackson zum Reden gebracht hatte? Warum hatte er verschwiegen, dass Lindeman auf der schwarzen Liste stand, als er am Tatort auftauchte, in der Nacht, als Lindeman ermordet wurde?

Dominick öffnete den Aktenschrank hinter sich und holte einen großen Packen Verschlussakten heraus. Auf dem Einband stand IMPACT – OPERATION SCHNEESCHUH. Er blätterte durch die Seiten, die er fast auswendig konnte, ohne irgendetwas zu finden. Es stand nicht einmal darin, dass Elijah Jackson je im Visier von IMPACT gewesen war.

Sein Mund war trocken. Er setzte sich wieder in den Sessel und zupfte an seinem Ziegenbart. *Man musste nur wissen, wo man zu suchen hatte.* Dann griff er hinter sich und nahm sich einen zweiten Ordner vor. Dieser enthielt über hundert Akten von Beamten, die in den letzten fünf Jahren auf der schwarzen Liste der MDPD Criminal Conspiracy Section gelandet waren. Hastig blätterte er die Fälle durch, bis er die dicke interne Akte von Officer Bruce Angelillo fand. Der Beschwerdeführer war ein einschlägig bekannter Fixer gewesen, der stinksauer war und um sein Leben bangte. Er behauptete, dass Angelillo, nachdem er ihn auf der 36. Straße wegen eines Verkehrsdelikts angehalten hatte, sechs Kilo aus seinem Kofferraum eingesackt hatte. Daraufhin wurde sechs Monate lang intern gegen Angelillo ermittelt, bis die Akte im April letzten Jahres geschlossen wurde, weil der Fixer spurlos von der Bildfläche verschwunden war. Geschlossen mit der Bemerkung: »Wir konnten ihm nichts nachweisen.« Dominick blätterte die Seiten durch, dann nahm er das Telefon in die Hand und wählte.

»Lynn«, sagte die Stimme am anderen Ende der Leitung. Es hatte nicht einmal geklingelt.

»Marty, hier ist Dom Falconetti, FDLE. Tut mir leid, wenn ich Sie so spät noch störe.« Marty Lynn war Lieutenant bei der Criminal Conspiracy Section. Dominick kannte ihn gut.

»Kein Problem, Dom. Was gibt's?«

»Ich muss mit einem Ihrer Detectives sprechen.«

»Jetzt?«

»Wenn es möglich ist. Haskill, Bobby Haskill. Ich mache gerade einen Bericht fertig.«

»Ich ruf ihn an, Dom. Unter welcher Nummer sind Sie zu erreichen? Er meldet sich gleich bei Ihnen.«

»Ich bin noch im Büro. 305-470-512.«

»Alles klar«, sagte Marty. Dann setzte er nach: »Ach, und herzlichen Glückwunsch, dass ihr Morpheus zur Strecke gebracht habt. War eine schlimme Geschichte.«

»Ja, danke, Marty.« Dominick legte auf.

Fünf Minuten später klingelte sein Telefon.

»Agent Falconetti? Hier ist Bob Haskill, Miami-Dade P. D.«

»Hallo, Bob, Dom Falconetti, FDLE. Ich habe gehört, dass Sie vor ein paar Monaten mit ein paar Leuten von der Morpheus-Task-Force über Bruce Angelillo gesprochen haben. Ich bin gerade dabei, den Bericht fertig zu machen, und –«

»Herzlichen Glückwunsch.«

»Ja, danke«, fuhr er fort. »Ich mache gerade den Papierkram und habe noch ein oder zwei Fragen. Dieser Bericht über Angelillo. Hier steht, dass ihr nach der Beschwerde versucht habt, ihm eine Falle zu stellen.«

»Genau. IMPACT hat uns geholfen. Sie haben uns den Stoff für den Köder gegeben. Aber in der Akte müsste auch stehen, dass Angelillo irgendwie davon erfahren hat. Er hat den Käse nicht angerührt, und plötzlich war der Beschwerdeführer verschwunden. Der Fall konnte nicht weiterverfolgt werden.«

Dominick hielt einen Moment die Luft an, bevor er die nächste Frage stellte. Er fürchtete, die Antwort bereits zu kennen. »Bobby, erinnern Sie sich, wer von IMPACT beteiligt war?«

»Ja, sicher. Einer von euch. Chris Masterson.«

Sein Magen verkrampfte sich. »Danke, Bobby«, sagte er geistesabwesend und legte auf. Er starrte auf den Konferenztisch, an dem Chris Masterson Dutzende von Malen gesessen hatte. Meeting für Meeting. Chris hatte nie erwähnt, dass er einem der Morpheus-Opfer einmal eine Falle gestellt hatte.

Masterson hatte *vor* dem Mord an Lindeman gewusst, dass er auf der schmutzigen Liste der City stand, weil er selbst Elijah Jacksons Vernehmung durchgeführt hatte, die Lindeman erst auf die Liste gebracht hatte.

Masterson kannte Angelillos Namen von einer IMPACT-Ermittlung im Jahr zuvor und hatte niemandem davon erzählt.

Masterson kannte sich mit Drogen aus. Er hatte die Abhöranträge für Valle und Brueto aufgesetzt, begründet mit IMPACT-Ermittlungen, die er geführt hatte, mit Informationen, die er bereits besaß.

Masterson war beim Drogendezernat. Er hatte längere Zeit in Bogotá verbracht. Er war es, der die kolumbianische Krawatte und ihre Bedeutung sofort erkannt hatte.

Masterson hatte Fat Mack dazu gebracht, Valle zu verpfeifen. LBJs Versteck auszuplaudern. Fat Mack war in derselben Nacht im Gefängnis ermordet worden.

Masterson hatte die Kugel abgefeuert, die Brueto getötet hatte.

Dominick fuhr sich durchs Haar. Allmählich fügten sich die Puzzleteile zu einem Bild zusammen. *Man musste nur wissen, wo man zu suchen hatte.* In diesem Fall hatte jemand versucht, ihn dazu zu bringen, an den falschen Orten zu suchen, sich die falschen Personen vorzunehmen. Jetzt fiel ihm ein, was Manny ihm nach Bantlings Anhörung erzählt hatte.

Cop-Killer. Bantling sagt, Chambers' Partner hat sich den Namen ausgesucht, nicht weil er Cops umbringt, sondern weil er ein Cop ist, der killt.

Cupido. Masterson war von Anfang an bei der Cupido-Task-Force gewesen. Er hatte Zugang zu allen Cupido-Berichten. Er hatte Ermittlungen und Verhöre geführt. Er hatte die Tatorte der toten Polizisten und die der Cupido-Opfer untersucht. Er hatte vor drei Jahren Bantlings Haus durchsucht. Er hatte die sadistischen Pornovideos gefunden. Er hatte Beweisstücke gesichert. Und nachdem C. J. mitten in der Nacht aus der Praxis eines Irren herausgetaumelt war, hatte er auch diesen Tatort besichtigt. Er war als Erster in Chambers' Praxis gewesen. Und er hatte angegeben, dass C. J.s Behauptung, es gebe mindestens noch ein Opfer, durch nichts untermauert werden könne.

Herrgott nochmal. Dominick spürte ein Stechen in der Brust. *Waren seine Spekulationen verrückt? Sah er Gespenster, zog er Verbindungen, wo keine waren?* Falls er Recht hatte, wäre die nächste Frage die nach dem Warum. *Warum* sollte Chris Masterson den Tod von vier Polizisten wollen? Was hätte er davon?

Aber Dominick wusste besser als jeder andere, dass es auf das Warum manchmal keine Antwort gab. Der Tamiami-Würger hatte Prostituierte ermordet, weil er sie für schmutzig hielt. Jeffrey Dahmer aß seine Opfer, damit sie ein Teil von ihm wurden. Ted Bundy hatte nie irgendwelche Gründe angegeben, und niemand hatte je herausgefunden, was ihn bewegt hatte. William Bantling hatte seine Schuld nie zugegeben. Und doch waren sie alle Serienmörder.

Dann fiel Dominick etwas ein, und das Blut gefror ihm in den Adern. Er hörte wieder Mannys ruppige Stimme, als er vor ein paar Wochen bei ihm im Wohnzimmer saß.

Ein Snuff-Club. Es funktioniert wie ein Kinderporno-Ring: Die Perversen tauschen Fotos und Videos aus, nur dass es hier nicht um Kinderbilder geht, sondern um Snuff. Bilder und Filme von Leuten, die kaltgemacht werden. Nicht von Toten, sondern von welchen, die sterben.

Über die Snuff-Clubs hatten sie nichts herausgefunden, weil es Masterson gewesen war, der die Internet-Recherche gemacht hatte.

84

»CHRIS, HIER IST DOM. GEH RAN!«

Dominick trommelte mit dem Handrücken auf das Lenkrad. Das Nextel piepte wieder, doch er bekam keine Antwort.

Komm schon. Er sah sich auf dem leeren Parkplatz des FDLE um und fragte sich, was er mit der Information anfangen sollte. Mit der Information, deren Sinn er irgendwie zu erfassen versuchte. Die überwältigende böse Ahnung, die ihn ergriffen hatte, ließ sich nicht mehr abschütteln. Böse. In dem Moment, als ihm ein Licht aufging, sah er plötzlich all die Dinge, die vorher im Dunkeln gewesen waren. Dinge, die ihm Angst machten. *Nichts hören, nichts sehen, nichts sagen.*

Sein Instinkt riet ihm, mit Chris zu sprechen, zu versuchen, eine vernünftige Erklärung für eine unglückliche Verkettung von Zufällen zu finden. IMPACT hatte schon oft verdeckte Ermittlungen gemeinsam mit anderen Abteilungen geführt. Vielleicht hätte die Weitergabe von Informationen wirklich anderen, größeren Ermittlungen geschadet.

Falls Chris telefonierte, hätte das Nextel besetzt gemeldet. Er musste erreichbar sein, doch er ging nicht ran. Vielleicht hatte er den Ton abgestellt. Vielleicht war er im anderen Zimmer, oder er hatte das Nextel im Auto liegen lassen und hörte Dominick nicht. Dominick tippte auf Rufwiederholung. Das System würde nicht aufhören, Chris anzupiepen, und hinderte ihn gleichzeitig daran, andere Gespräche zu führen, bis er Dominicks Alarmsignal beantwortet hatte. Dann funkte er Jack Betz an, den Techniker des FDLE.

»Dominick, kaum wieder im Job, und schon klingelst du die Leute aus dem Bett«, sagte Jack lachend. »Bitte sag mir nicht, dass du mich heute Nacht noch brauchst. Ich habe mir gerade *Terminator 3* ausgeliehen.«

»Vielleicht. Ich versuche, Chris Masterson zu erreichen, er nimmt nicht ab.«

»Hast du ihm ein Alarmsignal geschickt?«

»Ja, aber er nimmt trotzdem nicht ab. Ich brauche ihn dringend. Gibt es irgendeinen Weg, wie wir ihn finden können?«

»Ich bin bloß froh, dass ich nicht in deiner Einheit bin, Freundchen. Es ist fast elf. Ist er mit dem Wagen unterwegs?«

»Ich weiß es nicht.«

»Aber er hat sein Telefon dabei?«

»Kriegen wir ihn damit?«, fragte Dominick.

»Über das Nextel schon. Neues Gadget. Wie ist seine Nummer?«

»305-219-6774.«

»Warte. Ich muss einen Anruf machen, dann ruf ich dich zurück.«

Man musste nur wissen, wo man zu suchen hatte.

Victor Chavez. Sonny Lindeman. Lou Ribero. Lourdes Rubio. Die Hinweise waren die ganze Zeit da gewesen, aber Dominick hatte nicht hinsehen wollen. Er hatte nicht gewollt, dass sie Sinn ergaben, und hatte sie einfach ignoriert. Er hatte die offensichtliche Verbindung zwischen den Opfern ignoriert. Ignoriert, was Bantling Manny über Chambers und Snuff-Clubs und den Cop-Killer gesagt hatte. Er hatte sogar seinen eigenen Instinkt ignoriert, als er vor drei Jahren während der Cupido-Ermittlung eine Verbindung zur Polizei befürchtet hatte. Denn all die Fundorte der Cupido-Opfer waren zuvor bei verdeckten Ermittlungen aufgetaucht, es waren Tatorte gewesen, Orte, an denen Leichen gefunden, Razzien gemacht worden waren. Doch nach Chambers' Tod war es einfach gewesen, Bantling für Cupido zu halten. Es hatte keinen Grund gegeben weiterzusuchen. Selbst wenn es um die Wahrheit ging.

Er schloss die Augen. Denn er wollte nicht, dass C. J. in das Ganze verwickelt war. Damals nicht. Heute nicht. Er wollte nicht glauben, dass sie in der Lage war, einen Fall zu manipulieren. Aus diesem Grund hatte er all diese Hinweise ignoriert. Und Morpheus mit Bandengewalt und Drogenkriegen und Roberto Valle in Verbindung gebracht, weil es so bequemer war. Und als die Feds ihm den Fall aus den Händen genommen hatten, hatte er ein bisschen vor sich hin gemosert und die Augen nur noch fester zugekniffen.

Drei Minuten später klingelte das Telefon in seiner Hand. Es war Jack. »Dominick, wir haben sein Nextel geortet. Chris legt wohl eine Nachtschicht ein. Blas dem Jungen nicht zu heftig den Marsch. Er ist noch unten bei der Staatsanwaltschaft.«

85

Sie streckte die Hand nach dem Türgriff aus, doch es war zu spät. Er packte sie von hinten und riss sie zurück in den Sitz. Sie stieß einen leisen Schrei aus, ihre Finger griffen ins Leere.

»Aber, aber«, flüsterte er. »Ich muss ja das Gefühl haben, dass Sie mich gar nicht erwartet haben. Zumindest noch nicht heute Nacht.« Chris Mastersons Jungengrinsen tauchte zwischen den Sitzen aus dem Dunkel auf. »Tut mir leid wegen der kleinen Notlüge. Aber es ist gar nicht so einfach, Sie zu erwischen, C. J.«, sagte er lächelnd. »Nur ja keine regelmäßigen Gewohnheiten, nicht wahr? Die Taktik ist mir aufgefallen. Aber Sie haben ja auch allen Grund, auf der Hut zu sein. Sie haben gewusst, dass Ihre Vergangenheit Sie früher oder später einholen würde. Und jetzt bin ich da.«

Sie spürte den Druck seiner Hand auf ihrer Kehle. Noch würgte er sie nicht. Aus irgendeinem Grund war sie fast ruhig. Sie atmete tief ein und sank in den Sitz zurück. Aber ihr Herz pochte, und ihre Gedanken rasten.

Plötzlich piepte das Nextel. *»Chris, hier ist Dom. Geh ran!«* Dominicks Stimme erfüllte den Jeep. Seine Stimme zu hören und zu wissen, dass es ihm gut ging, war für sie in diesem Moment fast eine Erlösung, und sie biss sich auf die Lippe, um nicht zu weinen.

»Welche Ironie«, sagte Chris verblüfft. »Was für ein Timing.«

»Warum tun Sie das?«, fragte sie. Sie konnte nur flüstern

»Sie sind schlau, C. J. Diesmal unterschätze ich Sie nicht.«

»Ich weiß nichts«, sagte sie und schüttelte den Kopf. »Ich schwöre, ich weiß nichts.«

Er kam näher, sein Gesicht war jetzt dicht neben ihrem. Sie spürte, wie er die Finger um ihre Kehle schloss. Er könnte ihr einfach so die Luft abdrücken, wenn er wollte. »Wie viele Leichen haben wir bis jetzt? Vier? Das Schwein Angelillo gab's gratis dazu, der ging nicht auf Ihre Rechnung.

Die anderen, sie sind alle tot, C. J. Jeder, der von Ihrem kleinen Geheimnis wusste. Alle sind tot und begraben und können nicht mehr aus der Schule plaudern. Bald ist auch der gute Bill nur noch eine Erinnerung. Sie allein sind übrig. Und ich natürlich.« Er spuckte die nächsten Worte hasserfüllt aus: »Ich weiß, was Sie getan haben. Ich weiß, dass Sie nicht unschuldig sind, also versuchen Sie nicht, mich zu verarschen.«

In seiner rechten Hand blitzte etwas auf. Es war ein gezacktes Messer mit einer Blutrinne an der oberen Kante. In ihrem Kopf tauchten Bilder auf. *Victor Chavez. Sonny Lindeman. Lou Ribero.* All die Tatorte, all das Blut.

Es war seltsam. Irgendetwas in ihrem Innern begrüßte das Ende des Kampfes, das Ende der schrecklichen Ungewissheit. Wie bei so vielen der Opfer, die sie kennen gelernt hatte, war es die Angst vor dem Unbekannten, die ihr in den letzten Monaten am meisten zugesetzt hatte. Jetzt wollte sie es hinter sich bringen. Die anderen hatten bekommen, was ihnen zustand, hatten für ihre Sünden gezahlt. Vielleicht war sie jetzt an der Reihe, den Kopf auf den Richtblock zu legen.

»Ich weiß, dass Sie sich die ganze Zeit Fragen gestellt haben, C. J. Ich weiß, dass Sie nachts wach gelegen haben und sich gefragt haben, warum die Fakten nie ganz zusammengepasst haben, noch nicht einmal, nachdem Greg tot und begraben war. Warum immer noch Puzzleteile fehlten. Aber Sie konnten niemanden nach seiner Meinung fragen. Sie konnten nicht zu Ihren Jungs gehen und sagen: ›Helft mir mal‹, weil Sie ja Ihr kleines Geheimnis hatten. Hat Sie das wach gehalten? Haben Sie aus dem Fenster gesehen und sich gefragt, wann es Sie einholen würde? Oder fing das erst an, als immer mehr Leichen auftauchten?«

»Nein, nein …« Ihre Gedanken überschlugen sich, als sie versuchte, Chris' Verbindung zu alldem herzustellen. Das Tonband war zu Ende und wurde vom Kassenrecorder ausgespuckt. »Sie … Sie waren der anonyme Anrufer.«

Der Anrufer, der alles ins Rollen gebracht hatte. Sie sah Chris in ihrem Büro, als sie ihn vereidigt und seine Zeugenaussage aufgenommen hatte, als er von der Hausdurchsuchung bei Bantling in LaGorce erzählte, die Pornovideos beschrieb, die er gefunden hatte, und all das andere Beweismaterial. Sie sah seine Initialen auf der Asservatentüte mit dem Damenschmuck, den er in Bantlings Schlafzimmer gefunden hatte. Die Tüte enthielt die kostbaren kleinen Andenken an Bantlings Eroberungen, wie C. J. aus eigener Erfahrung wusste. Seine Trophäen. Es war Chris gewesen, der C. J. mit einem betroffenen Lächeln in den leeren Konferenzsaal des alten FDLE-Gebäudes geführt hatte, wo die Beweisstücke ordentlich vor ihr aufgereiht lagen, wie Süßigkeiten vor einem kleinen Kind. Und dann hatte Chris sie gegen die Polizeivorschrift mit den Asservaten allein gelassen. Er wusste, dass sie nicht unschuldig war, denn damals hatte er ihr eine Falle gestellt. Und dass Chavez und Ribero im Zeugenstand gelogen hatten, wusste er, weil er der anonyme Anrufer gewesen war. Er war auf dem Causeway gewesen, und dort hatte er auch Lindeman gesehen.

Unter dem Druck seiner Finger begann sie zu röcheln.

Wieder piepte das Nextel. *»Chris, bist du da? Komm schon, Mann, geh ran!«*

»Geht Ihnen ein Licht auf? Oder hat Ihnen Ihr Ex gar nichts erzählt? Hat er Sie nicht auf den neuesten Stand gebracht, bevor er Sie sitzen gelassen hat?« Chris beobachtete ihre Reaktion. »Der gute Doktor Greg hatte einen Freund, C. J. Einen sehr guten Freund. Verstehen Sie? Er hatte sogar mehrere gute Freunde, die alle überaus angetan von seiner Arbeit waren. Passt jetzt alles besser zusammen? Und ich, ich darf unser gemeinsames Projekt zu Ende führen.«

Er sah sich auf dem leeren Parkplatz um. Das Graham Building schien C. J. meilenweit entfernt. Eben war sie noch dort gewesen. Hinter den verschlossenen Türen, im Licht, vor ein paar Minuten erst. Es war nur eine einzelne kleine Fehlentscheidung gewesen. Bei den meisten Opfern, die sie verhandelt hatte, war das der Gedanke in dem Moment, wenn es ernst wurde, wenn das Schicksal plötzlich rasend schnell auf einen zukam. C. J. war selbst Opfer gewesen. Wenn das Scheinwerferpaar auf der Gegenfahrbahn den Mittelstreifen überquert. *Wäre ich bloß noch auf der Party geblieben …* Wenn auf dem menschenleeren Fußweg durch den Park ein Schatten auftaucht. *Hätte ich nur nicht die Abkürzung genommen …* Wenn der verzweifelte Exmann vor dem Baumarkt mit einer Pistole herumfuchtelt. *Hätte ich doch nur gelogen und gesagt, wir könnten es noch einmal versuchen …* Immer dachten die Opfer in den letzten Minuten darüber nach, an welchem Punkt sie die falsche Entscheidung getroffen hatten. Eine einzige Entscheidung änderte eben manchmal alles. *Aber was hätte* sie *anders machen sollen?*

»Scheint, als hätte Dom was auf dem Herzen«, sagte er, als das Nextel wieder piepte. »Er gibt Alarm. Könnte interessant sein zu hören, wie er mir von seinem neuesten Fall erzählt, während ich Ihnen das Messer an die Gurgel halte. Würde sich auch auf Video gut machen. Dafür könnte ich ein Vermögen kriegen. Mir ist schnell klar geworden, dass Dom von Ihren Machenschaften keine Ahnung hatte, C. J. Sie hatten ihm nie gesagt, was Sie mit diesen Cops ausbaldowert hatten. Er ist ein schlaues Kerlchen, und ich wusste: Wenn ihm das kleine Geschenk nichts sagt, das ich Ihnen ins Büro geschickt habe, dann, weil er keine Ahnung hat. Der arme Kerl – wird verhaftet, als er versucht, für Sie die Wahrheit rauszufinden, dabei kannten Sie sie die ganze Zeit. Ich wette, deswegen hat er Sie am Ende sitzen lassen. Zu viele Lügen und Geheimnisse … So«, sagte er dann und sah sich um. »Die Wachleute hier machen manchmal tatsächlich ihre Arbeit. Und ich hätte gern ein bisschen Privatsphäre für das, was ich mit Ihnen vorhabe. Schließlich gibt es da ein paar Leute, die sich wahnsinnig freuen würden, Ihr Gesicht mal wieder zu sehen.«

86

O Gott. Das ergab doch alles keinen Sinn. Ein Freund? Chambers hatte einen Freund. Einen sehr guten Freund …

Er hatte sogar mehrere gute Freunde, die überaus angetan von seiner Arbeit waren.

Sie zwang ihre Gedanken zurück in eine Zeit, die sie drei Jahre lang zu vergessen versucht hatte. Damals, als sie einem Monster ausgeliefert gewesen war. Einem Monster, das sich hinter einem freundlichen, vertrauten Gesicht versteckte. Das sie mit braven blauen Augen aus dem weichen, runden Gesicht verständnisvoll ansah. Ein Monster, das all ihre Gedanken kannte, all ihre Albträume, ihre Ängste, ihre Sehnsüchte, ihre tiefsten Geheimnisse. Denn sie hatte ihm alles selbst erzählt. Zehn Jahre lang, einmal die Woche, hatte sie sich in den weichen Ledersessel gesetzt und ihm hinter den geschlossenen Türen seiner schicken Praxis in Coral Gables alles erzählt.

Dr. med. psych. Gregory Chambers tauchte immer noch in ihren Albträumen auf. Sein in Gelb und Blau eingerichtetes Wartezimmer, die mexikanischen Fliesen und üppigen Blumentöpfe, die leise, klassische Fahrstuhlmusik. Er und sein psychopathischer Patient Bill Bantling griffen mit Latexhandschuhen nach ihr, jede Nacht, und lachten sie schallend aus, wenn sie verzweifelt zu entkommen versuchte.

Bill Bantling hatte sie vier qualvolle Stunden lang vergewaltigt. Doch Gregory Chambers hatte ihre Seele vergewaltigt, zehn Jahre lang. Und sie hatte es nicht einmal gewusst. Das war das Bestürzende, das Ungeheuerliche, das Tückische. Sie hatte nichts davon gewusst. In den wöchentlichen Sitzungen hatte er als Therapeut ihre innersten Gedanken wie exotische Pflanzen gehegt, gewässert und gedüngt, ihre Seele gepflügt wie einen durstigen Garten. Und sie dabei die ganze Zeit manipuliert, um sie seiner kranken Phantasie, seinem perversen Experiment zu opfern. Er hatte sie benutzt. Und sie hatte sich noch bedankt und ihm regelmäßig einen Scheck in die Hand gedrückt. *Warum hatte er sie ausgewählt?*

Sie dachte zurück. An die Dunkelheit der Kammer vor drei Jahren, als sie an den Operationstisch festgeschnallt war. Der Gestank des schalen Champagners, der ihr Haar verklebte, der Geruch ihrer eigenen Angst auf der Haut. Als ihr Hirn gegen die starken Drogen kämpfte, die er ihr verabreicht hatte, um verstehen zu können, was nicht zu verstehen war. Sie würde seine Worte nie vergessen.

Du und Bill, ihr ward ein perfektes Experiment, das muss ich schon sagen. Eine erstaunliche Versuchsanordnung. Der Vergewaltiger und sein Opfer. Was passiert, wenn man die Vorzeichen vertauscht? Wenn die Gejagte zur Jägerin wird? Vor die Wahl gestellt, welchen Weg würde sie nehmen? Und wie weit würde sie für ihre Rache gehen?

Jetzt verstand sie. Antworten, die sie nicht sehen wollte, waren die ganze Zeit zum Greifen nah gewesen. Chambers hatte den Tod von elf Frauen geplant und ausgeführt, um seine Theorie, seine These auf die Probe zu stellen.

Die alle überaus angetan von seiner Arbeit waren …

Und Chris Masterson hatte ihm assistiert. Er hatte die Fahrzeugkontrolle arrangiert mit seinem vor Gericht unzulässigen anonymen Anruf. *Um herauszufinden, wie weit sie gehen würde. Wie weit würde sie das Gesetz verbiegen im Namen der Gerechtigkeit?* Masterson hatte die Beweise an sich genommen, die C. J. mit Bantling in Verbindung brachten. Und dann hatte er ihr die Gelegenheit gegeben, alles verschwinden zu lassen, als er sie mit den Asservaten alleine ließ. *Um herauszufinden, wie weit sie für ihre Rache gehen würde.* Sie schüttete Greg das Herz in einer tränenreichen Sitzung aus, und er erzählte Chris alles weiter. Und dann wurden ihr Hindernisse in den Weg gelegt. Oder aus dem Weg geräumt. *Um herauszufinden, wie weit sie für ihre Rache gehen würde …*

Die Vergewaltigung ihrer geistigen Gesundheit war mehr als ein krankes Spiel für Greg Chambers. Sie war sein Werk.

Und er hatte einen Nachfolger.

87

»SEHEN SIE? MANCHMAL MACHEN SIE IHRE ARBEIT.«

C. J. sah in den Rückspiegel. Die Eingangstür des Graham Building stand offen, der Wachmann war draußen unter dem Vordach und streckte sich gähnend. Dann setzte er sich auf einen Blumenkasten, zündete sich eine Zigarette an und sah hinaus in die Nacht. Die Luft war feucht, und der Rauch hing über ihm wie ein schmutziger Wolkenfetzen. Umständlich reckte er sich und betrachtete den Parkplatz, auf dem ihr Jeep stand.

Chris packte sie am Hinterkopf. Er hielt ihr immer noch das blanke Messer an die Kehle, die gebogene, gezackte Klinge grinste zu ihr herauf.

»Machen Sie die Scheinwerfer an und fahren Sie langsam los. Ein paar Straßen weiter übernehme ich das Steuer. Falls Sie sich nicht genau an meine Anweisungen halten, steckt das Messer in Ihrem Hals, und das tut weh. Wir sind hier nicht im Kino. Es kommt kein Polizist oder der gute Samariter und rettet Sie in letzter Sekunde. Sie kriegen keine zweite Chance. Wenn Sie versuchen, den Wachmann zu rufen, erhöhe ich die Opferzahl, sobald ich mit Ihnen fertig bin, kapiert? Denn trotz der landläufigen Meinung – ich bin kein netter Kerl, C. J.«

Sie nickte langsam. An ihrer Kehle spürte sie das Messer, die gezackte Spitze ritzte ihr in die Haut. Ihre Hände zitterten, und das dicke Schlüsselbund, das von der Zündung baumelte, klimperte. Sie dachte an ihre Handtasche, an die Pistole ihres Vaters, kaum dreißig Zentimeter entfernt, doch sie würde es niemals schaffen. Dann schaltete sie das Licht an und legte den Rückwärtsgang ein. Langsam parkte sie aus. Der Wachmann setzte sich zurück auf den Rand des Blumenkübels und richtete den Blick wieder auf das Gebäude.

»Sie fahren auf die 14. Straße und biegen dann rechts ab. Halten Sie sich ja an die Verkehrsregeln. Wir fahren unter der 836 durch und einmal um den Block. Dann bleiben Sie stehen, und ich übernehme.«

Die automatische Schranke des Geländes öffnete sich, und C. J. bog rechts in die tagsüber so geschäftige 14. Straße ein. Auf der anderen Straßenseite lag das Parkhaus der Ambulanz des Cedars Sinai Hospital. Sie erreichten die 12. Avenue, und C. J. machte an der roten Ampel Halt. Sie zitterte jetzt am ganzen Körper. Hinter sich hörte sie ihn ruhig atmen. Sie wusste, er versuchte, ihre Gedanken zu lesen. Sanft drückte er ihr das Messer an die Kehle. Der Kratzer begann offensichtlich zu bluten, sie spürte, wie ein Tropfen Blut in ihren Kragen rann. Einen Block weiter nach links war das Jackson Memorial Hospital mit dem Ryder Trauma Center, wo die besten Chirurgen des Landes arbeiteten. Sie schlossen die Wunden, die wütende Gang-Mitglieder auf ihren Rachefeldzügen geschlagen hatten. Sie flickten die Hatfields zusammen, bevor sie sich zurückschleppten zum Showdown gegen die McCoys. Sie verstauten Milz und Leber wieder dort, wo sie hingehörten, wenn ein Auto auf der I95 die Leitplanke geküsst hatte. Vielleicht schaffte C. J. es ja, geradewegs in die Notaufnahme zu fahren. Dann könnten sie versuchen zu retten, was zu retten war. Ihr das Messer aus der Kehle ziehen und sie mit Blut versorgen. Vielleicht schafften sie es ja, sie mit Nadel und Faden und Klammern und Ersatzteilen wieder zusammenzuflicken.

Weiter geradeaus, eine Meile die 14. Straße hinunter, käme sie direkt zum Gerichtsmedizinischen Institut. Sie könnte dem Leichenwagen die Fahrt ersparen.

Im Rückwärtsgang würde sie am Stacheldraht des County Jail landen. Vielleicht war das der Ort, wo sie eigentlich hingehörte.

Und dann gab es noch die endgültige Alternative. Rechts abbiegen, dem gewaltsamen Tod durch die Hände eines routinierten Mörders entgegen. Wenn er erst mal hinter dem Steuer saß, würde er sie in irgendeinen Trailer-Park in Florida City verschleppen oder in eine Hütte im Mangrovendickicht der Everglades. Und dann hätte er die schlimmste Waffe gegen sie in der Hand. Die Zeit.

Bei der Polizei gab es eine goldene Regel, die schon kleinen Kindern in der Schule eingetrichtert wurde, gleich nach dem Verbot, mit Waffen zu spielen. Sie selbst hatte es ihren Schülern immer wieder vorgebetet, wenn sie als Staatsanwältin gemeinsam mit den Detectives Selbstverteidigungskurse gab. Diese Regel lautete: *Steig niemals in das Auto ein.* Alles war besser: wenn der Angreifer auf offener Straße schoss, mit dem Baseballschläger auf einen losging, einen festhielt, während man schrie und um sich trat. Hauptsache, man stieg nicht in das Auto ein. Denn wenn man einmal drin war, war man weg vom Fenster.

Stille Tränen liefen ihr über die Wangen. Es war vorbei. Sie war so gut wie tot, niemand würde sie je wieder zusammenflicken. Es gab die Kinder, die missbraucht wurden und ins Heim kamen, nur um wieder missbraucht zu werden – es gab Seelen, die nicht zu retten waren. Dazu gehörte auch ihre Seele. Der Schaden war zu groß, saß tief. Fünfzehn Jahre lang war sie vor einem Geist mit Clownsmaske davongelaufen. Er besuchte sie immer noch in jeder Nacht. Selbst wenn der Rest der Welt der Meinung war, dass sie längst darüber weg sein müsste, konnte sie immer noch kein normales Leben führen. Und dann hatte sich ihr Therapeut dazugesellt. Der Ersatzvater, der sie von ihrem Elend hätte erlösen sollen, hatte mit seinem liebenswürdigen, geduldigen Lächeln ihren Untergang geplant, er hatte ihre Seele für seine eigenen Zwecke missbraucht. Und jetzt passierte das Gleiche schon wieder. Wieder ein Freund, wieder ein Betrug, den sie nicht fassen konnte, der wie aus heiterem Himmel kam.

Sie bog rechts ab. Er ließ das Messer locker, als hätte er ihr inneres Ringen mitverfolgt und wüsste jetzt, dass sie aufgegeben hatte. »Es wird schnell gehen«, flüsterte er. »So viel kann ich Ihnen versprechen. Nur fürs Protokoll, C. J., ich konnte Sie immer gut leiden.«

Der Wagen vor ihr nahm die Auffahrt zum Expressway und verschwand. Direkt vor ihr erhob sich die Überführung, und sie hatte keine Zeit mehr nachzudenken. Innerlich schrie sie: *Tu was! Flieh! Spring raus! Hol die Cops! Fahr gegen den Baum! Steig nur nicht in das Auto ein …!*

Dann kam ihr ein ernüchternder Gedanke. *Überlass nicht ihm, wie alles endet. Diese eine Sache soll er nicht bestimmen.* Nein. Sie allein würde den Schritt tun. Sie schloss die Augen, dachte an Dominick und die Zeitung im Bett am Sonntagmorgen. Und dann trat sie aufs Gas.

88

Miststück!

Im Bruchteil einer Sekunde wusste er, was sie vorhatte. Er klammerte sich an die Kopfstütze, als der Wagen einen Satz nach vorne machte, aber das Gesetz der Trägheit schleuderte ihn in den Sitz zurück.

Es gab keinen Laut, bevor der Jeep in den Beton krachte. Keine quietschenden Bremsen, keine heulenden Reifen auf dem Asphalt wie sonst, wenn jemand versuchte, im letzten Moment das Steuer herumzureißen. Nur das ohrenbetäubende Bersten und Knirschen und Kreischen von Metall, das wie eine Ziehharmonika zusammengedrückt wurde.

Er spürte, wie er vom Sitz gerissen wurde, gegen das Dach prallte und mit dem Gesicht gegen den Vordersitz schmetterte. Die Airbags explodierten wie hundert Fallschirme, die Fenster splitterten, und kleine Glassteinchen prasselten auf ihn ein.

Und dann kam die ohrenbetäubende Stille. Doch nur für einen Augenblick. Er schüttelte den Kopf, versuchte den Nebel zu zerreißen, der ihn umgab, einen klaren Gedanken zu fassen. Irgendwo hörte er sie leise stöhnen.

Verfluchtes Miststück! In seinem Kopf pochte es, und er sah sich in der Finsternis um. Er berührte sein Gesicht und fühlte Blut. Er betastete die klaffende Wunde auf seiner Stirn. Sie war voller winziger Glasscherben.

Das Messer. Es war weg. Er hoffte, er hatte es ihr tief in den Hals gerammt, bevor sie gegen die Wand gerast war. Ihr Stöhnen sprach dagegen.

Das Heulen einer Sirene kam näher, Blaulicht durchflutete das Wageninnere. Er tastete den Fußboden ab, suchte in der Dunkelheit durch das Glas, doch es war nicht da. Dafür fand er seine Marke.

In diesem Moment hielt Dominick Falconetti ihm einen Revolver vors Gesicht und brüllte: »Raus aus dem verdammten Wagen!«

89

ALS DOMINICK DEN SCHWARZEN GRAND PRIX des FDLE auf dem Polizeiparkplatz vor dem County Jail entdeckte, zog sich sein Magen zusammen. Er sah genau aus wie sein eigener.

Vielleicht liefert er einen Häftling ab.

Vielleicht führt er ein Verhör.

Vielleicht hat er noch einen Fall vor Gericht, von dem wir nichts wussten.

Dominick suchte noch immer nach möglichen Erklärungen, um die Gewissheit zu zerstreuen, gegen die er sich so sträubte. Eine Gewissheit, die ihn jetzt mit hundert Sachen über den Dolphin Expressway jagen ließ, mit Blaulicht und Sirene. Die ihn das weite Feld der Parkplätze vor dem Gericht und der Staatsanwaltschaft absuchen ließ, auf der Suche nach ihrem Jeep.

Bei ihr zu Hause war erst nach viermal Klingeln der Anrufbeantworter angegangen, was bedeutete, dass sie nicht auf der anderen Leitung telefonierte, sie war noch nicht zu Hause. Es sei denn, sie hatte seine Nummer auf dem Display gesehen. Jedenfalls beantwortete sie weder das Handy noch das Telefon im Büro, und auch auf den Pager reagierte sie nicht. Vielleicht war sie vor Gericht, überlegte er. Im Gerichtssaal waren Handys und Pager nicht erlaubt. Vielleicht war sie in einer Verhandlung, die sich bis weit in den Abend hineinzog. Vielleicht ließ sie sich zum Essen einladen. Vielleicht wollte sie einfach nicht mit ihm sprechen, nachdem er sie neulich einfach hatte stehen lassen. Doch tief in seinem Innern wusste er, dass all das nicht der Fall war. Er wusste, etwas war faul. Chris Mastersons Wagen bestätigte es ihm.

Und jetzt konnte er sie nicht finden. *Verdammt, C. J., wo zum Teufel steckst du?*

Er bog in die 14. Straße ein, und plötzlich rauschte das Heck ihres Jeeps an ihm vorbei, als sie rechts auf die 12. Avenue abbog in Richtung Expressway, der sie nach Hause bringen würde. Einen Moment lang war er beruhigt. Der Druck in seiner Brust ließ nach. *Sie ist gerade mit einem Prozess fertig. Wahrscheinlich ignoriert sie meine Nachrichten, weil ich sie allein gelassen habe, weil ich nicht für sie da war, ihr nicht vergeben habe.*

Er fuhr sich durchs Haar und stieß einen Seufzer der Erleichterung aus.

Dann schaltete er das Blaulicht wieder an. Er würde sie anhalten. Er würde sie warnen, ihr erzählen, was er herausgefunden hatte. Von Monstern, die sich als Freunde tarnten, von dem geheimen Snuff-Club und Todesschwadronen, von Menschen, die wahrhaftig böse waren. Er würde ihr sagen, dass er verstand, was sie getan hatte, um Bantling hinter Gitter zu bringen, und dass er ihr das viel früher hätte sagen sollen.

Dann würde er sie an einen sicheren Ort bringen und hierher zurückkommen, um den Mörder zu jagen. Einen von ihnen. Er würde ihr versprechen, dass er, wenn er fertig war, wenn alles vorbei war, mit ihr fortgehen würde. Nach Kalifornien, Hawaii, Hongkong – irgendwohin, wo ihre Qualen ein Ende hatten. Wo sie keine Angst mehr zu haben brauchte und sie beide nicht mehr nachts um drei von Leichen geweckt wurden. An einen Ort, wohin ihnen die Vergangenheit nicht folgen konnte. Wo er sie retten konnte, wenn sie ihn ließ. Denn er wollte nie mehr durchmachen, was er durchgemacht hatte, als er damals Natalie verlor.

An der Ampel der 12. Avenue, an der sie Sekunden vor ihm gewesen war, bog er ab.

Dann sah er wie in Zeitlupe, wie ihr Jeep Cherokee frontal gegen den Betonpfeiler des Dolphin Expressway raste.

90

»RAUS AUS DEM VERDAMMTEN WAGEN!«, schrie Dominick, die Dienstwaffe auf den Mann auf dem Rücksitz des demolierten Jeeps gerichtet, während er versuchte, vorn im Wagen etwas zu erkennen.

Sie lag mit dem Gesicht in dem aufgeblähten weißen Airbag. *Blut. Überall war Blut …* Neben ihr auf dem Beifahrersitz lag ein gezacktes Jagdmesser mit einer böse geschwungenen Klinge, blutverschmiert. Der Jeep war mit ungefähr siebzig Stundenkilometern ungebremst gegen den Pfeiler gerast, die Front war vollkommen eingedrückt. Weißer kochender Dampf zischte aus dem zerbeulten Kühler, es roch nach Benzin und verbranntem Gummi.

»Warte, Dom, du verstehst nicht –«, sagte der Mann auf dem Rücksitz, der einst sein Freund, sein Kollege gewesen war. Einer von ihnen.

»Doch, Chris, ich verstehe sehr gut. Tu, was ich dir sage. Halt die Hände hoch und steig verdammt nochmal aus dem Wagen!«

Sie machte ein Geräusch, als wollte sie sprechen.

»C. J., der Krankenwagen kommt gleich! Nicht bewegen!«, rief Dominick, ohne die Waffe sinken zu lassen. Er war klug genug, den Blick nicht vom Rücksitz abzuwenden.

»Ich bin unbewaffnet, Dom. Raste jetzt nicht aus!«, sagte Chris, als er zur Tür auf der Fahrerseite rutschte. Unter ihm knirschte Glas.

»Ich weiß, was du getan hast«, sagte Dominick.

»Getan? Gar nichts habe ich getan. Sie hat mich nur ein Stück mitgenommen.«

»Ich weiß alles, du mieses Stück Dreck! Alles. Ich weiß, dass du Lindeman mit der IA eine Falle gestellt hast. Genau wie Elijah Jackson und Fat Mack. Ich weiß, dass du mit Angelillo dringesteckt hast;

sein Tod war wohl die Rache dafür, dass er Valle Geld im Wert von sechs Kilo Koks geklaut hat. Ich weiß, dass du und Ricky Brueto die Cops umgelegt habt.«

Bruetos Trainingsanzug war mit LBJs Blut getränkt, doch der Anstifter war mit Sicherheit Masterson gewesen. Er hatte Zugang zu den Dienstplänen der Polizisten. Er kannte ihre Funkfrequenz, ihre Zonen, und seine Marke und sein vertrautes Gesicht öffneten ihm die Tür eines Streifenwagens mit Leichtigkeit. »Cops, Chris!«, schrie er. »Sie waren alle Cops!«

Chris' Gesicht verdüsterte sich. Wie ein Ehemann, der mit Lippenstift am Kragen erwischt wurde, hatte er die Sache ausgereizt und sich selbst in die Ecke manövriert. Jetzt zeigte er auf dem Rücksitz die Zähne. »Ich wette, du weißt nicht alles, Chief!«

»Steig aus!« Dominick riss an der Tür. »Bevor ich schieße und deinen Arsch selbst rauszerre!«

»Ich bin unbewaffnet, Dom«, sagte Chris und hielt ihm die Hände hin, während er ausstieg. Dominick stieß ihn unsanft gegen die Seite des Wagens. Am liebsten hätte er zugeschlagen, so wie er es bei Bantling getan hatte. »Ich bin unbewaffnet. Also mach schon. Tu, was du tun musst«, sagte Chris, das Gesicht gegen das Autodach gedrückt. Dominicks Hände lagen fest auf seinem Nacken. »Verhafte mich. Und wenn du gerade dabei bist, dann leg deiner Freundin hinter dem Steuer auch gleich Handschellen an, denn sie kommt mit. Was gibt es noch für versuchten Mord …?«

Dominick schwieg. Sein Blick schweifte zum Vordersitz.

»Wenn du so gut Bescheid weißt, Dom, dann weißt du sicherlich auch, was sie getan hat. Die lügenden Polizisten? Es waren *ihre* Lügen. Sie hat einen unschuldigen Mann in die Todeszelle geschickt. Sie opfert sein Leben für ihre Rache.«

Dominick machte einen Schritt nach hinten und zuckte zurück, als hätte er einen Stromstoß bekommen. Er wischte sich mit dem Ärmel den Schweiß von der Oberlippe, ohne die Beretta sinken zu lassen. Er zitterte. Die Handschellen hatte er ihm noch nicht umgelegt, und Chris wusste, dass er über seine Worte nachdachte.

»Für mich klingt das wie ein Verbrechen«, fuhr Chris fort und drehte sich langsam, mit erhobenen Händen, um. Irgendwo, nicht weit entfernt, schwoll das Heulen von Sirenen an. »Für mich klingt das wie versuchter Mord. Das sollte für zwölf Jahre hinter Gittern reichen. Mehr, falls an ihr ein Exempel statuiert werden soll. Und falls die Feds sie in die Finger kriegen … Verflucht! Das klingt nach einer echten Menschenrechtsverletzung. Das gibt wahrscheinlich noch ein paar Jahre extra. Um das mitkriegen zu können, würde ich fast freiwillig in den Knast gehen.« Grinsend beobachtete er, wie Dominick sich das Szenario ausmalte. C. J.s hübsches, trauriges Gesicht in orangefarbenem Hemd und Handschellen auf der falschen Seite des Gerichtssaals, in dem sie früher einmal regiert hatte.

»Los, nach hinten!«, schrie Dominick und stieß ihn zum Heck des Wagens. Seine Stimme überschlug sich. Vielleicht wollte er übertönen, was Chris sagte. Denn er wusste, dass es keine leeren Worte waren.

»Du glaubst doch wohl nicht, dass ich in den Knast gehe, Dom. Wenn du so genau Bescheid weißt, dann weißt du auch, dass ich eine Menge Dinge gegen ein paar einflussreiche Leute in der Hand habe«, sagte er, als er mit erhobenen Händen voranging. »Von Kolumbien über Mexiko bis Singapur weiß ich die richtigen Namen. Ich weiß genau, wer dealt, ich weiß, wer Dreck am Stecken hat. Beim Klang dieser Namen würdest du nur mit den Ohren schlackern. Und das ist noch nicht alles. Ich könnte deinen guten Freunden beim FBI eine Gruppe von Leuten nennen, von deren Existenz die nicht mal wissen *wollen*. Typen, die ganz normal leben und arbeiten – so wie ich. Und das gleiche Hobby haben wie ich, Dom.«

Am Heck des Wagens drehte sich Chris um. Die Sirenen waren lauter geworden, auch das Heulen der Feuerwehr war zu hören. Schnell kamen sie näher.

Chris sah Dominick in die Augen und fuhr mit gesenkter Stimme fort: »Typen, die Geld und Macht und Ansehen haben und gerne zusehen, wie Menschen verrecken, Dom. Das gefällt ihnen. Das geilt sie auf. Und sie bezahlen dafür. Ein paar davon werden weltweit gesucht, bei anderen sind die Verbrechen noch nicht einmal entdeckt worden. Aber wenn es so weit ist, sieht Jeffrey Dahmer daneben aus wie ein Schmusekätzchen. Ich möchte wetten, mit diesen Informationen kann ich mir ein hübsches neues Leben und eine hübsche neue Identität kaufen, Dom. Irgendwo, wo es schön ist. Und wo ich es in Ruhe aus der Zeitung erfahren werde, wenn sie eines Tages auf Bewährung freikommt.«

»Auf den Boden! Leg dich auf den Boden!«, schrie Dominick mit vorgehaltener Waffe.

»Vielleicht besuche ich sie dann mal, wenn sie in ein paar Jahren nach Hause darf«, sagte Chris und kniete sich hin. Er sah an Dominick vorbei.

Seine Miene gefror. Dominick drehte sich um und folgte Chris' Blick. C. J. stand auf der Beifahrerseite an der hinteren Stoßstange. Sie hatte eine tiefe Schnittwunde am Kopf, Blut lief ihr über das Gesicht, färbte ihr dunkelblondes Haar schwarz. Auch ihre Kleider waren voller Blut. Winzige Glasscherben bedeckten ihren Körper und funkelten im Licht der Straßenlaternen. Sie war vornübergebeugt, hatte einen Arm gegen den Bauch gepresst. Der andere Arm hing schlaff herunter, vom Schatten verborgen.

»Halt den Mund! Gesicht auf den Boden!«, schrie Dominick, doch er hatte einen Moment gezögert. Die Waffe weiter auf Chris gerichtet, sah er C. J. an. »C. J., der Krankenwagen ist unterwegs! Setz dich hin!«

In diesem Moment bewegten sich die Schatten, und die Pistole, die C. J. in der Hand hielt, wurde sichtbar.

»Herrgott, C. J.!«, rief Dominick.

Chris riss die Augen auf, doch dann kniff er sie herausfordernd zusammen. Er wusste, dass sie alles gehört hatte. Die Waffe zitterte in ihrer Hand.

»Ich kenne das System so gut wie du, Dom«, sagte er, ohne C. J. aus den Augen zu lassen. »Also verhafte mich. Dann sehen wir, wohin das führt.«

Plötzlich begriff Dominick, dass Chris Recht hatte. Dass Chris das System austricksen würde, weil er genau wusste, wie es funktionierte. Chris wusste, was ihn ein Deal kosten würde, was er tun musste, um C. J. reinzureiten. Er hatte seine Informationen für schlechte Zeiten gesammelt, wie andere Leute Geld unter der Matratze verstecken. Geheimnisse, die er in kleinen Häppchen herausrücken würde, pikante Einzelheiten, die ihn nach und nach ans Ziel brächten. Und Dom begriff auch, dass die Wahrheit nie ans Licht kommen würde. Die Fragen nach dem Warum würden nie beantwortet werden.

Es geschah so schnell, dass Dominick selbst Tage später nicht sagen konnte, wie der genaue Ablauf der Ereignisse war. Er hörte C. J. schreien. Er sah die rasche Bewegung. Chris duckte sich und griff nach unten. Dom hörte sich rufen, aber er wusste nicht einmal, was er rief. Er spürte den Adrenalinschub, sein Herz pochte bis zum Hals. Er hörte den ohrenbetäubenden Schuss, roch den scharfen Pulvergeruch, schmeckte den Rauch in der Kehle.

Dominick wusste nicht, was zuerst passiert war. Was die Dominosteine zum Kippen gebracht hatte. Ein Moment nur, der Bruchteil einer Sekunde. Doch noch während es geschah, wusste er, dass er die Szene immer wieder im Kopf durchspielen würde. Für den Rest seiner Tage.

91

Es herrschte vollkommene Stille. Die Explosion hatte alle Geräusche ausgelöscht. Dominicks Herz raste, seine Kehle war wund. Der Boden unter ihm schien sich zu wölben, zu versinken. Er blinzelte. Langsam kam der Ton zurück, das Nachklingen des Schusses vermischte sich mit dem Heulen der Sirenen, die immer lauter wurden, als drehte jemand am Radio die Lautstärke auf.

Er sah C. J. an, die ebenfalls erstarrt war. Tränen rannen ihr über das blutige Gesicht, ihr Mund stand offen, und ihre Lippen zitterten. Schweigend steckte er seine Waffe ins Holster und packte den Mann, der sterbend auf der Straße lag. Er kniete über ihm, tastete ihn schnell ab, fand die Waffe. Dom hatte gewusst, dass er bewaffnet war. Er zögerte nur eine Sekunde, dann wickelte er sich den Ärmel um die Hand, zog die .36er aus dem unverschlossenen Wadenholster und drückte sie in Chris' ausgestreckte Hand. Er achtete darauf, nicht in das Blut zu treten, das um Chris' Kopf eine Lache bildete. Rot und rutschig breitete es sich auf der staubigen Straße aus. Chris' Augen starrten auf den Rinnstein. Es sah aus, als beobachtete er das Blut, wie es aus dem Loch in seiner Stirn auf die Straße und in den Gully lief. Sein Fuß zuckte noch ein paarmal.

»Er wollte dich töten, weil du seine Verbindung zu Ricardo Brueto entdeckt hast«, sagte Dominick, während er die Leiche untersuchte. Er sah sie nicht an. »Brueto verkaufte Drogen und half Valle, Geld zu waschen. Masterson war der Vermittler zwischen den Kartellen. Du wolltest ihn enttarnen. Du hast mich angerufen. Du bist gegen die Wand gefahren, um ihn aufzuhalten. Ich kam und habe ihn aus dem Wagen geholt. Er hat die Waffe gezogen. Ich habe ihn erschossen.«

Er starrte die Leiche an. Zumindest der letzte Teil stimmte … *oder nicht?* Dominick hatte die rasche Bewegung gesehen – wie es in Polizeiberichten und Entlastungmemos hieß –, die verstohlene Handbewegung, die einen Polizisten zu der vernünftigen Annahme verleitet, der Verdächtige habe eine Waffe und wolle sie benutzen. Die Bewegung, die den tödlichen Gebrauch einer Waffe rechtfertigte. Chris hatte nach seiner Wade gegriffen, als er sich duckte. Dominick wusste, dass er ein Wadenholster trug. Er hätte ihn durchsuchen sollen, als er ihn aus dem Wagen holte, doch alles war so schnell gegangen …

Aber warum steckte die Waffe noch im Holster? Warum war sie nicht in seiner Hand?

Die Sirenen heulten.

»Das war's. Das ist alles«, sagte er. Er wischte sich den Schweiß aus dem Gesicht und ging zu ihr.

»Gib mir die Pistole, C. J.«

Er berührte die .22er in ihrer zitternden Hand. Sanft öffnete er ihre Finger und nahm ihr die Waffe ab, sicherte sie und steckte sie in den Bund seiner Hose. Er legte den Arm um sie und brachte sie weg von der Leiche, weg von dem Blut, das auf die Straße lief. Weg von dem Sterbenden, dessen Geheimnis sie nun teilten.

Er setzte sie auf den Rand des Fahrersitzes ihres völlig zerbeulten Jeeps und kniete sich vor sie hin. Behutsam strich er ihr das Haar aus der Kopfwunde. Der Schnitt war tief und blutete noch immer, Glasscherben steckten darin. Dom betastete ihren rechten Arm, den sie sich schützend an die Brust hielt. Das Handgelenk sah aus, als wäre es gebrochen. Ebenso das Jochbein und vielleicht ihre Nase. Möglicherweise hatte sie auch innere Verletzungen, ihre gekrümmte Haltung ließ es vermuten.

»Wo ist der Krankenwagen?«, bellte er in das Nextel. »Ich brauche einen Krankenwagen! 1350 Nordwest, 12. Straße. Vor dem Gebäude der Staatsanwaltschaft. 12. Avenue und 12. Straße!« Sein Blick fiel auf Chris Masterson, der sich nicht mehr bewegte. »Wir haben einen Toten. Ein Polizist ist tot.«

Die Worte schmeckten bitter auf seiner Zunge. *Ein Polizist ist tot.* Doch der Mann auf der Straße war kein Polizist. Er verdiente es nicht, diesen Namen zu tragen.

Dominick schloss die Augen und versuchte, nicht daran zu denken, was er gerade getan hatte, wie viele Grenzen er übertreten hatte. Es ließ sich nie wieder rückgängig machen. Und er dachte an seinen Vater, an jenen dunklen Augenblick in der Küche vor so vielen Jahren.

»Warum …?«, fragte sie leise. Tränen liefen ihr über das Gesicht, als sie endlich zu ihm aufsah.

Er dachte nach. Es gab so viele Warums. Dann nahm er ihre Hand und drückte sie. Er wusste, er würde sie nie wieder loslassen, als die Sirenen endlich die 12. Avenue erreichten und die Männer in den blauen Uniformen aus ihren blinkenden Streifenwagen rannten, um ihnen zu helfen.

»Manchmal«, antwortete er leise, seine Stimme war nur ein raues Flüstern, »manchmal gibt es darauf keine Antwort.«

EPILOG

»WENN SIE RAUS AUFS MEER WOLLEN, brauchen Sie wenigstens zwei Motoren«, sagte Buddy, der Verkäufer mit der zerknitterten Krawatte und dem verschwitzten Hemd. Er blinzelte in die Sonne. »Wenn einer den Geist aufgibt, wollen Sie da draußen schließlich nicht liegen bleiben.«

Dominick nickte. Er sah sich auf der Brücke des sechsundzwanzig Fuß langen SeaRay Sundancer um. Das Boot roch nach Plastik und neuem Teppichboden. C. J. beobachtete ihn von der Bank am Heck aus. Er sah sich aufmerksam um, ging die Ausstattung und die High-Tech-Spielereien durch.

»Das ist der beste Platz für Sie als Gastgeberin, Mrs. Falconetti«, sagte Buddy an C. J. gewandt. »Sehen Sie – hier können Sie die Drinks abstellen. Die Becherhalter sind eingebaut.«

»Oha«, sagte sie und zwinkerte Dominick zu. Im letzten Jahr hatten sie nicht viel Zeit für Drinks gehabt. Vielleicht würde sich das jetzt ändern.

Die Staatsanwaltschaft von Broward County hatte endlich die Ermittlung abgeschlossen und den Bericht über den Tod von Chris Masterson am Morgen veröffentlicht. Es wurde keine Anklage erhoben.

Immer wenn ein Polizist im Dienst einen Schuss aus seiner Waffe abgab, sah das Gesetz von Florida eine Untersuchung vor. Hatte der Officer einen vernünftigen Grund zu der Annahme, sein Leben oder das eines anderen befände sich in unmittelbarer Gefahr? Egal, wie gerechtfertigt der Hergang auf den ersten Blick schien, führte die zuständige Bezirksstaatsanwaltschaft eine Ermittlung durch, sogar wenn die Kugel niemanden getroffen hatte. Diesmal hatte Tigler die Staatsanwaltschaft von Broward um Hilfe gebeten, weil eine Mitarbeiterin der Staatsanwaltschaft von Miami in die Tat verwickelt war, und so war ein Ankläger von außerhalb beauftragt worden.

C. J. hatte diese Frage über die Jahre oft für Entlastungsberichte beantwortet. Polizisten erhielten Waffen und die Anweisung, sie wenn nötig zu benutzen. Als Exekutiv-Organ verfügte die Polizei über eine Macht, die der Normalbürger nicht hatte. Um Missbrauch zu verhindern, wurde ein Polizeibeamter, sobald er einen Schuss abgab, automatisch zum Verdächtigen in einem strafrechtlichen Ermittlungsverfahren. Wenn der Gebrauch der Waffe tödlich war, handelte es sich um eine Mordermittlung. Schusswaffenexperten wurden herangezogen, Ankläger und die Anwälte der Polizeigenossenschaft wurden ernannt, die Parteien stellten sich auf. Die Verbündeten – Polizei und Staatsanwaltschaft – wurden zu Gegenspielern.

Dominicks Fall bildete da keine Ausnahme. Die Ermittlung war sogar noch gründlicher durchgeführt worden, da auch das Opfer Polizist war und die einzige Zeugin die Lebensgefährtin des Angeklagten, inzwischen seine Ehefrau. Alle Umstände waren verdächtig. Und auch wenn er weiter zum Dienst erscheinen und seine Waffe tragen durfte, wusste C. J., dass die Ermittlung schwer auf Dominick lastete.

Heute war er schließlich direkt aus dem Gericht in ihr Büro gekommen und hatte ihr lächelnd eine Kopie des Schlussberichts hingehalten. Dann hatte er sie, ohne zu verraten, wohin es ging, in sein Auto gesteckt und war mit ihr zu Marine May gefahren, einem Bootshändler am Frachthafen in Pompano Beach. Während der Autofahrt hatte C. J. den Bericht überflogen.

Auch auf den fünfzig Seiten mit Ermittlungsdaten und Schlussfolgerungen blieben noch Fragen offen. Es gab niemanden mehr, der sie hätte beantworten können. Über IMPACT hatte Chris Masterson sowohl Angelillo als auch Lindeman gekannt. Die Tragweite ihrer Verbindung würde jedoch nie bekannt werden. Das FBI weigerte sich, auch nur eine Minute von ihrem Angebot an Valle abzurücken, und so verweigerte er natürlich jede Aussage hinsichtlich seiner Beziehung zu Chris Masterson – falls es denn eine gegeben hatte.

Nach Sichtung aller Aussagen und Beweismittel gelangte man zu der Überzeugung, dass Masterson Geld für die Kartelle eingetrieben hatte, auch wenn man weder von Domingos North-Valley-Kartell noch von der kolumbianischen FARC jemanden in die Finger bekam, der diese Annahme bestätigte. Es waren alles Sackgassen.

»Wie findest du es, Liebling?«, fragte Dominick. »Gefällt es dir?«

An seinem seltsamen Lächeln sah C. J., dass er in Wirklichkeit eine andere Frage stellte.

Buddy witterte einen Verkauf. »Wenn Sie mit in die Kajüte kommen, zeige ich Ihnen die entzückende Küche. Ausgestattet mit Herd und Mikrowelle. Für einen hungrigen Angler lässt sich da ein schönes Essen zaubern.«

»Würden Sie mich bitte eine Minute mit meiner Frau allein lassen, Buddy? Ich fürchte, ich habe sie etwas überrollt.«

»Das hast du wirklich«, sagte C. J., als Buddy endlich die Leiter zum Parkplatz hinuntergeklettert war.

»Bist du bereit?«, fragte er und sah sich auf der Brücke um.

»Ich wusste nicht, dass du es bist.« Sie hatte die Kartons im Kofferraum seines Wagens gesehen, doch sie hatte nicht nachgefragt. Sein ganzer Schreibtisch – ordentlich in Kartons verpackt und verschnürt. »Ausgerechnet heute, Dom. Sie haben dich freigesprochen.«

Er schüttelte den Kopf und sagte leise: »Ich kann nicht mehr zurück. Ich habe bis heute abgewartet, aber ich kann nicht mehr. Der Job ist nichts mehr für mich.«

Die Menschen waren noch dieselben wie vorher, doch für Dominick hatte sich alles geändert. Die Grenzen waren verschwommen. Ein Jahr hatte er auf das abschließende Urteil gewartet, doch er hatte die ganze Zeit gewusst, dass ihn ein Freispruch nicht von seiner Schuld befreien würde. Er hatte die Entscheidung eines Sekundenbruchteils immer wieder im Kopf durchgespielt. Er wollte einfach nicht mehr.

»Fulton und ich haben beschlossen, die Ermittlung wegen des Snuff-Clubs an die Postal Police abzugeben. Die kennen sich mit Internet-Ermittlungen sowieso besser aus«, fuhr er fort. »Vielleicht haben sie Glück.«

Die Durchsuchung von Mastersons Wohnung und seinen Computern hatte nichts erbracht. Wahrscheinlich hatte er ein Lager irgendwo, aber die Chancen standen schlecht, dass man es je fand. Dafür war Chris viel zu gerissen. Und, wie er C. J. gesagt hatte, es gab noch andere Beteiligte da draußen – und die würden dafür sorgen, dass es nicht so weit kam.

Dominick seufzte und ließ den Blick über das Boot gleiten. »Es ist Zeit, zu neuen Ufern aufzubrechen. Schon lange.«

Sie schwieg.

»Der Kahn bringt uns runter zu den Keys«, sagte er, dann nickte er in Richtung Parkplatz und zum Dock, wo die Segelboote und Yachten lagen. »Die da drüben könnten uns um die ganze Welt bringen. Wir könnten ein gebrauchtes Boot kaufen. Alles verkaufen und ein Nomadenleben anfangen.«

Sie folgte seinem Blick über den Yachthafen. Eine Veränderung. Ein Neuanfang. Damit würden sie die Verbrecher, mitternächtlichen Anrufe und die schlechten Träume, die sie inzwischen teilten, hinter sich lassen. Dominicks Timing war kein Zufall. In einer Woche war Bantlings Hinrichtung angesetzt.

»Also, wie steht's, Mrs. Falconetti?«, flüsterte er mit einem Lächeln in den Augen und griff nach ihren Händen. »Sind wir so weit?«

Seine Hände fühlten sich so gut an. Ihn wieder lächeln zu sehen war unbezahlbar. Wenn das der Preis war …

»Ja«, sagte sie nach einer langen Pause. Sie lehnte den Kopf gegen seine Brust und sah hinaus aufs blaue Wasser. »Ich glaube, es ist an der Zeit.«

AM ENDE DES GANGS mit den sonst leeren Zellen tropfte ein Wasserhahn mit der steten Präzision eines Uhrwerks. Nach fast einem Monat in diesem dunklen, schimmligen Betonloch dachte Bill Bantling, er würde wahnsinnig werden. Vollkommen wahnsinnig. *Aber genau das wollten sie doch, oder?*

Sie hatten ihn vor drei Wochen aus Block Q geholt. Der Gouverneur hatte schließlich den Hinrichtungsbefehl unterzeichnet, und innerhalb weniger Stunden war man im Gefängnis in Phase eins übergegangen. Ein Datum für die Hinrichtung wurde festgesetzt, die Pressemeldung herausgegeben. Bantling wurde in den Keller gebracht, in eine Behelfszelle neben der Todeskammer, während alle Sicherheitsvorkehrungen getroffen wurden und das Gefängnispersonal sich auf den großen Tag vorbereitete.

In den Jahren im Todestrakt hatte Bill viele Männer nach unten gehen sehen. Eine Tafel neben dem Wärterzimmer am Ende des Gangs in Block Q listete den Namen jedes Insassen auf und die Verbrechen, für die er verurteilt war. Auf einer separaten Liste standen die Namen derer, die in den Keller gebracht worden waren. Zur Totenwache. Manche dieser Namen schafften es zurück auf die erste Liste, wenn das Urteil in letzter Minute durch ein Gnadengesuch oder einen großherzigen Gouverneur aufgeschoben wurde. Die anderen Namen wurden einfach ausgewischt.

Gestern hatte Phase zwei begonnen. Sergeant Dick und der Wärter hatten mit dem Team der Vollzugsbeamten einen Probedurchgang der Hinrichtung durchgeführt. Er hatte sie den ganzen Nachmittag auf dem Flur gehört, wie sie an den Injektionsbehältern herumschraubten, den Notgenerator kontrollierten und das Telefon mit der Leitung zum Sitz des Gouverneurs überprüften, damit alles funktionierte. Und die ganze Zeit hatten sie schlechte Witze gerissen, die wahrscheinlich für seine Ohren bestimmt waren.

Jetzt hörte er das vertraute Rasseln der Schlüssel am anderen Ende des Gangs und Schritte, die näher kamen. Er spürte einen seltsamen Adrenalinstoß: Vielleicht war heute die Generalprobe. Er würde ihnen sagen, sie sollten ihn am Arsch lecken. *Sollten sie sich doch eine Gummipuppe besorgen, um ihre Nadeln auszuprobieren.*

Das Rasseln hörte auf.

»Hände durch das Loch«, bellte Sergeant Dick durch das Gitter. Hinter ihm standen drei Vollzugsbeamte. Der Sergeant sah Bantling fest in die Augen, ohne sich zu rühren. Nach einer langen Pause fuhr er fort. »Ist wohl dein Glückstag heute, Arschloch«, sagte er und spuckte gelben Rotz auf den Boden. »Wir sind da, um dich abzuholen. Du fährst runter in den Süden. Wir haben gerade einen Anruf vom Gouverneur bekommen. Deiner Berufung wird stattgegeben. Du bekommst einen neuen Prozess.«